ଅଦିନ ମେଘ

(ଉପନ୍ୟାସ)

ଅଦିନ ମେଘ

(ଉପନ୍ୟାସ)

କୁନ୍ତଳା କୁମାରୀ ଆଚାର୍ଯ୍ୟ

ବ୍ଲାକ୍ ଇଗଲ୍ ବୁକ୍ସ

ଭୁବନେଶ୍ୱର, ଓଡ଼ିଶା

BLACK EAGLE BOOKS
Dublin, USA

ଅଦିନ ମେଘ / କୁନ୍ତଳା କୁମାରୀ ଆଚାର୍ଯ୍ୟ

ବ୍ଲାକ୍ ଇଗଲ୍ ବୁକ୍ସ : ଭୁବନେଶ୍ୱର, ଓଡ଼ିଶା • ଡବ୍‌ଲିନ୍, ଯୁକ୍ତରାଷ୍ଟ୍ର ଆମେରିକା

BLACK EAGLE BOOKS

USA address:
7464 Wisdom Lane
Dublin, OH 43016

India address:
E/312, Trident Galaxy, Kalinga Nagar,
Bhubaneswar-751003, Odisha, India

E-mail: info@blackeaglebooks.org
Website: www.blackeaglebooks.org

First Edition : 1961, 2nd Edition: 2016

International Edition Published by
BLACK EAGLE BOOKS, 2025

ADINA MEGHA
by **Kuntala Kumari Acharya**

Copyright © **Dr Sanjib Kumar Acharya**

Cover & Interior Design: Ezy's Publication

ISBN- 978-1-64560-676-5 (Paperback)

Printed in the United States of America

ଅଦିନ ମେଘ

ଆରେ ଛାଡ଼ମ...। ବଡ଼ ଦୁଷ୍ଟ ତମେ- ଏପରି ହେଲେ ଭାଇ ଭାଉଜ କ'ଣ ଭାବିବେ... ?

ଛେନାଟା ଭାବିବେ...। ତମେ ଏପରି ହେଲେ ମୁଁ କ'ଣ ଭାବିବି କହିଲ ?

ତଳକୁ ଚାହିଁ ହସୁରା-ଲାଜେରା ଆଖିରେ ବୀଣା କ'ଣ ଉତ୍ତର ଦେବ ଭାବିଲା। ଘରର ନୂଆ ବୋହୂ ଏଇ ଚଇତରେ ସେ ଏ ଘରେ ଗୋଡ଼ ଦେଇଛି। ମାସ ଗୋଟେ-ଦିଟା ନ ଯାଉଣୁଁ- ସୁରେଶ ତା ସହିତ ଲାଗିଛି ଚାଲ ସହରକୁ ଯିବା...। କେତୋଟି ଦିନ ବା ସେ ସହରରେ ରହୁଛନ୍ତି ? ଦିନ ପାଞ୍ଚଟା ପରେ ତ ଫେରି ଆସୁଛନ୍ତି...। ବୀଣାର ଅସରନ୍ତି ଭାବନା ଲମ୍ବି ଲମ୍ବି ଯାଉଛି- ତାଳ ଗଛର ଦିପହରିଆ ଛାଇ ପରି...।

ବୀଣା- ଅଳ୍ପ ଚାପା କଣ୍ଠରେ ଡାକିଲା ସୁରେଶ- କ'ଣ ଭାବିଲ କହିଲ ଦେଖି- ତମେ କିଛି ଜାଣିନା ସତେ...। ଏଡ଼େ ପିଲାଳିଆ ତମ ବୁଦ୍ଧି ! ଭାଇ-ଭାଉଜ କ'ଣ ଆମରି କଥା ଶୁଣିବା ପାଇଁ ଏତେ ରାତିଯାଏ ଚେଇଁରହି କାନ ପାରିଥିବେ ?

ଆରେ- ତୁନି ତୁନି କହ- ସେମାନେ ଚାହିଁ ନଥିଲେ କ'ଣ ହେଲେ, ଆମେ ଏୟା ବୋଲି କ'ଣ ଏଡ଼େ ପାଟିରେ...।

ସୁରେଶ ଭିଡ଼ି ନେଲା ବୀଣାର ମାଂସଳ ଦେହଟିକୁ... ଏତେ କଥାର ପ୍ରୟୋଜନ ଏ ନିର୍ଜନ ଅନ୍ଧାର କୋଠରୀଟି ମଧ୍ୟରେ ନଥିଲା...।

■

ଦୁଇ

ମାଧବ ମହାପାତ୍ରଙ୍କ ଘର... ବୁନିୟାଦି ନ ଥିଲେ ବି ସାତ ପୁରୁଷି ବଡ଼ଲୋକ ବୋଲି ସାତଖଣ୍ଡ ଗାଁରେ ତାଙ୍କ ନାମ ଡାକ୍ ଅଛି। ତାଙ୍କରି ପୁଅ ନରେଶ ଆଉ ସୁରେଶ। ନରେଶ ଅଳ୍ପ ପାଠ ପଢ଼ି ଜମିବାଡ଼ି, ଘରଧନ୍ଦା ବୁଝନ୍ତି... ଗାଁର ଦୁଇଚାରି ଜଣ ମୁଖିଆଙ୍କ ମଧ୍ୟରେ ସେ ଜଣେ। ସୁରେଶ- ବାପ ଭାଇଙ୍କ କଲ୍ୟାଣରୁ ବି.ଏ. ଟି ପାସ୍ କରି ଚାକିରୀ ଅପେକ୍ଷାରେ ଗାଁରେ ବସିଛି। ନରେଶ କିନ୍ତୁ ସବୁବେଳେ କହନ୍ତି ଦି'ଭାଇ ଆମେ ଏଇ ଆମର ଗାଁରେ ରହିବା ଆମରି ବିଲଧାନ, ଗୁହାଳର ଗୋରୁ, ପୋଖରୀର ମାଛରେ ଆମେ ଆନନ୍ଦରେ ଚଳିଯିବା। ମତେ ତୋ'ର ସେ ସହରି ଚାଲି ଚଳନ ମୋଟେ ଭଲ ଲାଗୁନାହିଁ। ସୁରେଶ ମୁହଁରେ କିଛି ନ କହିଲେ ମଧ୍ୟ ଭାଇଙ୍କର ଏଇ କଥାରେ ମନେ ମନେ ଅଶ୍ୱସ୍ତି ଅନୁଭବ କରେ...।

ସହରର ସଭ୍ୟତା ତା ଆଖିରେ ଲଗେଇ ଦେଇଛି କେଉଁ ଏକ କାଉଁରୀ କାଠିର ଯାଦୁ! ସେଠାରେ ଧୂଳି, ମାଟି ଆଲୁଅ, ଅନ୍ଧାର ସବୁ ସୁନ୍ଦର- ସବୁ ଲୋଭନୀୟ। ଏଠି ଏ ଗାଁରେ ଏମାନେ ମଣିଷ ପରି ବଞ୍ଚୁନାହାନ୍ତି- ଜୀବନ ଏମାନଙ୍କ ପାଇଁ ନୁହେଁ- ଯେପରି ଜୀବନ ପାଇଁ ଏମାନେ...। ତଥାପି ମାଆଙ୍କ ପିଲାଦିନ ଶିକ୍ଷାରୁ ବଡ଼ଭାଇଙ୍କୁ ପିତୃତୁଲ୍ୟ ମନେ କରି କିଛି କହନ୍ତି ନାହିଁ...

ବଡ଼ ପୋଖରୀର କାଚକେନ୍ଦୁ ପରି ଝଲ ମଲ ପାଣି... ଆରପଟ ଘାଟରେ ସୂର୍ଯ୍ୟଦେବ, ସନ୍ଧ୍ୟା ସ୍ନାହାନ କରୁଛନ୍ତି ଥିର ନେଳି ପାଣିରେ ଲାଲ ଟହ ଟହ ବୁଡ଼ିଲା ସୂର୍ଯ୍ୟର ଛବି।

ରଘୁରାଜପୁରର ଅଣଓସାରି ବଙ୍କାଟଙ୍କା ରାସ୍ତା- ଦୁଇପଟେ ଧାଡ଼ି ଧାଡ଼ି ନଡ଼ିଆ ତାଳ ଗଛ ରାସ୍ତା ଉପରକୁ ଝୁଙ୍କି ପଡ଼ିଛନ୍ତି- ସେଇ ରାସ୍ତାର ଶେଷରେ ବଡ଼ ପୋଖରୀଟାଏ ତା'ର ଝଲମଲିଆ ରୂପ ନେଇ ଛିଡ଼ା-। ତା'ରି ତୁଠରେ କେତେ ବିରହ ମିଳନ-

କେତେ ଅନ୍ତଫଟା ବିଚ୍ଛେଦର ଲୁହ ଝରି ପଡ଼ିଛି। ପୁଣି ତା'ରି ଦେଖନ୍ତରେ କେତେ ଅହିଅରାଣୀ ଅଲକ୍ଷଣୀ ବିଧବାର ରୂପଧରି ଫେରିଯାଇଛନ୍ତି, ତା'ରି ତୁଠ ପଥର ଉପରୁ କେତେ ଗାଁ କଳିମାମଲା- ଫଉଜଦାରୀ ତା'ରି ପଥର ଚଟାଣ ଉପରେ ବସି ନିଶାପ ହୋଇ ରଘୁପୁର ଗାଁରେ ପୁଣି ଫେରି ଆସିଛି ପୂର୍ବର ଶିରୀ ଆଉ ସଉରଭ।

ସୁରେଶର ବିବାହ ଆଉ ଅଳ୍ପଦିନ ବାକି। ବାପା ବୋଉ ବହୁ ଆଗରୁ ଚାଲିଯାଇଛନ୍ତି। ନରେଶଙ୍କ ଉପରେ ଏ ଘରଦ୍ୱାର ସହିତ ସୁରେଶର ଦାୟିତ୍ୱ ସମର୍ପି ଦେଇଯାଇଛନ୍ତି।

ସୁରେଶ ବଡ଼ ପୋଖରୀର କାଚକେନ୍ଦୁଆ ପାଣି ଦେଖି ଭାବୁଛି କ'ଣ କରିବ- ଭାଇ ଭାଉଜଙ୍କ ମନରେ ଜାଣ, ଅଜାଣରେ କେବେ ଏପରି କଷ୍ଟ ଦେଇନି। ଯଦି ସେ ଠିକ୍ କରିଥିବା ଜାଗାରେ ନାହିଁକରି ଦେବ, ତେବେ ନିଶ୍ଚୟ ଭାଇ କହିବେ- ସହରରେ ପାଠ ପଢ଼ି ସୁର ଏପରି ଅବାଧ ହୋଇଛି... ଭାଇ ଯେପରି ଲୋକ ହୁଏତ ମୋ ମନରେ ମନାକରି ଦେଇପାରନ୍ତି- କିନ୍ତୁ ତାଙ୍କର ମୋ ପ୍ରତି ଯେଉଁ ସ୍ନେହ ଶ୍ରଦ୍ଧା ଅଛି ତାହା ନିଶ୍ଚୟ କମିଯିବ। କିନ୍ତୁ ବିବାହିତ ଜୀବନରେ ଯାହାକୁ ନେଇ ଏ ସଂସାରରେ ତରି ବାହିନେବି ତାକୁଇ ଆଳକରି ଦୁଃଖଝଞ୍ଜା ଭିତର ଦେଇ ଆଗକୁ ଯିବାକୁ ପଡ଼ିବ। ତେବେ ତାକୁ ଥରେ ଆଖିରେ ନ ଦେଖି, ଦୁଇପଦ କଥା ତାଠାରୁ ନ ଶୁଣି କିପରି ଏଥିରେ ରାଜିହେବି ? ଭାଉଜଙ୍କର ସେ ପୁଣି କେଉଁ ଆଳିଆ ଲେଖାରେ ବାଳିଆ ବନ୍ଧୁ ହେବ- ସେଥିରେ ପୁଣି ଭାଉଜ କେଉଁ ଏକ ଦଶବର୍ଷ ତଳର ଖଣ୍ଡେ ଅସିଆ ମସିଆ ଫଟୋ ଆଣି କହୁଛନ୍ତି- ଦେଖ ସୁର, ତୁମ ମନକୁ ଏ ଫଟୋ ପାଉଛି କି ନାହିଁ? ଭାଉଜ- ! ବୋଉ ମଲାଦିନୁ ତାଙ୍କରି ପାଖରେ ଓଜର ଆପତ୍ତି ସବୁ କରି ଆସିଛି- ଟିକିଏ ମୁଣ୍ଡ ବଥାଇଲେ- ଦୁଇଚାରିଟା ଛିଙ୍କିଲେ ସେ କହନ୍ତି ସୁର ଦେହ ପ୍ରତି କେବେ ଆଉ ନଜର ପଡ଼ିବ। ସେଇ ମା' ସମାନ ଭାଉଜ, ତାଙ୍କୁ ମୁହଁରେ କିଛି ନ କହି ଫଟୋଟିକୁ ନିରେଖି ଦେଖିଲି ଖଳ ଖଳ ବହିଯାଉଥିବା ଛୋଟ ଝରଣାର ଧାର ପରି ଚପଳା ବାଳିକାଟିଏ।

ରହସ୍ୟ କରି ପଚାରିଲି- ଭାଉଜ ଏ ଫଟୋ କେଉଁ ଷ୍ଟୁଡ଼ିଓରେ ଉଠିଥିଲା କି ? ବୁଦ୍ଧିମତୀ ଭାଉଜ ବୁଝିପାରିଥିଲେ- ଆକ୍ଷେପଟାକୁ ଲଘୁ କରି ଦେବାକୁ ଯାଇ କହିଲେ- ମଫସଲ ଜାଗା, ସେମାନେ ଏତେ କ'ଣ ବା ବୁଝୁଛନ୍ତି- ବାଟରେ ଘାଟରେ ଯାଉଁ ଯାଉଁ ଯେଉଁଠି ଦେଖିଲେ, "ଫଟୋଉଠା ହୁଏ" ସେଇଠି ବସିଲେ।

ଅଳ୍ପ ହସି କହିଲି- ଭାଉଜ ଏଡ଼େ ଟିକେ ଝିଅ ଆଣି ମୁଁ କ'ଣ ତା ସଙ୍ଗରେ ବୋହୂ ବୋହୂକା ଖେଳିବି ?

ଦେଖ ସୁର- ସେ କେତେ ଦିନ ତଳର ଫଟୋ ଏବେ କ'ଣ ଆଉ ସହରକୁ ଯାଇ ଫଟୋ ଉଠାଇଛି। ତେଣୁ ଏ ବୟସ ସହିତ ଦୁଇଚାରି ବର୍ଷ ଯୋଡ଼ି ଦେଲେ କେମିତି ଦିଶିବ କହିଲ ?

ଘେଁ କରି ହସି ଦେଇ କହିଥିଲି ଭାଉଜ ଏ ଦୁଇଚାରି ବର୍ଷରେ ଯଦି ତାଙ୍କୁ ବସନ୍ତ ହୋଇ ସେ କାଣୀ ହୋଇଯାଇଥିବ ବା ଭାଡ଼ିରୁ ପଡ଼ି ଗୋଡ଼ ଭାଙ୍ଗିଥିବ- ତେବେ... ? ଭାଉଜ ଅପ୍ରତିଭ ହେଇ ଫେରିଯାଉଥିଲେ।

ପଛରୁ କାନି ଧରି କହିଲି- ରହବ- ମୁଁ ପରିହାସରେ କହୁଥିଲି ନା...। ତମେ ଯଦି କହୁଛ, ମୋ'ର ସେହିଠାରେ ରାଜି...।

ଠିକ୍ ମୁଁ ଦେଖିଛି ଭାଉଜଙ୍କ ମୁହଁରେ ଉଜ୍ଜ୍ୱଳି ଉଠିଥିଲା- ସତେ ଅବା ଗଡ଼ ଜିତି ଆସିଛନ୍ତି। ସେଦିନ କହୁଥିଲେ- ଦବାନବା ବେଶ୍ କରିବେ, ଭଲଘର, ଝିଅଟି ଦି'ଅକ୍ଷର ପଢ଼ିଛି- ଗୀତ ବି ଗାଇ ଜାଣେ। ଗାଁରେ ଥିବା ସମାଜ କଲ୍ୟାଣ ସମିତିରୁ ବହୁତ ପ୍ରକାର ସିଲେଇ ହାତକାମ ଶିଖିଛି। ଏମିତି କେତେ କ'ଣ-।

ଗୌରାଙ୍ଗ କିନ୍ତୁ କହୁଥିଲା- କେଉଁ ମେଳଣରେ ପୁଣି ସେ ତାକୁ ଦେଖିଛି ବାଙ୍ଗରୀ ହୋଇ ଝିଅଟି ତାଠାରୁ ଶୁଣି ମନଟା ଟିକେ କାହିଁକି ଫିକା ପଡ଼ିଯାଇଛି। ନୂତନ ଜୀବନର ବିଭୋର ସ୍ୱପ୍ନ ଏ ପର୍ଯ୍ୟନ୍ତ ମନ ଗହୀରରେ କୁହାଟ ଛାଡୁଥିଲା। କିନ୍ତୁ ଗୌରାଙ୍ଗଠାରୁ ଶୁଣିବା ପରେ ମନଟା କେଜାଣି କାହିଁକି ଆତୁରିଆ ହୋଇ ଉଠିଛି। ସତେ କ'ଣ ମୋ ଭାଗ୍ୟର ଏକ କୁରୂପା ନାରୀର ହାତ ଧରିବା ଅଛି ? ଭାବି ଭାବି ଥଳକୂଳ ପାଉନାହିଁ।

ଭାଇ ବିବାହର ଆୟୋଜନରେ ଲାଗିପଡ଼ିଲେଣି। ଭାଉଜ ଘର ଦୁଆର ଝଡ଼ା ଝଡ଼ିଠାରୁ ମସଲା ହଳଦିକୁଟା ଆଦି ଆରମ୍ଭ କରି ଦେଲେଣି। ଗାଁର କେତେ ଝିଅ-ବୋହୂ ଆସି ଭାଉଜଙ୍କ ସଙ୍ଗେ ଲାଗିପଡ଼ିଛନ୍ତି। କିଏ ବିରିବାଟି ଦେଉଛି ତ, କିଏ ଗୁଆ ଭାଙ୍ଗି ଦେଉଛି, ପୁଣି କିଏ ଚିତା ଆଙ୍କି ଦେଉଛି। ଏପରି ବେଳେ ମୁଁ କେମିତି ସେଠି ବିବାହ କରିବାକୁ ମନା କରିବି ? ପୁଣି ସ୍ନେହମୟୀ ଭାଉଜଙ୍କର ସେଇ ସ୍ନେହମୟୀ ସରଳ ପ୍ରାଣରେ ଯେଉଁ ଦାରୁଣ ଯନ୍ତ୍ରଣା ହେବ। ତା' କ'ଣ ଏ ଜୀବନରେ କେବେ ଲାଘବ କରିପାରିବ ? ନାନା ଅସ୍ଥିର ଚିନ୍ତା ମଧ୍ୟରେ ସନ୍ଧ୍ୟା ବିଦାୟ ନେବାକୁ ବସିଲାଣି। ଆର ସାଇର ମାଇପେ ଗରା ମାଠିଆ ଧରି ତୁଠ ଉପରେ ଭିଡ଼ ଜମାଇଲେଣି। ନିର୍ଲିପ୍ତ ଭାବରେ ଟିକିଏ ଦୂରକୁ ଘୁଞ୍ଚିଗଲି। ଭାଉଜ ଦିନେକି କାଳେ ବଡ଼ ପୋଖରୀକୁ ଆସନ୍ତି ନାହିଁ। ବୋଉଥିଲା ବେଳୁ ତାଙ୍କୁ ଆକଟି କହିଯାଇଛି- ମଧୁମହାପାତ୍ର ଘରେ କ'ଣ ହଳିଆ ମୂଳିଆ ଅଭାବ ଯେ ତୁ ଯିବୁ ପୋଖରୀ ଦଣ୍ଡାରେ ଗାଧୋଇ ସେ କଥା

ହେବନାହିଁ... ଆଜି ଦେଖିଲି ଭାଉଜ ନୀଳମେଘି କସ୍ତାଶାଢ଼ୀ ବେହରଣ ହୋଇ ବିଜେ କରିଛନ୍ତି। ନିଶ୍ଚୟ ନଜର ପଡ଼ିଗଲେ ଏଣୁ ତେଣୁ ଗୁଡ଼ାଏ କହିବେ- କେତେ ଟାହି ଟାପରା କରିବେ। ସଞ୍ଜବେଳେ କାହାକୁ କଷ୍ଟ ଦେଇଥିଲ କି ସୁର ଏଠି ଏକଧ୍ୟାନରେ ବସି ରହିଛି ବୋଲି ଟାପରା କରିବେ ! ଭାଉଜଙ୍କ ନଜର ଏଡ଼ାଇବା ପୂର୍ବରୁ ସେ ଅଛ ଓଢ଼ଣାଟିକୁ ଆହୁରିଟିକେ ଟାଣି ଆଣି ପାଣି ଭିତରେ ପଶିଗଲେ। କଙ୍କଡ଼ାକୁ ଗୋଳିପାଣି ସୁହାଇଲାପରି ବଡ଼ ପୋଖରୀଠାରୁ ଦୂରେଇ ଯାଇଥିଲି।

■

ତିନି

ତୁଳସୀପୁର ମୌଜାରେ ଡାକହାକ ଘର ନନ୍ଦନିଧି ଦାସ ମହାପାତ୍ରଙ୍କ ଘର...। କେତେ ପିଲା ମରି ମରି ଯମ ଅଇଁଠା ଝିଅ ଅଳକା ସୁନ୍ଦରୀ! କିଏ କେଜାଣି ବାଛି ବାଛି ନାଆଁ ଦେଇଥିଲା। ବାପା ବୋଉ ଗେହ୍ଲାରେ ଡାକନ୍ତି ଅଳି- ଭାଇମାନଙ୍କର ଆଦର କହିଲେ ନସରେ। ଧୂଳି ମାଟିର ଖେଳଘର ଛାଡ଼ି ତୁଳସୀପୁରର ଝିଅ ଜେମାଦେଈ, ତାରା ଦେଇ କାନ୍ଦଣା ଶିଖିଲାଣି। ସାଇମାଇପିଙ୍କ ପଛରେ ରହି ବଳି ପଡ଼ିଥିବା ପିଠୋଉ ଗିନାରେ କନା ବୁଡ଼ାଇ ବଙ୍କା ଟଙ୍କା ଝୋଟି କାଟିଲାଣି। ତୁଳସୀମୂଳେ ମାଆଙ୍କ ବରାଦରେ ସଞ୍ଜ ବଳିତା ଥୋଇବାକୁ ଶିଖିଲାଣି। ଦିନ ଗଡ଼ି ଚାଲିଛି... ତାରି ବଙ୍କା ଟଙ୍କା ସରୁ-ଅଣଓସାରିଆ ଗୁଳାଦେଇ କେତେ ଅଳକା-ମେନକା ତୁଳସୀପୁର ଛାଡ଼ି ଧାଇଁଲେଣି। କାହିଁ ବିଳାସପୁର ତ କେଉଁ ଯଦୁଦାସପୁର...। ଆଜି ହୁଏତ ଅଳକାର ପାଳି ପଡ଼ିନାହିଁ, କାଲି ପଡ଼ିପାରେ। ଆଜହୁଁ ତିଆରି ହେଲାଣି ଧୂଳି ଘର-ବୋହୂ ବୋହୂକା ଖେଳଛାଡ଼ି ସତ ସତିକା ଘରକରି ବୋହୂହେବାକୁ ପଡ଼ିବ। ଏଇ ଚିନ୍ତାରେ ଅଳକାର ପିଲାଳିଆ ମନ ଓଜନିଆ ହୋଇ ଉଠିବ। ମାଆ ବୁଝାଇ କହୁଛନ୍ତି- ଅଳି, ମା' ମୋର ସବୁଦିନେ ଏମିତି ପିଲାଙ୍କ ପରି ହୁଅନା- ଏଣିକି ହୀରା, ମୁକୁତାର ସଭିଙ୍କ ଡାକି ଆମର ଏଇ ବାହାର ମେଲାରେ ଖେଳ ପଛେ ଆଉ ଏ ଘର ସେ ଘର ହୁଅନାହିଁ।

ଅଳି ମନ ବୁଝେ ନାହିଁ। ଏକଣ ମା' ଦିନରାତି ଏମିତି ସାଙ୍ଗରେ ଲଗାଇଛି। ସେଥିରେ ମାଉସୀଙ୍କ ଘରକୁ କଟକ ଯାଇଥିଲି ଯେ ସୁରଭି ଅପା କେଡ଼େବଡ଼ ସେ ହେଲେଣି। ମାଆ କହନ୍ତି- ଅଳିଠାରୁ ଚାରିବର୍ଷ ବଡ଼- ପୁଣି ଦିନସାରା ଦାଣ୍ଡକୁ ପାଠପଢ଼ି ଯାଉଛି, ସଞ୍ଜହେଲେ ଗୀତ ମାଷ୍ଟ୍ରେ ଆସୁଛନ୍ତି- ରାତି ଅଧଯାଏ ଗୋଟାଏ ଦରବୁଢ଼ା ମାଷ୍ଟର ଇଜିରି ମିଜିରି କରି କ'ଣ ଗୁଡ଼େ ପଢ଼ାଏ କେଜାଣି! ଆଉ ସୁରଭି ଅପା କ'ଣ ଝିଅ ନୁହେଁ? ଏଥିରେ ତ ମଉସା ମାଉସୀଙ୍କ ମୁଣ୍ଡ ତଳେ ପଡ଼ିଯାଉନାହିଁ। ସେଦିନ

ପୁଣି କୌତୁକରେ ସୁରଭି ଅପା ତା'ର ସେଇ ବଡ଼ ଦି'ମହଲା କୋଠାଘର ଇସ୍କୁଲକୁ ମତେ ସାଙ୍ଗରେ ନେଇଯାଇଥିଲା। ସେଠିଖାଲି ମାଇପିଯାକ ସାଲରୁ ବାଲରୁ ହୋଇ ଏପଟ ସେପଟ ହେଉଥାଆନ୍ତି। କେଡ଼େ କେଡ଼େ ତାଲଗଛ ଉଞ୍ଚା ଝିଅ ଗୁଡ଼ାକ ଦିଟା ଲମ୍ବା ଲମ୍ବା ଗୋଡ଼ଥିବା ପେଣ୍ଟ ପିନ୍ଧି ଖଣ୍ଡେ ଖଣ୍ଡେ ଜାମା ଗଳେଇ ତା' ଉପରେ ପୁଣି ଓଢ଼ଣୀ ନା ଘୋଡ଼ଣୀ ବୋଲି ଦିହାତିର କରିଆ କନାପରି ଝିଲିମିଲି କନା ଖଣ୍ଡେ ଲେଖାଏଁ ପକାଇ ଦେଇଛନ୍ତି। ପୁଣି ପଡ଼ିଆରେ ଦଳେ ପିଲା- ସାକ୍ଷାତେ ସିପେଇ ପରି ଜାମା ଯୋଡ଼ ପିନ୍ଧି ଏକ-ଦୁଇ କରି ଝାଳ ନାଳ ହୋଇ ଧାଇଛନ୍ତି। ଆଉ ଏ ଖାଲି ଦିନ ରାତି- ଆଲୋ ଲୁଗାପଟାକୁ ବାଗେଇ ପିନ୍ଧ-ସାଣ୍ଢଣା ଶିଖ ଚାଲିଶିଖ, ମୋ ପ୍ରାଣ ଖାଇଲାଣି। ଅଳି ଭାବି ଚାଲିଛି। ସାତ ତାଳ ପାଣିରୁ ସତେ ଯେପରି ସେ ଗଣ୍ଡା, ବାଲିଗେରଡ଼ା ଗୋଟେଇ ଚାଲିଛି। ତାଙ୍କ ଆମ ଭିତରେ ଏତେ ତଫାତ୍ କାହିଁକି? ସେଦିନ ସୁରଭି ଅପା ମଉସା କରି ବଜାରକୁ ଗଲେ- ସୁରଭିଅପା କେତେ କ'ଣ ଯେ ଚିଜ ଆଣି ମାଉସୀଙ୍କ ଆଗରେ ଥୋଇଲେ ମତେ ତାଟକା ଲାଗୁଥାଏ। ଆର ଗାଁରେ ମେଲଣ ହେଲା ଯେ ଟିକିଏ ପଡ଼ିଶାଘର ଖୁଡ଼ୀ ସାଙ୍ଗରେ ଯିବି ବୋଲି କହିଲାରୁ ବୋଉ କହିଲା- ସେ ପାଖଆଖ ଗାଁରେ ସମ୍ବନ୍ଧ ପଡ଼ିଛି କିମିତି ଦଶଥର କରି ଖୁଡ଼ୀକୁ ତାଗିଦ କରି କରି ବୋଉ ଛାଡ଼ିଲା। ବୋଉ ହେଲେ ମୋ'ର ପାଠପଢ଼ି ସହରରେ ଥାଆନ୍ତାକି ମତେ ପାଠ ପଢ଼ିବାର ଟିକିଏ ସୁବିଧା ମିଳନ୍ତା- ମୁଁ ହେଲେ ଟିକିଏ ସୁରଭିଅପା ପରି ଗୀତ ଗାଇ ଜାଣନ୍ତି, ପାଠ ପଢ଼ନ୍ତି-!!

ମୁହଁ ସଞ୍ଜବେଳେ- ବାଡ଼ି ପଟ ଅନ୍ଧାର ହୋଇଗଲାଣି- ଦାଣ୍ଡପଟେ ଟିକିଏ ଟିକିଏ ଫରଚା ଅଛି ବୋଉ କାହିଁ କେତେବେଲୁ କେଉଁ ଦେଢ଼ଶୁରଙ୍କ ଘରକୁ ଯାଇଛି ଯେ ଏ ପର୍ଯ୍ୟନ୍ତ ଆସିନାହିଁ। ବାଡ଼ିଆଡ଼ ଚୁଲିରେ ଗୋରୁଙ୍କ ମୁହାଣ ବସିଚି ଗବ୍ ଗବ୍ ହେଉଛି।

ଦାଣ୍ଡପଟ ଝିଞ୍ଜିରିଧରି କିଏ ବାଡ଼େଇବାର ଶୁଣାଗଲା- ଭାବିଲି ବୋଉ ତ ବାରିବାଟ ଛାଡ଼ି ଦାଣ୍ଡବାଟେ ଆସନ୍ତା ନାହିଁ- ବାପାତ ଦାମ ମଉସାଙ୍କ କଚେରୀ ଘରକୁ ଯାଇଛନ୍ତି କାଲି ଆସିବେ। ଆଉ ଏ ଅସମୟରେ କିଏ-? ଏମିତି କେତେ କ'ଣ ଭାବୁ ଭାବୁ ଦୁଆର ଖୋଲି ଦିଏ ତ ଜଣେ ପାତେଳି ଡେଙ୍ଗୀ ହୋଇ ମାଇପିଟାଏ, ଆଉ ତା ସହିତ ହୀରା। କିଲୋ ଟୋକୀ ଚାହିଁଛୁ କ'ଣ? ଘର ଭିତରକୁ ଡାକିନେ- ଦେଠେଇ ଅଛନ୍ତିଟି? ହୀରା ହାଉଁ ହାଉଁ କରି କହିଗଲା। ନାଁ- କେତେବେଲୁ ବଡ଼ ଦେଠେଇଙ୍କ ଘରକୁ ଯାଇଛି- ଆସୁନା ଘର ଭିତରକୁ। କିଲୋ ତୁ ତ ବେଶୀ ଛୋପରି ହୋଇ କଥା କହି ଶିଖିଲୁଣି, କହୁନି କିଏ- ଏଙ୍କୁ ତୁ ଧରି ଆସିଛୁ।

ହୀରା ଖିଲ୍ ଖିଲ୍ ହସି ହସି କହିଲା ବେଳେ ବୁଝିବୁ ନାହିଁ- ଏମିତି ଉଚ୍ଛନ୍ନ କାହିଁକି ? ବାପା ପଠାଇଛନ୍ତି- ଦେଠେଇଙ୍କ ଯିମା ଏଙ୍କୁ କରିଦେଇଯିବି- କ'ଣ ସୁନା ନା ରୂପା ହୋଇଛି କି ? ଅଳି କଥାରେ ଦୁହେଁ ହସି ହସି ଗଡ଼ିଗଲେ।

ବାରିପଟୁ ବୋଉ ଅଳି- ଅଳିଲୋ ବୋଲି ଡାକି ଡାକି ପଶି ଆସିଲା।

ଆଗନ୍ତୁକା ମହିଳାଟି ଉଠି ମାଉସୀ ଦଣ୍ଡବତ କହି ହାତଯୋଡ଼ି ଦଣ୍ଡବତ କଲା। ହୀରା ମୁଁ ଭକୁଆଙ୍କ ପରି ଚାହୁଁଛୁ ମାଇପିଟେ ତଳେ ମୁଣ୍ଡ ନ ଲଗାଇ ଏପରି କ'ଣ ଦଣ୍ଡବତ କରୁଛି ? ବୋଉ କହିଲା ବସ ବସ ଝିଅ- ମୁଁ ଶୁଣି ଆସିଲି ସାନ ସାଆନ୍ତଙ୍କଠାରୁ ଏ ଗାଁରେ ପୁଣି କ'ଣ କ'ଣ ହେବ ସେଥିପାଇଁ ତମେ ଆଇଚ।

ନାଇଁ ମାଉସୀ- ସରକାରଙ୍କ ତରଫରୁ ମତେ ଏ ଗାଁକୁ ଓ ଏହାରି ପାଖଆଖ ଗାଁକୁ ପଠାଯାଇଛି। ମୁଁ ଏ ଗାଁରେ ଆପଣମାନଙ୍କ ସ୍ନେହ ଶ୍ରଦ୍ଧାକୁ ଆଶ୍ରାକରି ରହିବି।

"ହଇକିଏ ଝିଅ। ତମେ ଏଠି ରହି କ'ଣ କରିବ।"

"ମୁଁ ମାଉସୀ ତମର ଝିଅବୋହୂମାନଙ୍କୁ ଦି'ଚାରିକଥା ଶିଖେଇବି- ପଢ଼େଇବି- ସିଲେଇ ହାତକାମ କରେଇବି ଏମିତି ସବୁ କେତେ କ'ଣ ?" ବୋଉର ଆଖି ଧୀରେ ଧୀରେ ବଡ଼ ବଡ଼ ହୋଇ ଯାଉଥିବାର ମୁଁ ଠିକ୍ ଦେଖିଛି। ସୁରଭି ଅପାପରି ପାଠୋଇ ଝିଅଟି। ଆମ ଗାଁକୁ ଆସିଛି ବୋଲି ମନରେ ଯେତିକି ଆନନ୍ଦ ଆସୁଥିଲା ବୋଉର ବଡ଼ ବଡ଼ ଆଖି ଦେଖି ସବୁ ସରାଗ ମୋ'ର ମରି ଆସିଲା।

ବୋଉ କଥା ବଦଳେଇବାକୁ ଯାଇ ପଚାରିଲା- ତମ ନାମ କ'ଣ ଝିଅ। ଝିଅଟି ଉତ୍ତର କଲା ହେମାଙ୍ଗିନୀ। ତମେ କ'ଣ ବିଭା ତୋଳା ହୋଇନାହଁ ? ଝିଅଟି ଯେପରି ଆଗରି ଏଇସବୁ ପ୍ରଶ୍ନ ଶୁଣି ଶୁଣି ଅଭ୍ୟସ୍ତ ହୋଇଯାଇଛି- ସାଙ୍ଗେ ସାଙ୍ଗେ କହିଲା, ନାଇଁ ମାଉସୀ ଚାକିରୀ କଲି ତ ଆଉ ବିଭା ତୋଳା କେମିତି ହେବ ?

ଏଁ ତମେ ଚାକିରୀ କରିଛ ବୋଲି ମାଇକିନା ଝିଅର କୂଳଧରମ ରଖିବ ନାହିଁ ? ହଉଲୋ ମା- ଏକାଳ ଯୁଗକୁ ତ ସବୁ ହେଉଛି।

ଆଲୋ ଏ ଅଳି- କେତେବେଳୁ ସେ ଝିଅଟି ଆସିଲାଣି- ତୋର କ'ଣ ଟିକେ ଅକଲ ହେଉଛି ? ଦେ-ଦେ ଝିଅକୁ ଆଣି ପାଣି ଲୋଟେ- ଆଉ ଦେଖତ ହାଣ୍ଡିରେ ଭାତ ଅଛିକି ନାହିଁ- ଶୁଖୁଆ ଖଣ୍ଡେ କାଢ଼ିଲୁ ମୁଁ ନଡ଼ା କେରେ ଜାଳି ଭାଜି ଦିଏ।

ଏକା ନିଶ୍ୱାସରେ ଅଳି ବୋଉ ଏକତ କହି ପକାଇ କହିଲେ ଝିଅ ହେମ, ତମେ ତ ମୋର ଅଳି ପରି- ଝିଅ ବୋଲି ମଣିଛି- ସେଣିକି ତୁମେ ଯେତେ ପାଠ ପଢ଼ି ଚାକିରି କର ମୋ ଆଗରେ ମୋ ଝିଅ ପରି- ଏଠି ଗଣ୍ଡେ ଖାଇକରି ଯିବ।

ହେମ ! ଏଇ ଗାଁର ସରଳ ପରିବେଶ ସହିତ ନିଜକୁ ଜଡ଼େଇ ନେଇ ଅଭିଭୂତ ହୋଇଯାଇଥିଲା । ଇତସ୍ତତ ନ ହୋଇ କହିଲା ମାଉସୀ ସତେ ତ ଏଇ ହୀରାଙ୍କ ବାପା ତୁମରି ପାଖକୁ ପଠାଇଛନ୍ତି । ମାର ସବୁ ଅଳି-ଅର୍ଦ୍ଦୋଳି ତୁମରି ପାଖରେ- ଘର ଠିକ୍ ହେବା ପର୍ଯ୍ୟନ୍ତ ମୁଁ କେଉଁଠି ହେଲେ ରହିବି- କାଲି ବି.ଡ଼ି.ଓ. ବାବୁ ଏ ଗାଁକୁ ଆସି ସରପଞ୍ଚଙ୍କ ସହିତ କଥା ହେବେ, ସେଇ ପର୍ଯ୍ୟନ୍ତ ମୁଁ କେଉଁଠି ରହିବି ବିଚାରୁଛି ।

କାହିଁକି ଝିଅ ? ଏଇ ଘରେ ରହିଲେ କ'ଣ ହେବନାହିଁ କୋଉଠିକୁ କାହିଁକି ଯିବ ? ଏ ଗାଁଟା ତୁମ ନିଜ ଗାଁ ବୋଲି ମଣିବ ? ଆଉ ଆମେ କ'ଣ ପର... ? ଘର ଠିକ୍ ହେବାଯାଏ ମୋର ଅଳି ସହିତ ହସି ଖେଳିବୁଲି ରହିଯାଅ ।

ହେମ ମନେ ମନେ ଭାବୁଥାଏ- ଚାକିରୀ କରି ପୁଣି ମାଆର ଗେହ୍ଲା ଝିଅପରି ହସି-ଖେଳିବୁଲି ଚଳିବାକୁ ବେଳ ନାହିଁ । ହେଲେ ସରଳ-ନିରଳସ ସ୍ନେହରେ ଯେ ଏତେଦୂର ପ୍ରଭାବିତ ହୋଇସାରିଥିଲା-କିଛି ନ କହି ସମ୍ମତି ଜଣାଇଲା ।

ଅଳି ବୋଉ ପଚାରିଲେ- ଝିଅ ସେ ବିଡ଼ି ବାବୁ କ'ଣ କହିଲ ? ଅଳି ହାଣ୍ଡିଶାଳ ଘରୁ କିରି କିରି ହୋଇ ହସିଉଠିଲା । ହଇଲୋ ହେ ବୋଉ, କୁଦିନ ତୋର ଆଉ ଏ ମଫସଲ ଢଙ୍ଗ ଯିବ କହିଲୁ- ବି.ଡ଼ି.ଓ. ବାବୁମାନେ ଏ ଗାଁ ହାକିମ ପରା- ଏତକ କ'ଣ ଜାଣିନୁ- ବାପା ପୁଣି ନିଜେ ସରପଞ୍ଚ- ଏଇଟା ଆଉ ଏ ଜନ୍ମରେ ହେବନାହିଁ । ବିଡ଼ି ସିଗାରେଟ୍ କଲାଣି ।

ନହେଲେ ନାହିଁ- ତୁମେମାନେ ଏ କାଳକୁ ହେଲ- ଆଉ ଆମେ କୁଉଠି ମନକୁ ଆସିବୁ ?

ହଁ ହଁ ଆଉ କହନା- ତୁ କ'ଣ କଲୁ ଭଲା ମୋ'ର ? ନାଁ ମତେ ପଢ଼େଇଲୁ ନା ଶୁଣେଇଲୁ- ଦିନରାତି-ତୋ'ର ଜପାମାଳ- ମାଇକିନା ଝିଅ ପସରା- ପର ହାଣ୍ଡିକୁ । ଏତେ ବେଳକୁ କହୁଛି ଏ କାଳକୁ ହେଲା- । ହେମ ଅପା ତମେ ଯାହା କର କି ନକର- ମୋ'ର ଏଇ ବୋଉଟାକୁ ଟିକିଏ ଦି'ଚାରି ଅକ୍ଷର ପଢ଼ାଇ ତାକୁ ଟିକିଏ ଏ ଯୁଗର ମଣିଷ କରି ଦେବଟି ? ମୋର ଏତିକି ମିନତି । ହେମାଙ୍ଗିନୀ ମା' ଝିଅଙ୍କ କଥା କଟାକଟିରେ ଆମୋଦ ଅନୁଭବ କରୁଥିଲେ ମଧ୍ୟ ଭାବୁଥିଲା ଏତେ ସରଳ ନିଷ୍କପଟ ପ୍ରାଣରେ ଏମାନେ ମତେ ନଜାଣି ନ ଶୁଣି ଏତେ ଆପଣାର କିପରି କରିପାରିଲେ । ଅଳି ଆସି ପାଣି ଢାଳଟି ଧରି ଡାକ ଛାଡ଼ିଲା । ଆସେ ହେମ ଅପା ଏ ଖଞ୍ଜାକୁ ଶାଗ ଭାତ କରି ଯାହା ଦୁଇଟା ଖାଇ ଗପ ସପ କରିବା । ଯାଙ୍କର କଥାବାର୍ତ୍ତା ମଝିରେ କେତେବେଳୁ ହୀରା ଚାଲିଗଲାଣି । ମାଉସୀ ମଧ୍ୟ ଉଠି ଘର କାମରେ ଲାଗିଗଲେଣି ।

ପଖାଳ କଂସା ଭିତରେ ହାତ ବୁଡ଼ାଇ ହେମ କହିଲା- ଅଳି- ! କି ସୁନ୍ଦର ତୁମ

ନାଁଟି। ତା'ସହିତ ତମର ମଧୁର କଣ୍ଠ- ପୁଣି କି ଚମତ୍କାର ଶାଗ ଖରଡ଼ା- ପଖାଳର ତୋରାଣି ମୁନ୍ଦିକ। ବୋଉ ପାଖକୁ ଦୁଇତିନି ବର୍ଷରେ ଥରେ ଗଲେ ଏମିତି ତୋରାଣି କଂସାରେ ମୁଁ ହାତ ବୁଡ଼ାଏ ?

ହେମ ଅପା ! ଆଉ ଏତେ ପ୍ରଶଂସା କରନାହିଁ। ମଫସଲରେବଢ଼ି କ'ଣ ବା ଆମେ ଦେଖିଲୁ ଆଉ ଜାଣିଲୁ ଯେ- ! ଏଇ ଭାତ ଶାଗରେ ଆମ ଦିନ ଯାଉଛି, ଯିବ ବି।

ଅଳି, ଦେଖ ନିଜ ଅବସ୍ଥାରେ ସନ୍ତୁଷ୍ଟ ରହି ପୁଣି ନିଜକୁ ଉନ୍ନତତର କରି ଗଢ଼ିବାକୁ ସିନା ଚେଷ୍ଟା କରିବା- ଆଉ ସବୁବେଳେ ମଫସଲ ଜୀବନ ପ୍ରତି ଏତେ ବିତୃଷ୍ଣା କାହିଁକି ? ଦିନେ ତ ଦୁନିୟାଟା ଯାକ ଏଇ ମଫସଲ ହିଁ ଥିଲା- ସେତେବେଳେ ତ ସମସ୍ତେ ଏଇପରି ଏକାପରି ଥିଲେ- ଆଜି ସିନା ସହର ମଫସଲରେ ଏତେ ତଫାତ୍। ତୁମେ ଚେଷ୍ଟା କଲେ ସହରର ଯେ କୌଣସି ଝିଅଠାରୁ ଯଥେଷ୍ଟ ଭଲ ହୋଇପାରିବ।

ହେମ ଅପା ତମେ ରହିଲେ ଜାଣିବ- ଏ ଗାଁ ଦୁନିଆଠାରୁ କେତେ ଦୂରରେ ଅଛି। ଆଚ୍ଛା ହେମ ଅପା ତମେ କଅଣ ସତରେ ବିଭା ହୋଇନ ? ଭାତ ଗୁଣ୍ଡା ପାଟିରେ ପୂରାଇ ହେମ କହିଲା- କହିଲ ତମେ କ'ଣ ଭାବୁଛ- ମୁଁ ଯଦି କହିବି ବିଭା ହୋଇନି ତାକୁ ବିଶ୍ୱାସ କରିବା ନା ଯଦି କହିବି ବିଭାହୋଇ ସ୍ୱାମୀଙ୍କୁ ଛାଡ଼ି ଆସିଛି ବୋଲି ତାକୁ ବିଶ୍ୱାସ କରିବ ?

ଏତ ବଡ଼ ଅଡୁଆ କଥା- ? ସେ ପୁଣି କ'ଣ ? ବିଭାହୋଇ ସ୍ୱାମୀ ଛାଡ଼ି- ଦୁଆର- ଦୁଆର ହୋଇ ବୁଲିବାରେ କି ସୁଖ ! ଅଳି ମୁଁ ଥରେ କହିଛି- ଦେଶ ସେବାରେ ସୁଖ ମିଳେ ବୁଝିଲ- ! ଆସ ଟିକିଏ ଶୋଇ ପଡ଼ିବା- ମାଉସୀଙ୍କ ଜଞ୍ଜାଳତ ସରିନି। ମୁଁ ଚାରି ପାଞ୍ଚମାଇଲ ବାଟ ଚାଲି ଆସି ହାଲିଆ ହେଇପଡ଼ିଛି। ଅଳି ଓ ହେମାଙ୍ଗିନୀ ବାଡ଼ିପଟ ଖଞ୍ଜାରେ ଥିବା ଅଳିର ଶୋଇବା ଘରକୁ ଗଲେ...।

■

ଚାରି

"ତେବେ କ'ଣ ସୁରେଶର ଲଜ୍ଜା ନାହିଁ" ? ନୀର ତମେ ତାକୁ ପଚାର; ବାପା ବୋଉ ନାହାନ୍ତି- ଯାହା କରିବି ମୁଇଁ। ମୁଁ ତାକୁ ମୋ ଜୀବନରୁ ଅଧିକ ସ୍ନେହ କରେ ସେ ଯଦି ଜୀବନରେ ସୁଖୀ ନ ହେବ ତେବେ ମୋର ସବୁ ସାଧନା ବ୍ୟର୍ଥ ହେବ ନୀର !

ତେବେ ମୋର ପ୍ରସ୍ତାବ ଆଣିବାରେ କିଛିନାହିଁ କି ଭଲମନ୍ଦ ବାରିବାରେ କିଛି ନାହିଁ ତାକୁ ଯାହା ସୁନ୍ଦର ସେ ନିଶ୍ଚୟ କରିବ- ଆମେ ମଧ୍ୟ ତାକୁ ସେଇ ବାଟରେ ନେଇଯିବା। ତମେ ମୋ କଥା ଦୋସରା ସେ ସହରରେ ବଢ଼ିଗଲା- ବେଶୀ ପାଠ ପଢ଼ିଲା- ପୁଣି ଏବେ ସେଇ ସହରରେ ଚାକିରୀ କରିବ। ତେଣୁ ନ ହେଲେ ମଧ୍ୟ ତାକୁ ଗୋଟିଏ ସହରରେ ଥିବା ଝିଅ ସଙ୍ଗରେ ଛନ୍ଦିଦେବା- ଏଇ ପ୍ରସ୍ତାବରେ ଏତେ ଜିଗର କରିବା ମୋ ମତରେ ଭଲ ହେବ ନାହିଁ।

ହଁ-ସୁର ସହର ଢଙ୍ଗରେ ବଢ଼ିଲେ- ଏୟା ବୋଲି ସେଠୁ ଗୋଟେ ଝିଅ ଆସି ଦିନରାତି ଚଟି ଚପଲ ମଡ଼େଇ -କୁଞ୍ଚ କରି ଲୁଗାପିନ୍ଧି- ଛଟା ବେଣୀ ଛାଡ଼ି ଚାଲିବ; ତମେ ଏହା ସହିପାରିବ ତ ? ମୋ କଥା ଛାଡ଼। ନୀର ଅଭିମାନିଆ କଣ୍ଠରେ କହିଲେ।

ଦେଖ ନୀର- ତମେ ବି ଅଳ୍ପେ ବହୁତ ପାଠ ପଢ଼ିଛ- ତମ କାଳ ଏକାଳ ବର୍ଷ ପାଞ୍ଚଟା ମଧ୍ୟରେ କେତେ ଫରକ ବୁଝୁଥିବ। ତମରି ଭଉଣୀ ପୁଣି ଗାଁ ଇସ୍କୁଲରେ ମାଇନର ପାଶ କରି ମେଟ୍ରିକ୍ ପଢ଼ିବାକୁ ତିଆରି। ଆଉ ସେ କଥାକୁ ଧରି ବସିଲେ କ'ଣ ହେବ ? ତମେ ତ ଅଳ୍ପଦୂର ଭାବୁଛ- ମୁଁ କିନ୍ତୁ ଭାବୁଛି- ସୁର ଯଦି ଅଜାତିରୁ ମଧ୍ୟ ବାହାହୁଏ, ସେ ଏଘର ବୋହୂ ହେବାକୁ ହକଦାର- କାରଣ ଏ ଯୁଗର ଚଳଣି ଏୟା।

ତେବେ ତ ତାଙ୍କୁ ମୂଳରୁ କହିଥାନ୍ତ ସେ ମନକୁ କନ୍ୟା ଠିକ୍ କରିଥାନ୍ତେ ମତେ ମଝିରେ ପୂରେଇ ଏତେ ହଟ-ଚମଟ ଲଗେଇଲ କାହିଁକି ? ମୁଁ ଆଉ କିପରି ତୁଳସୀପୁର

ଗାଁରେ ମୁହଁ ଦେଖେଇବି ?

ଛି ! ନୀର, ସୁର ତମର କାନିରେ ଏବେ ଯାଏ ଭାତ ଖାଇ ମୁହଁ ପୋଛେ। ଭାଉଜ ଛଡ଼ା ଭାଇକି ସେ ମୁହଁ ଟେକି ପଦେ କହେନାହିଁ। ଦିହ-ମୁଣ୍ଡ-ଭଲ-ଅସାର ସବୁଥିରେ ତମେ ଆଗ- ମୁଁ ପଛ- ଆଉ ଆଜି ତା ଉପରେ ଏମିତି ଅଭିମାନ କଲେ କ'ଣ ଶୋଭା ପାଇବ ? ଦାଣ୍ଡରେ ଆମ ଘରର କେତେ ମର୍ଯ୍ୟାଦା- ମୁଁ ପାଞ୍ଚ ଜଣଙ୍କ ମଝିରେ ବସି ଗାଁଟା ଯାକର କଥା ବୁଝୁଛି। ଏପରି ପିଲାଙ୍କ ପରି ହେଲେ ଲୋକେ ଦେଖେଇ ଶିଖେଇ ଅନେକ କଥା କହିବେ- ତମେ ଏ ଘରର ବୋହୂ ହିସାବରେ ଯେଉଁ ସୁନାମର ଅଧିକାରିଣୀ ହୋଇଛ ସେ କ'ଣ ମୋ'ର ? ସେ ତୁମରି ନିଜ ସମ୍ପତ୍ତି। ସୁରକୁ ତମେ ଯେପରି ସ୍ନେହ କର ସେମିତି ବାପ ଧନ କରି ପଚାର ସେ କାହିଁକି ଏପରି ବିମର୍ଷ ! ସେ ଯେଉଁ କଥା କହିବ ମୁଁ ତାକୁ ଖୁସିରେ ଗ୍ରହଣ କରିନେବି...।

ନୀରଦା ତୁନିଟି ହୋଇ ସ୍ୱାମୀଙ୍କ କଥା ଶୁଣିଗଲେ। ତାଙ୍କ ଶିକ୍ଷା-ସଂସ୍କୃତି କହିନାହିଁ। ସ୍ୱାମୀ ସହିତ ପାଟିକୁ ପାଟି ଯୋଡ଼ି କଳି କଜିଆ ଯୁକ୍ତି ତର୍କ କରିବା ପାଇଁ। ବୋଉ କାନେ କାନେ କହିଛି ନୀର ସ୍ୱାମୀ ଦେବତା- କେଭେଁ ତାକୁ ଅସମ୍ମାନ କରିବୁ ନାହିଁ। ନୀର ଭାବୁଛନ୍ତି- ଘରକୁ ଘରଣୀ ହୋଇ ଆଜକୁ ପାଞ୍ଚବର୍ଷ ହେବ ସବୁ ଭୁଲେଇଗଲି। ଏବେ ସବୁ ଜବାବ ଦିଆ ଠିକ୍ ହୋଇଗଲାଣି। ମାହାର୍ଦ୍ଧ ଶଙ୍ଖୁଳା ଚାଲିଗଲାଣି- ପ୍ରସ୍ତାବ ଭାଙ୍ଗିବ କିପରି ? ବିଚାରୀର ବାପା ମାଆ ଏବେ ଝିଅଟି ପାଇଁ କେଉଁଠି ପୁଣି ବରଘର ଠିକଣା କରିବେ- ଝିଅତ ଏକ ପ୍ରକାର ବରପୂର୍ବା ହୋଇଗଲାଣି। ଭାବି ଭାବି ନୀର ଧୀରେ ଧୀରେ ସ୍ୱାମୀଙ୍କୁ କହିଲେ, ଆଚ୍ଛା ! ସୁର ଥରେ ଦେଖି ଆସିଲେ କେମିତି ହୁଅନ୍ତା ?

ନରେଶ କହିଲେ ହୁଅନ୍ତା- କିନ୍ତୁ ଗାଁ ଗାଁ ଭିତରେ ତ ଏ ଚଳଣି ପଶିନାହିଁ- କାଳେ ତାଙ୍କ ଘର ଅରାଜି ହୁଅନ୍ତି ସୁର ମଧ୍ୟ ପସନ୍ଦ କରି ନପାରେ ହଉ, ତମେ ଚେଷ୍ଟା କରି ଦେଖ କହି ନରେଶ କାର୍ଯ୍ୟାନ୍ତରେ ଚାଲିଗଲେ।

ନୀର ଚାଲ ଚାଲ ହୋଇ ସୁରଙ୍କ ଘର ଦୁଆର ବନ୍ଧରେ ପହଞ୍ଚିଲେ। ସୁର ନିବିଷ୍ଟ ମନରେ ଗୋଟିଏ ବହି ତା ଭିତରେ ଥିବା ଖଣ୍ଡେ ଚିଠି ପଢ଼ିବାରେ ଲାଗିଛନ୍ତି। ଭାଉଜଙ୍କ ପାଦ ଖସ୍ ଖସ୍ ଶବ୍ଦରେ ମୁଣ୍ଡ ଟେକି ଦେଖିଲେ- ଭାଉଜ ଦରହସିଲା ମୁହଁରେ ଠିଆ ହୋଇଛନ୍ତି। ସୁବିଧା ମିଳିଲା କ୍ଷଣି ଦୁଇ ଚାରିପଦ କହିଦେବେ। ଭାଉଜ ମଫସଲ ଝିଅ ହେଲେ ମଧ୍ୟ ବେଶ୍ ଚତୁରୀ- ପୁଣି ଭାଇଙ୍କ ପ୍ରଭାବରେ ଧୀରେ ଧୀରେ ମାର୍ଜିତ ହୋଇଆସୁଛନ୍ତି। ଏଣେ କେତେ ଯେ କଥା ମନେ ରଖି ଠିକ୍ ସମୟରେ ଲାଛି

ଦିଅନ୍ତି କେହି ତାହା ଜାଣିପାରିବେ ନାହିଁ।

ବହି ଉପରୁ ମୁହଁ ଉଠାଇ ଡାକିଲି ଆସ ଭାଉଜ ଘର ଭିତରକୁ। ମୁଁ ତ କାହାରି ପ୍ରେମ ପତ୍ର ପଢୁନାହିଁ ଯେ ତୁମକୁ ସଂକୋଚ ଲାଗୁଛି ?

କିଏ ଜାଣେ- ତମେ ପାଠ ପଢୁଆ ବାବୁମାନେ କେତେବେଳେ କ'ଣ କରିବସ ତା' କ'ଣ ଆମପରି ମୂର୍ଖମାନେ ବୁଝିପାରିବେ ? ସୁର ଗୋଟିଏ କଥା ପଚାରିବି ହୋଇ ପଚାରିପାରୁନାହିଁ- ମତେ ଆଗ କହ- ତମେ ତ କିଛି ଭାବିବ ନାହିଁ।

କହିଲ ଭଲା ମୁଁ କେଉଁଦିନ ତୁମ କଥାକୁ ଅନ୍ୟଥା ଭାବିଛି। ଦେଖ ଭାଉଜ ମୋ'ର ଚାକିରୀର ପରଓ୍ୱାନା ଆସିଗଲାଣି- ମୁଁ ଆଉ ବେଶୀଦିନ ତୁମ ସହିତ ଜଞ୍ଜାଳ ଲଗାଇବାକୁ ରହିବି ନାହିଁ।

ଦେଖ ସୁର- ମୋର ଯଦି ଗୋଟେ ଦି'ଟା ଛୁଆ ଥାନ୍ତେ ତେବେ ସେମାନେ ତୁମଠାରୁ ଅଧିକ ଜଞ୍ଜାଳ ଲଗାନ୍ତେ- ତମେ ମୋତେ ସବୁବେଳେ ସେମିତି କହିବ ନାହିଁ। ଚାକିରିତ କରିବ, ହେଲେ- ବିଭାଘର ପରେ- ଏବେ ବା ଆଉ କେତେ ଦିନ ବାକି ଅଛି ଯେ।

ଭାଉଜ! ସରକାର ବୁଝନ୍ତି ନାହିଁ ବିଭାଘର- କି ବାପାଙ୍କ ଶୁଦ୍ଧଘର। ମତେ ଏଇ ମାସ ଶେଷବେଳକୁ ଯିବାକୁ ହେବ- ତମ ଆଖିରେ କ'ଣ ମୁଁ ଏମିତି ବୁଢ଼ା ହୋଇଗଲିଣି କି- ବିଭାଘର ବୋଲି ଶୁଆଇ ବସାଇ ଦେଉନାହିଁ ?

ନାଇଁ ଗୋ- ଏଥର ବୟସ ହେଲା- ପାଠପଢ଼ା ସରିଲା- ସୁନ୍ଦର ସୁନାନାକି ଝିଅଟିଏ ଧରି ଆଣିବା- ତୁମ ଘର ସଂସାର ତୁମେ କରିବ, ସେ ସିନା ସୁନ୍ଦର। ସେଇ ଯେଉଁ ତୁଳସୀପୁରରେ ପ୍ରସ୍ତାବ ପଡ଼ିଥିଲା ସେ ଝିଅଟି ନାକରା ନୁହଁମ ସୁର- ତମେତ ହଁ କି ନାହିଁ କିଛି କହୁନାହଁ ? ନହେଲେ ଚାଲ ଆମେ ଦୁଇଜଣ ଥରେ ଦେଖି ଆସିବା।

ନାଇଁ, ଭାଉଜ ଯାହା ଆମଘରେ ଚଳିନାହିଁ ଆମେ ସେପରି ଗୋଟାଏ କଥା କାହିଁକି କରିବା ? ସେ ଯଦି ମାଟ୍ରିକ୍ ପର୍ଯ୍ୟନ୍ତ ପଢ଼ିଥିବ ତେବେ ମୋର କହିବାର କିଛି ନାହିଁ। ସୁନ୍ଦର ଅସୁନ୍ଦର ବାଛିବାର ଭାର ତମ ଉପରେ।

ନୀର ମନେ ମନେ ପ୍ରମାଦ ଗଣି କହିଲେ ଯାଏଁ ଦେଖେ ଭାତ କ'ଣ ହେଲା ? ଶୁଣ ଭାଉଜ- ମୁଁ କେବେ ତୁମ କଥାର ବାହାର ହୋଇନାହିଁ। ମୁଁ ଜାଣେ, ମୁଁ ଯଦି ତୁଳସୀପୁର ପ୍ରସଙ୍ଗରେ ନାହିଁ କରିଦେବି ତେବେ ତମେ ଦୁଃଖିତ ହେବ। କିନ୍ତୁ ଆଜିକାଲି ଯୁଗରେ ଅଳ୍ପ ପାଠ ନ ପଢ଼ିଥିଲେ ମୋତେ ଚଳି ହେବନାହିଁ। ବରଂ ତୁମେ ଖବର ପଠାଇଦିଅ ମୁଁ ଆଉ ଚାରିପାଞ୍ଚବର୍ଷ ଅପେକ୍ଷା କରିବି ସେ ବରଂ ପଢୁ।

ନୀରଦା ନିରବରେ ଭାବିଲେ- ଏହା କ'ଣ ହେବା କଥା ଯେ ହେବ ? ନିଶା

ରାତିରେ ନରେଶଙ୍କ ପାଖରେ ନୀରଦା ଜଣେଇଦେଲେ ସୁର ପାଠୋଇ ଝିଅ ଚାହୁଁଛନ୍ତି- ତେଣୁ ଆମେ ଯାହା ହେଉପଛେ ତୁଳସୀପୁର ପ୍ରସ୍ତାବ ଭାଙ୍ଗିଦେବା।

ନରେଶ କ୍ଷଣକାଳ ଚୁପ୍ ହୋଇଯାଇ କହିଲେ- ନୀର ସୁରକୁ ତମେ ମାଆଠାରୁ ଅଧିକ ସ୍ନେହ କର, ଏଇ ମୁହୂର୍ତ୍ତରେ ଆଶୀର୍ବାଦ କର ଯେ ଯାହାକୁ ନେଇ ସେ ସୁଖୀ ହେବ ବୋଲି କଳ୍ପନା କରିଛି ତାହା ଯେପରି ବାସ୍ତବରେ ପରିଣତ ହେଉ।

ନୀରଦା ଚୁପ୍ ହୋଇ କେବଳ ଭାବୁଥିଲେ- ତୁଳସୀପୁରରେ ତାଙ୍କର ପିଉସୀଙ୍କ ଘର- ନନ୍ଦନିଧି ଦାସମହାପାତ୍ରଙ୍କ ଘର ସେଇ ଲେଖାରେ, ବନ୍ଧୁ, ସେ ଯାହାହେଉ ଶ୍ୱଶୁରଙ୍କ ନାମ ସ୍ୱାମୀଙ୍କ ନାମ ଲାଗି ସେମାନେ ପ୍ରସ୍ତାବ ପଠାଇ ଏତେଦିନ ଅପେକ୍ଷା କରିଛନ୍ତି। ଏବେ କ'ଣ କହି କିପରି ମାହାର୍ଦ୍ଦ ନିର୍ବନ୍ଧ ହୋଇସାରିବା ପରେ ମନାକରି ପଠାଇବି।

ନରେଶ ନିରବତା ଭାଙ୍ଗି କହିଲେ- ଛାଡ଼, କାଲି ସକାଳୁ ନବୀନାକୁ ସେଇକଥା କହି ତାଙ୍କ ଘରକୁ ପଠାଇ ଦେବାକୁ ହେବ। ମୁଁ ଯଦୁ ଜେନାକୁ ଦୁଧ- ବାସୁଦେଇପୁରକୁ ମାଛ ପ୍ରଭୃତି ବରାଦ କରିଛି। ଯଦି କନ୍ୟା ମିଳନ୍ତି ତେବେ ସେହି ତିଥିରେ କରିନେବା, ଯଦି ନ ମିଳନ୍ତି ତେବେତ ନିଧାର୍ଯ୍ୟ ଅପେକ୍ଷା କରିବାକୁ ପଡ଼ିବ।

ନୀରଦା ନିରବରେ ସମର୍ଥନ କରିବା ଛଡ଼ା ଆଉ ବା କ'ଣ କରିଥାନ୍ତେ। ଭାଉଜ ଯିବାପରେ ସୁର ମନେ ମନେ ଚିନ୍ତାକଲେ- କିପରି ଏହା ସମ୍ଭବ ହେଲା- ଭାଉଜଙ୍କୁ କେତେ ସହଜରେ ମନରେ ଭାବୁଥିବା କଥା କହିପାରିଲି। ଭାଇ ଶୁଣି କ'ଣ କହିବେ? ସୁର ଏଡ଼େ ଲଜ୍ୟାହୀନ ହେଲା କିପରି? ଛି, କାହିଁକି ଏପରି କହିଲି- ବିବାହ କରିସାରି ତାକୁ ଆଣି ପାଠ ପଢ଼ାଇଥିଲେ କ'ଣ ହୋଇ ନଥାନ୍ତା କି? ନାଁ ଯାଉଛି- ପୁଣି ଭାଉଜଙ୍କୁ ସେୟା କହିବି।

ହାଣ୍ଡିଶାଳ ଘରୁ ବାସନର ଖୁଡ଼୍‌ଖାଡ଼୍ ଶବ୍ଦ ଶୁଣାଯାଉଛି। ଭାଉଜ ବୋଧହୁଏ ଶିଳରେ ମସଲା ବାଟୁଛନ୍ତି। ବର୍ତ୍ତମାନ ତାଙ୍କର ରନ୍ଧା ସରିଗଲେ ସେ ଆସି ପାଦ ଚିପି ଚିପି ମତେ ଆଗ ଡାକିବେ। ଏଇଟା ଭାଇଙ୍କର ଏକଦମ ପଟ୍ଟଶିଷ୍ୟା-

ରୋଷେଇ ଘରୁ ମାଛ ଠୁକୁ ଠୁକାର ବାସନା ଆସୁଛି। ଆଜି ଖାଇବି ନାହିଁ କହିଲେ, ଭାଉଜ ବଳେଇବେ। ସେଇ ଅବସରରେ କହିବି- କାହିଁକି ମିଛରେ ତାଙ୍କ ମନରେ କଷ୍ଟ ଦେବି। ବରଂ ନିଜେ ଯାଇ ଭାଉଜଙ୍କ ପ୍ରସ୍ତାବ ଅନୁସାରେ ଥରେ ଦେଖଇ ଆସିବା ଭଲ। ଗୌରାଙ୍ଗ ପହିଲା ନମ୍ବର ଟାଉଟର, ତା କଥାରେ କେଉଁ ଠିକଣା ଅଛି? ଏମିତି ଭାବୁ ଭାବୁ କେତେ କେଜାଣି ରାତି ହେଲାଣି? ଭାବନାର ଅସରନ୍ତି ସୁଅ ଘୁଉ-ଘୁଉ ଗର୍ଜନ କରି ମାଡ଼ି ଆସୁଛି।

ସେଦିନ ଭାଇ ଚଞ୍ଚଳ ଖାଇବାକୁ ଭିତର ଖଞ୍ଜାକୁ ଆସିଲେ। ମନକଥା ମନରେ

ରହିଗଲା...।

କେତେଦିନ ପରେ ପୁଣି ଏକ ନୂଆ ପ୍ରସ୍ତାବ ଧରି ଭାଉଜ ହାଜର। ସହରକୁ ଯିବାପାଇଁ ମୁଁ ଏ ଜିନିଷ ସେ ଜିନିଷ କରି ସଜାଡ଼ି ଲାଗିଥାଏ, ଭାଉଜ ହସୁରା ହସୁରା ଆଖିରେ ଆସି କହିଲେ କହ କ'ଣ ଦେବ? ତମର ଗୋଟିଏ ଅତି ଦାମୀ ଜିନିଷ ଆଣିଛି।

ମୁଁ ପୁଣି ତୁମକୁ ଦେବି କ'ଣ? ମତେ ତ ତମେ ସବୁବେଳେ ଦେଇ ଆସିଛ? ଯାହା ଆଣିଥିବ, ସେଇଥିରୁ ଅଧେ ଦେଇଦେବି- ଆଉ ବା ମୋର କ'ଣ ଅଛି?

ଭାଉଜ ସେଦିନ ହସି ହସି ଭୂଇଁରେ ଲୋଟିଯାଉଥିଲେ। ଆଉ କହିଥିଲେ ନାହିଁଗୋ ନାହିଁ, ସେ ଜିନିଷ ଭାଗ ହେବାର ନୁହେଁ ସେ ପୁରାପୁରି ତୁମରି। ମୁଁ ଭାଗ ଚାହିଁଲେ-ତମେ ସହିବ ନାହିଁ।

■

ପାଞ୍ଚ

ଶୀତ ଦିନିଆ କଅଁଳ ଖରା ପଡ଼ି ପଡ଼ି ଆସୁଥାଏ- ମାର୍ଗଶୀର ମାସ ଅଦିନିଆଁ ବର୍ଷା ରାତିସାରା ବର୍ଷି ବର୍ଷି ହାଲିଆ ହୋଇ ହାଇ ମାରୁଥାଏ। ଭୂଇଁ ବାଟ-ଘାଟ ଓଦା ସର ସର ! ଅଳି ବୋଉ ଶାଗପତର ଛିଣ୍ଡୋଉ ଛିଣ୍ଡୋଉ ଭାବି ଚାଲିଛନ୍ତି। ଏତେ କହି ନୀରଙ୍କୁ କହିଥିଲି- ମୁଁ ସେଇଦିନୁ ଚାହିଁ ବସିଛି, ଏତେ ବେଳକୁ ମନାକରି ପଠାଇଲେ। ଅଳିକୁ ମୋର ଘର କରଣାରେ କିଏ ବଳିଯିବ ? କଉ ଗୁଣରେ ସେ ଆଉ ପାଞ୍ଚଟା ଝିଅଙ୍କଠାରୁ ଊଣା ? ଏତିକି ଖିରସ୍ତାନୀ ପାଠ ସେ ପଢ଼ିନାହିଁ। ରାମାୟଣ ମହାଭାରତଠାରୁ ଲକ୍ଷ୍ମୀପୁରାଣ, ଦିଇ ସଉତୁଣୀ କଳି ଏସବୁ ପାଟିଏ ପାଟିଏ ମୁଖସ୍ତ। ଆଉ ଗୋଟେ ଅଧିକ ପାଠ ମାଇକିନା ଝିଅର କ'ଣ ଦରକାର ? ପୁଅ କ'ଣ ଅଯୋଗ୍ୟ ଯେ ଝିଅ ପାଠ ପଢ଼ି ପୋଷିବ ? ଏ ଅଭିଲା ଯୁଗକୁ ଅଭିଲା କଥା। ଶୀତଦିନ ସକାଳ ଖରାରେ ସରସତା ଅଛି। ଅଳି ବୋଉ ମନ ମରା ହୋଇ ଭାବୁ ଭାବୁ କେତେବେଳେ ପାଛିଏ ଶାଗ ତୋଳି ସାରିଲେଣି। ଭିତର ଖଞ୍ଜାରୁ ଅଳି ଡାକ ଛାଡ଼ିଲା- ବୋଉ... ବୋଉ ଲୋ କ'ଣ ବାରିଆଡ଼େ ବସିଥିବୁ କି ? ଅଳିର ଡାକରେ ଅଳି ବୋଉଙ୍କର ଭାବନା ଭାଙ୍ଗିଗଲା- ପୁଣି ସେଇ ଘର ଦୁଆର ମାଟିକୁ ଫେରିଆସି କାମ କରିଯିବାକୁ ହେବ। ହଁ ଭାଗ୍ୟରେ ଥିଲେ ଅଳି ମୋର ଆହୁରି ସୁଖ ସମ୍ପଦର ବୋହୂ ହେବ। ହେ ଭଗବାନ ଅଳିକୁ ମୋର ସୁଖ ଶାନ୍ତିରେ ହାତକୁ ଦି'ହାତ କରାଇଦିଅ।

ଗାଁରୁ କିଏ କିଏ ସବୁ ବୁଲି ଆସିଛନ୍ତି। ଅଳି ମଝି ଅଗଣାରେ କଅଁଳ ଖରାରେ ସପ ପକାଇଦେଇ ବସାଇଛି। ଆର ସାହିର ବାମରଥଙ୍କ ଝିଅ-ହୀରା ଆଉ କିଏ କିଏ ବସିଲା ପରି ଲାଗୁଛି। ଏମାନେ ସକାଳୁ ସକାଳୁ ଆଇଛନ୍ତି- ଅଳିର ବିଭାଘର ଭାଙ୍ଗିଯିବା ଖବରରେ ପଦେ ଦି'ପଦ କହି ଯିବାକୁ ! ହ ଆ କ'ଣ ବା ହେଲା ଯେ ଏମିତି କ'ଣ ହୁଏନାହିଁ- ଯେତେ କନିଆଁ ସେତେ ବର କେତେ ଜାଗାରେ ପଡ଼େ ପୁଣି ଭାଙ୍ଗେ।

ଆଉ ମୋ ପାଇଁ ଗୋଟେ ଅଧିକ କ'ଣ ହେଲା ? ଅଳି କ'ଣ ମୋର ଛୋଟୀ ନା କେମ୍ପି ? ସିଏତ କହିଲା "ପାଠ ପଢୁଆ ସାଇବାଣୀ ମାଇପ ବାହା ହେବ"- ମୁଁ କ'ଣ ଇୟାବୋଲି କୂଳରୁ ବାହାର କଥାଟେ କରି ବସିଥାନ୍ତି। ଭାବୁ ଭାବୁ ଭିତର ଖଞ୍ଜାରେ ଆସିହେଲେଣି ଅଳି ବୋଉ- ଆଇ ଓଳିକି... କହି ସାନ ମଝିଆଁଙ୍କ ନାତୁଣୀ ଉଠି ପଡ଼ିଲା। କିଲୋ ହୀରା- ଅନୁ ସକାଳୁ ସକାଳୁ କୁଆଡ଼େ ବାହାରି ଅଇଲ ମ ?

ହୀରା ଫେଁ ଫେଁ ହସି କହିଲା ଦେଠେଇ ସକାଳ କୁଣିଆଁ ତ କୁଣିଆଁରେ ଲେଖା ନୁହଁନ୍ତି- ସେଥିପାଇଁ ଅଳି ଆମର ଖାଲି ସପ ଖଣ୍ଡେ ପକାଇ ଦେଇ କୁଆଡ଼େ ଛୁ କଲାଣି।

କ'ଣ କହିବି ଲୋ ଝିଅ- ସେଇଟା ତ ଏତିକି ଲାଜକୁଳୀ ହେଲା ଯାହାକୁ ଦେଖିଲା ଯାଇ ଘର କ'ଣରେ ନହେଲେ ଚୂଲି ମୁଣ୍ଡରେ ପଶିଲା ଯାହା ବା ଥିଲା ଏଇ ବିଭାଘର ଲାଗିବା ଦିନରୁ ଆହୁରି ବେଶୀ ସେ ସଢ଼ି ଯାଉଛି, ତେହିଁକି ଆଜିକାଲି ଦୁନିଆଁ ଯାହା ହେଲାଣି ! ନାତୁଣୀ ବୋହୂ ହସି ହସି କହିଲା ଜୋଇଁ ଘର ପରା ଏମ ନା ବିଏ ପଢ଼ିଥିଲେ ବାହାହେବି ବୋଲି କହିଲା- ଆମ ଅଳିତ ରାଜି ହୋଇଥାନ୍ତେ ! ଥାଉ ଲୋ ଝିଅ- ଏ ଚରଚା ପଡ଼ିଲେ ସେ ଟୋକି ଚିଡ଼ିମିଡ଼ି ହେଉଛି। ଯାହା ହାଣ୍ଡିରେ ସେ ଚାଉଳ ପକାଇଥିବ ବଳେସେ ତା ପାଇଁ ଆସିବ।

ହୀରା ବାହାରି ପଡ଼ି କହିଲା- ହଁ ମ ଦେଠେଇ ଆମେ ଯେଉଁଥିପାଇଁ ଆସିଛୁ ଟିକିଏ ଶୁଣ- ଆଜି ସେ ଯେଉଁ ଅପା ଆସି ପହିଲୁ ପହିଲୁ ତମ ଘରେ ରହିନଥିଲେ ସେ ଝିଅ ବୋହୂଙ୍କର ଗୋଟିଏ ସଭା ଡାକିଛନ୍ତି। ତମେ ଆଉ ଅଳି ଟିକିଏ ଗଲେ ହୁଅନ୍ତା ନାହିଁ।

ହଇଲୋ ଏକି ଅଭିଲା କଥା ଲୋ, ମାଇପୀଙ୍କର ପୁଣି ଗୋଟେ ସଭା-ବିଭା କ'ଣ ? ଛି-ଛି-ଆଉ ଏ ତୁଳସୀପୁର ହୋଇ ରହିବ ନାହିଁ- ସେ ଟୋକୀ ଗୋଷଟ ପାଲା ଲଗାଇଛି। ମୁଁ ଯିବିନି କି-ଅଳିକୁ ଛାଡ଼ିବି ନାହିଁ। ତା ବାପା ଆସନ୍ତୁ- ତାପରେ ଯାହା-। ବଢ଼ିଲା ଝିଅ, ଗାଁ ଦାଣ୍ଡରେ ବସି କ'ଣ ସଭା କରିବ ଲୋ ? ହୀରା ପଛପଟକୁ ଚାହିଁ ମୁହଁ ମୋଡ଼ିଲା- ଲୁଚିଛି ନା ଗୋଡ଼ ଦୁଇଟି ଦିଶୁଛି। ଗାଁଟା ଯାକର ଏକ କଥାକୁ ହେଲେ ଏଙ୍କର ଅନ୍ୟ ଏକ କଥା- କାଲି ଗାଈର ଭିନେ ଗୋଠ- ଦଦେଇତ ଗାଁର କେଡ଼େ କହିଲା ବୋଲିଲା ବାଲା- ଏ ପୁଣି ଏମିତି କାହିଁକି ହେଉଛନ୍ତି।

ହେଉ ମାଉସୀ ଆମେ ଯାଉଛୁ। ମଉସା ଆସିଲେ ପଚାରିବ ଯଦି ସେ କହିବେ ତେବେ ଅଳିକୁ ନେଇ ଟିକେ ଆମ ସାଇଆଡ଼େ ବୁଲି ଆସିବ। ଏ କ'ଣ ଦାଣ୍ଡ ସଭା ହୋଇଛି କି ? ଏ ପରା ଆମ ଘରେ ହେଉଛି।

ଅଳି ବୋଉ ଅଳିକୁ ଡାକ ଛାଡ଼ିଲେ ଆଲୋ ଝିଅଟାମାନଙ୍କୁ ସତେ ସତେ ସକାଳୁ କିମିତି ଖାଲି ଖାଲିରେ ବିଦାକରି ଦେଉଛୁ ମୁଁ- ହେଲେ ପାନ ଖିଲେ ଖିଲେ ଦେ ଭଲା। ସେମାନେ ଯିବେ ପରା- ଆଲୋ ଅଳି! ଏମାନେ ସବୁ କ'ଣ କହୁଥିଲେ କି? ସଭା-ସଭା ହେଲେ ଯେ ମୁଁ କିଛି ବୁଝିପାରିଲି ନାହିଁ।

ତୁ କାହୁଁ ବୁଝିବୁ? ତୋର ବା କେତେବେଳେ ବୁଝିବାକୁ ମନ ଅଛି। ସେମାନେ ବା କୁ ନାକରାକଥା କହୁଛନ୍ତି- ଆଉ ପାଞ୍ଚଜଣଙ୍କ ମେଳରେ ବସି କେତେ ଆଡ଼ର କେତେ କଥା ଶୁଣନ୍ତୁ। ତୋଲାଗି ମୁଁ ବି ଟିକିଏ ଯାନ୍ତି- ହେମ ଅପାଙ୍କୁ କେଡ଼େ ସୁନ୍ଦର ସିଲେଇ ଆସେ ମୁଁ ଟିକିଏ ଶିଖନ୍ତି- ତୋର ତ ସବୁ କଥାକୁ ନାକ ଟେକା...।

ହଉ ରଖ ତୋ ବକ୍ତୃତା। ତୁ ଯାଉନୁ ସାଇପିଲାଙ୍କ ମେଳରେ। ମୁଁ ଦରବୁଢ଼ୀଟେ ଯାଇ ସେଠି ବସି କ'ଣ କରିବି?

ଅଳି ଜାଣେ ତା ବୋଉ କେଭେ ତାକୁ କଷ୍ଟ ହେଲାପରି କିଛି କଥା କହିବ ନାହିଁ। ମନେ ମନେ ଚିଡ଼ିଲେ ମଧ୍ୟ ଝିଅକାଳେ ମନଦୁଃଖ କରିବ ସେଥିପାଇଁ ଉପରେ ହଁ ଭରିଦିଅନ୍ତି। କିନ୍ତୁ ସେ ସବୁ ସାମୟିକ। ତେଣୁ ଅଳି କହିଲା- ନାଇଁ ମୁଁ କାହିଁକି ସାଇପିଲାଙ୍କ ମେଳରେ ଯିବି? ତୁ ତ ଯିବୁ- ମୁଁ ଯିବି- ତୁ ରାମାୟଣ, ମହାଭାରତ ଶୁଣିବୁ- ମୁଁ ସିଲେଇ ପତ୍ର ଶିଖିବି- ଗୀତ ଶିଖିବି- ବାପାଙ୍କ ଉଲୁଖା ସବୁ କଥାରେ ଦେଉଛୁ ଯେ, ଏ ସବୁଥିରେ ଯଦି ବାପାଙ୍କ ମତ ନଥାନ୍ତା ତେବେ ସେ କ'ଣ ହେମ ଅପା ପାଇଁ ଗାଁର କୋଠଘର ଛାଡ଼ିଦେଇଥାନ୍ତେ। ହେମ ଅପାଙ୍କ ଭଲମନ୍ଦ ଖବର ବୁଝନ୍ତେ। ତୁ ତ ମୂଳ ମଞ୍ଜି କଥା କେତେବେଳେ ବୁଝିବୁନାହିଁ।

ହଉ ଚାଲିଲୁ ଭଲା- ସକାଳଟାରୁ ବକରୁ ବକର ହୋଇ ତୁଣ୍ଡ ମୁଣ୍ଡ ଶୁଖିଗଲାଣି। ଆଣିଲୁ ଗୁଡ଼ାଖୁ ଟିକେ- ମୁଁ ମୁନ୍ଦେ ବୁଡ଼ିପଡ଼ି ଆସେ। ସେ ଏ ଶାଗ କେରାକ ଖରଡ଼ି ରଖିଥା- ମୁଁ ଲାଗେ ଆସୁଛି। ବୋପା ତୋଟା ଆଡୁ ଫେରିଲେଣି କି ନାହିଁ?

ବାପା କଚେରୀ ଘରେ। ଖବର ଦେଇଛନ୍ତି ଟିକେ ଡେରିରେ ଘରକୁ ଫେରିବେ। ଶାମ ନାହାକ ସାଥିରେ କି କଥାବାର୍ତ୍ତା ହେଉଛନ୍ତି।

ଅଳି ବୋଉ ଶାଗ ପାଛିଆ ଥୋଇ ବାରିଆଡ଼େ ମୁହାଁଇଲେଣି।

ଅଳି ପନିକି ଉପରେ ବସି ଭାବୁଛି-ବୋଉ ଯଦି ମଙ୍ଗନ୍ତା ମୁଁ କ'ଣ ଟିକଏ ପଢ଼ି ମାଇନର ପରୀକ୍ଷାଟା ଦେଇ ଦିଅନ୍ତି ନାହିଁ? ଆଜିକାଲି ତ ଘରେ ଘରେ ଝିଅ ପାଠ ପଢ଼ିଲେଣି। ହେମ ଅପା ସେ ଦିନ ଖଣ୍ଡେ କାଗଜ ଧରି ଆସିଲେଣି ଯେଉ କହୁଥିଲେ ସେଇଟା ପୁଣି ଖବର କାଗଜ ଦୁନିଆଁ ଯାକର ଯେତେ ଖବର ସବୁ ସେଥିରେ ଛପା ହୋଇଯାଇଛି। ସେଦିନ କେଜାଣି କେତେ ଶହ ଝିଅଙ୍କ ନା ଛପା ହୋଇଥିବ

ଦେଖେଇଲେ- ସେମାନେ କୁଠି ପରୀକ୍ଷା ଦେଇ ପାଶ କରିଛନ୍ତି। ପୁଣି କେତେ ଝିଅଙ୍କ ଫଟ ତାର ଦିହରେ ଛପା ହୋଇଯାଇଛି କେତେ ଯେ ପାଠ ପଢ଼ିଲେଣି ତାର କଳନା କରି ହେବନାହିଁ। ବୋଉକୁ ବୋଉ ବାପାଙ୍କୁ ବାପା କେହି କାହାକୁ ଊଣା ନୁହଁନ୍ତି। ଦୁନିଆଁ ଯାକର କାହାରି ମୁଣ୍ଡ ତଳକୁ ହଉନି- ଆଉ ଏମାନେ ଏମିତି ଯେ ଏଙ୍କରି ନାଁ ଗାଁ ଦାଣ୍ଡରେ ପଡ଼ିବ ? ଅଳି ମନେ ମନେ ଡହଳ ବିକଳ ହୋଇ ଚୁଲି ମୁଣ୍ଡକୁ ଗଲା। ଶାଗ ଖରଡ଼ାରେ କି ପଖାଳ ଭାତରେ ତା ମନ ନଥାଏ- ମନ ଯାଇ ଗାଁ ମୁଣ୍ଡ ଭାଗବତ ଘରେ ହେମ ଅପା ଠେଇଁ ଥାଏ।

■

ଛଅ

ଶୀତ ବିଦାୟ ଅଭିବାଦନ ଜଣେଇଲାଣି ତଥାପି କାହିଁକି ଏ ବର୍ଷ ସତେ ଯେପରି ଗଛ ପତ୍ରର ସନ୍ଧି ବିସନ୍ଧିରେ ଶୀତ ଛପି ରହିଛି- ଗାଁ ମୁଣ୍ଡେ ଆମ୍ବ ବଉଳର ଶୋଭାର ହାଟ ବସିଛି- ପଥ ଘାଟରେ ଛାଇ ରହିଛି ସୁବାସ- ମହକର ଅସରନ୍ତି ସୁଅ...। ତନୁ ମନରେ ଲାଗିଛି ଶିହରଣ- ପ୍ରାଣରେ ଭରି ଯାଇଛି- ଅହେତୁକ ଏକ ଇନ୍ଦ୍ରପୁରର ମାୟା ଯାଦୁକରର କାଉଁରୀକାଠି ଛୁଇଁ ଛୁଇଁ ଯାଉଛି- ଯେପରି ସବୁରି ପ୍ରାଣ। ଚେଇଁ ଉଠିଛି- କେଉଁ ଯୁଗର ସପନବିଳାସୀ ରାଜକୁମାରୀ... ବଡ଼ ପୋଖରୀରେ ଛାଇ ହୋଇ ରହିଛି କାକର, ସତେ ଯେପରି ଘାସରାଣୀ ଭିଡ଼ି ଧରୁଛି- ପାଦ ଦୁଇଟି କ୍ଷଣେ ରହ ପ୍ରିୟ- ଅମାନିଆ ମଣିଷ ଜାଣୁନି କିଛି, କେବଳ ଆଗକୁ ଚାଲୁଛି- ଯେପରି ତା'ର ଏଇ ଚାଲିବା ଧର୍ମ... ବହୁ ପୁରାକାଳରୁ ସେ ଚାଲି ଶିଖିଛି। ସ୍ଥାଣୁ ହୋଇ ଠିଆ ହେବ ତା'ର ରୁଚି ବାହାରେ-

ସୁରେଶ ଲମ୍ବା ପାଦ ପକାଇ ଚାଲିଛି। ତୁଳସୀପୁର ପ୍ରସ୍ତାବ ଭାଙ୍ଗିଯିବା ଦିନରୁ- କାହୁଁ ଏକ ଅଶରୀରି ରୂପ ତା ପଛେ ପଛେ ଯେପରି ଛାଇପରି ଲାଗି ରହିଛି- ଚଲାବାଟ ଓଗାଳି ଧରୁଛି- ଝିଅଟିର କାନ୍ଦୁରା ମୁହଁ ଥମ ଥମ ହୋଇ ଫାଟି ପଡୁଛି- ହସୁଛି- ହସଉଛି-କାନ୍ଦୁଛି-କନ୍ଦଉଛି। ଏ କ'ଣ- ମତେ କ'ଣ ସିଏ ଔଷଧ କରିଛି କି? ସେଇ ବାଳିକାଟିର ଫଟୋରୁ ତାର ସେଇ ସ୍ନିଗ୍ଧ ଚାହାଁଣି ଯେପରି ମୋରି ମୁହଁ ଉପରେ ଲାଖି ରହିଛି। ଏ କ'ଣ ହେଲା- ମୁଁ ତ ତାକୁ ଦେଖିନାହିଁ- ସେ ତେବେ କ'ଣ ମୋରି ରୂପକୁ ମୋରି କଥାକୁ ଗଣ୍ଠି କରି ଏତେ ଭାବୁଥିବ। ଛି! ଏ କି ପ୍ରକାର ଭାବନା ପୁଣି! ସେ ତ ମତେ ଆଖିରେ ଦେଖିନି- ଭାବିବ କ'ଣ ଛେନାଟା-? ନାଁ ନହେଲେ ବି ଯାଠୁ-ତାଠୁ ଶୁଣି ଭାବୁଥିବ- ମୁଁ ସହରରେ ଚାକିରୀ କରୁଥିବା ଜଣଙ୍କର ଘରଣୀ ହୋଇଯିବି... ତା' ମନରେ ନୂଆ ନୂଆ କେତେ ଆଶା-କେତେ ନେଳି-ନାଲି କଳପନା

ଦିନରାତି ଉଙ୍କି ମାରୁଥିବ। ସେଇ ବାଳିକାଟିର ବର୍ତ୍ତମାନ ପୂର୍ଣ୍ଣ ବୟସ ହୋଇଥିବ- ବାଳିକାରୁ ସେ ଯୁବତୀ ହୋଇଥିବ- କେତେ ଅଡୁଆ ତଡୁଆ ଭାବନାରେ ଭାରାକ୍ରାନ୍ତ ମନ ନେଇ ଆଗକୁ ଚାଲିଛି ସୁରେଶ। ବଡ଼ ପୋଖରୀ ତୁଠରେ କାହାର ଖିଲ୍ ଖିଲ୍ ହସରେ ତା' ପ୍ରାଣ ଯେପରି ସେ ଫେରି ପାଇଲା- ରାଜକନ୍ୟାର ସପନ ଛପିଗଲା- କାନରେ ବାଜିଲା ଗାଁ ମାଳତୀର ହସ। ଆଖି ଆଗରେ ମାଳ।

"ତୁ ଏଡ଼ିକି ଘୋଡ଼ିଟେ କିଲୋ! ଏଡ଼େ ପାଟିରେ କ'ଣ ହସୁଛୁଲୋ?"

"ସୁର ଭାଇ କେତେ ମୁଁ ପଛରୁ ଡାକିଲିଣି- ତମେ ଶୁଣୁନା-ଶେଷକୁ ଏଇ ଘୋଡ଼ି ହସରେ ହିଁ ତମ ଧ୍ୟାନ ଭାଙ୍ଗିଲା- "ମାଳ ମୋର କକେଇ ଝିଅ ଭଉଣୀ। ଘରେ ଝିଅ ନଥାଏ ବୋଲି ବୋଉ ତାକୁ ଡିମ୍ବ ଦିନରୁ କୋଡ଼ରେ କାଖରେ ବଢ଼େଇଥିଲା। ବୋଉ ମଲାଦିନରୁ ଝିଅଟା ଝୁରି ଝୁରି କଳାକାଠ ପଡ଼ିଗଲା- କକେଇ ଖୁଡ଼ି ଭୁଲି ଯିବ ବୋଲି ତାକୁ ଏବେ ବେଶୀ ଛାଡ଼ନ୍ତି ନାହିଁ- ଭାଉଜଙ୍କ ପାଖରେ ବେଳେବେଳେ ଆସି ବସଉଠ କରେ। ଏବେତ ମୋର କେତେବେଳେ ତା ସହିତ ଭେଟ ହୁଏ ନାହିଁ- କେତେ ବଡ଼ ସତେ ସେ ହେଲାଣି ମଖମଲି ଦେହ ତା' ଆହୁରି ଚିକ୍କଣ ହୋଇ ଉଠିଲାଣି ପିଠିରେ ବାଳ ଲହଡ଼ି ଭାଙ୍ଗୁଛି- ମାଳ ଆମର ସତରେ ସୁନ୍ଦରୀ-

ସୁରେଶ ତୁନି ହୋଇ ଚାହିଁ ରହିବାର ଦେଖି ମାଳ ମନେ ମନେ ଭାବିଲା - ଯେପରି ଭାଇ ଚାହୁଁ ନଥିଲେ ସେ ତାକୁ କାହିଁକି ଡାକିଲା ପଛରୁ। ଏଇ ଲଜ୍ୟାରେ ସଢ଼ିଗଲା ସେ। କଥା ବଦଳେଇବାକୁ ଯାଇ କହିଲା- "ଭାଇମ ତମେ ସତରେ କେଉଁଦି କଟକ ଯିବ? ମୋ ପାଇଁ ଡି.ଏମ.ସି: ସୂତା ପଠାଇବ- ବଡ଼ ଭାଉଜ ତୁମକୁ ଘରେତ ଏଇଲେ ଖୋଜୁଥିଲେ କିଏ ପୁଣି କୁଣିଆଁ ଆସିଛନ୍ତି ତୁମ ଘରକୁ-"

ସୁରେଶ ପୋଖରୀ ତୁଠରୁ ଘର ଆଡ଼କୁ ମୁହାଁଇଲା। "ଆ ମାଳ ଯଦି ଗାଧୋଇ ସାରି, ଘରେ କଥାବାର୍ତ୍ତା ହେବା। କିଏ ସବୁ ଆସିଛନ୍ତି- ଭାଉଜ ଏକାରେ ହରକତ ହେଉଥିବେ।" ସୁର ଏତକ କହି ଡେଙ୍ଗା ପାହୁଣ୍ଡ ପକାଇ ଘରେ ପହଞ୍ଚିଲା-

ଘରେ ଗୋଡ଼ ଦେଉଣୁ ନ ଦେଉଣୁ ଦେଖିଲା- ଦୁଇ ଚାରି ଜଣ କିଏ ବସିଛନ୍ତି- ଭାଇ ବି ଅଛନ୍ତି- ଭାଉଜ ଲକ୍ଷ୍ମୀମାଆ ଚାକରାଣୀକୁ ଧରି କାମ ବରାଦରେ ବ୍ୟସ୍ତ ବିବ୍ରତ ହୋଇ ଧାଁ ଧଉଡ଼ ଲଗେଇଛନ୍ତି। ଭାଇଙ୍କ ଦୃଷ୍ଟି ଏଡ଼େଇବାକୁ ଯାଇ ବାଟ ଭାଙ୍ଗି ଦେଇ ଯିବାକୁ ବସିଥିଲି- ଭାଇ ପଛରୁ ଡାକି କହିଲେ... ସୁର ଶୁଣ ଟିକିଏ? ଭାଇ ପଚାରିଲେ- ତୋ ଚାକିରୀରେ କେଉଁ ଦିନରୁ ନିଯୁକ୍ତି ହେବାପାଇଁ କୁହାଯାଇଛି? ଏଇ ଆସନ୍ତା ପହିଲା ଦିନ!

ଆଚ୍ଛା! ଆଉ କେତେ ଦିନ ଗଡ଼େଇ ନେଲେ ହୁଅନ୍ତା ନାହିଁ? ନା ଭାଇ-

ଚାକିରିରେ ଯୋଗ ଦେଇସାରି ବରଂ ଛୁଟି ନେଇ ହେବ। କିନ୍ତୁ... ଭାଇଙ୍କ କଥାର ମର୍ମ ବୁଝିପାରିଲି- ନୀରବରେ ସେଠାରୁ ଚାଲି ଆସିଲି- ମୋ ଘର ଭିତରେ ଯେଉଁ ଫଟୋଟି ପୁନରାୟ ଭାଉଜ ଆଣି ଦେଇଥିଲେ କାଢ଼ି ଦେଖିଲି- ସେ ଦିନୁ ସତରେମନ କରିନଥିଲି ପୁଣିଥରେ ଭାଇ, ଭାଉଜ ଏତେ ଚଞ୍ଚଳ ମତେ ଅଡୁଆରେ ପକେଇବେ ବୋଲି ଫଟୋଟିକୁ ଏପଟ ସେପଟ ଦେଖି ମନେ ହେଲା-ଝିଅଟିର ଚାହାଁଣୀ ଯେପରି ସ୍ୱଷ୍ଟ ତୀକ୍ଷ୍ଣ ସେଥିରେ ସେ ନିଶ୍ଚୟ ବୁଦ୍ଧିମତୀ ହୋଇଥିବ-ବେଶ ହାଲୁକା ଗଢ଼ଣ ସରୁ ଧାର ପରେ ନାକଟି ଲଜ୍ୟାରେ ଅଳ୍ପ ଫୁଲି ଉଠିଛି-ଓଠ ଦିଫାଳ ଚାପି ହୋଇ ଯାଇଛି- କ'ଣ ଯେପରି କହି ପକାଇବ-

କି ସୁର ସେ ଦିନୁ କ'ଣ ଦେଖି ଦେଖି ମନ ତୃପ୍ତି ହୋଇନାହିଁକି ? ସେ ଦିନ ତ କହିଲ- ଏବେ ପୁଣି କି ବିଭାଘର- ଯାଉ ଆଉ କେତେଦିନ। ଆଜି ପୁଣି ବେଉଛନ୍ନ ହୋଇ ଲୁଚେଇ ଚୋରେଇ ଦେଖି ଲାଗିଛ, କାହିଁକି କହିଲ ?

ଏମିତି ଅପ୍ରସ୍ତୁତ ଭାବେ ଭାଉଜଙ୍କ ଆଗରେ ଯେ ଧରା ପଡ଼ିଯିବି ମୁଁ ଏକଥା ମୋଟେ ଭାବି ନଥିଲି। କହିଲ ଭାଉଜ, ଦାଣ୍ଡ ବାହାରେ ଯେଉଁମାନେ ବସିଛନ୍ତି ସେମାନେ କିଏ... ?

ଆହା- ହା କି କଅଁଳା ପିଲାଟି ମୋ'ର ଲୋ-କିଛି ନ ଜାଣନ୍ତି ଅବା...।

ସେଇ ଯେଉଁ ରୂପସୀଙ୍କୁ ମନ ପୂରେଇ ଦେଖିବାରେ ଲାଗିଛ, ତାଙ୍କରି ବାପା ମଉସା ସେମାନେ...। ସେମିତି ଧରଣର ନ ହୋଇଥିଲେ ଭାଇ କ'ଣ ତାଙ୍କ ସଙ୍ଗେ ଏତେ ଆଗୁ ଏତେ କଥା ଗପନ୍ତେ ! ଝିଅଟି ତାଙ୍କର ମାଟ୍ରିକ୍ ପଢୁଛି- ସହରରେ ଘର। ସେମିତି ଗୁଡ଼େ ବଡ଼ ଲୋକ ନୁହଁନ୍ତି, ତଥାପି ଭଲ ଚଳନ୍ତି ପକ୍ଷ। ଆଉ ତ ରୂପ ତୁମେ ଦେଖିଛ- ଯଦି ଚାହିଁବ ତେବେ ବି ଯାଇ ଦେଖି ଆସି ପାର-

ମୋର ଆଉ ଦେଖିବାର କ'ଣ ଅଛି-ମୋର ସର୍ତ୍ତ ତ ପୂରଣ ହୋଇଛି। ବାକି ତମ ସାଙ୍ଗକୁ ଯୋଡ଼ି ପଡ଼ିବ କି ନାହିଁ ଭାବ- ଦେଖି ଚାହିଁ ସ୍ଥିର କର।

ଭାଉଜ ଚାପା ଗଳାରେ ହସି ହସି କହିଲେ- ଏଇଲେ ପରା ବିଭା ହେଉ ନଥିଲ। ଆଉ କଥା ପଚାରୁ ନ ପଚାରୁ ଏକଦମ ପୁରା ଜବାବ- ପେଟରେ ଭୋକ ମୁହଁରେ ଏତେ ଲାଜ କିଆଁ ମ ?

କହି କହି ଭାଉଜ ଶଙ୍ଖ ବାସନ କେଇଖଣ୍ଡ ଧରି ଘର ଭିତରୁ ବାହାରି ଗଲେ। କିଏ କେତେବେଳେ ସମ୍ମାନାସ୍ପଦ ଅତିଥି ଆସିଲେ ତାଙ୍କରି ସତ୍କାରରେ ଲାଗିବାପାଇଁ ଏଇ ଶଙ୍ଖ ବାସନ ଗୁଡ଼ିକର ଭାଗ୍ୟ ଖୋଲିଯାଏ।

ମାଳ ହସି ହସି ଘରକୁ ଫେରି ଆସିଲା- ସୁର ଭାଇ କାହିଁକି ମଉନ ଅବତାର ?

ନୂଆ ଭାଉଜଙ୍କ କଥା ଧ୍ୟାନରେ ଭାବୁଛ କି ?

ତୁନି ହୁଅ ମାଳ ! ତୋ'ର ପିଲାଳିଆମି କେବେଯିବ କହିଲୁ । ସେ ଘରେ ଯେଉଁମାନେ ବସିଛନ୍ତି ସେମାନେ ତୋ ମନେ ମନେ ଖାଲି ମୋ ଶ୍ୱଶୁର- କିଲୋ ଆମର ପରା ବଦଳ କନିଆ ହେବ- ତୋ ଶ୍ୱଶୁର ମଧ୍ୟ ସେମାନେ । ମାଳର ସେ ପ୍ରାଣ ଖୋଲି ହସ କୁଆଡ଼େ ଉଭେଇଗଲା- ଏକା ଡିଆଁକେ ଯାଇ ଭାଉଜଙ୍କ ପାଖେ ରୋଷେଇ ଘରେ ହାଜର ।

କଥାବାର୍ତ୍ତା ଛିଣ୍ଡିଲା । ସେମାନେ ଗଲେ ଭାଉଜ ଆସି କହିଲେ ଏବେ ହେଲା, ଏଥର ବାବୁ ଆଉ ଉଁ-ଚୁଁ କରିବେ ନାହିଁ । ସେଥର ସିନା ମଫସଲ ଭାଉଜ କେଉଁଠୁ ଗୋଟେ ମଫସଲ ଝିଅ ବାଛିଥିଲା- ଖାଲି ଶାଗ ଖରଡ଼ା ପଖାଳ ଭାତ ସେ ଜାଣିଥାନ୍ତା ଏତ ଆମର- ବିସକୁଟ୍ କେକ୍ ଜାଣିବା ବାଲା ହୋଇଥିବ ।

ହେଉ ମା' ମଙ୍ଗଳା ସର୍ବଶୁଭରେ ହାତଗଣ୍ଠି ପଡ଼ି ତୁମେ ସୁଖରେ ଏ ସଂସାରରେ ସୁନାମ ନେଇ ଘର କରି ରହ-

ଭାଉଜ ପେଟତ ଭୋକରେ ହାଉ ହାଉ ହେଲାଣି, ଆଉ ସେ ସୁଖରେ ଘର କରିବାକୁ ମତେ କ'ଣ ମିଳିବ କହିଲ ?

■

ସାତ

ହେମାଙ୍ଗିନୀ କହିଚାଲିଛି- ଆଜି ସମସ୍ତେ ସ୍ୱାଧୀନ, ତା' ମାନେ ଏ ଦେଶରେ ଯେଉଁ ସାହେବ ଲୋକେ ରାଜୁତି କରୁଥିଲେ ସେ ଆଜି ନାହାଁନ୍ତି। ଆମ ତଣ୍ଟି-ମୁଣ୍ଡ କାଟି ଯେ ଆମର ସବୁ ଧନ ଦଉଲତ ତା ଘରକୁ ବୋହି ନେଇ ଯାଉଥିଲା, ସେ ଆଉ ନାହିଁ ଆମକୁ କଷଣ ଦେବା ପାଇଁ। ଏଣିକି ଆମ ଦେଶ ଆମର- ଆମ ଧନ- ଦଉଲତ ଆମର। ଗୋଟିଏ ଘରକୁ ଘରଣୀ ନହେଲେ ଘରଟି ଯେପରି ସର୍ବାଙ୍ଗ ସୁନ୍ଦର ନହୁଏ- ସେହିପରି ଦେଶରେ ସବୁ ନାରୀମାନେ ଭଲ ହୋଇ ଚଳି ନ ଶିଖିଲେ ଦେଶର ପୂର୍ଣ୍ଣାଙ୍ଗ ଉନ୍ନତି ହୋଇପାରିବ ନାହିଁ। ଆମ ଦେଶରେ ତ ବହୁ ପୁରୁଣା ଯୁଗରୁ ନାରୀମାନେ ଘରକଣରେ ରହି ଆସିଛନ୍ତି-ସେମାନେ ଆଜି ପାଠ ପଢ଼ିବାକୁ ଘୃଣା କରନ୍ତି। ପାଞ୍ଚ ପ୍ରକାର ଭଲ କାମ ଶିଖିବାକୁ ମଧ୍ୟ ନାପସନ୍ଦ କରନ୍ତି। ଆମରି ଦେଶକୁ ଆମକୁ ଗଢ଼ିବାକୁ ହେଲେ ପ୍ରତ୍ୟେକ ମାଆ-ଭଉଣୀ ଶିକ୍ଷିତା ହେବା ଦରକାର- ତାହାହେଲେ ସିନା ଆମ ପିଲାଟିକୁ ଆମେ ନିଜେ ଭଲ ଶିକ୍ଷା ଦେଇପାରିବା। ଏଇ ପିଲା ଭବିଷ୍ୟତରେ ଆମ ଦେଶର ଗୋଟିଏ ଗୋଟିଏ ନାମଯାଦା ଲୋକ ହେବେ। ସମସ୍ତଙ୍କ ବଳରେ ଦେଶ ଆଗେଇ ଯିବ।" ଇତ୍ୟାଦି...

ଅଳି, ଅଳି ବୋଉ, ହୀରା, ଅନୁ ସମସ୍ତେ ହେମାଙ୍ଗିନୀର କଥା ସତେ ଯେପରି ପିଇଯାଇଛନ୍ତି। ହେମାଙ୍ଗିନୀ ଅଳିଙ୍କ ଘରେ ପ୍ରଥମେ ଆସିବା ସମୟରେ ଦଶପନ୍ଦର ଦିନ ଚଳିଥିଲା- ସେଇଦିନୁ ଅଳିର ଅଧିକାର ଟିକିଏ ବେଶୀ ଥିଲା ତେଣୁ ସେ ଆଗୁଆ ପଚାରିଲା- "ହେମ ଅପା ତମେ ଯାହା କହିଲ ସବୁ ସତ, କିନ୍ତୁ ଏ ଗାଁର ଝିଅ ବୋହୂ ପାଠ ପଢ଼ିବେ କିପରି ? ସେମାନେ ତ ଆଉ ଇସ୍କୁଲକୁ ଯାଇପାରିବେ ନାହିଁ।"

ହେମାଙ୍ଗିନୀ କହିଲା... " ହଁ ସତ କଥା ତମେ ପଚାରିଛ- ମୁଁ ପରା ଖାସ୍ ସେଇଥିଲାଗି ଆସିଛି। ମୁଁ ଯେତିକିତ ଜାଣେ ସେତିକି ପଢ଼େଇ ସାରିଲା ବେଳକୁ

ସରକାରଙ୍କୁ ଜଣେଇଲେ ସେ ଆହୁରି ବେଶୀ ପଢ଼ିଲାବାଲା ଲୋକ ପଠାଇବେ ଯେଉଁଥିରୁ କି ତୁମେମାନେ ପାଠ ପଢ଼ିବାର ସୁଯୋଗ ପାଇବ। ଆଉ ଖାଲି ତ ପାଠ ପଢ଼ିଲେ ହେବ ନାହିଁ। ଆମ ଦେଶରେ ସ୍ତ୍ରୀ ଲୋକମାନେ ଭାରି ଅଳସୁଆ- ରନ୍ଧାବଢ଼ା ଆଉ ସ୍ୱାମୀ ପୁଅ ଝିଅଙ୍କ କାମ ସରିଗଲେ ସେମାନେ କିଛି କରିବାକୁ ମନ ବଳାନ୍ତି ନାହିଁ। ତେଣୁ ଆମେ ଦୁନିଆର ଚାକଚକ୍ୟଠାରୁ ବହୁ ଦୂରରେ ଥାଉ। କିନ୍ତୁ ଏଇସବୁ ସୁନ୍ଦର ଶିଳ୍ପ ହାତରେ କରି ଶିଖିଲେ ଆମ ଘର ବହୁ ଅଦରକାରୀ ଜିନିଷ ଯାହାକୁ ଆମେ ଖତ ଗଦାରେ ଫିଙ୍ଗି ଦେଉଛେ ତାକୁଇ ନେଇ କେତେ ପ୍ରକାର ଚିଜ ଗଢ଼ିପାରନ୍ତେ- ଘର ସଜେଇବାଠାରୁ- ପିଲା ଖେଳିବା ପର୍ଯ୍ୟନ୍ତ- ନିଜ ଦରକାରରେ ମଧ୍ୟ ଆସନ୍ତା। ନହେଲା ତା' ବି ଯଦି ନହୁଅନ୍ତା ତେବେ ତାକୁ ବଜାରରେ ବିକିଲେ ମଧ୍ୟ ଦୁଇପଇସା ମିଳନ୍ତା ମୋର ଏ ଗାଁର ମା', ମାଉସୀ, ଝିଅ, ବୋହୂ ସମସ୍ତଙ୍କୁ ଏତିକି ନିବେଦନ ଯେ ଏଇଠିକୁ ଆସି ଆମେ ସମସ୍ତେ ଯଦି ସାତ ଦିନରେ ଦୁଇଟି ଦିନ ଏକାଠି ହୁଅନ୍ତେ ତେବେ ମୁଁ ବଡ଼ ଆନନ୍ଦରେ ଆପଣମାନଙ୍କୁ ଏସବୁ କାର୍ଯ୍ୟ କରିବାରେ ସାହାଯ୍ୟ କରନ୍ତି।"

ଅଳି ଆଗକୁ ପଛକୁ ଚାହିଁ ଦେଖିଲା- ଯେଉଁମାନେ ବଡ଼ ବଡ଼ କଥା କହୁଥିଲେ ସେଇମାନେ ଏଣେ ତେଣେ ଚାହିଁ ମୁହଁ ମୋଡ଼ାମୋଡ଼ି ହେଉଛନ୍ତି।

ଅଳି ପ୍ରଥମରୁ କହିଲା- "ହେମ ଅପା ତମେ ପଚାର କିଏ କିଏ ଆସିବାକୁ ରାଜି ଅଛନ୍ତି।"

ହେମାଙ୍ଗିନୀ ହସି ହସି କହିଲା ତମେ ଆଗେ ଆସିବ କି ନାହିଁ କହିଲ ? ଅଳି ବିନା ଦ୍ୱିଧାରେ ହଁ ଭରିଲା।

ପଛପଟୁ ଚାପାଗଳାରେ କିଏ ଯେପରି କହିଲା- ହଁ ଆଗ ଆସିବ ନାହିଁ କିମିତି- ବରମାନେତ ମୁହଁ ମୋଡ଼ି ଦେଇଯାଉଛନ୍ତି; ଏଇଠି ପାଠ ପଢ଼ି ପଣ୍ଡିତ ହୋଇଗଲେ ବଢ଼ିଆ ଚାକିରିଆ ଜୋଇଁ ମିଳିବେ। ଅଳି ଶୁଣି ତୁନି ରହିଲା। ସମସ୍ତେ ଗୋଟି ଗୋଟି ହୋଇ ଉଠିବାକୁ ଲାଗିଲେ। ହେମାଙ୍ଗିନୀ କିପରି ଏମାନଙ୍କୁ ବାଟକୁ ଆଣିବ ଚିନ୍ତାଗ୍ରସ୍ତ ହୋଇପଡ଼ିଲା। ହଉପଛେ ଅଳି ଏକୁଟିଆ କାଲିଠାରୁ ତାକୁଇ ନେଇ କାମ କରିଯିବାକୁ ପଡ଼ିବ।

ଏଣେ ନାରଣ ମିଶ୍ରଙ୍କ ଉଚ୍ଚପିଣ୍ଡାରେ ବସିଛି ବୈଠକ। ଯଦି ଦାସେ- ଏକାତିଆଡ଼ୀଏ- ମଧୁ ଜେନେ- ନିଧି ମହାଳିକ ହରି ମହାପାତ୍ରେ ବସିଯାଇଛନ୍ତି। ବୁଢ଼ା ହରି ମହାପାତ୍ରେ ଟିପେ ନାଶ ସକତ କରି ସୁଡ଼ିକି ନେଇ କହିଲେ- ହଇହେ ଦେଖ ହେ ଗାଁ ଦାଣ୍ଡଟାରେ ଡେଙ୍ଗେ ଡେଙ୍ଗେ ଚାଲିଗଲେ- ଆମରି ବୋହୂ

ଭୂଆଶୁଣିମାନେ ଟିକିଏ ପଚାରିଲେ ନା ଉଚାରିଲେ? ନାରଣ ମହାପାତ୍ରେ ପାଟିରେ ପାଟିଏ ଗୁଣ୍ଡି ଚୋବାଉ ଚୋବାଉ କହିଲେ- ଏଁ ଏଙ୍କର କି ଦୋଷ ଅଛି- ସେଇ ଯେଉଁ ଧେଙ୍ଗେଡ଼ୀ ଟୋକୀଖଣ୍ଡକ ଆସିଛି, ସେଇତ ନାଟର ଗୋବର୍ଦ୍ଧନ। ସେଇପରା ଶିଖଉଛି ଆସ ପାଠ ପଢ଼- ଘର ଧନ୍ଦା କିଛି ନ କରି ଚାକିରୀ କରିଯାଅ- କଞ୍ଚା ପଇସା ରୋଜଗାର କର- ଆଉ ଏବର- ଦେଢ଼ଶୁର-ଶାଶୁ-ଶ୍ୱଶୁରଙ୍କ କଥା ଏତେ ଶୁଣ ନାହିଁ। ନରି ବୋଉ ମତେ ଯେମିତି ଏକଥା କହିଛି- ମୁଁ କଲି ଗୋଟେ ରଡ଼ି ଯେ, ଏକା ଖେପାକେ ଯାଇ ହାଣ୍ଡି ଗମ୍ଭିରୀ ଘରେ-

ଗାଁ ଟାଉଟର ଯଦିଦାସେ କହିଲେ- "ହଇହେ ସେ ଟୋକୀର କି ଅପରାଧ- ଆମରି ଭିତରୁ ଜଣେ ଅଧେ ସିନା ତାକୁ ଆଙ୍ଗୁଠି ଦେଖେଇ କହିଲେ ଏକୁଇ ଗିଳି ସେ ଆଙ୍ଗୁଠି ଗିଳୁ ଗିଳୁ ତାହା ଗିଳିଲା। ଆମ ମାଲତାକାର ଏତକ କଲେ। କି ଯେ କଂଗ୍ରେସ ସରକାର ସେ ଦେଖେଇ ହେଉଛି। ହଇହେ- ଏଇ ଅନିଆଚାର ଗୁଡ଼ାକ ପୂରାଇଲେ, ଲୋକେ କ'ଣ ଆଉ ଥରକୁ ଭୋଟ ଦେବେ ସେ ପୁଣି କ'ଣ ନା ଗାଁ ସରପଞ୍ଚ ହୋଇଛି। ଗାଁ କ୍ରଣ୍ଟାକ୍ଟର ନିଧି ମହାଲିକ ଟିକିଏ ଜାଣିବା ଶୁଣିବା ବାଲା। ଏଇ ବ୍ଲକ୍ ଡେଭଲପ୍ ମେଣ୍ଟରୁ ବି ବେଶ୍ ଦୁଇ ପଇସା ପାଉଛନ୍ତି।

ସେ କହିଲେ- "ହଇହେ କାହାରି ଦୋଷ ନାହିଁ- ସରକାର କ'ଣ କରିବ? ଆମ ଚାରିପଟେ ଥିବା ଦେଶଯାକତ ସେୟା କଲେ ଆମେ ସେଥିରୁ ବାହାରିବା କିପରି? ସରକାର ଯାହା ଆଇନ୍ କଲା ତାକୁତ ଏ ହାକିମ-ହୁକୁମମାନେ ମାନି ଚଳିବେ। ସେମାନେ ମାନିଲା ବେଳକୁ ଆମ ଏ ଛୋଟ ଗାଁ ପାଞ୍ଚ ଖଣ୍ଡର ସରପଞ୍ଚ ବାହାରିଯିବେ କିପରି? ସେଇ କଥାରେ ତ ଅବେଇଣ ତାଳି ମାରିବେ! ଆଇନତ ହେଲା, ମାଇପେ ସବୁ କରିପାରିବେ- ଛାଡ଼ପତ୍ର ଦେଇପାରିବେ- ବିଭା ନ ହୋଇ ପୋଷିଆଁ ପୁଅ ବି କରିପାରିବେ- ବାପ ମଲେ ଆଗେ ସମ୍ପତ୍ତି ପାଉଥିଲା ପୁଅ- ଏବେ ସେଥିରୁ ଭାଗ ପାଇଲାଣି ଝିଅ। ଝିଅ ତ ଏବେ ହେଲେଣି କଲେକ୍ଟର ଆଉ ଏଇ ଯେଉଁ ଝିଅଟି ଆସିଛି ତା'ର ଦୋଷ କ'ଣ?

ନନ୍ଦ ଦାସପାତ୍ରେ କୁଆଡୁ କେଜାଣି ଏତିକିବେଳେ ଗଳିପଡ଼ିଲେ- ଯଦୁଦାସେ ଆଗ ବଳିପଡ଼ି ଓଲିକି ଆପଣେ ଓଲିକି। ହେଇତ ଆପଣଙ୍କ କଥା ପଡ଼ିଛି- ଆପଣ ଆସି ହାଜର।

ଆରେ, ନାରଣ ମଉସା- ଆପଣମାନେ ତ ସମସ୍ତେ ଏକାଠି ଅଛନ୍ତି- କି କଥା ମୋ ନାମରେ ପଡ଼ିଥିଲା ଯେ! ନାଇଁ ହେ-ଏଇ ତମକୁ ସରପଞ୍ଚ କରି ବାଛିଲୁ ଯେ, ତମେ ଏଇ ଯେଉଁ ରାଧିକାକୁ ଗାଁକୁ ଆଣି କେଳି ଲଗେଇଛ ସେଇ କଥା ପଡ଼ିଥିଲା।

"ଆରେ-ରାମ ରାମ- ମୁଁ କ'ଣ ଆଣିଥିଲି ? ସରକାରଙ୍କ ପଞ୍ଚବାର୍ଷିକ ଯୋଜନାରେ ଗାଁର ଯେପରି ରାସ୍ତା ବା କୂଅ-ପୋଖରୀ-ନଈ ନାଳର ଉନ୍ନତି ହେବ- ଇସ୍କୁଲ-ଡାକ୍ତରଖାନା ବସିବ-ଗାଁରେ ବିଜୁଳି ଆଲୁଅ ଜଳିବ-ଜମିରେ ବେଶୀ ଦାନ ଫଳିବାପାଇଁ ବ୍ୟବସ୍ଥା ହେବ ସେଇପରି ମାଇପିମାନେ ପାଠ ପଢ଼ିବେ - ସିଲେଇ ଶିଖିବେ ଆହୁରି ଭଲ ଘର କରଣା ଶିଖିବେ- ସେଥିପାଇଁ ଏମିତି ଜଣେ ଗ୍ରାମସେବିକାଙ୍କୁ ଗାଁଆମାନଙ୍କୁ ପଠାଉଛନ୍ତି।"

"ହଅ, ଯାହାସବୁ ମୁଖସ୍ତ କରିଥିଲେ ଭୋଟ ନେଲାବେଳେ ତାକୁଇ ଭାଗବତ ପରି ଗାଇ ଗଲେ ଆମ ଦୁଃଖ ଗଲା। ଆମ ପିଲେ ତ ଗଣ୍ଡେ ଭଲ ଖାଇବାକୁ ପାଉନାହାନ୍ତି- କି ଖଣ୍ଡେ ଭଲ ପିନ୍ଧିବାକୁ ପାଉନାହାନ୍ତି- ଆଉ ବିଜୁଳି ଜଳିଲେ ଆମ ସାତପୁରୁଷ ଉଦ୍ଧାର ହେବେ- ନହେଲେ ମାଇପେ ପାଠ ପଢ଼ିଲେ କୂଳ ଉଜ୍ଜ୍ୱଳ ହେବ"- କ୍ଷୋଭରେ ବୃଦ୍ଧ ହରି ମହାପାତ୍ରେ ଏତକ କହି ପକାଇଲେ।

ନିଧି ମହାଳିକ ବାହାରି ପଡ଼ି କହିଲେ, ସେ ଯାହା ହେବାର ହେଉ ଗାଁ ଭାଗବତ ଘରେ ଏପରି ମାଇପି ନାଟ ନାଗିବାଟା ସୁନ୍ଦର ନୁହେଁ। ସେ ଟୋକୀ ବି ଇନ୍ଦ୍ର ଚନ୍ଦ୍ର ମାନୁନାହିଁ- କେତେ ସେ ଭଳିକି ଭଳି ଭେଶ ସେ ପକଉଛି ଯେମିତି କୋଉ ରଜାଙ୍କ ରାଣୀ ପରା ?

ସରପଞ୍ଚ ନନ୍ଦଦାସ ମହାପାତ୍ରେ ଦେଖିଲେ ସମସ୍ତେ ଟେର୍ ଉପରେ ଅଛନ୍ତି। ସେ ଜାଣନ୍ତି ଲୋକଙ୍କ ଭିତରେ କେମିତି ଚଳିବାକୁ ହୁଏ- କିପରି ଏଇମାନଙ୍କୁ ହାତରେ ରଖିବାକୁ ହୁଏ। ସଙ୍ଗେ ସଙ୍ଗେ କହିଲେ ନିଧି ମହାଳିକେ-କାଲି ଏ ଗାଁକୁ ବି.ଡ଼ି.ଓ ସାହେବ ଆସିବେ- ମୁଁ ତୁମରି ଘରେ ତାଙ୍କର ରହଣି ବ୍ୟବସ୍ଥା କରେଇଛି। ହେମଦ୍ୱାରା ଆମର ଯଦି ସତରେ କିଛି ନହେବ ବୋଲି ଆମେ ବିଚାରୁଛେ ତେବେ ତାଙ୍କୁଇ କହି ହେମକୁ ଭଲରେ ଭଲରେ ଏଗାଁରୁ ବିଦା କରିଦେବା। ମନେ ବି.ଡ଼ି.ଓ: କହୁଥିଲେ କନକଦେଇପୁରରେ ସେ ଗ୍ରାମ ସେବିକାକୁ ଚାହୁଛନ୍ତି-

ନାରଣ ମହାପାତ୍ରେ- ଯଦୁ ଦାସେ ଏକା ସଙ୍ଗରେ ଥାଇ କହି ଉଠିଲେ ଆରେ ଏକଥା କ'ଣ ଆମେ କହୁଛୁ- ଯେତେବେଳେ ଆଇଚି ଆଗ ଦେଖିବା ସତ ସତିକା ଆମ ଝିଅ ବୋହୂ ଭଲରେ ନା ମନ୍ଦରେ ଯାଉଛନ୍ତି- ତାପରେ ସିନା ବ୍ୟବସ୍ଥା କରିବା ପୁଣି ଯେତେବେଳେ କମ୍ପୋଷ୍ଟ ଖତ କହୁଥିଲେ- ସେତେବେଳେ ତ ଆମେ ନାକ ଟେକୁଥିଲେ- ଏବେ କିମିତି ତାକୁଇ ବିଲରେ ଦେବାକୁ ବାଡ଼ିଆ ବାଡ଼େଇ।

ହଁ ହେଁ ପ୍ରଥମରୁ ସବୁ ସେମିତି ଲାଗେ- ସେଇ ଯେଉଁ ଜାପାନୀ ପ୍ରଣାଳୀରେ ଧାନଚାଷ ସେ କିମିତି ଅସମ୍ଭବ ମନେ ହେଉଥିଲା-ତାକୁଇ କରି ଆମରି ନିଧି ମହାଳିକେ

ତିନିକୋଠି ଧାନ ଯମା କଲେଣି- ସରପଞ୍ଚ ହସି ହସି ଏତକ ଯୋଡ଼ିଲେ। ଏମେତି ଏମେତିରେ ସଭା ଭଙ୍ଗ ହେଲା।

ହେମାଙ୍ଗିନୀ ଭାବି ଭାବି ଆସି ପହଞ୍ଚିଲା- କାଲି ବି.ଡ଼ି.ଓ. ସାହେବଙ୍କ ସହିତ ଦେଖାକରି ସବୁ କହିବ। ଏ ଗାଁର ପୁରୁଷ ଲୋକେ ଯଦି ଚାହିଁବେ ତେବେ ସିନା ଯାଇ ସ୍ତ୍ରୀ ଲୋକମାନଙ୍କ ନେଇ କିଛି କରିହେବ।

କେତେ ବଡ଼ ବଡ଼ କଳ୍ପନା କରି ଆସିଥିଲି। ଗାଁରେ ମହିଳା ସମିତି ଗଢ଼ିବି- ସ୍ତ୍ରୀଲୋକମାନଙ୍କୁ ଭଲକାମ ଶିଖାଇ ପ୍ରଦର୍ଶନୀ ହେରିକା କରେଇବି- ତାଙ୍କ ଭିତରେ ସମବାୟ ସମିତି ଗଠନ କରିବି- ମାତୃମଙ୍ଗଳ- ଶିଶୁମଙ୍ଗଳ କେନ୍ଦ୍ର ଖୋଲିବି- ମୋ କଳ୍ପନା ବୋଧହୁଏ କଳ୍ପନାରେ ହିଁ ରହିଯିବ। କାହିଁ ଜଣେ କାହାରିକୁ ତ ମୋ କଥା ପସନ୍ଦ କରୁଥିବାର ଦେଖିପାରୁନି। ହଁ ସେ ଦିନତ ବି.ଡ଼ି.ଓ ସାହେବ କହୁଥିଲେ- ପ୍ରଥମେ ପ୍ରଥମେ ଏମିତି ହୁଏ। ଏମିତି ଭାବୁ ଭାବୁ ଫୁଲସଞ୍ଜ କେତେବେଳୁ ନଇଁଗଲାଣି- ଦଶମୀର ତୋଫା ଜହ୍ନ ବିଛାଡ଼ି ହୋଇ ଘର ବାହାରେ ପଡ଼ିଛି- ଭାଗବତ ଘର ଭିତରେ ଅଗଣାରେ ହେମାଙ୍ଗିନୀର ଗେଣ୍ଡୁଗଛ ଫୁଲ ଭାରରେ ସତେ ଯେପରି ଭାଙ୍ଗିପଡ଼ିଛି। କେତେ ଟୋକେଇ ଫୁଲ ସେ ବାହାରିବ ତା କହି ହେଉନି। ମାଇପି ସଭା କରେଇବ ବୋଲି ସକାଳୁ ଭାତରାନ୍ଧି ପଖାଳି ଦେଇଛି- କ'ଣ ଟିକିଏ ଚାଖଣ ହେଲେ ସେ ଖାଇନେବ। ପାଠ ପଢ଼ିଛି ସତ; କିନ୍ତୁ ଗୋଟିଏ ପେଟ ପାଇଁ ସେ କେବେ ସଉକିନୀ କାଢ଼ି ହେଇନି।

ପଡ଼ିଶାଘର ପ୍ରଧାନ ବୋହୁଟି- ଏଡ଼େ ଭଲ ବ୍ୟବହାର ତା'ର- ସତେ ଯେପରି କେଉଁ ସରଗର ପରୀଟିଏ ଏ ମର୍ତ୍ତ୍ୟକୁ ଆସିଛି। ରୂପଟି ଯେମିତି ଗୁଣଟି ସେମିତି। ନିଜ ବ୍ୟବହାରରେ ମା' ପେଟର ଭଉଣୀ ଏତେ ସ୍ନେହ ପରାଗ ଦେଖେଇବ ନାହିଁ। ଲୁଚେଇ ଲୁଚେଇ ବାରିବାଇଗଣରୁ ପୁଞ୍ଜେ- କଖାରୁ ଶାଗରୁ ପୁଳେ ନ ହେଲା ବେଳକୁ ଭଜା କୋଳଥଡ଼ାଲିରୁ ଅଧମାଣେ ଥୋଇ ଦେଇଯିବ- ରାଣ ନିୟମ ପକାଇବ ଏତେକ ରାନ୍ଧି ଖାଇବାକୁ। ହେଲେ ତା'ର ଯେଉଁ ଗେରସ୍ତ ଖଣ୍ଡକ-ଏଡ଼େ ଛତରା ଯେ କହିଲେ ନ ସରେ- ଦିନକେ ଦଶ ଓଡ଼ ଖଙ୍କାର ଖାଁ ମାରି ଦାଣ୍ଡକୁ ବାଡ଼ିକୁ ହେଉଥିବ। ମୋ ଦାଣ୍ଡ ବାଟେ ଯାଉଥିବ- କେଉଁ ଯାତ୍ରା କି ଆଖେଡ଼ା ଦଳରେ ମିଶିଛି କି କ'ଣଯେ ବୋଝେ ବାଳ ରଖିଛି। ଡାହାଣ ହାତରେ ଗୋଟେ ରୂପା ତାବଜ କଳା ଫିତାରେ ବାନ୍ଧିଛି-ଲୁଙ୍ଗି ପିନ୍ଧି-ଫାଲ୍‌ଟାର ମାରି ସୁସୁରି ବଜାଇ ନଡ଼ର ବଡ଼ର ହେଉଥିବ। କ'ଣ କରିବି ଏଇମାନଙ୍କ ଭିତରେ ତ ବଳିବାକୁ ହେବ। ଏଇମାନଙ୍କୁ ଭଦ୍ର ଶିକ୍ଷିତ କରିବାପାଇଁ ତ ଏତେ ଯୋଜନା ଚାଲିଛି।

ବୋହୂଟି ଦିନେ କହୁ କହୁ କହିଲା ହଁ ମ ଦିଦି ସେମାନଙ୍କ କଥାରୁ କି ମିଳିବ- ମରଦ ପୁଅକୁ କି ଲଗା ଅଛି ନା ପଘା ଅଛି ? ତାଙ୍କୁ ଯେତିକି ହାତେ ମାପି ଚାଖଣ୍ଡେ ଚାଲିବ ସେତିକି ଜିଣିବ ? ବୋହୂଟିର ସ୍ୱାମୀର ବ୍ୟବହାରରେ ଖେଦ। ହେମାଙ୍ଗିନୀ ଦୀର୍ଘ ନିଶ୍ୱାସ ଛାଡ଼ି ଉଠିଲା- ଅନ୍ୟ କେତେ କାମ କରିବାକୁ ହେବ।

■

ଆଠ

ଅଫିସରେ ସୁରେଶ ମନ ଲାଗୁନାହିଁ- ନୂତନ ଚାକିରୀରେ ଗୋଟାଏ ପ୍ରକାର ନୂତନ ମାଦକତା ଥାଏ- ଏଇ ଆବେଗର ପ୍ରବାହରେ ଏ ଏଇ କେତେ ଦିନ ବେଶ କଟାଇ ଦେଇଛି- କିନ୍ତୁ କାହିଁକି ? ଚମ୍ପକ ବଲ୍ଲରୀ ସହିତ ଦେଖାହେବା ଦିନଠାରୁ ସେ ଅଫିସ୍ କାର୍ଯ୍ୟରେ ବିଶେଷ ମନଧ୍ୟାନ ଦେଇପାରୁନି। ଚମ୍ପକ ଏକା ଅଫିସର କିରାନୀ- ଦୁହେଁ କହିବାକୁ ଗଲେ ସହକର୍ମୀ-ଚମ୍ପକର ମଧ୍ୟ ଚାକିରୀ ଜୀବନ ନୂତନ।

ଅଫିସ୍ ବନ୍ଦ ହେବା ଉପରେ-ଅଫିସର ଚାଲିଗଲେଣି... ଫାଇଲ ପତ୍ରଯାକ ଏକାଠି କରି ଟେବୁଲର ଗୋଟାଏ କଣକୁ ଠେଲି ଦେଇ ସୁରେଶ ଛିଡ଼ା ହେଲା ଘରକୁ ଯିବ ସେ। କେଉଁଥିରେ ମନ ଲାଗୁନାହିଁ ହୁଏତ ବୀଣା ଆତୁରା ହୋଇ ଚାହିଁଥିବ- କି ବରାବର ଭାବୁଥିବ- ନୂତନ ବିବାହିତ ଜୀବନ- ସ୍ୱାମୀ ସେ। ଷୋଡ଼ଶୀ ସ୍ତ୍ରୀକୁ ଘରେ ଛାଡ଼ି ଆସିଛି- ବୀଣାକୁ ହୁଏତ ଭାଉଜ ଏଇଲେ ବାଗେଇ କରି ମୁଣ୍ଡ କୁଣ୍ଡାଇ ଦେଇ- ବାଡ଼ିରୁ ଗୋଛାଏ ଫୁଲ ଆଣି ତା'ର ଗହଳ ଜୁଡ଼ାରେ ଖୋସି ଦେଉଥିବେ- ଆଜି ସୁରଙ୍କର ଆସିବା ପାଳି-ସେ ଆସିବ- ତୁ ଏମିତି ନୁଖୁରା-ମୁଖୁରା ହୋଇ କାହିଁକି ବସିବୁ ? ବୀଣାର କେଉଁଥିରେ ମନ ଲାଗୁ ନଥିବ- ସେ ଖାଲି ବଲ ବଲ ଚାହୁଁଥିବ- ଆଖିରୁ ଦୁଇଟୋପା ତାତିଲା ଲୁହ ଭାଉଜଙ୍କ ଅଜାଣତରେ ଭୂଇଁରେ ଭେଦିଯାଉଥିବ। ସେ ତେବେ ବୀଣା ପ୍ରତି କର୍ତ୍ତବ୍ୟ କରିନାହିଁ। ବହୁ ଭାବି ଚିନ୍ତି ବାଛି ବାଛି ସେ ବୀଣାକୁ ବିବାହ ହେବାପାଇଁ ରାଜି ହୋଇଥିଲା। ବୀଣା ଏକ କଥାରେ କହିବାକୁ ଗଲେ ସୁନ୍ଦରୀ; ଶିକ୍ଷିତା। କେଉଁ ଗୁଣରେ ସେ ଅପାରଗ ଏମିତି କିଛି ତାକୁ ଦେଖିଲେ ଜଣାପଡ଼ିବ ନାହିଁ। ପ୍ରାଣର ପ୍ରତି ତନ୍ତ୍ରୀରେ ଝଙ୍କୃତ ହୋଇଉଠେ ତା'ର ପ୍ରଗଳଭ କଥାର ପ୍ରତିଧ୍ୱନି। ସେ କେତୋଟି ଦିନ ବିବାହର ମଧୁ-ମାଦକତା ମଧ୍ୟରେ କଟିଛି- ତୋ' ମୋ ଜୀବନ ନିକଟରେ ଚିରସ୍ମରଣୀୟ।

ଏଇ ଭାବନାରେ ମଝିରେ ଚମ୍ପକ-ଚଟି ଖସ୍ ଖସ୍ କରି ପଶି ଆସିଲା। ସବୁ ସମୟରେ ତା'ର ଏମିତି ହାଲୁକା ବ୍ୟବହାର ମୁଣ୍ଡରେ ବେଣୀଟିକୁ ବୁଲାଇ ବାମ ହାତରେ ଧରି କହିଲା- ସୁରେଶ ତମେ ଏପର୍ଯ୍ୟନ୍ତ ଯାଇନା- ଆଜି ତ ଶନିବାର ଗାଁକୁ ଯିବ ନାହିଁକି ? ବସ୍ ଛାଡ଼ି ଦେବଣି ଯେ।

ମନେ ମନେ ଭାବିଲି ଚମ୍ପକ ମୋ ଗାଁକୁ ଯିବାରେ ଏତେ ଉତ୍କଣ୍ଠିତ କାହିଁକି ? କିଏ ମୋର ତରୁଣୀ ସ୍ତ୍ରୀ ନିକଟରୁ ମତେ ଭିଡ଼ି ଧରୁଛି-ସହରର ଚାକଚକ୍ୟ ନା ଚମ୍ପକର ନାରୀତ୍ୱ-

ନୀରବତା ଭାଙ୍ଗି କହିଲା-ସେ, ଘରକୁ ବାହାରିଥିଲି- ଜୟନ୍ତ ମହାନ୍ତି ଆସି କହିଲେ ମିସ୍ ମହାନ୍ତି ଆଜି ମୋ ପୁଅର ଏକୋଇଶିଆ, ଆମଘରେ ରାତ୍ରୀ ନିମନ୍ତ୍ରଣ ରହିଲା। ଭାବିଲି ଅବା ଅଫିସର ଲୋକ- ଅଫିସ୍‌ଟା ଯାକର କର୍ମଚାରୀମାନଙ୍କୁ ନିମନ୍ତ୍ରଣ କରିଥିବେ। ହଁ ହଁ ଚମ୍ପକ- ସେ ମତେ ବି କହିଛନ୍ତି- କିନ୍ତୁ ମୁଁ ଗାଁକୁ ଯିବି କହିଛି।

ହସି ଉଠିଲା ଚମ୍ପକ ବେଶତ। ଆଜି ଗାଁକୁ ନ ଗଲେ ହୁଅନ୍ତା। ଆଉ ବା ବସ୍ ଟାଇମ୍ କାହିଁ- ହେଇତ ଆସି ଛଅଟା ବାଜିଲାଣି। ନାଁ ଆଜି ଆଉ ଯାଇ ହେବନାହିଁ- ଦେଖେ କାଲି ଭୋରରୁ ସାଇକେଲ୍‌ରେ ଯଦି ଯାଇପାରେ-

ଆରେ ତମେ ଥରୁଟେ ନ ଯାଇପାରିଲେ ଏମିତି ଆତୁରିଆ ହୋଇପଡୁଛ କାହିଁକି ? ନାଁ-ଏମିତି ସମସ୍ତେ ହୁଅନ୍ତି।

ମୁଁ ତ ସେଇଥିପାଇଁ ଅନେକ ଥର କହିଛି- ଚମ୍ପକ ତୁମେ ବିବାହ କର ଜାଣିବ- ବିବାହିତା ସ୍ତ୍ରୀର ମନ କ'ଣ ହୁଏ, ତାର ପ୍ରିୟତମ ନିର୍ଦ୍ଧାରିତ ସମୟରେ ଦେଖା ନ ଦେଲେ।

ବେଶତ କବି ବନିଗଲଣି- ହେଉ ମୁଁ ଘରେ ଅପେକ୍ଷା କରିଥିବି- ତମେ ମୋ କ୍ୱାଟର ବାଟେ ଆସିଲେ ସାଙ୍ଗ ହୋଇ ଜୟନ୍ତ ମହାନ୍ତିଙ୍କ ଘରକୁ ଯିବା।

କେତେବେଳେ ଯାଇ ଘର ଦୁଆର ମୁହଁରେ ପହଞ୍ଚିଲାଣି ମୋର ଖିଆଲ ନାହିଁ। ଟେବୁଲ ଉପରେ ଥୁଆ ହୋଇଥିବା ସଜ୍ଜିତ ଶୃଙ୍ଖଳା ମଧ୍ୟରେ କେତେଗୁଡ଼ିଏ ବହି। ଆଜିର ଖବର କାଗଜ ଖଣ୍ଡିକ ଉପରେ ଆଖି ବୁଲାଇ ଆଣୁ ଆଣୁ- ଖଣ୍ଡେ ଲଫାଫାରେ ଥିବା ଚିଠି ଓ ଜଳଖିଆ ଆଣି ଥୋଇଲା ଚାକର ଟୋକାଟି- ଚିହ୍ନା ଚିହ୍ନା ହସ୍ତାକ୍ଷର- ବୀଣା ଲେଖିଛି- ପାଞ୍ଚମାସ ହେଲା ଚାହିଁ ଚାହିଁ ତୁମେ ଆସିଲ ନାହିଁ। କଣ୍ଠ ଗଡ଼ିଯାଇଛି। ବଣର ମାଳତୀ ବଣରେ ଫୁଟି ମଉଳି ଯାଇଛି। ତା'ର ଶୋଭା ସଉରଭ ଯାଇଛି ସରି- । ମୋ'ର ସେଥିପାଇଁ ଅନୁଶୋଚନା ନାହିଁ- କିନ୍ତୁ ଏତିକି ଜଣାଅ ଖାଲି- ସୁସ୍ଥ ଦେହ ମନରେ ତମ ଦିନ ବିତୁଛି ଏ ପ୍ରାଣ ଆତୁର- ଆତଙ୍କରେ ଶିହରି ଉଠୁଛି। ଭାଇ

ଭାଉଜଙ୍କର ଇଚ୍ଛା-ମୁଁ ତୁମ ପାଖକୁ ଯାଏଁ। ତମେ ମଧ୍ୟ ସେଇ ଅଭିମାନରେ ବୋଧହୁଏ ଦୂରେଇଯାଇଛ- କିନ୍ତୁ ତୁମେ ନିଶ୍ଚୟ ବୁଝୁଥିବ। ଭାଇ-ଭାଉଜ କେବଳ ଏ ଦୁନିଆଁରେ ଆମର ଗୁରୁଜନ- ତାଙ୍କ ପ୍ରତି ଆମର ଶ୍ରଦ୍ଧା-ଭକ୍ତି ଅତୁଟ ରହିବା କଥା ନୁହେଁକି? ତୁମେ ଶୀଘ୍ର ଆସିବ ବୋଲି ମୁଁ ଭାବିବା ସ୍ୱାଭାବିକ। ମୁଁ ବର୍ତ୍ତମାନ ପୁରାପୁରି ଅସୁସ୍ଥ- ପ୍ରାଣର ଭଲପାଇବା ସହ ତମରି ପ୍ରତୀକ୍ଷାରେ, "ବୀଣା"।

ସୁରେଶ ଥରେ ନୁହଁ ଚାରିଥର ପଢ଼ିଗଲା-। ତାରି ପ୍ରାଣର ପ୍ରିୟତମା ପତ୍ନୀ ଲେଖିଚି ଚିଠି, କାହିଁକି? କାହିଁକି ସେ ତା'ପ୍ରତି ଦେଖାଇ ଆସିଛି ଅବହେଳା? ଏ ସହରରେ ମନଭୁଲାଣିଆ ହାଟରେ ପଶି ସେ ହୋଇଛି ବାଟବଣା- କାହିଁକି ସେ ଆଜି ନ ଯାଇ ରହିଲା, ଏମିତି କେତେ ଶନିବାର ସଞ୍ଜ ଗଲାଣି- ନିଜ ପ୍ରତିଶ୍ରୁତି ନିଜେ ରଖିପାରିନି, ନାନାପ୍ରକାର ଅବାନ୍ତର ପ୍ରଶ୍ନ ତା'ର ବିବେକକୁ ଦୋହଲାଇ ଦେଲା।

ବୀଣାତ କେଉଁ ଗୁଣରେ ଊଣା ନୁହେଁ-ସେ ବୁଝୁଛି କେଉଁଟା ଠିକ୍ ଭୁଲ୍। ସୁରେଶ ଯେତେବେଳେ ଲଗାଇଛି ସହରକୁ ଚାଲି ଆସିବା ପାଇଁ ସେ ନୀରବରେ ରହିଯାଏ କ୍ଷଣକାଳ- ଦେବତା ପରି- ଦେଢ଼ଶୁର - ଜନ୍ମକଲା ମାଆଠାରୁ ବଳି ଯାଆ- କେଡ଼େ ସ୍ନେହ ସରାଗରେ - ସେ କୁନି ଝିଅଟିଏ ଭାବି ତାକୁ ଚଳାଇ ନିଅନ୍ତି ସେମାନେ- ଗାଁ ଗୋଟାକ ଯାକର ଝିଅ ବୋହୂ ଦି ପହରେ ସଞ୍ଜରେ ଆସି ତା'ରି ଚାରିପାଖରେ ବେଢ଼ି ବସନ୍ତି। କିଏ ସିଲେଇଟିଏ-କିଏ ଚିତାଟିଏ-କିଏ ମୁରୁଜଟିଏ ଶିଖିବା ପାଇଁ ଦୁଇ ଚାରିଜଣ ଅଭିଆଡ଼ୀ ଝିଅ ମଧ୍ୟ ଚିଠି ଲେଖା-ନଭେଲ ପଢ଼ା ତା'ଠାରୁ ଶିଖିଲେଣି, ଏସବୁ ଛାଡ଼ି ଏ ସହରକୁ ଆସି ଖାଲି ସୀମାବଦ୍ଧ ଗୋଟିଏ ଦୁଇଟା କୋଠରୀ ଭିତରେ ସେ ଅଣନିଃଶ୍ୱାସୀ ହୋଇଯିବ। ଏଠାରେ ଯେ ଯାହା ହାତରେ ଚଉଦପାଆ କେହି କାହାକୁ ପାସଙ୍ଗରେ ପକାନ୍ତି ନାହିଁ। ଆପଣା ଆପଣା ମଧ୍ୟରେ ଭାବ ପ୍ରୀତି ନାହିଁ- ଖାଲି ଅଛି ବଡ଼ିମା-ସେ-ବଡ଼ିମା ଯେତିକି ନିଜର ଘରଣୀ ପଣିଆ- ସୁଗୁଣ ପାଇଁ ନୁହେଁ- ସେତିକି ସ୍ୱାମୀଙ୍କ ପଦସ୍ଥ ଚାକିରୀ ଚାକିରି ପାଇଁ, ଜଣେ ଯଦି ଦେଖିବ- ଟିକିଏ ନ ଜାଣିବାର ଆଉ କିଏ ଅଛି- ତେବେ ସ୍ୱାମୀଙ୍କ ଦରମା ଆଉ ପଚାଶ ଟଙ୍କା ବଢ଼ାଇ କହିଥିବ। କେହି କାହାର ରୋଗ-ବଇରାଗରେ ଆସି ଠିଆ ହୋଇଯିବେ ନାହିଁ, ଯଦି ବା ଲୋକାଚାରକୁ ଡରିମରି ଯିବାଆସିବା କରିବେ ତେବେ ସେଥିରେ ଆନ୍ତରିକତା ନଥିବ-ନାଁ ଥିବ ସହାନୁଭୂତି। ବୀଣା ସହରରେ ବଢ଼ିଛି- ସେ ଏସବୁକୁ ଅଙ୍ଗେ ନିଭେଇଛି- ସେ ଯେଉଁ ଦିନଠାରୁ ଯାଇଛି ରଘୁପୁର ଗାଁକୁ- ତା'ର ସ୍ନେହ ସରାଗ ମନଭୁଲା-ଶୋଭା-ସରଳ ନିରାଡ଼ମ୍ବର ପରିବେଶ ତାକୁ ଜାବୁଡ଼ି ଧରିଛି, ତେଣୁ ସୁରେଶ ସହରକୁ ଆସିବା କଥା ଉଠାଇଲେ ସେ ନାନା ଆଳ ଦେଖାଇ ସେଇଠି ରହିବାକୁ

ଚାହୁଁଛି। କେତେବେଳେ ଆମ୍ବଦିନ-ନାନୀ ଏକୁଟିଆ ଆଚାର ହେରିକା କରିନପାରି ହଇରାଣ ହେବେ- କେତେବେଳେ ପୁଣି କହିଛି- ତମ ଦରମା ଗଣ୍ଡାକରେ ତମେ ଚଳୁଛ-ଦେଢ଼ଶୁରଙ୍କୁ ମାଗୁନାହଁ- କି ଦେଉନାହଁ- ମୁଁ ଗଲେ ଅଭାବ ହେବ କାହିଁକି ଅସୁବିଧାରେ ଚଳିବ ? ଏମିତି ନାନା ଅସୁବିଧା ଦେଖାଇ ସେ ରହିଛି। ତା'ରି ଅନୁପସ୍ଥିତିର ସୁଯୋଗରେ ଆସିଷ୍ଟାଣ୍ଟ କିରାନୀ ଚମ୍ପକ ଏ ଭଡ଼ା କ୍ୱାଟର ଖଣ୍ଡକରେ ଆସନ ପାଡି ବସିଛି। କେତେବେଳେ ଆସି ଘର ଖଣ୍ଡକ ଝାଡ଼ି ଦେଇଯିବ-କେଉଁ ଛୁଟି ଦିନ ଦେଖଇ ଭଲ ଭଲ ଜଳଖିଆ କରି ପଠାଇବ। କେତେବେଳେ ରାଣ-ନିୟମ ପକାଇ ସିନେମା ଥିଏଟର ଦେଖିଯିବାକୁ ନିମନ୍ତ୍ରଣ କରିବ। ଯେତେ ତା'ଠାରୁ ଦୂରେଇ ରହିଲେ ଦୁଇପାହୁଣ୍ଡ ଆଗେଇ ଗଲେ ସେ ଗୋଡ଼େଇ ଧରୁଛି। ସେ ତ ଜାଣିଛି ମୁଁ ବିବାହିତ-ତଥାପି ମତେ କାହିଁକି ଏପରି ମାୟାରେ ଛନ୍ଦି ଦେଉଛି କିଛି ଜାଣିପାରୁନି। ଭାବନାର ଖିଅ ଧରି ଧରି ଯେ ମୁଁ କେତେ ବାଟ ଗଲିଣି କେଜାଣି ମୋତେ ଜଣାନାହିଁ। ଜଳଖିଆ ଥଣ୍ଡା ହୋଇଗଲାଣି- ଚାକର ଟୋକାଟି ଦୁଇଥର ପଚାରିଗଲାଣି ବାବୁ ଘରକୁ ଯିବେ ନା ଚୁଲିରେ ରୋଷେଇ ବସେଇବି।

ହଠାତ୍ ବାହାର ପଟୁ କାହାର ଏକ ମଧୁର ସ୍ୱରର ଝଙ୍କାର ଆସି କାନରେ ବାଜିଲା। ଏଇ ଯେ ଚମ୍ପକ ଆସି ପହଞ୍ଚିଲାଣି...। ଆସ ଚମ୍ପକ ଏ ଘରକୁ ମୁଁ ଜଳଖିଆ ନ ଖାଇ ତୁମକୁ ଚାହିଁ ବସିଛି। ଚମ୍ପକ ଯେ ଆସି ପହଞ୍ଚିବ ଏ ଖିଆଲ ମଧ୍ୟ ମୋର ନଥିଲା।

ଛୋଟ ଇଜି ଚେୟାରଟିଏ ଭିଡ଼ି ନେଇ ସେ ବସିପଡ଼ିଲା। କହିଲା ସୁରେଶ, ଅଫିସରୁ ମୁଁ ଲକ୍ଷ୍ୟ କରିଛି ତମେ କ'ଣ ଯେପରି ମନଭିତରେ ଭାବି ଚାଲିଛ-। ବହୁଦ୍ୱନ୍ଦ୍ୱରେ ପଡ଼ିଲେ ଜଣେ ଯେପରି ଆତଙ୍କିତ ହୋଇ ଶିହରି ଉଠେ ତମ ମନ ମଧ୍ୟରେ ସେପରି କିଛି ଗୋଟାଏ କଥାର ଝଡ଼ ବହି ଚାଲିଛି।

ମହନଭୋଗ ଥାଳିରୁ ମୁହଁ ଟେକି ଚାହିଁଲି। ସରୁ-ଅଣ୍ଟ ପତଳା ଝିଅଟି ଫିକା ନୀଳ ରଙ୍ଗର ସୂତାଟିସୁ ଶାଢ଼ୀରେ ବେଷ୍ଟିତା। ଦେହକୁ ଅତି ସ୍ନେହରେ ଜାବୁଡ଼ି ଧରିଲା ପରି ଗାଢ଼ ନୀଳରଙ୍ଗର ବ୍ଲାଉଜ୍। ବେକରେ ଟିକି ଟିକି କଳା ମାଳି ସୁନା ତାରରେ ଗୁନ୍ଥା ହୋଇଥିବା ସରୁ ଚେନ୍‌ଟିଏ- କାନରେ ଧଳା ପଥର ବସା ଛୋଟ ଫୁଲ ଦୁଇଟି-ମୁଣ୍ଡରେ କେଶ ଗୁଚ୍ଛ ବେଶ୍ ସଜ୍ଜିତ ହୋଇ ପଛପଟେ ବନ୍ଧା ହୋଇଛି-ତୀକ୍ଷ୍ଣସରୁ ନାକର ଉପରି ଭାଗରେ ଛୋଟ କୁଙ୍କୁମ ବିନ୍ଦୁଟିଏ- ହାତରେ ଦୁଇପଟ ସୁନାଚୁଡ଼ି-ବାମ କଚଟିରେ ଛୋଟ ସୁନ୍ଦର ଘଣ୍ଟାଟିଏ ଟିକ୍ ଟିକ୍ ଶବ୍ଦ କରି ଚାଲିଛି- ଲୋଭନୀୟ ପରିପାଟୀ- ଚମ୍ପକ ତା'ର ସୁରଭି ନେଇ ମୋ ସମ୍ମୁଖରେ ବସି ରହିଛି।

କ'ଣ ଚାହିଁ ଭାବୁଛ ସୁରେଶ ? ମୋ ପ୍ରଶ୍ନର ଉତ୍ତର ଦେଲ ନାହିଁ। ମୁଁ ସମୟ ଅସମୟରେ ଯାଇ ଆସି କ'ଣ ତୁମ ଚିନ୍ତା ରାଜ୍ୟରେ ପ୍ରତିବନ୍ଧକ ହେଉଛି ?

ଚମ୍ପକ- ବହୁଦିନରୁ ଭାବିଛି ପଚାରିବି ବୋଲି, କିନ୍ତୁ ପାରିନି ଯଦି କିଛି ମନେ କରିବ ନାହିଁ ତେବେ କହିବି।

ସୁରେଶ ତୁମର ମୋ'ର ପରିଚୟର ବହୁଦିନ ଅତୀତ ନ ହେଲେ ମଧ୍ୟ କିପରି କେଉଁ ଆଦିମ ଯୁଗରୁ ଆମ ପରିଚୟ ଯେପରି ନିବିଡ଼ତର ହୋଇଥିଲା ପରି ମନେ ହୁଏ। ଏହା ମଧ୍ୟରେ ତୁମର ଏତେ ସଙ୍କୋଚର କାରଣ କ'ଣ ?

ନାଁ ଚମ୍ପକ- କହିପାରିବକି ତୁମ ମୋ ମଧ୍ୟରେ ଏ ଯେଉଁ ସମ୍ପର୍କ ଘନ କଠିଣ ହୋଇଉଠୁଛି ଏହା କାହିଁକି ଓ କିପରି ସମ୍ଭବ- ଏହାର ଶେଷ ପରିଣତି କେଉଁଠରେ ?

ସୁରେଶ ! ମୁଁ ଜଣେ ସାମାନ୍ୟ ନାରୀ ! ତମର ଏ ଗୂଢ଼ ଦର୍ଶନତତ୍ତ୍ୱ ବୁଝିବା ଭଳି ଶକ୍ତି ମୋ'ର ନାହିଁ। ତେବେ ଏତିକି କହିବି- କେଉଁ ଅନାଦି କାଳରୁ ବିଭୂଷିତ ଦୁଇଟି ପ୍ରାଣ ଖାଦ୍ୟ ଅନ୍ୱେଷଣରେ ବାହାରିଥିଲେ- ହଠାତ୍ ଦୁଇଜଣ ଯାକ ଏକ ଲକ୍ଷ୍ୟରେ ଯାତ୍ରା କରୁ କରୁ ପଥରେ ଏକତ୍ର ହୋଇ ପରସ୍ପର ପରସ୍ପରଠାରୁ ପାଇବାର ଆଶାରଖି ଧାଇଁଛନ୍ତି। ହୁଏତ ଆତ୍ମାର ପରିତୃପ୍ତିରେ ଏମାନେ ନିର୍ବାଣ ପାଇବେ ବା ବୁଭୁକ୍ଷାର ଦାରୁଣ ଯନ୍ତ୍ରଣାରେ ଛଟପଟ ହୋଇ ଶେଷ ନିଃଶ୍ୱାସ ତ୍ୟାଗ କରିବେ।

ଚମ୍ପକ କ'ଣ ତମେ କହୁଛ ? କେଉଁଠୁ ଏ ଭାଷା ତମେ ପାଇଲ ? ତମେ ତେବେ କ'ଣ ସାହିତ୍ୟିକା ? ତାହାହେଲେ ଏ ଶୁଷ୍କ ନୀରସ କିରାନୀ ଜୀବନ ଗ୍ରହଣ କରିଛ କାହିଁକି ?

ଦେଖ-ସୁରେଶ ! ଖାଲି କଥାରେ ଏପରି ଭାବପ୍ରବଣ ହେଉଛ କାହିଁକି ? ତୁମେ ମତେ ବିନ୍ଦୁଏ ବୁଝନାହିଁ- ମୁଁ ବି ତୁମକୁ ବୁଝିଛି ବୋଲି ଆସ୍ପର୍ଦ୍ଧା କରିପାରୁନି। ସେ ଦିନ ଦିନେ ଆସିବ...। ଉଠ ଯିବା- ଜୟନ୍ତ ମହାନ୍ତି ପରା ନିମନ୍ତ୍ରଣ କରିଛନ୍ତି।

ନାଁ- ଚମ୍ପକ ମୁଁ ଯିବି ନାହିଁ। ମୋର ଇଚ୍ଛା ନାହିଁ। ବହୁ ମେଳରେ ଯାଇ ବସି ବକର-ବକର ହେବାପାଇଁ ଜମାରୁ ଇଚ୍ଛା ନାହିଁ। କାହିଁକି କେଜାଣି ଏ ମନଟା ଓଜନିଆ ହୋଇ ଉଠିଛି ଆଜି।

ତେବେ ମୁଁ ଯିବି ନାହିଁ। ଚାଲ, ଘେରେ କେଉଁଆଡ଼େ ବୁଲି ଆସିବା। ବାହାରେ ଚନ୍ଦ୍ରର ପାଟ-ପଟୁଆର...।

ଦୁହେଁ ଉଠିଲୁ... ଯାଉ ଯାଉ କେତେବେଳେ ଅନେକ ବାଟ ଚାଲିଗଲୁଣି କାହାରିକୁ ଜଣାନାହିଁ। ସହର ଉପାନ୍ତରେ ଏକ ଛୋଟ ପାହାଡ଼ର ପାର୍ଶ୍ୱ ଦେଶରେ କୁଲିବସ୍ତି ଜମି ଉଠିଛି। ଦିନବେଳେ ଏମାନେ ରାସ୍ତାକାମ କରନ୍ତି- ନାଲି ରାସ୍ତାରେ ନାଲି-ଧୂଳି-ଗୋଡ଼ି ନେଇ ଖେଳି ଖେଳି ଫେରିଆସନ୍ତି ପରିଶ୍ରାନ୍ତ ଦେହ-ମନ ନେଇ

ରାତ୍ରିର ଗାଢ଼ ଅନ୍ଧକାର ମଧ୍ୟରେ ଖୋଜି ବୁଲନ୍ତି ମନର ଖୋରାକ...। ତେଣୁ ତାଙ୍କ ଆଖିରେ ସବୁ ସୁନ୍ଦର ଆଉ ଶୋଭାମୟ ଦେଖାଯାଏ।

ଚମ୍ପକ ପାଖେ ପାଖେ ଲାଗି ଲାଗି ଚାଲିଛି। ଦେହରୁ ଭୁରୁ ଭୁରୁ ଗନ୍ଧ ଶୀତ ପବନ ସହିତ ମିଶି ମିଶି ନାକରେ ବାଜୁଛି- ଦୁହେଁ ନୀରବ... ଯେପରି ପ୍ରାଣହୀନ ସ୍ପନ୍ଦନ ହୀନ ଦୁଇଟି ଅସମୀପଥର ଯାତ୍ରୀ ପଥ ଖୋଜି ବୁଲୁଛନ୍ତି।

ହଠାତ୍ ଅଟକି ଯାଇ ଚମ୍ପକ ପଚାରିଥିଲା- ସୁରେଶ କ'ଣ ଚାଲିବା ଆମର ଶେଷ ହେବ ନାହିଁ? ମୋ ଗୋଡ଼ ହାତ ଅବଶ ହୋଇ ଆସିଲାଣି! ଚାଲ ଏ ପାହାଡ଼ କରରେ ଟିକିଏ ବସିବା ତାପରେ ଫେରିଯିବା। ଦୁହେଁ ନୀରବରେ ବସି ରହିଲୁ।

ଚମ୍ପକ ଭାବୁଛି- ଆଜି ସୁରେଶ କାହିଁକି ଏପରି ମୂକ ମୌନ କ'ଣ ବା ତା'ର ହୋଇଛି। ସେ ଉଚ୍ଛ୍ୱାସ-ଉଦ୍‌ବେଳିତ ପ୍ରାଣ କାହିଁକି ଆଜି ଜଡ଼ ପାଲଟିଯାଇଛି। ସେ ବିଶ୍ୱାସରେ ନାହିଁ ପ୍ରଖରତା- ସେ କଥାରେ ନାହିଁ ପ୍ରଗଲ୍‌ଭତା... ବହୁ ହଜିଲା ଅତୀତ ତା' ମନ ଗହୀରରେ ଛପିଲା କୋଣରୁ ଉଙ୍କି ମାରୁଛନ୍ତି। ଅନାହୂତା ମୁଁ- ତା' ଗତି ପଥରେ ବା ଦେଖା ଦେଲି କାହିଁକି? ଆଉ କ'ଣ ତା ଚଲାବାଟରେ କଣ୍ଟା ହୋଇ ତା ଗତିପଥ ମୁଁ ରୋଧି ଦେଇଛି ସେଇଥିରେ କ'ଣ ସେ ମୋତେ ଘୃଣା କରୁଛି-??

ନାଁ ସୁରେଶର ଏ ନୀରବତା ମୋଟେ ସହ୍ୟ ହେଉନାହିଁ। ଚମ୍ପକର ଅମାନିଆ ଆଖିରୁ ଛୁଟି ଚାଲିଛି ଲୁହାର ଧାର...

ତମେ କାନ୍ଦୁଛ ଚମ୍ପକ! କ'ଣ ହୋଇଛି ତୁମର...। ନାଁ କିଛି ହୋଇନାହିଁ... କେବଳ ଭାବୁଛି ତୁମ ସହିତ ଯଦି ମୋର ପରିଚୟ ହେଲା ତେବେ ଭଗବାନ ଏହାକୁ ବହୁ ପୂର୍ବରୁ ନ କଲେ କାହିଁକି?

ନାଁ ନାଁ ଚମ୍ପକ ଏହା ହୋଇଥିଲେ ଆଉ ଅଧିକ କ'ଣ ହୋଇଥାନ୍ତା?

ମୋ ମନରେ ତମ ପ୍ରତି କୌଣସି ଅସୂୟା ଭାବ ନାହିଁ। ମତେ ତମେ ବିଶ୍ୱାସ କର। କାହିଁକି କେଜାଣି ତମରି ପାଦ ପ୍ରାନ୍ତରେ ପ୍ରାଣକୁ ତିଳ ତିଳ କରି ସମର୍ପଣ କରିଦେଲେ ଅବା ଟିକିଏ ଶାନ୍ତି ପାଆନ୍ତି; ଏହାହିଁ ଭାବୁଛି! ସତରେ ଚମ୍ପକ ତମେ ବିନା ଦ୍ୱିଧାରେ ମୋ ସହିତ ଏପରି ଅବାଧରେ ମିଶିପାରିଛ କିପରି?

ମୁଁ ଭାବି ଭାବି ବିସ୍ମୟରେ ପଡ଼ିଛି- ତମର ନାରୀତ୍ୱକୁ କେତେବେଳେ ବା କେତେବେଳେ ଲୁଣ୍ଠନ କରିନନେବି ବୋଲି କିପରି ବା ତୁମର ବିଶ୍ୱାସ ହୋଇଛି?

ଥାଉ ସେ ସବୁ ବାଜେ କଥା ପକାଅ ନାହିଁ। ଯାହା ପାଖରେ ମୋର ନାରୀତ୍ୱ ନୈବେଦ୍ୟ ହୋଇଛି- ତା'ପାଖରେ ଅସଜଂତ ଭାବରେ ଲୁଣ୍ଠିତ ହେବାପାଇଁ କାହିଁକି ଭାବିବି?

ସୁରେଶ ଧୀରେ ଚମ୍ପକର ହାତକୁ ନିଜ ହାତମୁଠା ଭିତରେ ତୋଳିନେଇ କହିଥିଲା- କହ ତମେ ମୋତେ କାହିଁକି ଭଲପାଇଲ ? ମୁଁ ତ ବିବାହିତ- ତୁମେତ କୁମାରୀ- କାହିଁକି ମୋପରି ଅଭାଜନ ପାଖରେ ନିଜକୁ ସମର୍ପଣ କରିବାକୁ ଧାଇଁ ଆସିଲ ?

ଚମ୍ପକର ଦେହରେ ବିଜୁଳି ଚମକ-ପ୍ରାଣର ଝଡ଼ର ବେଗ-ତା'ର ହାତଟିକୁ ସୁରେଶ ହାତର ବନ୍ଧନ ମଧ୍ୟରୁ କାଢ଼ି ନେବାକୁ ଚେଷ୍ଟା କଲାନାହିଁ। କେବଳ ନୀରବରେ ତଳକୁ ଚାହିଁ ବସି ରହିଲା।

ସୁରେଶ ଧୀରେ ତା ହାତଟିକୁ ତା କୋଳକୁ ଆଣି ଧୀର ଭାବରେ ଚାପି ଦେଇ କହିଲା ତମେ ନୀରବ କାହିଁକି ଚମ୍ପକ। ତଥାପି ଚମ୍ପକ ନୀରବ। ଏ ତା'ର ଜୀବନର ଅଭିନବ ଏକ ଅନୁଭୂତି ସତେ ଯେପରି ବିବାହିତ ପୁରୁଷଠାରୁ ଆଉ ସେ କ'ଣ ପାଇ ବୋଲି ତା'ର ନାରୀତ୍ୱକୁ ପସରା ମେଲାଇ ସଜାଡ଼ି ରଖିଛି।

କ'ଣ ବା ତୁମକୁ କହିବି ? ତୁମ ନିକଟରେ ନିଜକୁ ମୁଁ ସମର୍ପଣ କରି ଦେଇଛି- କିଛି ପାଇବା ଆଶାରେ ନୁହେଁ ସୁରେଶ ! ମତେ ନେଇ ଯେଉଁ କେତୋଟି ମୁହୂର୍ତ୍ତ ତମେ ଖୁସି ହେବ ସେତିକି ମୋ ପଥଚଲାର ପାଥେୟ ହୋଇ ରହିବ-ତାକୁଇ ମୁଁ ସମ୍ପାଦି ରଖିବି। ମୋ'ରି ପରି ଅନ୍ୟ ଜଣେ ନାରୀର ଯଥା ସର୍ବସ୍ୱ ତୁମେ- ତାଙ୍କ ପଥକୁ ମୁଁ କଣ୍ଟକିତ କରିବି ନାହିଁ ସୁରେଶ।

ଚମ୍ପକ ବିସ୍ଫାରିତ ଚକ୍ଷୁରେ ସୁରେଶ ମୁହଁକୁ ଚାହିଁ କହିଲା- କି ସୁନ୍ଦର-ଶାନ୍ତ-ସୌମ୍ୟ ଚେହେରା। ଆଖି ଦୁଇଟି ଏତେ ଉଜ୍ଜ୍ୱଳ ଯେ ସବୁ ଯେପରି ଛାଣି ପିଇ ହୋଇଯିବ-ଅଥଚ ନିଜ ମଧ୍ୟରୁ କାଣିଚାଏ ପଦାକୁ ବାହାରିବ ନାହିଁ। କ'ଣ ସେ ପାଗଳଙ୍କ ପରି କହିଯାଉଛି। ସେତ ଏତେ ନିବିଡ଼ ଭାବେ ଏକଥା ଏପର୍ଯ୍ୟନ୍ତ ଭାବି ନାହିଁ।

ସୁରେଶ ପୁନରାୟ ଚମ୍ପକର ଦୁଇଟି ଯାକ ହାତ ଧରି କହିଲା- ଚାଲ ଚମ୍ପକ, ଏଇ ମୁହୂର୍ତ୍ତରେ ଏଇ ଚନ୍ଦ୍ରକୁ ସାକ୍ଷୀରଖି ଦୁହିଁଙ୍କର ପ୍ରେମ ନିଷ୍ପାପ ହେଉ- ଅକ୍ଷତ ହେଉ ବୋଲି କାମନା କରିବା।

ଚଉଦିଗ ଚନ୍ଦ୍ରକିରଣରେ ଝଲମଲ କରୁଛି। ଦୀର୍ଘଦିନର କର୍ମ ଜଞ୍ଜାଳ କୋଳାହଳରେ ଆସିଲାଣି ନୀରବତା। ଦୁଇଟି ଦିଗହରା ପଥିକ ପୁଣି ନିଜ ନିଜ ଗୃହ ଅଭିମୁଖରେ ଆଗେଇ ଯାଇଛନ୍ତି। ଥାନା ପାଖ ଦେଇ ଗଲାବେଳେ ପୋଲିସ୍ ସନ୍ଦିଗ୍ଧ ଆଖିରେ ଚାହିଁ ରହିଛି-

ନଅ

ରୋଷେଇ ଚୁଲି ଉପରେ ଭାତ ଫୁଟୁଛି । ବେଶ୍ ଉସୁମାଳିଆ ଭାବ । ଆଗଦେଇ ଲମ୍ବି ଯାଇଛି ଗାଁ ଗୋହିରୀ- ଏଇଟା ବାଡ଼ିପଟ ବାଟ-ଏବାଟେ କେବଳ ସ୍ତ୍ରୀ ପିଲାମାନଙ୍କ ଯିବା ଆସିବା ହୁଏ । ବୀଣା ନିର୍ଲିପ୍ତ ନିର୍ବିକାର ଭାବେ ଭାତ ହାଣ୍ଡିକୁ ଚାହିଁ ବସିଛି । ଆନମନା ମନରେ କେତେବେଳେ କ'ଣ ଭାବି ଚୁଲି ଭିତରକୁ ନଡ଼ିଆ ବାହାଙ୍ଗା ଖଣ୍ଡେ, ଫୋପଡ଼ାରୁ ଖଣ୍ଡେ ଗେଞ୍ଜି ଦେଉଛି । କ'ଣ ଏ ହେଲା ? କିପରି ବା ହେଲା ? ଏହା କ'ଣ ସମ୍ଭବ ? କି ଅଭିଳାଷ ନେଇ ସତେ ସେ ଏ ଘରକୁ ଆସିନଥିଲା । ସେଦିନ ତାଙ୍କର ବିବାହର ପାଞ୍ଚଦିନ । ନୂତନ ଅନୁଭୂତିର ମଧୁମାଦକତା କଟିନଥାଏ । କି ଗୋଟାଏ ପର୍ବ ଲାଗି ଦିନ ତମାମ ଘରେ ଧୂମ୍-ଧାମ । ସେ ନିଘୋଡ଼ ନିଦରେ ଶୋଇଯାଇଥାନ୍ତି- କେତେବେଳେ ହେବ କେଜାଣି ପାଦ ଚିପି ଚିପି ଘରେ ପଶି ଧୀରେ କବାଟ ଆଉଜାଇ ଦେଲି । ପହିଲି ବସନ୍ତର ମଳୟ ପବନ ବାଟ ଖୋଜୁଥାଏ ଘର ଭିତରେ ପଶିଯିବା ପାଇଁ-ଧୀରେ ପାଦତଳେ ତାଙ୍କର ବସିଲି । ଭାବୁଥିଲି ସିନା ଶୋଇ ପଡ଼ିଛନ୍ତି ବୋଲି- କିନ୍ତୁ ଆଖିମୁଜି ଚାହିଁ ରହିଥିଲେ । ଉଠିପଡ଼ି ଏକା କ୍ଷେପାକେ ଭିଡ଼ିନେଇ କହିଲେ ଛି ବୀଣା ପାଦତଳେ କାହିଁକି ଶୋଇଚ ? ତୁମେ ମୋ ହୃଦୟର ରାଣୀ ! ସତେ ! କ'ଣ ବୀଣା ତମେ ମତେ ପାଇ ସୁଖୀ ହୋଇଛ ? ସେଦିନ ଏ ପ୍ରଶ୍ନର ଉତ୍ତର କିଛି ଦେଇପାରିନଥିଲି । ସ୍ୱାମୀ ମୋ'ର ଇହକାଳ ପରକାଳର ଦେବତା ହିନ୍ଦୁ ରମଣୀର ସ୍ୱାମୀ ଛଡ଼ା ଏ ଜଗତରେ ଆଉ ବା କ'ଣ ଅଛି ? ଆଉ ସୁଖୀ ହୋଇଛି ତା ଅର୍ଥ କ'ଣ ? ମନର ମୂଳେ ଏ ଜଗତ ଏଇତ ଆରମ୍ଭ ମାତ୍ର-ଜୀବନର ବହୁ ପଥ ଆଗକୁ ଲମ୍ବିଯାଇଛି-ସ୍ଥିର ଚିତ୍ତରେ ଭଗବାନ ମତେ ମୋ ସଂସାରରେ ମୋ ନିଜ କର୍ତ୍ତବ୍ୟ କରିବାକୁ ସାହସ-ଶକ୍ତି ଦିଅନ୍ତୁ ଏତିକି ସେ ଦିନର ମାଗୁଣି ମୋର ଥିଲା । କିନ୍ତୁ ଏ କ'ଣ ହେଲା ! ବରଷ ଗୋଟିଏ ନ ପୁରୁଣୁ ସୁରେଶ ଠାରୁ ସେ କାହିଁ କେତେ

ଦୂରକୁ ଛାଟି ହୋଇପଡ଼ିଛି ! ହଁ ପୁରୁଷ ପୁଅ ମନତ...। ଅସରନ୍ତି ଭାବନାର ଢେଉ ମଥା ପିଟି ପିଟି ଫେରି ଯାଉଛି କୂଳରୁ ବହୁ ଦୂରକୁ।

ନୀର ଡାକି ଡାକି ଆସି ରୋଷେଇ ଘରେ ପହଞ୍ଚିଲେ- ବୀଣା ଫୁଟିଲା ଭାତ ହାଣ୍ଡିକୁ ଚାହିଁ ବସିଛି। ଆଖିରୁ ବହିଯାଉଛି ଦୁଇଟି ଧାର ଲୁହ ସତେ ଯେପରି ଧ୍ୟାନମଗ୍ନା ଏକ ପଥର ମୂର୍ତ୍ତି ! ବୀଣାର ନୀରବ ଭାବନାରେ ବାଧା ଦେବାପାଇଁ ତାଙ୍କର ମନ ବଳିଲା ନାହିଁ।

ଯାଇ ପଶିଲେ ଠାକୁର ଘରେ- ପଥରର ଯୁଗଳ ମୂର୍ତ୍ତି ରାଧା-ମାଧବ- କେଡ଼େ ଶରଧାରେ ସତେ ବୀଣା ତାଙ୍କୁ ଧୂପ ନୈବେଦ୍ୟ ଦିଏ ! ବୀଣାକୁ ତ ନିଜେ ସୁର ବାଛି ଆଣିଥିଲେ। ସେ ଯାହା ଚାହିଁଥିଲେ ତାଠାରୁ ବୀଣା ଢ଼େର ଉଚ୍ଚରେ। ଭଲଘର ଝିଅ- ପାଠ ପଢ଼ିଛି- ସୁନ୍ଦରୀ ବିନୟୀ-ଧୀର-ଶାନ୍ତ-ସୁମିଷ୍ଟ ବ୍ୟବହାର...। ସେତ ସୁରଙ୍କ ପ୍ରତି କେବେ ରୁକ୍ଷ-କଠୋର ବ୍ୟବହାର କରିନଥିବ। ସୁରଙ୍କୁ ବାଧିଲାପରି କଥା ସେ ତୁଣ୍ଡରେ ଧରିପାରିନଥିବ। ସୁର ତ ସେପରି ପିଲା ନୁହଁନ୍ତି। ତେବେ ଏ କ'ଣ ହେଲା ? କାହିଁକି ସୁର ଘରକୁ ଆସୁନାହାନ୍ତି-ଚିଠି ପତ୍ର ଦେଉନାହାନ୍ତି ? ସରକାରୀ ଚାକିରିଆମାନେ କ'ଣ ଛୁଟିରେ ଘରକୁ ଆସନ୍ତି ନାହିଁ ? ସେ ତ ପୁଣି ଆସୁଥିଲେ- ନ ଆସିଲେ ମଧ୍ୟ ଚିଠି ଖଣ୍ଡେତ ଦିଅନ୍ତେ। ଭାଇ-ଭାଉଜ ନହେଲେ ପଛକୁ ଯାନ୍ତୁ ନିଜ ସ୍ତ୍ରୀ ପାଖକୁ ତ ଦେହ ପା ଖବର ଲେଖି ଚିଠି ଖଣ୍ଡେ ଦିଅନ୍ତେ। ଆହା ନିରିମାଖି ବୀଣା ! କି ସୁନ୍ଦର ତା କଣ୍ଠସ୍ୱର-କେଡ଼େ ମଧୁର କଣ୍ଠରେ ସେ ଠାକୁରଙ୍କ ପାଖେ ଜଣାଣ କରେ। କେତେ ମିଠା ତା ବ୍ୟବହାର- କେତେଟା ଦିନ ବା ସେ ଏ ଘରକୁ ବୋହୂ ହୋଇ ଆସିଲା ଯେ ଆସିଲା ବାସିରୁ କେତେବେଳେ ହେଲେ କୁଟା ଖଣ୍ଡକ ମତେ ଦି'ଖଣ୍ଡ କରେଇ ଦେଇନି। ଦେଢ଼ଶୁରଙ୍କୁ ଆଡ଼ ହୁଏ ବୋଲି ମୁଁ ଏଙ୍କରି କଥା ଯାହା ବୁଝେ ନହେଲେ ଏଡ଼େ ବଡ଼ ଘରଟିରେ ସବୁଆଡ଼ ତ ସେ ହାତକେ ତୁଳାଏ। ଏ ମନରେ କେତେ ଯେ କଷ୍ଟ ଦିନରାତି ଚୁପ୍ ହୋଇ ଖାଲି ଭାବି ଲାଗିଛନ୍ତି। ନହେଲା ତ ନାହିଁ ଏକୁଟିଆ ଥିଲା- କାହିଁକି ଆମେ ତାକୁ ହାତକୁ ଦି'ହାତ କଲେ- କ'ଣ ବା ତାର ଅଭାବ ହେଲା ଯେ ଏପରି ମୁହଁ ମଡ଼ା ହୋଇ ସେଇଠି ଅଛି ! ରାତିରେ ବରାବର କହୁଛନ୍ତି ନୀର ତମେ ଯାଇ ବୀଣା ପାଖରେ ଶୁଅ- ପିଲା ଲୋକ କାନ୍ଦିବ କି ବ୍ୟସ୍ତ ହେବ। ବୀଣା ଯାଇ ସୁରଙ୍କ ପାଖରେ ପହଞ୍ଚିଲେ କେମିତି ହୁଅନ୍ତା।

ନୀର ଭାବିଲେ- ସତେ ଯେପରି ରାଧା-ମାଧବ ଏକଥା କହୁଛନ୍ତି। ଚିଠି ଲେଖି ଲେଖି ତ ଜବାବ ଦେଉନାହାନ୍ତି- ଏଠି ବସି ବସି ଉହଳ ବିକଳ ହେଲେ ଆଉ କ'ଣ ହେବ ? ହେଲେ ବୀଣା କ'ଣ ମଙ୍ଗିବ ? ସେତ ଭାରୀ ଅଭିମାନିନୀ।

ବୀଣା ! ବୀଣା ଲୋ ! ଡାକି ଡାକି ନୀର ହାଣ୍ଡିଶାଳେ ପହଞ୍ଚିଲେ। ବୀଣା ଭାତ ଓହ୍ଲାଇ ତରକାରୀ ନା ସନ୍ତୁଳା ବସାଉଥିଲା।

କ'ଣ କି ଅପା ବୋଲି ପଚାରି ଉଠି ଆସିଲା। ତମେ କ'ଣ ଠାକୁର ପୂଜା ସାରି ଆସିଲଣି।

ହଁ ଠାକୁର ପୂଜା ସରିଲାଣି। ଆଣେ ଆଉ କ'ଣ ପରିବା ବନା ହେବ କହ-କାଟି ଦେବି !

ନାହିଁ ଥାଉ ମୁଁ କାଟି ନେବି ଯେ, ଭାଇଙ୍କର ଆଜି ଆସୁ ଆସୁ ଉଛୁରୁ ହେବ ବୋଲି ଲକ୍ଷି ମାଆ ହାତରେ କହି ପଠାଇଥିଲେ। ତମେ ଆସ କ'ଣ ଟିକିଏ ଜଳଖିଆ କରିବ।

ଆଉ ତୁ... ? ବୀଣା ଚୂପ କରି ବଣାରୁ ଚୁଡ଼ାଭଜା କାଢ଼ି ନଡ଼ିଆ କୋରି ଆଣି ଆଗରେ ଥୋଇଲା। ସେ ଜାଣେ ସେ ମନା କଲେ ବଡ଼ ଯାଆ ମୋଟେ ଖାଇବେ ନାହିଁ। ଦୁଇ ଯାଆ ଖାଉ ଖାଉ ନୀର କହିଲେ ବୀଣାଲୋ ଗୋଟିଏ କଥା କହିବି କହିବି ହେଉଛି, କିନ୍ତୁ ପାରୁନି। ତୁ ଯଦି ହଁ ଭରିବୁ ତେବେ କହିବି।

ଦେଖ ଅପା, ମୁଁ ତ ତମ କଥାରେ ରହିବା ଲୋକ- ଆଉ ତୁମକୁ କେଉଁ କଥାରେ ହଁ ନାହିଁ ପୁଣି କରିବି ?

ନାହିଁ ଲୋ ! ସୁରଙ୍କ ମତି ଗତି ତ କିଛି ଜଣାପଡୁନାହିଁ। ତୋ ଦେଢ଼ଶୁରଙ୍କୁ କହନ୍ତି ଆମେ ଟିକିଏ ଯାଇ ତାଙ୍କ ପାଖରୁ ବୁଲି ଆସନ୍ତେ। ନାହିଁ ନାନୀ ସେ କଥା କହନାହିଁ। ସେ ତ ପୁରୁଷ ପୁଅ- ଭଲ-ମନ୍ଦ-ସାର-ଅସାର ସବୁ ବୁଝନ୍ତି। ଆମେ ଏମିତି ଗଲେ ଭାବିବେ ମତେ ଜଗି ଆସିଛନ୍ତି। କ'ଣ ସୁବିଧା-ଅସୁବିଧା ଥିବ ବୋଲି ଆସି ପାରୁନାହାନ୍ତି- ଏମିତି ଘର ଦୁଆର ଛାଡ଼ି କେତେଜଣ ବିଦେଶରେ କାଳକ ଯାକ ରହନ୍ତି ଯେ ସେ ରହିବେ।

ବୀଣାର ମନରଖା କଥା ଶୁଣି ମନ କଷ୍ଟ ହେଲେ ମଧ୍ୟ କିଛି ନ କହି ନୀର ମନେ ମନେ ଗୁଣି ହେଲେ, ହେ ରାଧାମାଧବ- ଏଘରର ସୁଖ-ଶାନ୍ତି କେବେ ଫେରି ଆସିବ- ? ବୀଣା ପାଠୋଇଝିଅ- ତାକୁ ବା କି କଥା କହି ବୁଝାଇବି ? ହେଲେ ଏଇଦିନ, ଏଇମନ କ'ଣ ସବୁଦିନେ ଥିବ ? ହେଉ ରାଧା-ମାଧବଙ୍କର ଯାହା ଇଚ୍ଛା।

ବୀଣା ଦିନଯାକ ଏକାମ ସେକାମ କରୁଥାଏ। ଗୋଟିଏ ଉଦ୍ଦେଶ୍ୟ ସମୟ କିପରି କଟିଯାଉ। ଚାହୁଁ ଚାହୁଁ ଚାରିପାଞ୍ଚମାସ ହେଲାଣି ! ତାଙ୍କୁ ଦେଖିବାତ ଦୂରର କଥା- ଚିଠି ଖଣ୍ଡେ ମଧ୍ୟ ନାହିଁ...।

ଆର ସାଇ ସାନଖୁଡ଼ୀ ଦି'ପହରେ ବୁଲି ଆସିଥିଲେ। ବଡ଼ ଯାଆ ଡାକିଲେ

ବୀଣା-ବୀଣା ଲୋ ଆସେ ଏ ପଟକୁ ଖୁଡ଼ୀ ଆସିଛନ୍ତି ପରା। ବୀଣା ତରତର ହୋଇ ଅଧା କରିଥିବା କାଇଁଚ ବିଞ୍ଚଣାଟି ତଳେ ଥୋଇ ବାହାରି ଗଲା।

ଖୁଡ଼ୀଙ୍କୁ ଓଳିକି କରି ଉଠିଲା ବେଳକୁ ଖୁଡ଼ୀ ଖୁବ୍ ଆଗ୍ରହରେ ହାତଟିକୁ ଧରି କହିଲେ- ମାଆ ମୋ'ର ଅହିଅସୁଲକ୍ଷଣୀ ହୋଇ ସାତ ପୁଅ ଧରି ଘର କରୁ। ମନେ ମନେ ଶିହରି ଉଠିଲା ବୀଣା। ସତେ କ'ଣ ଖୁଡ଼ୀଙ୍କ ଆଶୀର୍ବାଦ ସତ ହେବ। ଖୁଡ଼ୀଙ୍କୁ ପାନ ଭାଙ୍ଗି ଦେଉ ଦେଉ ଖୁଡ଼ୀ ସଜାଡ଼ି ହୋଇ ବସି କହିଲେ... ଆଲୋ ବଡ଼ବୋହୂ ସୁର କ'ଣ ଚିଠି ପତର ଦେଇଥିଲା ! ଯାଆ ଟିକିଏ ତଳ ଉପରକୁ ଚାହିଁ କହିଲେ- ହଁ ଚିଠି ଦେଇଥିଲେ। ଅଫିସ କାମ ଥିବାରୁ ଆସିପାରୁନାହାନ୍ତି। ଯେତେହେଲେ ଭାଇ-ଭଗାରୀତ ! ସେଇମାନେତ ବେଶୀ ଟାକି ରହିଥାନ୍ତି। ଜୀରାରୁ ଶିରା କାଢ଼ିବେ-ସଜ ମାଛରେ ପୋକ ପକାଇଦେବେ। ଯେତେହେଲେ ଆମ ଘର ନିଆଁ ଆମରି ଘରେ ଥାଉ। ଖୁଡ଼ୀ ପାନଖିଲକ ଚୋବାଇ ଦେଇ କହିଲେ ହଇଲୋ ସାନବୋହୂ ପାନରେ ଗୁରେ ଚୂନ ଦେଇଦେଲୁ କି ? ଏ କାଳର ବୋହୁଏତ ପାନ ଖାଇଲେ ନାହିଁ- ଆଉ ପାନଭାଙ୍ଗି ଜାଣିବ କିମିତି ? ସେ ଦାମ ରଥ ଘର ବୋହୂ ଗଲାସନ ଆସିଥେଲା ଯେ-ହସି ହସି କହିଲା ସାନମାଆଙ୍କ ଦାନ୍ତ ଗୁଡ଼ିକ କି ସୁନ୍ଦର- ପାନ ନଖାଇଲେ ଏହାର ତେଜ ଝଟକୁ ଥାନ୍ତା। ଏଣେ କ'ଣ କରିଛି ନାଁ ଓଠରେ ଗୁଡ଼େ ନାଲି ଏମିତି ଲଗାଇଛି ଯେ ଯେମିତି ପାଚିଲା କଇଁଚି କାକୁଡ଼ି। ମୁଁ ଦେଖିଲି- ପାନ ତ ଖାଉନି ଓଠ ଏମିତି ନାଲି ହେଲା କେମିତି। ତା ସାନଝିଅ କହିଲା- ଜେଜେମା' ସେ ଗୋଟେ ରଙ୍ଗ ପରା ବୋଉ ନିଇତି ବୁଲିଗଲା ବେଳେ ଲଗାଏ। ହଇଲୋ ଏ କାଳକୁ ପାନଖିଆ ମନ୍ଦ ଅଭ୍ୟାସ ହେଉଛି- ଆଉ ସେଗୁରାକ କ'ଣ ? ନୀର ପ୍ରସଙ୍ଗ ବଦଳେଇବାକୁ ଯାଇ କହିଲେ ଖୁଡ଼ୀ ଏସନେ ରତନଙ୍କ ବିଭାଘର କରୁଛ କି ?

ନାଇଁଲୋ ଝିଅ- କାହିଁ କେଉଁଠୁ ସୁବିଧାରେ ସିନା ପାତ୍ରଟିଏ ଜୁଟିଲେ- ଯିଏ ଦି'ଅକ୍ଷର ପଢ଼ିଛି କହୁଛି ଘଣ୍ଟାଦିଅ-ସାଇକେଲ ଦିଅ ଶୋଇବାକୁ ଖଟଦିଅ- ବେଞ୍ଚ-ଚୌକି ଦିଅ- ଏଥିକୁ ଡରି ମଫସଲରେ ପକାଇଲେ ରତନ ନ ଜାଣିଲାପରି ହୋଇ ମୁହଁ ମୋଡୁଛି। ଆମ ଯୁଗକୁ ଏ ଯୁଗ ତ କେତେ ଛାଡୁଛି- ତୁ ନିଜେ ଜାଣୁନଥିବୁ କି ? ଆଉ ଝିଅ ଯଦି ଦିନକୁ ଦି ଅସରା କାନ୍ଦିବ ସେଠି ବିଭାଦେଇ କି ଲାଭ ?

ନାଇଁ ମାଁ ଖୁଡ଼ୀ ତମ ପୁତୁରା କହୁଥିଲେ କେଉଁଠି ସେଇ ତୁଳସୀପୁର ଗାଁରେ ଭଲ ପାତ୍ରଟିଏ ଅଛି। ତମ ମନ ଇଚ୍ଛାରେ ଦବା ନବା କରିବ।

ଆଉ କ'ଣ କିଏ ନିମୁଳି ଖୁଣ୍ଟିକରି ଝିଅକୁ ଛାଡୁଛି କି ? ସେ ଆସନ୍ତୁ କହିବି ଯାଇ ତମ ସଙ୍ଗେ କଥାବାର୍ତ୍ତା ହେବେ।

ହଇଲୋ ବୋହୂ କହିବୁଟି ଟିକିଏ। ନରିତ ଆମର ବଡ଼ ବଢ଼ିଆ ପିଲା ତୁଳସୀ ଦୁଇ ପତରରୁ ବାସେ... ସେ ପିଲାଟି ଦିନରୁ ସେଇମିତି- ଗାଁ ଦାଣ୍ଡରେ ଯାଉଥିବ ଯେ କୁଆଡ଼ିକୁ ଟିକେ ତା'ର ନଜର ଚହଲିବ ନାହିଁ- ସହରକୁ ଯାଇ ସିନା ଗୁଡ଼େ ପାଠ ପଢ଼ି ନାହିଁ- ହେଲେ ତା' ମୁଣ୍ଡରେ ମୁଣ୍ଡେ ବୁଦ୍ଧି। ଆମର ଏ ସାନବୋହୂ ପରା କେତେ କ'ଣ ଚିଜ କରି ଶିଖିଛି- ତୁ ତ କପାଳିଆ ପୁଣି ଯାଆ କରି ଆଣିଛୁ ଏଇଟି ବି ସତେ କେତେ ଲକ୍ଷ୍ମୀବନ୍ତଟିଏ। ତା ବାପପରା ଇସ୍କୁଲରେ ପାଠ ପଢ଼ାଇ ତାକୁ ତାଲିମ କରିଛି। କାଇଁଲୋ ବୋହୂ ମତେ ଦେଖେଇଲଉ- କ'ଣ ସବୁ କରିଛୁ- ରତନୀ କହୁଥିଲା ଏମିତି ଗୋଟେ ବୋହୂ ସାତ ଖଣ୍ଡି ଗାଁରେ ମିଳିବେ ନାହିଁ ଦିପହର ହେଲେ କନା- କବାଟି ଧରି ଧାଇଁବ ଏଇଠିକୁ ଆଜି କେତେ ନେହୁରା ହୋଇ ଘରେ ବସେଇ ଦେଇ ଆସିଛି- କେଉଁ ଦିନରୁ ତମମାନଙ୍କୁ ଦେଖି ନଥିଲି...। ଘରେ ବସି ଗାରୁ ଗାରୁ ହେଉଥିବ।

ବୀଣା ଗୋଟିଏ ସୁନ୍ଦର କାଇଁଚ ବିଞ୍ଚଣା ଆଣି ଖୁଡ଼ୀଙ୍କୁ ଧରାଇ ଦେଇ କହିଲା- ନିଅନ୍ତୁ ଆପଣ ବିଞ୍ଚିହେବେ।

ଖୁଡ଼ୀ ଏପଟ ସେପଟ କରି ବୁହେ ଦେଖିନେଲେ- ଆଲୋ ପାଠ ତ ପଢୁଥିଲୁ- ଆଉ ଏସବୁ କେତେବେଳେ ଶିଖିଲୁ। ନୀର ବଳି ପଡ଼ି କହିଲେ- ତୁମେ ଖୁଡ଼ୀ ଜାଣିନା- ସେ ଥରେ ଯାହା ଦେଖିବ ଶିଖି ନେବ।

ହଁ- ମାଇକିନା ଝିଅର ଗୁଣ ତ ଦିହର ଅଳଙ୍କାର- ଏତିକି ତ ବାପା ମାଆଙ୍କର ଜନମ କଲାର ସାରଥକ...।

ଯାଏଁ ଲୋ ବୋହୂ- ଅଗଣାରେ ଧାନ ପଡ଼ିଥିବ- ରତନି ଜଗୁ ଜଗୁ ଶୋଇବଣି।

ଖୁଡ଼ୀ ଯିବାପରେ... ବୀଣା ତା ଘରୁ ବାହାରି ଆସି କହିଲା- ଅପା ଏମାନେ କ'ଣ କରି ଆମକୁ ପାଇଛନ୍ତି- ଏମିତି କଥା କଥାରେ ଚିଆଁ ମାଡ଼ିଲା ପରି ପଦେ ପଦେ କହି ଦେଇଯାଉଛନ୍ତି।

ତୁନି ହୁଅ ଲୋ ବୀଣା! ଏ ମଫସଲ ଚଳଣି ସେଇଆ- ସମସ୍ତଙ୍କ ଛିଦ୍ର ସମସ୍ତେ ଖୋଜୁଥିବେ। ଆମର ତ ସହିବାର କଥା। କୂଅରେ ଯେତେବେଳେ ବେଙ୍ଗ ପଡ଼ିଛି ସେତେବେଳେ ସମସ୍ତେ ଟେକାଏ ମାରିବେ। ବୀଣା ତର ତର ହୋଇ ଉଠିଗଲା- ଜଳଖିଆ କଲେ ତା' ଦେଢ଼ଶୁର ଖାଇବେ- ତୁଳସୀପୁରରେ କ'ଣ ମେଳା ହେଉଛି ଯେ ସେଠାକୁ ଯିବେ। ସେମାନେ ନିମନ୍ତ୍ରଣ ପଠାଇଛନ୍ତି।

ନୀରଙ୍କ ଦେହ ଭାରୀ ଭାରୀ ହୋଇ ଆସିଲାଣି- ମାସ ଦିବସ ହୋଇଗଲାଣି। ବହୁତ ଗୁଡ଼େ ଦିନ ଖାଲି ରହି ଏବେ... ଭଗବାନ ଆଣି ଏ ଦଶାରେ ଥୋଇଛନ୍ତି। ବୀଣା ଲାଗି କିଛି ଜଣାପଡୁନି- ବସିଲା ଥାନରୁ ସେ ଉଠାଇ ଦେଉନି- ବିଞ୍ଚିଣି ଭଳି

କାମରେ ଲାଗି ରହିଛି- ହେଲେ ବି ଅମାନିଆ ମନ ତାକୁ ଦେଖିଲେ କେମିତି ମନ କେମିତି କୋହରି ଉଠୁଛି। ତା'ର କ'ଣ ଏତେବେଳେ ଏମିତି ଦିନରାତି ଖାଲି ଖଟିବା କଥା- ବଡ଼ି ଭୋରରୁ ରାତି ଅଧାଯାଏ ଖାଲି ଖଟୁଥିବ କାମ ଶେଷ ହେଲେ ଏକୁଟିଆ ଯାଇ ଖାଲି ବିଛଣାରେ ଶୋଇପଡ଼ିବ। ମୁଁ ତ ଯେତେବେଳେ ବୋହୂ ହୋଇ ଆସିଥିଲି- ଶାଶୁ କେଡ଼େ ଆଦର ଯତ୍ନରେ ଖୁଆଇ ପିଆଇ ଠାକୁରାଣୀଙ୍କ ଭଳି ବସାଇଥାନ୍ତି। କାମ କରିବାକୁ ବାହାରିଲେ କହନ୍ତି କାମ କରିବା ବେଳ କୁଆଡ଼େ ପଳେଇ ଯାଇଛିକି? ବଳେ କରିବନିକି? ବଳେ କରିବନି-ଆଉ କ'ଣ କିଏ ଆସି କରିଦେଇଯିବ? ଏତେବେଳେ ମନ ଫୁଲାଣିଆ ବେଳ ମନ ଖୁସିରେ ଖେଳିବ କି ବୁଲିବ ନାଁ- ଏଥିରୁ ରନ୍ଧାଘରେ ବନ୍ଧା ହେବ କିଆଁ କି ଦିନରେ କାଠୁଆଏ ହଳଦୀ ବାଟି ଦିହସାରା ବୋଳିବେ- ଦିହ ଚିକ୍କଣ ହେବ- ରଙ୍ଗ ଫିଟିବ ବୋଲି... ସକାଳୁ ଉଠି ଭଜା ଭଜି ଥାଳିଏ କରି ଜବରଦସ୍ତ କଂସେ ପଖାଳ ଖୁଆଇବେ-ମାଇକିନିଆ ଝିଅ ପଖାଳ ପାଣି ଖାଇଲେ ଦେହ ସୁଖ ରହିବ ବୋଲି ତାଙ୍କର ଧାରଣା... ଆଉ ସେତେବେଳେ ଏଙ୍କ କଥା ଛାଡ଼- ମିଛରେ ହେଲେ କିଛି କାମ ନଥିଲେ ମଧ୍ୟ ଘରୁ ଘେରେ ବୁଲି ଦେଇଯିବେ- ଏପଟ ସେପଟକୁ ଚାହିଁ ଯଦି ଦେଖିବେ କେହି ନାହାନ୍ତି ତେବେ କାନିଟାକୁ ଟିକିଏ ଭିଡ଼ିଦେବେ-ନହେଲେ ହାତଟାକୁ ଟିକିଏ ଚୁମୁଟି ଦେବେ- ଏମିତି କେତେ ସରସ ସୁନ୍ଦର ଦିନ କାହିଁ କେଉଁ ହଜିଲା ଅତୀତରେ ରହିଲାଣି। ବୀଣାର ମୁହଁ ଦେଖି ବିକଳରେ ପ୍ରାଣ ଫାଟିଯାଉଛି। ବୀଣା ଆସି ପଚାରିଲା ଅପା ଭାଇଙ୍କୁ ଡକେଇ ପଠାଅ- ଜଳଖିଆ ସରିଲାଣି। କେତେଖଣ୍ଡ ପାନ ଭାଙ୍ଗିବି? ଭାରି ରାତିରେ ଫେରିଆସିବେ ତ? ନୀରଙ୍କ ପାଟିକୁ କିଛି କଥା ଆସୁନଥାଏ ମନ ଯେମିତି କେଉଁଥିରେ ନଥାଏ। ଖାଲି ବୀଣାକୁ କୁଣ୍ଢାଇ ଧରି ବୁହେ କାନ୍ଦିଲେ ଅବା ମନ ଶାନ୍ତି ହୋଇଯାନ୍ତା।

ଜଳଖିଆ ଖାଇସାରି ନରେଶ ଲକ୍ଷ୍ମୀମାଆକୁ କହିଲେ ଯାଆ ସାନ ବୋହୂଠାରୁ ପାନ ନେଇଆ...। ଏଇ ଅବସରରେ ନୀର ପଚାରିଲେ- ତମେ ରାତିରେ ଫେରି ଆସିବତ-? ହଁ ନିଶ୍ଚୟ ଫେରି ଆସିବି ହେଲେ ତାଙ୍କ ଗାଁ ଛାଡ଼ିଲେ ତ? କ'ଣ ଥିଏଟର ଗୋଟାଏ କରୁଛନ୍ତି ପରା। ନୀର ଚୁପ୍ ହେଲେ।

ତମ ଦେହ ଭଲ ଲାଗୁ ନାହିଁକି? ନାଁ-ମ-ଦିହ ଭଲ ଅଛି ଯେ ମନଟା ଆତୁରିଆ ଲାଗୁଛି-ପାଗଳା ପିଲାଟା! ପାଞ୍ଚ ପାଞ୍ଚମାସ ହେଲା ଚିଠି ଦେଉନାହିଁ- କି ଆସୁନାହିଁ କଥା କ'ଣ କିଛି ବୁଝାପଡୁନାହିଁ। ବୋହୂଟା ଖାଲି ସେମିତି ପାଠ ଶାଠ ପଢ଼ା ସବୁକଥା ଜାଣୁଛି ବୋଲି ସିନା ତା ମନ ଦମ୍ଭରେ ଅଛି ନହେଲେ ଆମେ ସବୁ ହୋଇଥିଲେ ମୋଟେ ଧଇର୍ଯ୍ୟ ରହନ୍ତା ନାହିଁ।

ନରେଶ ବା କଅଣ କହିବେ- କି ଯୋଗରେ ଭାଇକୁ ହାତକୁ ଦି ହାତ କଲେ ଯେ ଏମିତି ଗୋଟେ ଅଦିନ ଝଡ଼ ତାଙ୍କ ପରିବାରରେ ବୋହିଯାଉଛି। ସୁରତ ସେମିତି ଧରଣର ପିଲା ନୁହେଁ ହେଲେ ଆଜିକାଲି ପିଲାଙ୍କର କେତେବେଳେ କେଉଁ କଥା। ଆଚ୍ଛା ତୁଳସୀପୁରରୁ ଫେରେ ସୁର ପାଖକୁ ଘେରେ ଯାଇ ବୁଲି ଆସିବି- କେଉଁଥିପାଇଁ ଅବା ଅଭିମାନ କରିଥିବ- ବୁଝାଇ କହିବି। ମୁଁ ଆସେ-ତମେ କିନ୍ତୁ ସାନବୋହୂ ଆଗରେ ଏମିତି ହେଲେ ସେ କ'ଣ କରିବ ଭଲା! ବୀଣାର ଛାଇ ଦୁଆରବନ୍ଧରୁ ଦୂରକୁ ଦୂରକୁ ଘୁଞ୍ଚିଯାଉଥିଲା।

■

ଦଶ

ତୁଳସୀପୁରରେ ଧୂମ-ଧାମ ଲାଗିଛି । ଆଖପାଖର କୋଡ଼ିଏ ଖଣ୍ଡ ଗାଁର ମୁଖିଆ ମୁଖିଆମାନଙ୍କୁ ଡକାଯାଇଛି । ଗାଁସାରା ମାଇପେ ନିଜ ନିଜ ଦୁଆର ଝୋଟି ମୁରୁଜରେ ମଣ୍ଡଣି କରିଦେଇଛନ୍ତି । ଦୁଆରେ ଦୁଆରେ ପୂର୍ଣ୍ଣକୁମ୍ଭ କଦଳୀଗଛ ଆମ୍ବଡ଼ାଳ । ଭାଗବତ ଘର ଚାରିପଟେ ଲୋକାରଣ୍ୟ ! ଗାଁର ବୁଢ଼ୀ ଦରବୁଢ଼ୀ କେତେଜଣ ହେମାଙ୍ଗିନୀ ସାଥିରେ ଏପଟ ସେପଟ ହେଉଛନ୍ତି । ନନ୍ଦନିଧି ଦାସମହାପାତ୍ର ଚାରିଦିନ ହେବ ଶୋଇନାହାନ୍ତି । ଗାଁକୁ ମନ୍ତ୍ରୀ ଆସିବେ । ଯେତେ ଯେଉଁଠି ଯାହା ହୋଇଛି ଦେଖିଯିବେ । ତା' ସହିତ ଗ୍ରାମ କଲ୍ୟାଣ କେନ୍ଦ୍ରର ବାର୍ଷିକ ଉତ୍ସବରେ ପୁରୋଧା ହେବେ । ଯୁବକମାନଙ୍କର ଯୁବକସଂଘ ଦେଖିବେ-ଗୋପବନ୍ଧୁ ପାଠାଗାର ଦେଖିବେ... ଗ୍ରାମପଞ୍ଚାୟତ ତରଫରୁ ଆଦର୍ଶହାଟ, ଖତ ତିଆରି, ମାଛ ଚାଷ ହେଉଥିବା ସ୍ଥାନ, ନଡ଼ିଆ ଗବେଷଣା କେନ୍ଦ୍ର ସବୁ ଦେଖିଯିବେ ।

ଗ୍ରାମ କଲ୍ୟାଣ କେନ୍ଦ୍ରରେ ଝିଅ ବୋହୂ ଠୁଳ ହେଲେଣି । ଆଗେ କିଏ କେତେ ନାକ କାନ ଟେକୁଥିଲେ- ହେମାଙ୍ଗିନୀକୁ ବାସ ମିଳୁନଥିଲା । କିନ୍ତୁ ଏବେ ଧୀରେ ଧୀରେ ଲୋକଙ୍କ ମନ ଏ ଆଡ଼କୁ ଆସୁଛି । ଆଜି କେତେ କ'ଣ ଶିଖିଲାଣି- ତା ଦେଖା ଦେଖି କେତେ ଝିଅ ଏତେ ଆସୁଛନ୍ତି । କେତେ ମଧ୍ୟ ବାପ ଭାଇଙ୍କୁ ଲୁଚି କରି ଆସନ୍ତି । ଆଜି କିନ୍ତୁ ସଭା ହେବ- ଗୀତ, ନାଚ, ଦାଶକାଠିଆ, ପାଲା ଶେଷରେ ଗାଁର ଯୁବକ ସଂଘଙ୍କ ଦ୍ୱାରା ଅଭିନୀତ ୧୯୪୨ର ବିପ୍ଳବ ନାଟକ ହେବ । ଅନେକଙ୍କର ଏଇ ଅନୁଷ୍ଠାନ ପ୍ରତି ଆନ୍ତରିକ କଲ୍ୟାଣ ନଥିଲେ ମଧ୍ୟ ଆଜି ସାମୟିକ ଉତ୍ତେଜନାରେ ସବୁ ଭୁଲିଯାଇଛନ୍ତି । ହେମାଙ୍ଗିନୀ ରିପୋର୍ଟ ଲେଖିଛି । ଫୁଲମାଳ-ପଞ୍ଚଶସ୍ୟମାଳ ତିଆରି କରିଛି ଅଳି- ! ଛୋଟ ଧରଣର ଗୋଟିଏ ପ୍ରଦର୍ଶନୀ ମଧ୍ୟ ତିଆରି ହୋଇଛି । କେତେ କିସମର ବଡ଼ି, ନଡ଼ିଆପତ୍ର ଖଡ଼ିକା-କାଇଁଚ-ବେଣା-ବେତ, ଛିଣ୍ଡାକାଗଜ, ଛିଣ୍ଡାକନା

ପ୍ରଭୃତି କେତେ ଜିନିଷର ତିଆରି ଜିନିଷମାନ ଥୁଆ ହୋଇଛି। ଅଳି-ହେମାଙ୍ଗିନୀ ଧାଇଁ ଧପଡ଼ି ବେଦମ ବେଦମ ହୋଇଗଲେଣି। କେବଳ ବାକି ଅଛି ଅତିଥିମାନଙ୍କ ଚର୍ଚ୍ଚା ଲାଗି ତିଆରି ହେଉଥିବା ଜଳଖିଆ କେତେକ!

ଗାଁର ଆଜି ନୂଆ-କଥା-ନୂଆ ଭାବ। ଦୋଳଯାତ ହୁଏ-ଚଇତରେ ଗାଁର ମେଳଣ ହୁଏ- ଲୋକେ ଜମନ୍ତି-ଦିଅଁ ବାହାରନ୍ତି-ଖିଆ ପିଆ ହୁଏ। ଆଉ ଏପରି ଏତେ ନିମନ୍ତ୍ରଣ-ଏତେ ପ୍ରଦର୍ଶନୀ-ଏତେ ବଡ଼ ମଞ୍ଚନାଟ-ଗୀତର କାରଖାନା କେବେ ଦେଖାନଥିଲା। ପୁଣି କିଏ ଜଣେ ମଣିଷ- ସେ ପୁଣି ଦେଶର ମନ୍ତ୍ରୀ, ଆସିବ ବୋଲି ଏତେ ସାଜସଜା!

ହେମାଙ୍ଗିନୀ ମଞ୍ଚ ଉପରେ ଠିଆ ହୋଇ ଦେଖୁଛି ଠିକ୍ ଭାବରେ ଲାଇଟ୍‌ଗୁଡ଼ିକ ଖଞ୍ଜା ଗଲା କି ନାହିଁ- ଯୁବକ ସଂଘର ସଂପାଦକ ଧାଇଁ ଆସି କହିଲା- ଅପା- ହରିମହାପାତ୍ରେ ଗାଁ ଦାଣ୍ଡରେ ଦୁର୍ନୟ ପାଟି କରୁଛନ୍ତି- ହ୍ୟାଙ୍କ ଏଗୁଡ଼ିକ କ'ଣ ହେଲେରେ-ଆରେ ଦିଅଁ ନା ଦେବତା ଯେ ଗୁଡ଼େ ଏତେ କଥା ଲାଗିଛି। ଏମିତି କେତେ କ'ଣ- ତାଙ୍କ ଅକତିଆରରେ ଥିବା ସବୁ ଘରକୁ ଧମକେଇଛନ୍ତି, ଯଦି ମାଇପେ ଦାଣ୍ଡକୁ ଗୋଡ଼ କାଢ଼ିଛ ଦେଖିବି। କ'ଣ କରିବା ଅପା ଆମର ସଭାରେ ବେଶୀ ଲୋକ ନହେଲେ ଏତେ ଆୟୋଜନ ବୃଥା ହୋଇଯିବ।"

ତମେ ଥୟଧର ରମାକାନ୍ତ। ସେମାନେ କେତେଜଣ ବୁଢ଼ା ବୁଢ଼ା ଲୋକଙ୍କୁ ଏହା ଭଲ ଦେଖାଯାଉନାହିଁ। ତାଙ୍କ ଅମଳରେ ତ ଏକଥା ଶୁଣା ନଥିଲା- ଆଉ ବା ଦେଖୁଥିଲେ କେତେକ! ସତରେ ଏପର୍ଯ୍ୟନ୍ତ ମୋ'ର ବିଶ୍ୱାସ ନାହିଁ ଯେ- ଗାଁ ଦାଣ୍ଡରେ ଆସି ସ୍ତ୍ରୀ ଲୋକମାନେ ବସିବେ...।

ଏଇ ସମୟରେ ନନ୍ଦନିଧି ଦାସମହାପାତ୍ର ଆସି ପଚାରିଲେ- ହେମ! ସବୁ ଠିକ୍ ଠାକ୍ ହୋଇଗଲାତ? ଆଉ କେଉଁଠାରେ କିଛି ଅଡୁଆ ନାହିଁ ତ? ଆମର ସେ ଆଡ଼େ ସବୁ ପ୍ରସ୍ତୁତ। କିଓ ରମାକାନ୍ତ! ତମର ବେଶ ପୋଷାକ ସବୁ ସରିଗଲାଣି ତ? ସେମାନେ ସମ୍ମାନିତ ଅତିଥି କେତେକେତେ ଦୂରରୁ ଆସିବେ- ସେମାନେ କ'ଣ ଆଉ ଆମ ପାଇଁ ଚାହିଁ ବସିବେ।

ହଁ-ମଉସା-ସବୁ ସରିଲାଣି; କିନ୍ତୁ ଆରଖଣ୍ଡି ହରି ମହାପାତ୍ରେ ଗାଁ ଦାଣ୍ଡରେ ଅଭାଷା-ଭାଷାରେ ଗାଳି ଦେଉଛନ୍ତି। ତାଙ୍କ ଖଣ୍ଡିର ଝିଅ ବୋହୂ ସମସ୍ତିଙ୍କୁ ମନା କରିଛନ୍ତି। ଗାଁର ଯଦି ଏଇ ସାମାନ୍ୟ କଥାରେ ଏକ ମେଳି ନହେଲା ଆଉ ବଡ଼ ବଡ଼ କଥାରେ କ'ଣ ଆମେ ଏକାଠି ହେବା?

ରମାକାନ୍ତ ତମେ ଜାଣିନା- ପ୍ରତି ଗାଁରେ ଏମିତି କିଛି ନା କିଛି କଳି- ତକରାଳ

ଲାଗି ରହିଥାଏ- ତାକୁ ମୂଳ କଲେ କ'ଣ ଚଳିବ ? ହେମ ତମେ ଯାଅ- ହରି ମହାପାତ୍ରଙ୍କୁ ବୁଝାଇ ତାଙ୍କ ଝିଅ ବୋହୂଙ୍କ ସାଥିରେ ଆସିବାକୁ ଡାକିବ, ଯଦି ଆସିବେ ତ ଭଲ କଥା- ନହେଲେ ନାହିଁ। ଅଳି ଛିଡ଼ା ହୋଇ ବାପାଙ୍କ କଥା ଶୁଣୁଥିଲା- କହିଲା, ରହ ହେମଅପା, ମୁଁ ବି ତୁମ ସାଥିରେ ଯିବି। ଅଳି ବଢ଼ିଲା ଝିଅ। ହେମ ସିନା ଚାକିରି କରିଛି-କେଉଁ କୂଳ ଥଳ ଜଣାନାହିଁ-କେଉଁ ଘରର ବୋଲେ କେଉଁ ଘରର ଝିଅ। ଆଉ ଅଳି କିପରି ବାପର ଝିଅ ହୋଇ ଏପରି ଗାଁ ଦାଣ୍ଡରେ ନାଚୁଥିବ- ଅଳି ବୋଉଙ୍କୁ ମୋଟେ ପସନ୍ଦ ଦିଶୁନାହିଁ। କ'ଣ କରିବେ। ହେଲେ ବାପ ତ ଅରାଜି ନୁହଁନ୍ତି। ସେତ ମରଦ ପୁଅ- କାହୁଁ ବୁଝିବେ ଝିଅଙ୍କ ମନ ଜାଣେ ? ବଡ଼ ଝିଅ- ଛୁଇଁଲେ ଛଅଘାଆ- ଏଥିରେ ମାଆ ମନ ବୁଝେ କେତେକେ ? ଯାହାହେଲେ-ଯାହା ବା କଲା ଏଇ କେନ୍ଦ୍ରଘରେ ହେଲେ କରନ୍ତା ପୁଣି କିଏ କାହା ଝିଅ ମାଇପଙ୍କୁ ନ ଛାଡ଼ିଲା ତ ଏ ଟୋକି ଯାଇଛି କିଆଁ ? ଅଳି ବୋଉ ଭାବି ଲାଗିଛନ୍ତି। ଅଳିକୁ ସେଠାରେ ନ ଦେଖି ମନ ତାଙ୍କର ବିକ୍ଷେଇ ଉଠିଛି। ବରକ୍ଷକ ତଳେ କ'ଣ ହେଲେ କେଜାଣି ଏତେ କଥା ହୋଇ ମହାପ୍ରସାଦ ନିର୍ବନ୍ଧ ହୋଇ ବରଘର କି ଯୋଗରେ ଭାଙ୍ଗିଲା ଯେ ସେଇ ଦିନରୁ ଯେତେଯାଗାରେ ପଡୁଛି ବାପଙ୍କ ମନକୁ ପାଉନି। ସବୁ କଥାରେ ଗୋଟିଏ କଥା- ଗୁଣ ଥିଲେ ଚଉଦିଗ ମହକିବ- ଏମିତି ବ୍ୟସ୍ତ କାହିଁକି ହେଉଛ ? ହଅ ! ଏଇ ପୁଣିକୁ କଥାର କଥା ଗୋଟେ- ଝିଅଙ୍କର ଗୁଣ ହେବ ବୋଲି ବାପ ଜୋଇଁଘର ଖୋଜିବେ ନାହିଁ। ନହେଲେ ବା ସେମିତି ଥିବ ଥିବ କାହା ସାଙ୍ଗରେ ପଳେଇବ- ସେଗୁଡ଼ାକ ବାପକୁ ସୁହାଇବ। ଅଦା ବେପାରୀର ଜାହାଜ ମୂଳ କରିବାର କ'ଣ ଥାଏ ?

ପଛରୁ କିଏ ଡାକିଲା ଖୁଡ଼ୀ ! ଅଳି ବୋଉ ବୁଲି ଚାହିଁଲେ। ମୁକୁତା କିଲୋ ତୋ ଭାଉଜ ଆସି ନାହିଁ କି ?

କହନି ହେ ଖୁଡ଼ୀ ମୋର ସେ ଯୁ ବୋଉ ଖଣ୍ଡକ ସେ କଣ ତମ ପରି ହୋଇଛି ? କହିଲା ମୋର ଭୂଆଷୁଣୀ ବୋହୂ କୁଆଡ଼େ ଯିବ ଲୋ ? ଗଲେ ତୁଇ ଦାଣ୍ଡେଇ ହେଲୁଣି ଯାଆଭାରି। ମୋ ମନ ସତରେ ଚିଡ଼ିଗଲା ଖୁଡ଼ୀ। କେତେ ଆଡୁ କେତେ କଥା ହେଉଛି- ଦିନୁଟେ ଆସିଲେ କ'ଣ ମାନହାନି ହେଇଯାଉଥିଲା ? ଅଳି କାହିଁକି ଖୁଡ଼ୀ ?

କେ ଜାଣିଲୋ ଝିଅ- ଆର ଖଣ୍ଡିର ହରିମହାପାତ୍ରର କ'ଣ ପାଟି ତୁଣ୍ଡ କଲା ଯେ ଝିଅମଣି ଆମର ଯାଉଛନ୍ତି ନିଶାପ କରିବାକୁ।

ଏଇ ସମୟରେ ହେମାଙ୍ଗିନୀ, ଅଳି ଆସି ପହଞ୍ଚିଲେ। କିଲୋ ଭାରୀ ତ ତୋ'ର

ସାହାସ ହେଲାଣି- ତୁ କାହିଁକି ଯା ଦୁଆରେ ତା ଦୁଆରେ ଉଠୁଲୋ ! ଅଳିର ସରସ-ସତେଜ ମୁହଁ ମଉଳି ଆସିଲା । ବୋଉକୁ ଉତ୍ତର କିଛି ଦେଇପାରିଲା ନାହିଁ- ସେ ଏବେ ହେମ ଅପାଠାରୁ ଶୁଣି ଶୁଣି ବୋଉକୁ ଏଣୁ ତେଣୁ କିଛି କହେ ନାହିଁ, ତଥାପି ବୋଉ ଏତେ ଲୋକଙ୍କ ଆଗରେ ଏମିତି ଗୁଡ଼େ ଝାଡ଼ି କୁଢ଼େଇ କ'ଣ ହେଉଛି ?

ଗାଁରେ ହଇଚଇ ପଡ଼ିଛି । ମନ୍ତ୍ରୀଙ୍କ ଆସିବା ବେଳ ହୋଇଗଲାଣି । ସଭାରେ ଯେଉଁ କେତେଜଣ ଅଛନ୍ତି ସେମାନେ ପରସ୍ପର ଏଣୁ ତେଣୁ କଥା ପକାଇଛନ୍ତି ।

ହରି ମହାପାତ୍ରେ, ନାରଣ ମିଶ୍ର, ଏକା ତିଆଡ଼ି ସମସ୍ତେ ମିଶି ଗୋଟିଏ ପିଣ୍ଡାରେ ବସି ସଭା କରୁଥିଲେ । ଏକାଳ ଯୁଗକୁ ସତେ କ'ଣ ହେଲା ହେ ? ଆଉ ଏଇଥିରେ ମରୁଡ଼ି ପଡ଼ିବନି ? ଧୋଇ ଯିବନି କିମିତି କହିଲ ?

ଏଡ଼ିକି ଅନିଆଚାର କ'ଣ ବିଧାତା ସହିବ ? ନିଧି ପ୍ରଧାନ ବାଡ଼ି ଖଣ୍ଡିକ ସିଧାକରି ଲମ୍ବେଇ ଦେଇ ବସିପଡ଼ି କହିଲେ- ଆଉ କହିବାକୁ ଅଛି ସାଆନ୍ତେ । ହଇହେ ସାତଶାସନ ବତିଶ କରବାଡ଼ ସାଆନ୍ତ ଘର ବୋହୂଟିଏ କୁଉଦିନ ସଭା କରୁଥିଲେ ଗାଁ ଦାଣ୍ଡରେ- ପୁଣି ସେଇଠି ବର-ଦିଅର-ଶ୍ୱଶୁର-ଦେଢ଼ଶୁରଙ୍କ ମୁହଁକୁ ଚାହିଁବେ । ହେଲେ ସାଆନ୍ତେ ଆପଣମାନେ ହେଲେ ଦେବତା- ଆପଣ ଯାହା କରିବେ ସୁନ୍ଦର । ଆମେମାନେ ପାଦତଳର କିଙ୍କର-ଏଥିରେ ଆମ ପିଲେ କ'ଣ ଗାଁରେ ଅଛନ୍ତି-ଗୋଠରଙ୍ଗେ ଉଠି ଆଇଛନ୍ତି । ଘରୁଟାରେ ବସି କ'ଣ କରିବି ଯାଏ ଟିକିଏ କିଏ ଏଡ଼େ ବଡ଼ ଜଣେ ଆଇଚି ଦେଖି ଆସେ ଭାବି ଆଇଲାବେଳକୁ ନିଧି ସାଆନ୍ତଙ୍କ ମାଆଙ୍କୁ ସଭାରେ ଦେଖି ମୁଁ ତ ତାଟେକା ! ମୁଁ ତ ପଳେଇ ଆଇଚି ଏଇଠିକି ଏକ ମୁହାଁ ହୋଇ ।

ହଇଏ ନିଧି ପ୍ରଧାନେ ଆମେ ଏଇ ତୁମର ନିଧିସାଆନ୍ତଙ୍କୁ ସରପଞ୍ଚ ପାଇଁ ଭୋଟ ଦେଇଥିଲୁ ନାଁ ଏମିତି ସରପଞ୍ଚ ବୁଦ୍ଧି କରିବ ବୋଲି ଭୋଟ ଦେଇଥିଲୁ ? ହେଁ ଯାହାତ ତିନି ବରଷରେ କଲେଣି ଛାଡ଼ ଖାଲି ମନ୍ତିରି ଯନ୍ତିରିଙ୍କୁ ଡାକି-ହେଇଟି ଦେଖ କମ୍ପୋଷ୍ଟଖତ- ହେଇଟି ଦେଖ ରାସ୍ତା-ହେଇଟି ଦେଖ କୂଅ ପୋଖରୀ କଲେ କ'ଣ ଆମ ଦୁଃଖ ଗଲା । ଏତେ ବେଳକୁ ସବୁ ଚାଲିଛି- ଆଉ ଆଜି ଯାଏ ଖାଲି ତୁଚ୍ଛା ମିଛୁଟାରେ ଧୂଆଁ ବାଣ ଛାଡ଼ି ଛାଡ଼ି ସାବାସ ନେଇଯାଇଥିଲେ ।

ହଁ... ସାଆନ୍ତମାନେ ଆପଣ ତେହିଁକି ପୁଣି ନନ୍ଦନିଧି ସାଆନ୍ତେ ଗାଁର ହାକିମ-ହେଲେ ବାନା ଭୋଇ ଦି' ମାଣ ଜମି ତାଙ୍କରି ଧରିଛି- ବିଚରା ଭୋଇପିଲା-ମୁରୁଖ ଲୋକ ପେଟକୁ ପେଜ ପାଣି କରି ମୁନ୍ଦେ ଗଲା ବେଳକୁ କଷ୍ଟକର କଥା-ସେଥିରେ ସାଆନ୍ତ କେତେ ଆଦରଣ କଥା କହୁଛନ୍ତି ବାନା ଭୋଇକୁ ଛଅପଣ ଦେଇ ନିଜ କୋଠିକୁ

ଦଶପଣ ବୋହି ନେଉଛନ୍ତି। ଫଗୁ ଜେନାର ଛଡ଼ା ସନା ପ୍ରଧାନ କିଆରୀରେ ପଶି ସବୁ ମୁଗ କିଆରି ମନ୍ଥି ଦେଇଗଲା ସାଆନ୍ତକୁ କହିଲାରୁ କହିଲେ ମକଦ୍ଦମା କର। ବିଚରା କୋଟ କଚେରୀକୁ ଧାଇଁ ଧାଇଁ ଅଣନିଶ୍ୱାସୀ ହୋଇଗଲାଣି ଏମିତିତ କାରବାର ଚାଲିଛି।

ଗାଁ ଦାଣ୍ଡ ଆଗ ଦେଇ ଗୋଟେ ସୁନ୍ଦର ଚକ ଚକ କଳା ମଟର ଧାଇଁଗଲା। ସଭା ଆଡୁ ଶଙ୍ଖ ହୁଳହୁଳିର ଶବଦ ଭାସି ଆସିଲା। ହରି ମହାପାତ୍ରେରେ କହିଲେ- ହେଲା ଏବେ ଜୋଇଁଙ୍କର ବାଟ ବରଣ।

ସଭାର ଗଣ୍ଡଗୋଳ ଥିର ପଡ଼ିଆସିଲାଣି- ସମସ୍ତେ ଚାହିଁ ବସିଛନ୍ତି। ସଭା ଆରମ୍ଭରେ ଗାଁ ସରପଞ୍ଚ ନନ୍ଦନିଧି ଦାସମହାପାତ୍ରେ ଉଠି ସମସ୍ତଙ୍କ ପରିଚୟ ଦେବାପରେ ହେମାଙ୍ଗିନୀ କେନ୍ଦ୍ରର ରିପୋର୍ଟ ପାଠ କଲା। ଏହି କାର୍ଯ୍ୟ ବିବରଣୀରେ ଅନ୍ୟାନ୍ୟ କଥା ସହ ଉତ୍ତମ ଶିକ୍ଷା ଓ ସ୍ୱଭାବ ଲାଗି ଅଳକା ଦାସ ମହାପାତ୍ରଙ୍କୁ ବିଶେଷ ସମ୍ମାନ ଦିଆଗଲା ବୋଲି ଉଲ୍ଲେଖ କରାଯାଇଥିଲା। ପରସ୍ପର ପରସ୍ପରର ମୁହଁକୁ ମୁହଁ ଚୁହାଁ ଚୁହିଁ ହେଲେ-

ହରି ମହାପାତ୍ରେ ସଭାର ସଭାପଛ ଆଡ଼େ କେତେବେଳୁ ଆସି ବସିଥିଲେ- ହାତ ତାଳିଟେ ମାରି ଦେଇ କହିଲେ ହେଲା ଏବେ ବାପେ ଯେତକ ପଇସା ସରକାରଙ୍କର ମାରପେଞ୍ଚ କରି ଖାଉଥାନ୍ତୁ ବଢ଼ିଲା ଭୁଆସୁଣୀ ଝିଅ ଗାଁ ଦାଣ୍ଡରେ ନାଟ କରି ପୁରସ୍କାର ପାଉଥାଉ- ଆଉ ଏ କଳି କାଳ ରହିବ ନାହିଁ।

ରଘୁରାଜପୁରରେ ନରେଶ ମହାପାତ୍ର ପ୍ରଥମେ କାନକୁ ବିଶ୍ୱାସ କରିପାରିଲେ ନାହିଁ। ତା'ପରେ ମନେ ମନେ ଭାବିଲେ- ଏଇତ ବୋଧହୁଏ ସୁରପାଇଁ ନୀର ପକାଇଥିଲା। ହେଉ ଯାହା ହବାର ନଥାଏ ତାହା ହୁଏନା। ବୀଣା ବିଷୟରେ କିଛି ଧାରଣା କରିବାର ବହୁ ପୂର୍ବରୁ ସୁରର ଏପରି ଗୋଟାଏ ଖିଆଲି ଭାବ ଉଠିଛି ଯେଉଁଥିରେ ଘରଯାକ ସମସ୍ତେ ଦୁଃଖରେ ସଢୁଛନ୍ତି- ହେଉ ଯାହା ମଙ୍ଗଳମୟଙ୍କ ଇଚ୍ଛା ତାହାହିଁ ହେବ। ନରେଶ ଦୀର୍ଘ ନିଶ୍ୱାସ ଛାଡ଼ିଲେ।

ନରେଶଙ୍କ ସହିତ ହଠାତ୍ ଦେଖା ହୋଇଗଲା ଯଦୁ ଦାଶଙ୍କର କିହୋ ନରେଶ ବାବୁ ଯେ ଆରେ ଆପଣ ବି ଆସିଯାଇଛନ୍ତି- ଦେହ ପା କୁଶଳତ ? ଆଉ ସବୁ ଗାଁ ଖବର କ'ଣ ଆମର ତ ଏଠି ପାଲା ଲାଗିଛି।

ଯଦିବାବୁ ଆପଣ ସବୁକାଳେ ସେଇଆ- ହଇ ହେ ଏଇ ଗାଁଟା କ'ଣ ଏକା ବଦଳିଛି ? ଦୁନିଆଟା ସାରାତ ବଦଳିଯାଉଛି। ଆପଣଙ୍କ ଗାଁରେ ତ ଏତେ କଥା ହୋଇପାରିଲା ମୁଁ ଦେଖି ଅତି ଆନନ୍ଦିତ ହୋଇଯାଇଛି। ଆମକୁ ମଧ୍ୟ ଏ ସୁଯୋଗ ମିଳିବ ବୋଲି ମୁଁ ଯୋଗାଡ଼ କରିବି ବୋଲି ସ୍ଥିର କରିଛି।

'ହେଁ-ହେଁ-! ମୋର ଦେଖି ତା'ର ଦେଉଁଛି ଡାହାଣ ଆଖି- କ'ଣ ନା ଇୟେଗୋଟେ ସୁବିଧା ସୁଯୋଗ। ସେ ମନ୍ତ୍ରୀ ଯେଉଁକଥା କହିଗଲେ ସେଗୁଡ଼ା ପୋଥି ବାଇଗଣ ନା ବାରିବାଇଗଣ। ହଇହେ ଆମେ ଦଶବର୍ଷ ତଳେ ଯାହାଥିଲେ ଏବେ କ'ଣ ତାଠାରୁ କିଛି ଅଧିକ ହୋଇଛି ? କିହୋ ସେତେବେଳେ ମଣିଷ କୋଟ କଚେରୀ ମାଲିମକଦ୍ଦମାରୁ ଦୁଇ ପଇସା ପାଉଥିଲେ ଏବେ ଓଲଟି ସେତକ ବନ୍ଦ ହେଲା କ'ଣ ନାଁ ଏ ଗୋଟେ ସୁବିଧା ସୁଯୋଗ !

ଯଦି ଦାସେ ତମେ ମୋଟେ ବୁଝୁନାହଁ- ଯାହା ହୋଇଯାଇଛି-ତା' ଆଖିକୁ ଦୁଶେ ନାହିଁ! କେତେବେଳେ ଯାଇ ବଳେ ବଳେ ଜଣାପଡ଼େ। ଶୁଣିଲଟି ଆମ ମନ୍ତ୍ରୀ କ'ଣ କହିଲେ।

ଆଜିକାଲି ଚାଷୀଭାଇ ଆମର କେତେ ସୁବିଧା ପାଇଲାଣି। ସରକାର ଖତ-ମୂତ ଦେଲେ। ତଗାବି ଋଣ ଦେଲେ। କିନ୍ତି ବନ୍ଧି ଋଣ ଦେଲେ। ଶେଷକୁ ଘର ବଳଦ ହଳ କରିବାକୁ ଋଣ ଦେଲେ ବା ଜିନିଷ ଆକାରରେ ଦେଲେ, ମାଛଜାଆଁଳ ଦେଲେ, ପନିପରିବା ବିହନ ଦେଲେ। ଏସବୁ କ'ଣ ଏତେ ଅସାର୍ଥକର ହେଉଛି ? ତମେ ସବୁ କେତେଜଣ କିଛି ଧନ୍ଦା ବାଛିନେଲେ କ'ଣ ହୁଅନ୍ତା ନାହିଁ। କେତେଦିନ ଏମିତି ଟରଣୀଗିରି କରି ଚଳିହେବ ? ଏଣିକି ତ ସମସ୍ତେ ପାଠ ପଢ଼ିଲେଣି। ସମସ୍ତେ କୋଟ, କଚେରୀ ମାମଲାତ ଜାଣିଲେଣି।

ଯଦି ଦାସ ଚିଡ଼ି ଉଠିଲେ- ହଉ ଏ ତୁଳସୀପୁର କେତେ ଉଠିଲାଣି, ଆଉ ତମ ରଘୁପୁର କେତେ ଉଠିବ ଦେଖିବା। ସମସ୍ତେ କିମିତି କୋଠା, ଦୋ'ମହଲା କରି ପକେଇବେ, ମୁଁ ଦେଖିବି ନାହିଁ। ତମ ସୁରିଆ ଖବର କ'ଣ ହେ- ଗାଁରେ ତ ଏତେ କଥା କରିବାକୁ ଇଚ୍ଛା, ଭାଇକୁ ପାଖରେ ରଖୁନ ସେ ତେଣେ ଖିରସ୍ଥାନୀ ମାଇକିନିଆ ଧରି ବୁଲୁଛି।

ଯଦୁ ଦାସଙ୍କ କଥା ନରେଶଙ୍କ କାନରେ ଚାଉଁକରି ବାଜିଲା। ହେଲେ, ମୁହଁରେ ଆଉ କ'ଣ କହିବେ ? ସେ ଏତେ ପାଠ ପଢ଼ିଥିଲା କ'ଣ ଗାଁରେ ଆମରିପରି ଲଙ୍ଗଳ ଧରିବାକୁ ନରେଶ କହିଲେ। ଏଇ ସମୟରେ ସରପଞ୍ଚ ଆସି ଡାକିଲେ- ଆସନ୍ତୁ ମହାଶୟ ଟିକିଏ ବସିକରି ଯିବେ, ସମସ୍ତେ ଅପେକ୍ଷା କରିଅଛନ୍ତି।

■

ଏଗାର

ଅଫିସରୁ ଚାରିଦିନ ଛୁଟି ନେଇଯିବ ବୋଲି ମନସ୍ଥ କଲା ସୁରେଶ। ବୀଣାର ବା କି ଅପରାଧ ? ସେ ଲେଖିଛି ଯେ ସେ ଅସୁସ୍ଥ। କ'ଣ ହେଉଛି ଏବେ ତା'ର... ? ମୋ ଉପରେ କେତେ ଅଭିମାନ ସେ କରିଛି। କିନ୍ତୁ କାହିଁକି କେଜାଣି ମନଟା ଏପରି ହେଉଛି ଯେ ମୋତେ ଏ ଯାଗା ଛାଡ଼ି ଯିବାପାଇଁ ମନ ବଳୁନାହିଁ। ଛୁଟି ଦରଖାସ୍ତଟି ଧରି ସେ ବାହାରିଛି ସେକ୍ରେଟେରୀଙ୍କ ନିକଟକୁ। ଦୂରରୁ ଗୋଲାପି ଶାଢ଼ୀ ପିନ୍ଧି ଚମ୍ପକ ଆସୁଥିବାର ଦେଖିଲା।

ଅଭିମାନରେ ମୁହଁ ଭାଙ୍ଗିପଡୁଛି। ରୁକ୍ଷ ମଳିନ ବେଶ ଦେହ ଯେପରି ଅନେକ ଦିନରୁ ଅସୁସ୍ଥ। ଥମ୍ ଥମ୍ ଚେହେରା, ଆଖିରେ ଆଖିଏ ଲୁହ, ଉଛୁଳି ଉଠୁଥିବା ସମୁଦ୍ରର ଜୁଆର ପରି ଭାଙ୍ଗିପଡୁଛି, ସତେ ଯେପରି କ'ଣ ହୋଇଛି ତା'ର...। ଏଇ କେତେଦିନ ହେଲା ଦେହ ଖରାପ ଛଳନା କରି ମୁଁ ଯାଇନାହିଁ ତା ପାଖକୁ। ଚମ୍ପକ ଅବିବାହିତା, ଶିକ୍ଷିତା-ସୁନ୍ଦରୀ-କାହିଁକି ତାକୁ ନେଇ ମୁଁ ଖେଳିବି ? ବହୁବାର ନିଜ ମନକୁ ପଚାରିଛି- କିନ୍ତୁ କେବେ କ'ଣ ତାର ଉତ୍ତର ମୁଁ ପାଇଛି ? ହୁଏତ ତାକୁ ଛାଡ଼ି ମୋର ଏଠି ରହିବାର ଯେପରି ଆବଶ୍ୟକତା ନାହିଁ। ସେ ମୋ ଜୀବନର ଏକ ଅଂଶ ହୋଇଉଠିଛି। ବୀଣାର ଆକର୍ଷଣ କମି କମି ଆସୁଛି।

ଡାକିଲି- ଚମ୍ପକ ! ଶୁଣ...

ବୁଲିପଡ଼ି ଚାହିଁଲା- ତାର ମୁହଁ ଦେଖି ମୋ ପ୍ରାଣର କେଉଁ ନିଭୃତ କୋଣରେ କେଜାଣି ଖୁବ୍ ଆଘାତ ଲାଗିଲା। ସତେ ଯେପରି ମୁଁ ଏକ ଜଘନ୍ୟ ଦୋଷ କରି ପକାଇଛି। ଚମ୍ପକ ନିକଟରେ ମୁଁ ଦୋଷୀ, କ୍ଷମା ଚାହିଁ କ'ଣ କ୍ଷମା ପାଇବି ? ଭାବି ଚାଲିଛି-।

ଧୀର ଗଳାରେ ସେ କହିଲା- ଡାକିଲେ ?

- ହଁ, ଏଇ କେତେଦିନ ଭିତରେ କ'ଣ ଡାକିବାର ଅଧିକାର ଚାଲିଗଲା ?

ନାଁ, ମୁଁ ସେପରି ଭାବୁନାହିଁ। ଭାବୁଛି- ଏଇ କେତେଦିନ ମଧ୍ୟରେ ଡାକିବାର ଆବଶ୍ୟକତା ଶେଷ ହୋଇଗଲା।

- ତୁନି ହୁଅ ଚମ୍ପକ ! କିଛି ଯଦି ନ ଭାବିବ ତେବେ ଆସ ମୋ ଘରକୁ।

- ଭାବିବି ଆଉ କଅଣ ? ଆସୁଥିଲି ତ ତମରି ଉଦ୍ଦେଶ୍ୟରେ। ଭାବିଲି ଅନ୍ତତଃ ଶେଷ ଦେଖାଟା କରିଆସେ-।

ମୋ ବିଛଣା ଉପରେ ଚମ୍ପକ-ମୁଁ ତା ନିକଟରେ ଗୋଟିଏ ଚୌକି ଉପରେ ବସିଲି ! ତମ ଦେହ କ'ଣ ଅସୁସ୍ଥ ?

-ନାଁ ତ ? କାହିଁ ସେପରି କଣ ଜଣାପଡୁଛି ?

- ନାଁ। ଯେ- ଏତେ ଶୀର୍ଣ୍ଣ ଏଇ କେତେଦିନ ଭିତରେ କାହିଁକି ଦେଖାଯାଉଛ !

ହଁ ମୁଁ ଅସୁସ୍ଥ- ଶରୀର ଆଉ ମନ, ଉଭୟ ଥିରେ। ତମେ କ୍ରମାଗତ ଏଇ କେତେଦିନ ହେବ ଯାଇନାହଁ। ଭାବିଥିଲି ଚିଠି ଖଣ୍ଡେ ଲେଖି ଜଣାଇବି ? ପୁଣି ଭାବିଲି- ନାଁ ସେ ସିନା ମନ ଗହୀରରେ ଅତଳତଳ ସ୍ୱର୍ଣ ମଣିର ଖୋଜ ନେଉଛନ୍ତି, ମୁଁ ତ ବାଲି ଗରଡ଼ାକୁ ଧରି ସନ୍ତୁଷ୍ଟ ହୋଇଛି।

- ଚମ୍ପକ ! କୁହ ଭଲା ସତରେ ତୁମର କ'ଣ ହୋଇଛି।

- ଦେଖ, ଆଉ କହି ବୋଲି ଲାଭ କ'ଣ ? ଏତିକି ମୋତେ କୁହ ସବୁଦିନେ ମୋର ଏଇ ଅଧିକାର ଥାଉ, ମୁଁ ତୁମକୁ ନିକଟରେ ଅତି ନିକଟରେ ଯେପରି ପାଏ।

ମନେ ମନେ ଆଶ୍ଚର୍ଯ୍ୟ ଲାଗିଲା- ଏ କଣ କହୁଛି ଚମ୍ପକ ! କେଉଁ ଅଧିକାର ମୁଁ ତାକୁ ଦେବି ? ତଥାପି ମନଟା ସନ୍ଦେହରେ ଆକୁଳିତ ହୋଇଉଠିଲା। ଚମ୍ପକ ଏଇ କେତେଟା ଦିନରେ ଏପରି ଦୁର୍ବଳ ହୋଇପଡ଼ିଛି। ଅଥଚ ପଚାରିଲେ କିଛି କହୁନାହିଁ। ଏମିତି ପରିସ୍ଥିତିରେ ଗାଁକୁ ଯିବା କଥା ଉଠାଇବାକୁ ମଧ୍ୟ ସାହାସ ହେଲାନାହିଁ। କାଳେ କ'ଣ ଅନ୍ୟଥା ଭାବି ବସିବ। ତାକୁ ପଚାରିଲି- ଅଫିସରୁ ଛୁଟି ନେଇଛ ?

- ନାଁ ଛୁଟିର ଆବଶ୍ୟକତା ଆସିନାହିଁ। ଶେଷ ଛୁଟି ପାଇଁ ଭଗବାନଙ୍କ ନିକଟରେ ଦରଖାସ୍ତ କରିଛି, ଦେଖାଯାଉ କ'ଣ ହେଉଛି- ଚମକି ପଡ଼ିଲି। କ'ଣ ଏମିତି ଖିଆଲିଙ୍କ ପରି କହୁଛି ? କ'ଣ ତାର ଉଦ୍ଦେଶ୍ୟ ?

ଚମ୍ପକ ଏପରି ଅନ୍ଧାରରେ ରହି ଗୋଡ଼ି ଗୋଟାଇବାକୁ କାହିଁକି କହୁଛ ? ତୁମର କ'ଣ ହେଲା ନହେଲା ଏତକ ପଚାରିବାର ଅଧିକାରଠାରୁ ଆମେ ବହୁତ ବେଶୀ ଆଗକୁ ଚାଲିଯାଇଛେ- ଆଉ ଏତେ ଦ୍ୱିଧା ଦ୍ୱନ୍ଦ ତୁମ ମନରେ ଆସୁଛି କାହିଁକି ?

ଥାଉ ସେ କଥା ଏବେ ଅବେଳରେ କୁଆଡ଼େ ବାହାରିଥିଲେ ?

- ଟିକିଏ ସେକ୍ରେଟାରୀଙ୍କ ଘରକୁ, ଭାବୁଥିଲି ଦିନ କେତେ...

- କ'ଣ ଛୁଟି ନେଇ ଏଠାରୁ ଚାଲିଯିବି ?

- ହଁ।

- ଏ ପରିବେଶ ତିକ୍ତ ଲାଗିଲାଣି- ନୁହେଁ ?

- ନା ଚମ୍ପକ, ଆଜିକୁ ୬/୭ ମାସ ହେବ ଘରକୁ ଯାଇନାହିଁ। ଭାଇ ଭାଉଜ ବ୍ୟସ୍ତ ହେଉଥିବେ। ମଫସଲ କଥା କିଏ କେତେ ପ୍ରକାର କଥା କହୁଥିବେ। ବୀଣା ମଧ୍ୟ ଅସ୍ଥିର ହେବଣି। କେତେ ରକମ ଅନ୍ୟ ଚିନ୍ତା ମୁଣ୍ଡରେ ପୁରାଇବଣି। ଚମ୍ପକ ତମେ ମତେ ବିଶ୍ୱାସ କର ବା ନକର,କିନ୍ତୁ ଯେତେବେଳେ କହିବାର ଅଧିକାର ଦେଇଛ ସେତେବେଳେ ଶୁଣିବନି କ'ଣ ? ସତରେ ଦିନକେ ଯେଉଁ କେତେ ସମୟ ଆମର ସାକ୍ଷାତ- ସେତକ ଯେପରି ମୋ ଜୀବନର ଜୀବନ୍ୟାସ। ତୁମକୁ ଛାଡ଼ି ମୁଁ ଗାଁରେ ରହିପାରିବି ଏ ଧାରଣା ମୋର ନାହିଁ।

ଚମ୍ପକ ନୀରବରେ ମୋ ବିଛଣା ଉପରେ ଶୋଇଯାଇଛି- ଆଖିପତା ତାର ମୁଦି ହୋଇ ଆସୁଛି। ବୋଧହୁଏ ଖୁବ୍ କ୍ଳାନ୍ତ, ଶ୍ରାନ୍ତ- କିନ୍ତୁ କ'ଣ ଏପରି କଠିଣ ପରିଶ୍ରମ କରିଛି ଯେ ଏପରି ହୋଇଛି ? ଭାବିଲି ତାକୁ ଉଠାଇବି ନାହିଁ। ଶୋଇଛି ଏଥର ଶୋଇଥାଉ। ମୋ ଘର ଏତେ ଦୂରରେ ଯେ ପ୍ରାୟ କେହି ଆସନ୍ତି ନାହିଁ। ଆଉ ଏତେବେଳେ ତ ଅଫିସ ଯିବାବେଳ। କିଏ ବା କାହିଁକି ଆସିବ ? ପୁଣି ମନରେ ଦ୍ୱିଧା ହେଲା କାଳେ କିଏ ଯଦି ଆସି ଏପରି ଅସମ୍ଭବ ଅବସ୍ଥାରେ ଆମକୁ ଦେଖେ, ତେବେ ସେ କ'ଣ ସନ୍ଦେହ ନ କରିବ ?

ଏମିତି ନାନା ବିକ୍ଷିପ୍ତ ଚିନ୍ତା ମଧ୍ୟରେ ସେ ଧୀରେ ଧୀରେ ବାହାରପଟ ଝରକା ବନ୍ଦ କରି ଦେଇଥିଲା। ଚମ୍ପକର ଶୋଇବାର ଅସୁବିଧା ହୋଇପାରେ ଭାବି। ଚମ୍ପକ ନିଦ୍ରିତାବସ୍ଥା ମତେ ବିହ୍ୱଳ କରି ପକାଇଲା। ମୁଁ ସବୁ ଭୁଲିଯାଇ ତାରି ମୁଣ୍ଡ ଉପରେ ବସି ରହିଛି। ଜାଣେନି କେତେବେଳ ହୋଇଗଲାଣି। ଦୁହେଁ ଅଫିସ ଯାଇନୁ-ଛୁଟି ମଧ୍ୟ ନେଇନୁ।

ବହିଗଲା ନଦୀର ସୁଅପରି ଭାବନା ମୋର ଛୁଟିଛି। ନଦୀ ସ୍ରୋତର ଇଚ୍ଛା କୂଳ ଲଙ୍ଘି ମାଡ଼ି ଚାଲିଯାଆନ୍ତା। ତାର ଦୃଷ୍ଟି ବହୁ ଦୂର ପ୍ରସାରି, କିନ୍ତୁ ବନ୍ଧ ତାର ପ୍ରତିବନ୍ଧକ। ତଥାପି ସେ ତାର ପ୍ରାଣାନ୍ତକ ଚେଷ୍ଟା ଚଳେଇବାରେ ଲାଗିଛି।

ସୁରେଶ, ବୋଉ ମଲାପରେ କିପରି ଏକ ଲଗାମ ଛଡ଼ା ଜୀବନଯାପନ କରୁଥିଲା- ହଠାତ୍ ମାଟ୍ରିକ୍ ପାଶ୍ କରି ସାରିଲା ପରେ ଭାଇ ଯିଦ୍‌କରି ପଠାଇଦେଲେ ସହରକୁ, ସୁର ପାଠ ପଢ଼ିବ। ତା'ପରେ ତାର ନିଜର କିପରି ଏକ ଆସକ୍ତି ଆସିଯାଇଛି-

ଏଇ ଜୀବନରେ ସତେ ଯେ ସେ ଗାଁରେ ଅଭାବ, ଅନାଟନ ମଧ୍ୟ ଦେଇ ଚଳିବ ଏ କଥା ମଧ୍ୟ ନୁହେଁ ତଥାପି ସେ ଗାଁରେ ଚଳିବା ତା'ପକ୍ଷରେ ଏକଦମ ଅସମ୍ଭବ ପରି ମନେ ହେଉଛି। ଏହା ତାର ଗୋଟିଏ ସହଜାତ ଭାବନାରେ ପରିଣତ ହେଲାଣି। ସେଇ ଆଳରେ ସେ ବୀଣାପରି ପାଠଶାଠ ପଢ଼ି ସହରରେ ବଢ଼ିଥିବା ଝିଅଟିଏ ନିଜର ଜୀବନ ସଙ୍ଗିନୀ କରି ବାଛିଥିଲା। ତେବେ ତାଠାରୁ କ'ଣ ସତରେ ମୋର ସମସ୍ତ ସ୍ନେହ, ଶ୍ରଦ୍ଧା ତୁଟିଯାଇଛି। ବୋଧହୁଏ ଏହା ବାସ୍ତବରେ ପରିଣତ ହେବାକୁ ଯାଉଛି। ଏମିତି ବୁଢ଼ୀଆଣୀ ଜାଲ ପରି ନାନା ଚିନ୍ତା ତା ଚାରିପଟେ ଘେରିଗଲେ ଅସହାୟ ଭାବରେ ପଡ଼ିରହିଲା ସୁରେଶ...।

ଦୁଆରେ ଠକ୍ ଠକ୍ ଆବାଜ ଶୁଣି ଦୁଆର ଫିଟାଇବାକୁ ଯାଇ ଦେଖେ ନିଜେ ଭାଇ। ପ୍ରଥମେ ଆଖିକୁ ବିଶ୍ୱାସ କରିପାରିଲା ନାହିଁ। ଦ୍ୱିତୀୟରେ ଘରେ ଚମ୍ପକ ଶୋଇ ରହିଛି କ'ଣ କହି ଭାଇଙ୍କୁ ଭୁଲାଇବ... ସୁରେଶର ମୁହଁ କଳା ପଡ଼ିଗଲା।

ନମସ୍କାର କରି ଭାଇଙ୍କୁ ପଚାରିଲେ- ଭାଇ କ'ଣ ଏଠି କାମଥିଲା।

କାମ ସେପରି କିଛି ନୁହେଁ- ତଥାପି ସମସ୍ତଙ୍କର ବିଶ୍ୱାସ ହେଲା ଯେ, ତୁ ସୁସ୍ଥ ଦେହ ପା ନେଇ ବୋଧେ ନାହୁଁ- ସେଥିପାଇଁ ତୋ ଭାଉଜ ଦିନ ରାତି ବ୍ୟସ୍ତ ହେଲା, ତେଣୁ ଚାଲି ଆସିଲି।

ଭାଇ ମୁଁ ଏକଦମ ଭଲ ଅଛି କିନ୍ତୁ ଅଫିସର ଏତେ କାମ ଯେ ମୋତେ ଫୁରସତ ନାହିଁ। ସବୁ ବୁଝୁଛି- କିନ୍ତୁ ଘରଦ୍ୱାର ଛାଡ଼ି ଏପରି କିଏ ରହେ ଘରେ ସାନବୋହୂ ସଦାବେଳେ ମନମରା ହୋଇ ଚଳୁଛି। ଯଦି ଅଫିସ କାମ ବଳେଇଲା ତେବେ ସେମାନେ ତ ଏତେ ଚିଠିପତ୍ର ଦେଲେ ତୁ ଉତ୍ତର ଦେଉନାହୁଁ କାହିଁକି ?

ସୁର ଯାହା ବା ଅପ୍ରସ୍ତୁତ ହୋଇଥିଲା ଏଇ କେତେ ପଦ କଥାରେ ଲଜ୍ଜ୍ୟା ଅପମାନରେ ନିଜେ ନିଜେ ଯେପରି ଜଳିଗଲା। କ'ଣ କହି ଭାଇଙ୍କୁ ସନ୍ତୁଷ୍ଟ କରେଇବ। ଯାହା କରିଲେ ମଧ୍ୟ ଏକା ଘରେ ଚମ୍ପକ ମୁଁ ରହୁଛୁ। ଏହାକୁ ତ ଅବିଶ୍ୱାସ କରିପାରିବେ ନାହିଁ।

ସୁରେଶ ନୀରବତାରେ ଭାଇ ଟିକିଏ ଯେପରି ସାହାସ ପାଇଲେ କହିଲେ ଏବେ ଯାହା ହେବାର ହେଲାଣି। କିଛିଦିନ ଘରକୁ ଚାଲ... କିମ୍ବା ଆମର ଏ ଶହେ କୋଡ଼ିଏ ଟଙ୍କିଆ ଚାକିରୀ କ'ଣ ହେବ ? ଚାକିରି ଛାଡ଼ି ଦେ- ଆମର କ'ଣ ନାହିଁ ଯେ ?

ସୁର ନୀରବରେ ସମ୍ମତି ଜଣାଇଲା ପରି ଠିଆ ହେଲା। ଭାଇଙ୍କୁ ପାଣି ଲୋଟେ ଦେବାକୁ ଚାକର ଟୋକାକୁ କହିବାକୁ ମଧ୍ୟ ଭୁଲିଗଲା। ଭାଇ ନିଜେ ନିଜେ ଘର

ଭିତରକୁ ଗଲେ। ଉଦ୍ଦେଶ୍ୟ ଗୋଡ଼ ହାତ ଧୋଇ ଟିକିଏ ବିଶ୍ରାମ ନେବେ। ଦେଖିଲେ ସୁରର ଶୋଇବା ଘରେ ଯେପରି ଜଣେ ସ୍ତ୍ରୀଲୋକ ଶୋଇଛନ୍ତି...। ନୀରବ ନିସ୍ତବ୍ଧ-ଟାଇପ ଫୋର କ୍ୱାଟର... ରହି ରହି ବର୍ଷା ଦିନିଆ କହଲିଆ ପବନ ପିଟି ହୋଇଯାଉଛି... ଏହି ପରିବେଶ ମଧ୍ୟରେ ନରେଶ ମନେ କଲେ ସତେ ଯେପରି ସେ ପିଟି ହୋଇ ଚାଲିଆସିଛନ୍ତି। କେଉଁ ଦୂର ଦୂରାନ୍ତରକୁ। କାହିଁକି ଯେ ଆସିଲେ ନିଜ ଆଖିରେ ଏଇ କଥା ଦେଖିଯିବା ପାଇଁ? କ'ଣ କହିବେ ଘରେ ଯାଇ ଦେବୀ ପରି ସାନବୋହୂ...। ଏତେ ସରଳ ନୀର। କିପରି ବା ମିଛ କହିବାକୁ ପାଟି ଲେଉଟିବ। ହେ ଭଗବାନ! ମତେ ବୁଦ୍ଧି ଦିଅ, ବାଟ ଦେଖାଅ। ସୁର ତୁ ପଚାରି ନ ବିଚାରି କାହିଁକି ଏ ରାସ୍ତାରେ ଗୋଡ଼ ଦେଲୁ... ଆଉ କ'ଣ ତୁ ମୋର ସୁନା ପୁଅଟିପରି ଫେରିଯାଇପାରିବୁ? କାହିଁକି ମୁଁ ତତେ ସହରରେ ଚାକିରୀ କରିବାକୁ ବା ଅନୁମତି ଦେଲି। କି ଲଜ୍ଜାରେ ମୁଁ ଗାଁରେ ମୁହଁ ଦେଖାଇବି? ମୁଁ ତ ଭାବିଥିଲି- ତୁ ଯଦି କହିଥାନ୍ତୁ ହୁଏତ ମୁଁ ତତେ ତା'ରି ସହିତ ବିବାହ ଦେଇପାରିଥାନ୍ତି। ଆହା ଗୋଟିଏ ନୀରିହ ବାଳିକାର ଜୀବନ ନଷ୍ଟ କଲି-ମୁଇଁ-ମୁଇଁ-ଅପରାଧୀ। ହେ ଭଗବାନ ମତେ କ'ଣ ଏ ଅପରାଧ ପାଇଁ କ୍ଷମାଦେବ? କେତେବେଳ ଧରି ଅଭିଭୂତ ହୋଇ ନରେଶ ଭାବୁଛନ୍ତି- ପୃଥିବୀର ଘୂରିବା ସହିତ ଘୁରୁଛି ନରେଶଙ୍କ ଚାରିପାଖରେ ଦୁନିଆଁ। ସୁରେଶ ଭାଇଙ୍କର ଭାବାନ୍ତର ଠିକ୍ ଲକ୍ଷ୍ୟ କରିପାରିଛି କି ନାହିଁ କିଏ ଜାଣେ?

■

ବାର

ଅଳି ବୋଉ ଭାବୁଛନ୍ତି- କେତେବ୍ୟସ୍ତ ହୋଇପଡୁଥିଲି- ଝିଅ ଘିଅ ଘରେ ରଖି ବୁଢ଼ୀ କରିବ ବୋଲି କେତେ ତାଙ୍କ ଉପରେ ଝାଡ଼ି କୁଢ଼େଇ ହେଉଥିଲି- କାହୁଁ କାହୁଁ ଏ ଦିନ ସରି ଆସୁଛି- କାଲିକି ଗଲେ ପଅର ଦିନ ଅଳି ମୋର ବିଦା ହେବ। କେତେ ଅଲିଅଳରେ ବଢ଼ାଇଥିଲି। କେଉଁଠାକୁ ଯିବ କି ଘର କରିବ ହାତରେ ପାଟିକୁ ଦିଗୁଣ୍ଡା ଭାତ ନେଲାବେଳକୁ ତାକୁ ଭିଡ଼ ଲାଗୁଥିବ। ଅଳି ମୋର ଆଜିକୁ ପନ୍ଦର ଦିନ ହେବ ମନ ମରା ହୋଇ ଯେଉଁଠି ବସୁଛି ସେଇଠି... ଆଖିରୁ ଧାର ଧାର ଲୁହ ବୋହି ଯାଉଛି- ମୋ ଧନକୁ ଛାଡ଼ି ମୁଁ କେମିତି ରହିବି ? ଏମିତି ଭାବନାରେ ଅଧାରେ ସାନ ନଣନ୍ଦ ଡାକିଲେ ଆସୁନା ଭାଉଜ, କେତେବେଳେ ଆଉ ହାଣ୍ଡିମଙ୍ଗୁଳା ହେବ ଦିଅଁ ମଙ୍ଗୁଳା ହେବ ? ଝିଅ ଜନମ ତ ପର ଘରକୁ... ଆଉ ଏତେ ଭାବିଲେ କ'ଣ ହେବମ ? ତମର ଏପରି କଥା ଦେଖି ସେ ଝିଅ ରହିଗଲାଣି- ଖିଆ ନାହିଁ କି ପିଆ ନାହିଁ। ଆସ ଆସ ଆମ ମାଇପି କାମ ଯାକ ଛିଡ଼ିଗଲେ ଯାଏ। କେତେଆଡୁ କେତେ କୁଣିଆ ଆସି ଜମା ହେଲେଣି। ଅଳିକୁ ଘେରି ବସିଛନ୍ତି। ଅଳିର ଆଖିରୁ ବୋହି ଯାଉଛି ଧାର ଧାର ଲୁହର ଅସରନ୍ତି ଝର...। ମା' କୋଳ ଛାଡ଼ିଯିବ ସେ- ପର ଘର ପର ଦୁଆର। ସବୁ ହେବ ତା'ର ଆପଣାର, ସମସ୍ତ ହେବ ତା'ର ନିଜର ଆଉ ଏଇ ଘର ଦୁଆର ବାଡ଼ି ଆଡ଼ର ଅମୃତଭଣ୍ଡା ଗଛ ସଜନାଗଛ ଯାହାକୁ ସେ ଏଇ ହାତରେ ପୋତିଛି ଅଣ୍ଟାରେ ଲୁଗା ଭିଡ଼ି ନିଜ ଅଣ୍ଟିରେ ଅଣ୍ଟିଏ ଅମୃତଭଣ୍ଡା ସଜନାଛୁଇଁ ତୋଳିଆଣି କୁଢ଼ାଇ ଦେଇଛି। ସବୁ ହେବ ପର ଅପସରି ଯିବ। ଏ ଘରର ମୋହ ମାୟା ଦୂରକୁ ବହୁ ଦୂରକୁ। ସାନ ବାଛୁରୀ ରଷି ଯାହାକୁ ସେ ଏତେ ଆଦରରେ ବିରି ପାଣି କୋଳଥ ପାଣି ଦେଇ ବଞ୍ଚାଇଛି-ରଷି ବୋଲି ଡାକିଦେଲେ ଯେ କୁଦା ମାରି ମାରି ଧାଇଁ ଆସିବ କେମିତି ସେ ରହିବ ତାକୁ ଛାଡ଼ି ? ପୁଣି କାହିଁ କେତେ ଦୂରରେ ଯେ ବାପା ଠିକ୍ କରିଛନ୍ତି

କେଉଁ କଳାହାଣ୍ଡିରେ ଯାଇ ସପନରେ ଯେଉଁ ରାଇଜ ଭାବି ହେବ ନାହିଁ। ହେମ ଅପା କେତେ ଅଳି ସେ କରେ ତାଙ୍କ ପାଖରେ ସବୁଦିନେ ଅଳି ମୋର କୂଳ ପଥର ପରି ଏ ଗ୍ରାମକଲ୍ୟାଣ କେନ୍ଦ୍ରର ପହିଲି ପରଶମଣି ଅଳି ଗଲେ କେନ୍ଦ୍ରର ମୂଳଦୁଆ ଦୋହଲିଯିବ। ସେ ଦିନ କ'ଣଟାଏ ହୋଇଥାଏ ଗାନ୍ଧିଜୟନ୍ତୀ, କେନ୍ଦ୍ରରେ କେତେ ଉତ୍ସବ ସମସ୍ତେ ଉପାସନା କରିବେ। ସୂତା କାଟିବେ ଗ୍ରାମ ସଫେଇ ହେବ, ଶ୍ରମଦାନ ହେବ ଏମିତି କେତେ କ'ଣ ମାଆ ଭଉଣୀମାନେ ସୂତା କଟାବେଳେ କେଡ଼େ ଆଗ୍ରହରେ ଶୁଣିଥିଲେ ହେମ ଅପା କଥା କହୁଥାଏ ଏଇ ଦେଶର ମାଆ ଗାନ୍ଧି ଭଳି ପୁଅ ଜନମ କରିଛି। କିଏ ନ କହିବ ଆମର ଭଉଣୀମାନେ ଏଇ ଗାନ୍ଧୀ ଜବହରଙ୍କର ପରି ପୁଅ ଜନମ ନ କରିବେ ବୋଲି? ଅଳି ଚମକି ଉଠିଥିଲା କ'ଣ ଭଗବାନ ତା'ର ଏଇ ଅଦେଖା ନୂଆ ଜୀବନରେ ଏମିତି ଆଲୋକର ଛବି ଝଟକିବ? ଏମିତି ସୁ-ପୁତ୍ରର ଜନନୀ ସେ ହୋଇପାରିବ? ଆଉ ମତେ ସେ ଅନ୍ଧାରି ମୁଲକରେ ଏତେ କଥା କିଏ କହିବ? କିଏ କଥା କଥାକେ କହିବ ଆମରି ଏ ଦେଶରେ କସ୍ତୁରବାଈ ବିଜୟଲକ୍ଷ୍ମୀଙ୍କ ପରି ସ୍ତ୍ରୀମାନେ ଜନ୍ମ ହୋଇଥିଲେ। ଆମେ କାହିଁକି ତାଙ୍କରି ପରି ନ ହୋଇପାରିବା? ମୁଁ ଏବେ କ'ଣ ହେବାକୁ ଯାଉଛି? ସେଇ ହାଣ୍ଡି କୁଣ୍ଡି ଧରି ରହିବି, ନା କସ୍ତୁରିବା ଦୁର୍ଗାବତୀ ହେବି? ଅଳିର ଭାବନା ଖରାଦିନିଆ ଖଣ୍ଡିଆଭୂତ ପରି ହୁଉ ହୁଉ ମାଡ଼ି ଆସୁଛି। ଅଳି ସେଇ ପବନର ତୋଡ଼ରେ ଦୋହଲି ଯାଉଛି ଅନ୍ତ ନିଗିଡ଼ା ସ୍ନେହର ପରଶ ଟିକ ଶେଷ ହୋଇ ଆସୁଛି ବୋଲି ଅମାନିଆଁ ଆଖି ମନା ମାନୁନାହିଁ-ପାର୍ବତୀନାନୀ ଅଳି ଅଳି ବୋଲି ଡାକି ପଶି ଆସିଲେ- ଦେଖିଲେ ଯେ, ଗୋଠେ ମାଇପି ଘେରି ବସିଛନ୍ତି ଅଳି ଦି' ଆଣ୍ଠୁ ସନ୍ଧିରେ ମୁହଁକୁ ମାଡ଼ି କାନ୍ଦି ଲାଗିଛି। ହଇଲୋ! ଏକି ଅଭିଲା କଥା ଲୋ ଆଜିକାଲି ପୁଣି କିଏ ଗୋଟେ କାନ୍ଦୁଛି ମ? ଅତି ଛୋପରି ହେଲେ କୁଆଡ଼ିକି ପାଏ ନାହିଁ। ଏତେ କାନ୍ଦଣା କୋଉଥିପାଇଁ? ବାପ ତ ବର ଦେଇଛି ଦିପେଟି ରଜାପିଲା ପରି ପିଲା ଆଉ କେଉଁଥିରେ ଊଣା ଯେ ତୋ'ର କାନ୍ଦଣା ଭାସିଯାଉଛି। ଏଡ଼େ ଉତ୍ତମ ପିଲା ଯେ କାନ କାଟି ଦେଲେ ବଚନ ବାହାରିବ ନାଇଁ ଆଉ ତୁ ତ ତା'ର ହେବୁ ମାଲିକିଆଣୀ ଆଉ କାନ୍ଦଣା କାହିଁକି? ହୀରା ବାହାରି ପଡ଼ି କହିଲା, ବାହାରିଲା ଆମର ଆଗ- ହଇଲୋ ପାର୍ବତୀ ନାନୀ ତୁ କ'ଣ ଆମ ଅଳି ବରକୁ ଆଗରୁ ଦେଖିଛୁ କିଲୋ ନୁହେଁ ତ ଆଉ କ'ଣ? ସେ ପରା ମୋ ମାମୁଁ ଝିଅ ଭଉଣୀର ନଣନ୍ଦର ଝିଆରୀର ପୁତୁରା କେତେଥର କେତେ କାମରେ ମୁଁ ତାକୁ ଦେଖିଛି ଏକା ଅଳି ଲାଖି ପୁଅଟିଏ।

ପାର୍ବତୀନାନୀର ବର୍ଣ୍ଣନା ଶୁଣି କେତେକ ମୁହଁରେ ଲୁଗାଦେଇ ହସିବାକୁ ଆରମ୍ଭ କଲେଣି- କିନ୍ତୁ କିଏ କହିବ ତା ଆଗରେ କିଏ ସିନା ଖଣ୍ଡାରେ ହାଣିଦିଏ ସେ ପାଟିରେ

ହାଣିଦେବ। ତା ପାଟି ଖଣ୍ଡିକ ସାଣଦିଆ ଛୁରୀଠାରୁ ବଳେ। ଗାଁ ଗୋଟିଏ ଯାକର ସେ ପାର୍ବତୀ ନାନୀ ବୁଢ଼ା, ବୁଢ଼ୀ, ଭେଣ୍ଡିଆ ଟୋକାଙ୍କଠାରୁ ଝିଅ ଭୁଆଷୁଣି ସେ କାହା ସାଥିରେ ନମିଶେ, କାହାକୁ ଯେ ଆକଟ କରି ଦି'ପଦ ନ କହି ଦିଏ ଏକଥା ନୁହେଁ। ସେ ସମସ୍ତଙ୍କର ସେ ପୁଣି କାହାର ନୁହେଁ। ଯେଉଁଠି ଦେଖିବ ପାର୍ବତୀ ନାନୀ ବାହା ପୁଆଣି ମଡ଼ା ମୃତିକିଆ ଛୁତିକିଆ ସବୁଠାରେ ସେ ସର୍ବବ୍ୟାପୀ ସର୍ବଜାଣ ତା ପାଟିରେ ପାଟିଏ ସବୁକଥା ଥୁଆ କିଏ କାହାର କୁଳେଖାରେ କିପରି ବନ୍ଧୁ ହେବ ତାହା ଜିଭ ଅଗରେ ଅଛି। କିଏ କେତେ ପଇସା ରୋଜଗାର କରି କେତେ ଖରଚ କଲେ ପୁଣି କେତେ ସଞ୍ଚଇ! ଏମିତି ବଡ଼ ବଡ଼ କାମରେ ତାକୁ ଡାକିବା ଦରକାର ପଡ଼େ ନାହିଁ। ସେ ଆଗେ ଆଗେ ହାଜର। ସବୁ ଶୁଭ କାମରେ ତା'ର ଦି'ଚାରିଟା ହୁଳହୁଳି ନଥିଲେ ଯେପରି ସବୁ ଅସାର। ତା'ର ଏ ଟିପ୍‌ପଣୀ ଶୁଣି ଅଳି ମଧ୍ୟ ଲୁହଧୁଆ ଆଖି ଦୁଇଟିକୁ ଅଣ୍ଟ ଟେକିଲା। ରାତି ପାଇଲେ ଅଳିର ଏମାନଙ୍କଠାରୁ ଦୂରେଇ ଯିବା କଥା। ବୋଉ ଆସି ଦୁଇ ଚାରିଥର ମୁହଁ ଗଳାଇ ଆଖିରୁ ଲୁହ ପୋଛୁ ପୋଛୁ କାହା ସାଙ୍ଗରେ ପଶି ଦୁଇପଦ କଥା ହୋଇଗଲେଣି। କିଏ କେତେ ରକମ କଥା ପଚାରୁଛନ୍ତି, ଝିଅକୁ କି କି ଦରବ ଦେବ, ସେମାନେ କ'ଣ ମାଗିଛନ୍ତି, କିଏ କହୁଥାଏ ଜୋଇଁ କ'ଣ କରୁଛି- ତା' ବାପା ମା'ର ନାମ ଅଳି ବୋଉ ଠିକେ ଠିକେ ଉତ୍ତର ଦେଇ କେଉଁଠି ମୁଗ ଯାଇ ହାଣ୍ଡିରେ କନା ବନ୍ଧା ହୋଇନି। ତ କେଉଁଠି ପଇଠି ବୋଝରେ ହଳଦି କାଠୁଆ ଥୁଆ ହୋଇନି। ଦେଖୁଥାନ୍ତି କ'ଣ କରିବ ଏକୁଟିଆ ଝିଅଟି ସିନା ସବୁ କାମରେ ଛାଇ ପରି ପଛେ ପଛେ ଲାଗି ରହିଥାଏ।

ଆଖି ଲୁହ ଆଖିରେ ନ ଶୁଖୁଣୁ ଝିଅ ବାହା ସରି ବିଦାକି ବେଳେ ଆଖର ହୋଇପଡୁଥାଏ। ଅଳି କାନ୍ଦି କାନ୍ଦି ହାଲିଆ ହୋଇପଡ଼ିଲେଣି କେତେ କିଏ ଟୁପ୍ ଟାପ୍ ହେଉଥାନ୍ତି ପିଲାଟି ସିନା ଏତେ ଫାଜିଲାମିରେ କେନ୍ଦ୍ରକୁ ଯାଉଥିଲା। ଆଉ ଥିଲା କିନ୍ତୁ ବଡ଼ ମାନ୍ୟ ଥାନ୍ୟ ଜଗିବା ପିଲା ଏକା! ଆଉ ଜଣେ କହିଲା ହଁ କହିବାର କ'ଣ ଥାଏ। ବାପଘରେ ଝିଅ ସବୁବେଳେ ଫୁଲାଣିଆ। ହେଲା ବେଳକାଳ ରଖି ଯିଏ ମହତ ରଖେ, ସେଇ ଏକା ମଣିଷପଣିଆ କରିବାର ସାର। କିଏ କହିଲା ହଇହେ, ସେଦିନ ମହନି ସାଆନ୍ତଙ୍କ ଝିଅ ବିଦା ହେଲାବେଳେ ଟୋପେ ବି ଲୁହ ବୋହିଲା ନାହିଁ ତା ଆଖିରୁ।

ଅଳିର ସବାରି, ଦିପୋଟିବର, ଭାର ଶଗଡ଼ ଗାଁମୁଣ୍ଡ ଗୋହିରୀ ଡେଇଁଗଲେଣି। ସମସ୍ତେ ଆଶୀର୍ବାଦ କରୁଛନ୍ତି- ମାଇକିନା ଝିଅ କାଚ ଦିପଟ ଧରି ସୁଖରେ ଘର କରୁ।

ନନ୍ଦନିଧି ମହାପାତ୍ରେ ଦାଣ୍ଡ ମେଲାରେ ବସି ଭାବୁଛନ୍ତି- ଏଇ ଅଳି ମୋର

କାଲି ଏଇ ପିଣ୍ଡାରେ ଗୁରୁଣ୍ଡୁ ଥିଲା- ସେ ପୁଣି ବଡ଼ ହୋଇ ଘର କରିବ ବୋଲି, ଆପଣାର ସଂସାରକୁ ଛାଡ଼ି ପର ସଂସାରକୁ ଗୋଡ଼ ବଢ଼ାଇଗଲାଣି । ଏଇ କେତେଦିନ ତଳେ କେଡ଼େ ଜାଣିଲା ମଣିଷ ପରି କହୁଥିଲା ବାପା ! ତମେ ଏ ସରପଞ୍ଚ କାମ ଛାଡ଼ିଦିଅ । ମତେ ବାରଲୋକ ବାରକଥା କହୁଛନ୍ତି । ହସିଥିଲି ତା ପିଲାଳିଆ କଥାରେ... । କାହିଁ କେତେ ଦୂରକୁ ଝିଅକୁ ମୋର, ଖାଲି ଯୋଗ୍ୟବର ଲୋଭରେ । ସେଇ ଲୋଭରେ ତ ରଘୁରାଜପୁର ନରେଶ ମହାପାତ୍ର ଘରେ ପକାଇଥିଲି ନହେଲେ ନାହିଁ । ଅଳି ମୋର ସୁଖରେ ଘର କରୁ ।

■

ତେର

ଦିନ ଯାଏ- ଚିହ୍ନ ରହେ। ସମୟର ଗତି ଅପ୍ରତିହାତ। କିଏ ତାକୁ ଗଡ଼ିଯିବାକୁ ମନା କରିବ? ଏଗ ଗତିପଥର ଶାଣଦିଆ ପଥ ଲମ୍ବିଯାଇଛି ଦୂରକୁ-ବହୁ ଦୂରକୁ, ଯେଉଁଠି ପୃଥିବୀକୁ ସବିତା ଶଶାଙ୍କ ଜଣାନ୍ତି- ନିତ୍ୟ ପ୍ରଣାମ, ସେଇ ଯାଏ... ସେଇ ଦିଗ୍‌ବଳୟର ଧାରେ ଧାରେ ଛୁଟିଛି ଚଳନ୍ତି ମଣିଷ ସମାଜର ଅସରନ୍ତି ଶୋଭାଯାତ୍ରା। ତାଆରି ମଝିରେ ଅଛନ୍ତି ବୀଣା, ସୁରେଶ। ଯାହାଙ୍କ ଦିହରେ ମରିଛି ବଡ଼ ବଡ଼ ଛାପ। ସେମାନେ ଦୁହେଁ ଦୁହିଁଙ୍କର ଜଣେ କହୁଛି ସମାଜ, ପରିବାର , ମାନ, ଥାନ, ସବୁକୁ ନେଇ ମଣିଷ ସୁନ୍ଦର। ଆଉ ଜଣେ ଏ କ'ଣ ସମାଜ? ଏଥିରେ ନାହିଁ ନିଜ ଯୋଗ୍ୟ ପରିବାର, ନିଜ ରୁଚି, ତେଣୁ ଏକୁ ପଛରେ ଥୋଇ ଚାଲିଆସ ଆଗକୁ...

ନରେଶ ଘରେ କହିନାହାନ୍ତି କିଏ; କେବଳ ସୁରେଶ ଭଲ ଅଛି ବୋଲି ଜଣାଇ ଦେଇଛନ୍ତି। ଅଭିମାନୀ ନାରୀ ମନେ ମନେ ଦିନ ଗଣୁଛି ସତେ ସେ ପାରିବ? ପାରିବ ଏ ଦୁରୁହ ସଂସାରର କୋଳାହଳ ମଧ୍ୟରେ ନିଜକୁ ହଜାଇ...। ଉଜାଡ଼ି ଦେବ-ପାଇବ ତା ବଦଳେ କ'ଣ? ନାରୀ ଜୀବନର ଯାହା ପରମ ସୌଭାଗ୍ୟ ତା ଠାରୁ ସତେ ସେ କେତେ ଦୂରରେ ନାଁ ନାଁ ତାକୁ ଏଇ ଦୂରତ୍ୱକୁ ନିକଟତର କରିବାକୁ ହେବ। ଧୈର୍ଯ୍ୟ ଧରିବାକୁ ହେବ। ଭଗବାନ ତାକୁ ନିଶ୍ଚୟ କଷଟୀ ପଥରରେ ଥୋଇ ପରଖ କରି ଜାଣିନେବାକୁ ଚାହାନ୍ତି-ବୀଣାର ନୀରବତା ସତେ ଯେପରି ଜୀବନସାରା ଛାଇ ହୋଇ ରହିଯିବ...।

ପହିଲି ଜୀବନର ମହୁଲ ନିଶା ଛାଡ଼ି ଯାଇଥିଲେ ମଧ୍ୟ ଛୁଇଁ ଯାଇଥିବା ଯାଗାରେ ତା'ର କ୍ଷତ ଚିହ୍ନ ଅବିକଳ ସେମିତି ଥାଏ। ମନେ ପଡ଼େ ସେଇ ହଜିଲା ଦିନର ଦରଲିଭା କଥାଗୁଡ଼ା। ଗୁଡ଼େଇ ତୁଡ଼େଇ ହୋଇ ତଣ୍ଟି ପାଖରେ ଅଟକି ଅଟକି ଯାନ୍ତି। ବୀଣା ଜାଣି ଶୁଣି ସେମାନଙ୍କ ଦୂରକୁ ଫିଙ୍ଗି ଦେବାକୁ ଚେଷ୍ଟା କରେ। ତଥାପି ସେମାନେ

ସେଇପରି ପଥ ଓଗାଳିଥାନ୍ତି । ଦିନେ ଦିନ ଥିଲା ସୁରେଶ କି ଆଗ୍ରହରେ ତାକୁ ସହରକୁ ନେଇ ଘର କରିବାର ପରିକଳ୍ପନାରେ ବିଭୋର ହୋଇ ଉଠୁଥିଲା । ଆଜି ସୁରେଶ ସହରରେ ରହି କିପରି ତା'ରି ପ୍ରାଣଠାରୁ ଯାହାକୁ ଆହୁରି ଅଧିକ ଭଲପାଉଥିଲା ତାକୁ ଏକବାରେ ଭୁଲିଗଲା । ମୋର ବା କ'ଣ ଦୋଷ ? ତାଙ୍କ କଥା ଅନୁସାରେ ମୁଁ ଚଳିପାରିନାହିଁ । ତା'ବୋଲି କ'ଣ ମୁଁ ତାଙ୍କର ଅବାଧ୍ୟ ହୋଇଛି । ମୁଁ ସିନା ମନ ଭୁଲାଇବାକୁ ଯାଇ କହିଛି-ପୁରୁଷ ପୁଅ ବଳେ ଆସିବ ନାହିଁକି ? ହଁ ମନ କହୁଛି, କେତେଦିନ ବା ସୁରେଶ ସହରରେ ରହିପାରିବ ? ହେଲେ ବି ତ ଜୀବନ ଯାକକୁ ଖୁଣ୍ଟା ରହିଥିବ ।

ଯାଆଙ୍କର ଛୁଆଟିକୁ ଧରି କେତେବେଲୁ ବୀଣା ବସିଛି । ପିଲାଟି ନିର୍ବିକାର ଭାବରେ ମାଆ କୋଳରେ ଶୋଇଛି ଭାବି ଶୋଇପଡ଼ିଛି । ବାଳୁତ ପିଲା ବା କ'ଣ ଜାଣୁଛି, ଯେ ସ୍ନେହ, ଆଦର, ହେପାଜତ କଲା ସେ ତା'ର । ସାନ ସାନ କଳା ଆଖିରେ ଦିନବେଳେ ମିଟିମିଟି ଚାହିଁଥାଏ, ସଞ୍ଜ ହେଲେ ଶୋଇପଡ଼େ । ଦୁନିଆଟାଯାକ ଯେପରି ତା'ଠାରୁ ଏକଦମ୍ ଓଲଟା, ତାର ଯାଉଛି ବା କେତେ ଆସୁଛି ବା କେତେ ? ସୁନ୍ଦର ଖଣ୍ଡି ଖଣ୍ଡିକିଆ ଗୋରା ତକ ତକ ହାତ ପାପୁଲି ଗୋଡ଼ ପାପୁଲିଗୁଡ଼ିକ କି ନରମ ସତେ ଯେପରି ମେଞ୍ଚାଏ ଲହୁଣୀ ଥୁଆହୋଇଛି । ସେ ପୁଣି କି ସୁନ୍ଦର ନାଲି ଟହ ଟହ, ଦେଖିଲେ ଲୋଭ ହୁଏ । କାନ୍ଦିଲାବେଳେ ଟୁକୁଟୁକୁ ପତଳା ଓଠ ଦୁଇଫାଳ ଓସାର ହୋଇଯାଏ । ବୀଣାର ବେଳେବେଳେ ମନ ହୁଏ ସେମିତି ତାକୁ ଖତେଇ ହୋଇକାନ୍ଦନ୍ତା କି ? ଅତି ନିରୋଳାରେ ପାଇଲେ ଜାପୁଟି ଧରେ ତାକୁ ଛାତିରେ, ଅଜାଣତରେ ଦୁହିଁଙ୍କର ଛାତି ଦୁକୁଦୁକୁ ଏକାଠି ହୋଇଯାଏ । କି ଅତୃପ୍ତ ଅଜଣା ଆନନ୍ଦରେ ବୀଣାର ଖଣ୍ଡାଧାର ପରି ନାକ ଅଗ୍ର ଲାଲ ହୋଇ ଫୁଲି ଉଠେ ।

ସେଦିନ ନୀର କ'ଣ ଭାବିଲେ କେଜାଣି ଏକାଜିଦ୍ କରି ବସିଲେ- ବୀଣା, ମୁଁ ଓ କୁନିପୁଅ ସମସ୍ତେ ସହରକୁ ଯିବୁ । ଏ ଗାଁରେ ରହି ରହି ଭଲ ଲାଗୁନାହିଁ । ବୀଣା ଜାଣିଲା- ଯାଆଙ୍କର ଏ ଜିଦ୍ ଜିଗର କେଉଁଥିପାଇଁ ? ସର୍ବଶେଷରେ ସେଇ ଯାଇ ତେବେ ଆତ୍ମସମର୍ପଣ କରିବ ? ହଁ କ'ଣ ବା ସେଥିରେ ଭାସିଯାଉଛି ? ସତରେ ସତରେ ସେ ଯଦି ଜଣେ ସ୍ତ୍ରୀ ଲୋକ ରଖିଥିବେ ଯାହା ଟୁପ୍ ଟାପ୍ ହେଉଛନ୍ତି ଗାଁବାଲା ତେବେ କି ଅଡୁଆରେ ପଡ଼ିବେ ? ନାଁ ନାଁ ଯେପରି ଅଛନ୍ତି ଥାଆନ୍ତୁ ପଛେ ଅନ୍ୟମାନଙ୍କ ଆଗରେ ଅପମାନିତ, ଲାଞ୍ଛିତ ହେବା ମୁଁ ସହିପାରିବି ନାହିଁ । ଯାଆଙ୍କର ଇଛା ପୁରୁଷ ପିଲା ମନ । ପାଖରୁ ଗଲେ- ମନରୁ ଯାଏ । କୁଏବେ ଆମଘର ଅଚଳ ହୋଇଯାଉଛି ଯେ, କଟକ ଚାଲିଗଲେ ? ନାଁ ତୁ ଯିବୁ, ପୁରୁଷ ପୁଅ ଯେତିକି ସେ ମନକୁ ଶାଣଦିଆ

ହେଉଥିବ ସେତିକି ସିନା ସେ ଧାରୁଆ ହୋଇଥିବ। ଏମିତିତ ଆହୁରି କେତେ କେତେ ଘଟଣା ପୁଣି ସ୍ୱାମୀ-ସ୍ତ୍ରୀ ହୋଇ ରହିଛନ୍ତି। ଇଏ କ'ଣ ହୋଇଯାଇଛି...? ଗୋଟେ ବର୍ଷ ସୁର ଘରକୁ ଆସିନାହାନ୍ତି। ନାଁ ବୀଣା ଜିଦ୍ କରୁ ଜିଗର କରୁ ମୁଁ ତାକୁ ନେଇ ତାଙ୍କ ପାଖରେ ଛାଡ଼ି ଦେଇ ଆସିବି। ମାଇକିନିଆ ଝିଅ ହୋଇ ପୁଣି ଏତେ ଅଭିମାନ କେଉଁଥିପାଇଁ? ବୀଣା ମନେ ମନେ ଭାବୁଥାଏ ଏଇ କେତେ ଦିନରେ ହେଲେ ମତେ ମରଣ ହୁଅନ୍ତା। ମୃତ୍ୟୁର ଶାନ୍ତିମୟ କୋଳରେ ହେଲେ ମତେ ଆଶ୍ରୟ ମିଳନ୍ତା। ମୁଁ ଆଉ ଏତେ ଆଶଙ୍କା ଅଶାନ୍ତି ମଧ୍ୟରେ ଡହଳ ବିକଳ ହୁଅନ୍ତି ନାହିଁ?

ଗାଡ଼ି ଷ୍ଟେସନରେ ପହଞ୍ଚିବାକୁ ଅଳ୍ପ ସମୟ ବାକି! ଅଫିସ୍‌ରୁ ଫେରି ସୁରେଶ ଭାବୁଛି... କେତେ ଦିନ ହେଲା ଭାଉଜଙ୍କର କାକୁତିମିନତି ଭରା ଚିଠିପତ୍ର ନାହିଁ। ବୀଣା ସେଇ ଯେଉଁ ଅସୁସ୍ଥ ବୋଲି ଚିଠି ଲେଖିଥିଲା। ତା'ପରେ ଆଉ ଚିଠି ଦେଇନାହିଁ। କାହିଁକି ବା ସେ ଦେବ? ଖାଲି ଯାହା କେତେଦିନ ତା' ସହିତ ବିବାହିତ ଜୀବନଯାପନ କରିଛି। ଆଜି ଆଉ କ'ଣ ସେ ତାକୁ ମନେ ରଖିଥିବ। ଆଉ ତାକୁଇ କ'ଣ ଧରି କିଏ ଜପା ମାଳି କରିଥିବ? ବୀଣା ଏ ମଧ୍ୟରେ ଦୁଇଥର ତା ବାପଘରକୁ ଯାଇ ବୁଲି ଆସିଲାଣି। ମନ ପରିବର୍ତ୍ତନ ହେବ ବୋଲି ଭାଉଜ ପଠାଇ ଦିଅନ୍ତି। ସେ ତ ତା ବୋଉ ଭଉଣୀ ଆଗରେ କେତେ କ'ଣ ଯାଇ କହିଥିବ। ଭାଇ କ'ଣ ପାଇଁ ଆସିଥିଲେ? ଚମ୍ପକକୁ ନିଜ ଆଖିରେ ମୋ ବିଛଣାରେ ଶୋଇଥିବାର ଦେଖିଥିଲେ- କଣ ଯାଇ ଭାଉଜ, ବୀଣା ଆଗରେ କହିଥିବେ? ଛି! କେଉଁ ଅଲାଜୁକ ମୁହଁରେ ଯାଇ ଘରେ ପହଞ୍ଚିବି? ସେଇ ଭାଉଜଙ୍କ ମୁହଁକୁ କିପରି ଚାହିଁବି? ବୀଣାକୁ କ'ଣ କହି ତା'ର ପୂର୍ବ ସ୍ନେହ-ଶ୍ରଦ୍ଧା ଫେରାଇ ଆଣିବି? ନାଁ ବୀଣା ଆଉ ଏ ଜନ୍ମରେ ମତେ ବିଶ୍ୱାସ କରିବ ନାହିଁ। ପୋଡ଼ିଗଲା ତିଅଣରେ କି ସୁଆଦ ଥାଏ। ତେବେ ମୁଁ ବା କି ଅପରାଧ କରିଛି? ଅବସର କ୍ଳାନ୍ତିକର ମୁହୂର୍ତ୍ତଗୁଡ଼ିକ ଚମ୍ପକକୁ ନେଇ ମୋର ସରସ ସୁନ୍ଦର ହୋଇଉଠିଛି। ମୁଁ ଘରକୁ ଯାଇପାରିବି-ଆଜି ସିନା ପାଖରେ ଅଛି ବୋଲି, କାଲି ହୁଏତ ଦୂରକୁ ଯାଇଥାନ୍ତି। ତେବେ ମାସକେ କ'ଣ ଚାରିଥର ଗାଁକୁ ଯାନ୍ତି? ଭାଇ ଆସି ଫେରିଯିବା ଦିନୁ ଆଉ ଗାଁକୁ ଯିବାକୁ ମନ ଡାକୁନାହିଁ। ମୁଁ କ'ଣ ସମୟ ପାଇଲି, ଚମ୍ପକ କେଉଁ ଅବସ୍ଥାରେ ଆସି ସେ ଦିନ ଥିଲା। ହେଲେ ଯେତେ କହିଲେ ମଧ୍ୟ ନିଜ ଆଖିକୁ କିଏ କ'ଣ ଅବିଶ୍ୱାସ କରିଥାନ୍ତି?

ଦୁଆରେ ଗହଳିଆ ପାଟି ଶୁଣି ଉଠିଯାଇ ଦୁଆର ଖୋଲି ଦେଖେତ ସାମ୍‌ନାରେ ଭାଉଜ। ବୀଣା ଗୋଟିଏ ସୁନ୍ଦର କଅଁଳିଆ ପିଲାକୁ ଗୁଡ଼େଇ ପୁଡ଼େଇ ଧରି ତଳକୁ ମୁହଁ ପୋତି ଛିଡ଼ା ହୋଇଛି। ପଡ଼ିଶାଘର ମଦନ ସାଙ୍ଗରେ ଆସିଛି। ଏ କ'ଣ? କାହିଁକି

ଏମାନେ ଜଣାନାହିଁ ଶୁଣାନାହିଁ, ହଠାତ୍ କାହିଁକି...। ଏ କ'ଣ ବୀଣାର ପିଲା... ତେବେ ତ ମୋର? ଏହା କେମିତି ସମ୍ଭବ... ନାଁ। ବୋଧହୁଏ ଭାଉଜଙ୍କର। ତେବେତ ମୁଁ ଜାଣିଥାନ୍ତି। କ'ଣ ହୋଇଛି କି ଛାରଖାର ହୋଇଛି- ମୋ ଦୁନିଆଁ ସତରେ। କାହିଁକି ଏମିତି ହେଲା?

- ସୁର ଭକୁଆଙ୍କ ପରି ଚାହିଁଛି କାହିଁକି? ଆମେ ଘର ଭିତରକୁ ଯିବୁ କି ନାହିଁ।

ଲଇଁପଡ଼ି ଭାଉଜଙ୍କ ପଦଧୂଳି ନେଇ କହିଲା- ଭାଉଜ! ଏ ଅଧମକୁ କ୍ଷମା ଦିଅ। ଘର ଭିତରକୁ ନଯିବ କାହିଁକି? ଭାଉଜ ଯେମିତି ଆଉ କିଛି ଶୁଣିବାକୁ ଚାହୁଁ ନଥିଲେ। ଘର ଭିତରକୁ ଯାଇ ଘେରେ ଏ ଘର ସେ ଘର କରି ବୁଲିଆସି ଗୋଟିଏ କିପରି ସ୍ୱସ୍ତିରେ ନିଶ୍ୱାସ ମାରିଲେ। ବୀଣା ଦୂରେଇ ଦୂରେଇ ରହୁଥାଏ। ସେ କାହିଁକି ଆସିଛି? ତାର ବା କ'ଣ ଅଛି ଏ ଘର ଦୁଆରେ- ଏ ମଣିଷଙ୍କ ପାଖରେ? ବାପ, ମା' ଝିଅ ସୁଖରେ ରହିବ ଭାବି, ଭଲ ଘର-ବର ଦେଖି ଦେଇଥିଲେ। ତା କପାଳକୁ ଏବେ ଖିରି ପାଣି ଫାଟିଗଲା। ସେମାନେ କ'ଣ କରିବେ? ବୀଣା ମଧ୍ୟ କ'ଣ କରିବ? ତଥାପି ଓଢ଼ଣାତଳୁ ବୀଣା ଭଲକରି ଦେଖିବାର ସୁଯୋଗ ପାଇଛି। ଭାଉଜଙ୍କ ସାଙ୍ଗରେ କଥା ହେଉଥାନ୍ତି ସତ, କିନ୍ତୁ କେମିତି ଆତୁରିଆ ଆଖିରେ ମୋ ଆଡ଼କୁ ଚାହିଁଥାନ୍ତି। ଯଦି ସେ ଏମିତି ହେଲେ, ତେବେ ବୀଣା ପ୍ରତି ଆଉ ଗୋଟାଏ ମୋହ ପୁଣି ରହନ୍ତା କିମିତି? ଜାଆ ଏକା ଜିଦ୍ କରି ଏଠାକୁ ନେଇଆସିଲେ। ମୋର ଯେମିତି ମନ ଡାକୁଛି, ମତେ ଛାଡ଼ିଦେଇ ସେ ଚାଲିଯିବେ। ଏଙ୍କର ତ ଏମିତି ମନ ସତରେ ଯଦି କିଏ ଗୋଟେ ଥିବ ମତେ ଆସି ଅବସ୍ଥା ହିନସ୍ତା କରିବ, ଶେଷରେ କ'ଣ ଲୋକନିନ୍ଦାରେ ବୁଡ଼ି ମରିବି?

ଏମିତି ନାନା କଳ୍ପିତ ଭାବନା ମଧ୍ୟରେ ବୁଡ଼ି ରହିଥିବା ବେଳେ ନୀର ଆସି କହିଲେ- ବୀଣା ଯା, ସେ ଘରକୁ ସୁର ଅପେକ୍ଷା କରିଛନ୍ତି। ମୁଁ ଯାଏ ଦେଖେ- କ'ଣ କିପରି ରୋଷେଇଘର-ପୂଜାରି ପିଲା କ'ଣ କଲାଣି କି ନାହିଁ।

ନାନୀ ମୁଁ ଦେଖୁଛି- ତମେ ଯାଅ ତାଙ୍କ ସହିତ କଥାବାର୍ତ୍ତା ହେବ।

ତୁ ସାନ ବୋହୂ ସବୁବେଳେ-ଏମିତି ଗୋଟେ କ'ଣ ଅବୁଝା ପିଲାଙ୍କ ପରି କଥା କହୁ? ଏଠି ତୋର ମୋର କରିବାର କିଛି ନାହିଁ- ଭାଗ୍ୟ କେବଳ ଯାହା କରେଇବ...। ସୁନା ଝିଅଟି ପରା- ତୁ ଟିକିଏ ଯାଇ ତା' ସହିତ କଥାବାର୍ତ୍ତା କରିଆସେ...। ବର୍ଷ ବର୍ଷ ଧରି ଦେଖାଚାହାଁ ନାହିଁ। ମାଆଟା ପରା ଆମେ କାହିଁକି ଆସିଛେ ସେ କଥା କହିବୁ ନାହିଁ।

... ଅତୀତ ହଜିଛି ହଜିବାହିଁ ତା'ର ଧର୍ମ। ନ ହେଲେ ମଣିଷ ଆଗକୁ ପାଦ ପକାଇ ପାରନ୍ତା ନାହିଁ। ପୁଣି ତାଙ୍କ ସଂସାର ହଜି ଉଠିଛି। ହସିଛି ବୀଣା-ହସିଛି ସୁରେଶ। ହସିଛନ୍ତି ଭାଇ ଭାଉଜ।

କାନ୍ଦିଛି ଚମ୍ପକ! ନିରିମାଖି ଚମ୍ପକ। ଜୀବନଟା ପାଇଁ ଯାହାକୁ ସେ ହଜାଇ ଦେଇଛି; ଆଉ କ'ଣ ଖୋଜିଲେ ମିଳିବ? ଚମ୍ପକ ତ ଚାହିଁନଥିଲା ସୁରେଶର ବିଭବ। ଚାହିଁ ନଥିଲା ସୁରେଶର ସଂସାର, ତେବେ ଆଉ କ'ଣ ବା ଚାହିଁଥିଲା? ଦୁନିଆ ହସିବ, ସମାଜ କରତାଳି ଦେବ। ଏପରି ଅବାସ୍ତବ ପରିକଳ୍ପନା କିଏ କରିପାରିବ? ଚମ୍ପକ ତ ପାଠ ଶାଠ ପଢ଼ି ଆତ୍ମନିର୍ଭରଶୀଳା ହେବାର ସଂକଳ୍ପ ନେଇ ଏହି ପଥ ବାଛି ନେଇଥିଲା। ଏଥିରେ କାହିଁକି ସୁରେଶ ଧୂମକେତୁ ପରି ଦେଖାଦେଲା; କିଏ କରିପାରିବ ଏ ପ୍ରଶ୍ନର ସମାଧାନ? ସୁରେଶ ଭୁଲାଇଥିଲା ତାକୁ କ୍ଷଣିକ ଉତ୍ତେଜନାରେ, ସେ ଭୁଲିଥିଲା ସବୁ। ଅନୂଢ଼ା ନାରୀ ଆଜି ଯଦି ମାତୃତ୍ୱ ପାଇବ ତାକୁ କିଏ ଗ୍ରହଣ କରିବ? ହୁଏତ କେହି ତାକୁ ଗ୍ରହଣ ନକଲେ ମଧ୍ୟ ଆଇନ୍ ଗ୍ରହଣ କରିନେବ କିନ୍ତୁ ତାରି ସନ୍ତାନ କାଲି ବଡ଼ ହେବ। ସେ ଚାହିଁବ ସମାଜରେ ପ୍ରତିଷ୍ଠିତ ହେବି। କାହିଁକି ବା ସେ ବଡ଼ ହେବ ବୋଲି ଅଭିଳାଷ ନ କରିବ? ସେତେବେଳେ ଚମ୍ପକ କି ଉତ୍ତର ଦେଇ ତାକୁ ସନ୍ତୁଷ୍ଟ କରିବ? ଯଦି ସେ ସେତେବେଳେ ତା'ର ପ୍ରାଣପ୍ରିୟ ଏଇ ସୁରେଶ ଉପରେ ପ୍ରତିଶୋଧ ନେବାକୁ ଚାହିଁବ? ନାଁ ନାଁ ଏ ଅବସ୍ଥାରେ ଶେଷ ଯବନିକା ଏଇଠାରେ ଟଣାଯାଉ। କିନ୍ତୁ ସେ ତ ଆତ୍ମହତ୍ୟା କରିପାରିବେ ନାହିଁ। କେଉଁଥିପାଇଁ ମଧ୍ୟ ଆତ୍ମହତ୍ୟା କରିବ ତା'ର ପୂଜା ଦେବତା ଘେନିନାହିଁ, ବରଂ ଦେବତାର ଉଚ୍ଛିଷ୍ଟ ଖାଇ ସେ କଳଙ୍କିତ ହେବାକୁ ଯାଉଛି। ସେଥିରେ କ୍ଷୋଭ କରିବା ରକ୍ତର ଧର୍ମ ନୁହେଁ। ଦେବତାର ଦେଉଳରେ ଭିଡ଼ ଜମିଥିଲା। ଦେବତାକୁ ସେ ସେଇ ଗହଳି ମଧ୍ୟରେ ଦେଖିପାରିଥିଲା- କିନ୍ତୁ ଦେବତା ତାକୁ ଦେଖିପାରିନାହିଁ। ନ ଦେଖୁ ସେ ତ ପୂଜା କରିବାର ଅଧିକାର ପାଇଛି। ତାକୁତ ଆଉ କେହି ଛଡ଼ାଇ ନେଇପାରିବନାହିଁ। ଏମିତି ନାନା ଅସଂଲଗ୍ନ ଆତଙ୍କିତ ଚିନ୍ତା ନେଇ ଚମ୍ପକ ଟାଣି ଆଣିଲା ତାର ଚିଠିଲେଖା ଖାତା-

ପ୍ରଥମଖଣ୍ଡ ଲେଖିଲା- ତାର ଚାକିରିରୁ ଇସ୍ତଫାପତ୍ର

ଦ୍ୱିତୀୟଖଣ୍ଡ ଭାବିଲା-ଲେଖିଦେବି ବୀଣାକୁ। ବୀଣା ଅନ୍ତତ। ଅତି ଉଦାର- ଭଉଣୀ ହିସାବରେ ମୋ'ର କ୍ଷଣିକ ଦୁର୍ବଳତାକୁ କ୍ଷମା ଦେବ। କିନ୍ତୁ ଏ ଦୁର୍ବଳତା କ'ଣ ମୋର କ୍ଷଣିକ? ଏତ ଚୀର ଦିନର। ନାଁ କ୍ଷମା ମାଗିବି ନାହିଁ। ଆଜି ମଧ୍ୟ ବୀଣାର ଯେତିକି ଅଧିକାର ଅଛି, ମୋର ମଧ୍ୟ ସେତିକି ଅଛି। ଏବେ କ'ଣ ସୁରେଶ ମତେ ଭଲପାଏନି, ବରଂ ଅଧିକ ଭଲପାଏ। କାରଣ ସେତେବେଳେ ସମୟେ ସମୟେ

ବୀଣା କଥା ଭାବି ବ୍ୟସ୍ତ ବିବ୍ରତ ହୋଇପଡୁଥିଲେ। ଏବେ ତା'ତ ନାହିଁ। ବରାବର ନାନା କାମର ଛଳନା କରି ଚାଲିଆସେ। ଅଫିସରେ ସମୟ କରି ଦୁଇଚାରିପଦ କଥାବାର୍ତ୍ତା ହୋଇଯାଏ। ତଥାପି ସମାଜକୁ ପରିବେଶକୁ ଏମିତି ଆଖିଠାର ମାରି କେତେଦିନ ଚଳିହେବ। ଆଉ ସେବା କାହିଁକି ଗୋଟେ ଏପରି ଅସାମାଜିକତା ମଧ୍ୟରେ ରହିବ। ତାର କ'ଣ ବ୍ୟକ୍ତିଗତ ସମ୍ମାନ ପାଇଁ ଲାଳସା ନାହିଁ? ଏମିତି ଭାବୁ ଭାବୁ ତାର ଶେଷ ହସ୍ତାକ୍ଷର ସୁରେଶକୁ ଦେଇଯିବ ବୋଲି ଠିକ୍‌କରି ଲେଖିଲା- ସୁରେଶ !

ଜୀବନର ମଧ୍ୟାହ୍ନରେ ତୁମ ସହିତ ଅଧାବାଟରେ ଦେଖାହେଲା-। ଏ ଦେଖା ହେବା ବୋଧହୁଏ ବିଧି ନିର୍ଦ୍ଦେଶିତ ନୁହେଁ। ନ ହେଲେ ତୁମର ଚାଲିବା ପଥ ପୂର୍ବରୁ ରୋଧ କରାଯାଇଥାନ୍ତା କାହିଁକି? ଏଇ ଧାଇଁବାର ଶେଷ ଏଇଠାରେ ହିଁ ହେଉ। ମରୁ ସାଗରରେ ମରିଚିକାର ଭ୍ରମ ଅନେକ ଦୂର ନେଇଆସିଲାଣି। ଅତୀତ ହଜିଯିବ। ଏହାହିଁ ସ୍ୱାଭାବିକ। ଏହାହିଁ ସ୍ୱାଭାବିକ; ଏକୁ ସାଉଁଟି ଧରିବାକୁ ଚେଷ୍ଟା କରିବ ନାହିଁ। କିନ୍ତୁ ଏଇ ଅତୀତକୁ ସୂଚାଇ ଦେବାକୁ- ପୁଣି ସ୍ମରଣରେ ଆଣିବାକୁ ଯଦି ତୁମର ସନ୍ତାନ ଜୀବିତ ଥାଏ, ତାକୁ ଲୋକ ଚକ୍ଷୁରେ ହତାଦର କରିବ ନାହିଁ। ପ୍ରାଣର ଭଲ ପାଇବାକୁ ଦ୍ୱାହି ଦେଇ ଏତିକି ଅନୁରୋଧ କରି ଏ ଜୀବନ ପାଇଁ ବିଦାୟ ନେଉଛି। ଲୁହର ଝର ଫିଟିଯାଇଛି। ଏ ଝର ଚିରନ୍ତନ; ସତ୍ୟ-ଶିବ-ସୁନ୍ଦର। ସେଇ ମଧ୍ୟରେ ଚମ୍ପକ ତାର ଚିର ପରିଚିତ ଅଫିସ-ଅଫିସର ପରିବେଶ ସବୁଠାରେ ଦୂରେଇ ଯାଇଛି।

■

ଚଉଦ

ଅଳକା ସଂସାର କରିଛି । ତାର ସ୍ୱାମୀ ସେଟଲମେଣ୍ଟ ଅଫିସର । ଘନମାଳ ଭିତରେ ସେମାନେ ସଂସାର ପାତିଛନ୍ତି । ସ୍ୱାମୀଙ୍କର ଇଚ୍ଛା ଅଳକା ଆଧୁନିକା ହେଉ । ଅଳକାର ଇଚ୍ଛା ସେମାନେ ଏମିତି ନିର୍ଜନ ପରିବେଶରେ ସୁଖ ଶାନ୍ତିରେ ରହିଥାନ୍ତୁ । ଅଳକାକୁ ଭଲ ଲାଗେ ନାହିଁ- ହାତରେ ଘଡ଼ି ବାନ୍ଧିବ, ଗୋଡ଼ରେ ଚପଲ ପିନ୍ଧିବ, କୁଞ୍ଚକରି ଲୁଗା ପିନ୍ଧିବ, ଏମିତି ପାତେଲା ଶାଢ଼ୀ ପିନ୍ଧିବ ଯେ, ସେଥିପାଇଁ ଅଧିକ ଚାରିଖଣ୍ଡି ପୋଷାକ ଦରକାର ପଡ଼ିବ ଇତ୍ୟାଦି । କିନ୍ତୁ ସ୍ୱାମୀଙ୍କର ଇଚ୍ଛା ଅଭିରୁଚି ଅନୁସାରେ ସେ ଚଳିବା ସୁନ୍ଦର । କେଉଁ ଦିନ ଏପିର କେହି ହେବା ସେ ଦେଖିନି । ଏବେ ହଠାତ୍ କେଉଁଠି ଏପରି ହୋଇଯିବ ? ଖାଲି ହେମଅପାକୁ ସେ ଦେଖିଛି କ'ଣ ବା ସେ ପଢ଼ିଥିଲା ? ସେ ତ ଏପରି ଫେସନ କରିବା ତା ଆଖି ଦେଖିନି, ଧଳାଶାଢ଼ୀ ସହିତ ଧଳାବ୍ଲାଉଜ୍ ଖଣ୍ଡେ ପିନ୍ଧେ ବୋଲି ତାକୁ କେତେ ଆଖିମିଟିକା ସହିବାକୁ ନ ପଡ଼େ ? ସ୍ୱାମୀ କଥା କଥାକେ କହନ୍ତି ତୁମ କଥା ଗୁଡ଼ିକ ତମେ ମାର୍ଜିତ କର । ବେଳେ ବେଳେ କହନ୍ତି ଡ୍ରଇଁରୁମ୍ ସଜେଇଦେବ ସେ ଅମୁକ ଅଫିସରଙ୍କ ସ୍ତ୍ରୀଙ୍କଠାରୁ ଶିଖିଆସ । ଏମିତି ବ୍ୟଙ୍ଗ ବିରକ୍ତିପୂର୍ଣ୍ଣ ବ୍ୟବହାରରେ ଅଳି ବ୍ୟସ୍ତ ବିବ୍ରତ ହୋଇପଡ଼ିଲାଣି । କେତେ ବି ସେ ନିଜକୁ ସଜାଡ଼ିବ ? ବୋଉ ତ ଏକେବାରେ ମଫସଲି । ବାପା କାହାରି କଥାକୁ ଖାତିର ନ କରି ତାକୁ ଟିକିଏ ସମାଜ କଲ୍ୟାଣ କେନ୍ଦ୍ରକୁ ଛାଡୁଥିଲେ ବୋଲି ସିନା ସେ ଯାହା ଟିକିଏ ଜାଣିଛି ।

ସେ ଦିନ ହଠାତ୍ ସ୍ୱାମୀଙ୍କ ମନକୁ କ'ଣ ପାଇଲା କେଜାଣି- ସେ କହିଲେ କୁକୁଡ଼ା ରୋଷ୍ଟ କର । ଏ ପୁଣି କି ତରକାରୀ ? ଯା'ର ନାମ ସେ କେବେ ହେଲେ ଶୁଣିନାହିଁ । ଅଳକା ଡରିମରି କହିଲା- ମୁଁ ତ ଜାଣେନି, ଯଦି ଟିକିଏ କହିଦେବ ତେବେ ଅବା... - ଅବା ନିଆଁଟା କରିବ । ତମେ ଆଉ କ'ଣ ଜାଣିଛ କହିଲ ?

ଏଇଥିରେ ପୁଣି ମତେ କୁହାଗଲା ଝିଅଟି ପାଠଶାଠ ପଢ଼ି ବେଶ ଆଧୁନିକା। ଅଳକାର ବି, ଏପରି ଭର୍ତ୍ସନା ଶୁଣି ଶୁଣି ଧୈର୍ଯ୍ୟହାନୀ ହୋଇଲାଣି ସେ ହଠାତ୍ କହିଲା ତମେ ଶୁଣିବା କଥା ବିଶ୍ୱାସ କଲ କାହିଁକି ? ଦେଖି ଶୁଣି ବିବାହ କଲ ନାହିଁ।

ହଁ ଭାରି ତ ମୁହଁ ବଢ଼ିଗଲାଣି କ'ଣ ମୁହେଁ ମୁହେଁ ଜବାବ ଦେଉଛ ? ବିରକ୍ତିରେ ଘୃଣାରେ ପେଲିଦେଲେ, ଅଳକା କଚାଡ଼ି ହୋଇ...। ଆଖିରୁ ଲୁହ ବହି ଯାଉଛି। ଏ ଅପନ୍ତରା ରାଇଜରେ କିଏ ବା ଅଛି ଯେ କାହାକୁ ଦୁଃଖ କହିବ ? ଯେଉଁ ଦୁଇ ଚାରିଜଣ ଅଫିସର ଅଛନ୍ତି ତାଙ୍କ ସ୍ତ୍ରୀମାନେ ଖୁବ୍ ଫିଟ୍‌ଫାଟ୍ ଅଳକାକୁ ଉପରେ ଆଦର କଲେ ମଧ୍ୟ ଭିତରେ ନାକ ଟେକନ୍ତି- ଏକଥା ଅଳକା ଅଶିକ୍ଷିତ ମଫସଲି ହେଲେ ମଧ୍ୟ ବୁଝିପାରେ...। କ'ଣ ବା ଆଉ କହିବ ? ବୋଉପାଖକୁ ଲେଖିବ ବୋଉ ମୁଣ୍ଡ ଭୁଡୁ ବାଡ଼େଇ କାନ୍ଦିବ ? ବାପା ମନ ଦୁଃଖ କରିବେ ଜାଣିକରି ତ ଏ ଚିଡ଼ି ଚିଡ଼ି ସ୍ୱଭାବର ଆଉ ତାକୁ ଗଣ୍ଠିକରି ଧରି ବସିଲେ କ'ଣ ହେବ ? ସଂସାର କରିଥିଲେ ପଥର ପଡ଼ିଲେ ସହି...।

ଅଳକା ପୁନରାୟ ମନକୁ ସାନ୍ତ୍ୱନା ଦେଲା ଗୃହଧନ୍ଦାରେ ଲାଗିଲେ। ଦିନପରେ ଦିନ ଗଡ଼ିଯାଉଛି କି ସୁନ୍ଦର ବଗିଚା ଆଉ ଫସଲ ସେ କରିଛି- ଯେତେ ଦୁଃଖ ଥିଲେ ମଧ୍ୟ ଘଡ଼ିଏ ଚାହିଁଦେଲେ ମନ ପୁରି ଉଠିବ। ବାପା ବୋଉ କାହିଁକି କେଜାଣି ଆଜି ମନେ ପଡୁଛନ୍ତି। ସେଇଦିନ କଳି ଲାଗିଲା ପରେ ଟୁର୍‌କୁ ଯାଇଛନ୍ତି। ୬/୭ ଦିନ ହେଲାଣି ଫେରି ନାହାନ୍ତି। ପହିଲେ ପହଲେ ଅଳକା ବୁଝୁ ନଥିଲା "ଟର୍" କ'ଣ ବୋଲି। "ଟୁର୍ ନାଁରେ କୁଆଡ଼େ ଯାଆନ୍ତି ସେ ସାତଦିନ, ଆଠଦିନ ବାହାରେ ରହି ଆସନ୍ତି। ପ୍ରଥମେ ଅଳକା ମନେ ମନେ ଅଶାନ୍ତି ହେଉଥିଲେ ମଧ୍ୟ ଏବେ ବୁଝିବା ନ ବୁଝୁ ଦିହସୁହା ହୋଇଗଲାଣି...।

ସେ ଦିନ ଅଗଣାରେ ଗୋଟେ ଅଣ୍ଡିରା କୁଆ କା କା କରି ଘର ଅଗଣା ଫଟେଇ ପକାଉଥାଏ। ଅଳକା ରୋଷେଇ ଘରୁ ଉଠିଆସି କହିଲା ଅଲକ୍ଷଣା କୁଆ କାହିଁକି ରାବ ଛାଡ଼ିଛି...। କୁଆ ଅଳକା ହୁରୁଡ଼ାରେ ଉଡ଼ିଯାଇ ସାମ୍ନା ପାଚେରୀ ଉପରେ ବସିଲା... ଅଳକାର ରନ୍ଧାରେ କି ବଢ଼ାରେ ମନ ଲାଗୁନାହିଁ। ଏଇ ସାତ ଆଠ ମାସରେ ସେ କେତେ ରକମର ମାଛ ମାଂସ ତରକାରୀ ଚପ୍ କେତେ ଜଳଖିଆ ଇଚ୍ଛା କରି ଶିଖିଛି କାରଣ ତାଙ୍କର ଖାଇବାରେ ଭାରି ଶ୍ରଦ୍ଧା ଉପରେ ମଫସଲି ବୋଲି କେତେ ବିରକ୍ତ ହେଲେ ମଧ୍ୟ ଭିତରେ ଅଳକାର କର୍ମଠ ଜୀବନକୁ ତାରିଫ୍ କରନ୍ତି। କାହିଁକି କେଜାଣି ବାଁ ଆଖିଟା ଡେଉଁଛି ମିଛରେ ହେଲେ କାନ୍ଦିବାକୁ ମନ ହେଉଛି...। ଦାଣ୍ଡ ଆଡ଼େ ଟିକିଏ ଶବ୍ଦ ହେଲେ ମନଟା ଚମକି ଉଠୁଛି। ଆସିଲେ କି ? ଧାଇଁଗଲା

ବେଳେ ରାସ୍ତା କଡ଼େ କଡ଼େ ଆଖି କାହିଁ କେତେ ଦୂରକୁ ପଡ଼ିଯାଏ। କିନ୍ତୁ କାହାନ୍ତି ସେ ? କାହିଁବା ତାଙ୍କ- ଜିପ୍ ମଟର ଆଟ ପଟୁଆର...। ଅଳକା ପୁଣି ଘରକୁ ଫେରି ଆସେ ମନେ ମନେ ସ୍ଥିର କରିଛି ଏଥର ଆସିଲେ କେତେବେଳେ ଟିକିଏ କହି ଆମ ଘରକୁ ଯାଇ ବୁଲି ଆସିବି। ସେ ଚିଡ଼ିବାରେ ଏତେ ବସିଲା ଉଠିଲାବେଳେ ଖଣ୍ଡେ ଖଣ୍ଡେ ବସି ପଢ଼େ...। କି ଗୋଟାଏ ବହି ମେଲା ହୋଇ ସାମ୍ନାରେ ପଡ଼ିଛି। ରନ୍ଧା ଅଧା ସରିଛି ଅଳକା ଆନମନା ହୋଇ ଭାବି ଚାଲିଛି ଦାଣ୍ଡରେ ନାରୀ କଣ୍ଠରେ କିଏ ଡାକୁଥିବାର ଶୁଣିଲା ଛାତିଟା ଧଡ଼ାସ କିନା ପଡ଼ିଲା ଉଠିଲା, ଯାଇ ଦେଖେ ଜନାର୍ଦ୍ଦନ ବାବୁଙ୍କ ଅର୍ଦ୍ଦଳି...। ମାଆ ଶୀଘ୍ର ଆସନ୍ତୁ ବାବୁଙ୍କ ଦେହ କ୍ୟାମ୍ପରେ ଖୁବ୍ ଖରାପ ସେଠିକ ଡାକତର କେହି ନାହାନ୍ତି। ସେଇଠା ବଇଦକୁ ଡକାଇ କ'ଣ ଔଷଧ ଦେଇଛୁ...। ଅଳକା ଚାହିଁଛି ଉପରେ ଆକାଶ ତଳର ବସୁଧା ସମସ୍ତେ ଘୁରୁଛନ୍ତି ଅଳକା କ'ଣ ବା ଜାଣେ ସେ ଏଇ ଚପରାଶି ସଙ୍ଗରେ ଘରୁ ଗୋଡ଼ କାଢ଼ି କେଉଁଠାକୁ ଯିବ। ତଥାପି ଯିବାକୁ ହେବ...। ଭାଗ୍ୟଚକ୍ର ଘୁରୁଛି- ଅଳକା ତାରି ମଧ୍ୟରେ ଚାପି ହୋଇଯାଇଛି।

ଜୟକାନ୍ତଙ୍କୁ ମୃତ୍ୟୁ ମୁଖରୁ ଫେରାଇ ଆଣିପାରିନାହିଁ ଅଳକା ଖାଲିହାତ କାଚ ସିନ୍ଦୁର ବିହୀନ ଅଳକା ଫେରି ଆସିଛି ତୁଳସୀପୁରକୁ।

ଶ୍ରାବଣର ଧାର ପରି ଛୁଟି ଚାଲିଛି ଅଳକାର ଲୁହଧାର... ନଈ ଉଜାଣି ବୋହୁଛି ବନ୍ଧ ବାଡ଼ ସେ ମାନିବାକୁ ଚାହେଁନି ତଥାପି ମଣିଷ ଏଇ ପ୍ରବଳ ଶକ୍ତିର ପ୍ରତିରୋଧ କରିବାକୁ ପଛାଏ ନାହିଁ। ଦିନ ଦିନ ହୋଇ ଗଡ଼ିଯାଉଛି। ଦିନେ...।

ଆଗରେ ଆଶ୍ୱିନର ପୂଜାଘର। ଘରେ ଘରେ ଦେବୀ ମାଜଣା ଘଣ୍ଟ ବାଜି ଉଠୁଛି... ଅଳି ମନେ ମନେ ଭାବୁଛି କ'ଣ ଏପରି ହେଲା ଯେ ଦିନକର ସପନ ପରିମୋ ଜୀବନର ଶିରି ସଉରଭ ତୁଟିଗଲା ଲୁଚିଗଲା ଚିରକାଳକୁ...।

ହେମାଙ୍ଗିନୀ ପଶି ଆସିଲା କେତୁଟା ବା ଦିନ ଅଳି ଘର କରଛି କ'ଣ ସେ ଦୁନିଆର ଜାଣିଛି।

ଅଳି ତମେ ସବୁବେଳେ ଏମିତି କ'ଣ ଭାବି ଲାଗିଛ ମଁ ? କ'ଣ ହୋଇଯାଇଛି ଯେ... ଗୁଡ଼େ ଏଣୁ ତେଣୁ କଥା ଧରି ବସିଲେ ସେଇ ଗୁଡ଼ାକ ମାଡ଼ି ବସିବେ କାଲିକାର ଝିଅଟେ ତମେ କେଉଁଦିନ ଏତେ କଥା- ଜାଣିଲ ଖେଳ ଘର ପିଲେ କରନ୍ତି- ପୁଣି ପବନ ଆସି ସବୁ ପତର କୁଟା କାଠି ଉଡ଼େଇନିଏ ! ଆଉ କ'ଣ ତାକୁଇ ଚାହିଁ ବସିଥାନ୍ତି ପିଲେ ଅଧିକ ଆନନ୍ଦରେ ଆହୁରି ଘର ତିଆରନ୍ତି। ତମେ କେନ୍ଦ୍ରକୁ ଯାଉନାହଁ, କେତେ ଝିଅ ବୋହୂ ଏବେ ଆସନ୍ତି ମତେତ ଯାହା ଜଣାନାହିଁ ତୁମକୁ ସବୁଜଣା ଟିକିଏ ମତେ ସାହାଯ୍ୟ ଭଲା କରନ୍ତ ନିଜର ବି ସମୟ କଟନ୍ତା। ମାଉସୀ କାହାନ୍ତି ଅଳି

ଆଖିରୁ ଲୁହ ପୋଛି, ଗମ୍ଭିରୀଘରକୁ ଦେଖେଇଦେଲା। ହେମାଙ୍ଗିନୀ ଯାଇ ଦେଖେ ତ ମାଉସୀଙ୍କ ଆଖିରୁ ଦରଦର ଲୁହ ଗଡ଼ିଯାଉଛି ମାଉସୀ ଗୁଡ଼ାଏ ଚାଉଳ ବାଛି ଲାଗିଛନ୍ତି। ହେମ ଦୁଃଖରେ ମ୍ରିୟମାଣ ହୋଇଗଲା କି ସୁନ୍ଦର ସଂସାରଟିଏ ସତେ ଭାଙ୍ଗି ରୁଜି ଗଲା। ରାହୁଗ୍ରାସ କରିଥିବା ଚନ୍ଦ୍ରପରି ଚାରିଆଡ଼େ କଳାଛାଇ ଘୋଟି ଯାଇଛି। ନାଁ ମୁଁ ଯେ କୌଣସି ମତେ ମାଉସୀ-ମଉସାଙ୍କୁ ପ୍ରବର୍ତ୍ତାଇ ଅଳିକୁ ପୁନର୍ବିବାହ ଦିଆଇବି! କ'ଣ ହୋଇଛି କାଲି କି କାଲି- ଏଗୁଡ଼ାକ ପୁଣି ପାସୋର ହୋଇଯିବ-ମାଉସୀ! ମାଉସୀ ମ ତମେ ବି ଏମିତି ପାଗଳାଣୀଙ୍କ ପରି ହେଉଛ କ'ଣ? ଅଳିର କ'ଣ ହୋଇଛି ଭଲା ତମେ ସିନା ଆଣ୍ଠୁ ଧରିଲେ ଅଳି ଧରିବ, ଆଉ ତମେ ଏପରି ହେଉଛ କାହିଁକିମ? ଆଜିକାଲି ତ ବୁଢ଼ୀ ଦରବୁଢ଼ୀମାନେ ବିଭା ହେଉଛନ୍ତି- ଆଉ ଅଳି କାଲିକାର ପିଲାଟା ଦୁଧଗାଲ ଭାଙ୍ଗିନାହିଁ ଯେ କ'ଣ ପୁଣି ବିଭାତୋଳା ହୋଇ ଘର କରିବାକୁ ବୁଢ଼ୀ ହୋଇଯାଇଛି, ଉଠ ଉଠ ଲୁହ ପୋଛ ତୁମକୁ ମୋ ରାଣ ସାତଥର କରି ମୋ'ରାଣ-ଆସିବଟି ରାତି ପାହିଲେ ମହାଷ୍ଟମୀ କ'ଣ ନା ଏଙ୍କ ଘରେ କାନ୍ଦ ବୋବାଳି ପଡ଼ିଛି ଯାହା ହୋଇଯିବାର ଥିଲା ହୋଇଗଲା...।

ହେମ! କ'ଣ କହୁଛୁଲୋ ତୁ! ତୁ କାହୁଁ ବୁଝିବୁ ଝିଅ! ମାଆର ଦଶଶିର ଦୁହିଁ ହୋଇଯିବା କଥା- କାଲି ସକାଳେ ତଳେ ପଡ଼ି କୁଆଁ କୁଆଁ ରଡ଼ି ଛାଡ଼ିଥିଲା- ଆଜି ପୁଣି ସେ ସବୁଥିରେ ଅଲୋଡ଼ା ଅଖୋଜା ମୁଣ୍ଡନଥିଲା-ଗଣ୍ଡି ହୋଇ ରହିବ?

ମାଉସୀ! ଚାଲିଲ ତମେ ମତେ ସେ କଥା ଚାରା ଭଲ ଲାଗିନାହିଁ। ଉଠିଲ ଯାହାତ ହେବାର ହେବ- ମୁଁ କାଲି ଅଳିକୁ ପୁଣି କାଚ ସିନ୍ଦୁର ଲଗାଇଦେବି। ଏହି କଥା- ନାଁ ସେ କାଲିଠାରୁ ଛେଦାଲୁଗା ପିନ୍ଧିବ ନାହିଁ।

ଛି ହେମ! ଏପରି ଅନିଆଚାର କଥା ମାଆ ମୋ'ର ତୁଣ୍ଡରେ ଧରନାହିଁ। କହିଲେ ଯେତିକି ପାପ-କଲେ ସେତିକି ପାପ! କ'ଣ କରାଯିବ-ଭାଗିଅ ଲିଖନ କେ କରିବ ଆନ..? ଗଲୁ ଗଲୁ ବାୟାଣୀ ଧନ ମୋର କ'ଣ କରୁଛି ଦେଖିବୁ- ହେମ ମନକୁ ମନ ଗୁଣୁ ଗୁଣୁ ହୋଇ କହି ଚାଲିଛି- ଦେଖିବା ଗାଁ ଗୋଟାକ ଯାକ ଏକାଠି ହୋଇ କ'ଣ କରିବେ- ଏକା ଯଦି ଅଳି ଆଉ ନିଧି ମଉସା ରାଜି ହୁଅନ୍ତେ ତେବେ ମୋ କଥା ମୁଁ କରିଯାଆନ୍ତି।

ନନ୍ଦନିଧିଦାସ ମହାପାତ୍ରେ ଏଇ କେତେ ଦିନ ହେଲା ଯେପରି ବୟସ ଭାରାରେ ନଇଁ ପଡ଼ିଥିଲା ପରି ଜଣାପଡ଼ୁଛି। ଆଖି କେରଡ଼ ଗାଲ ଠାକରା! ଆଉ ସେ ସରସିଆ ଚାହାଣୀ ନାହିଁ- କେଉଁ ଏକ ତେଲ ଚିକିଟା ସପ ଉପରେ ବିଧେ ବହଳରେ ବସିଥିବା ତେଲ ବୋଳ ଲାଗିଥିବା ଖଣ୍ଡେ ମାଣ୍ଡି- ତା'ରି ଉପରେ ମୁଣ୍ଡ ଦେ ଗଡୁଛନ୍ତି ନିଧି

ମହାପାତ୍ରେ ! ଆକାଶ ପାତାଳ କେତେ କ'ଣ ଭାବୁଛନ୍ତି- ସେ, ଆଉ ଯେପରି ଏ ଜୀବନରେ ତାହା ସରିବ ନାହିଁ। ଏଇ ଅଳି ବୋଉ ଯେତେବେଳେ ଏ ଘରକୁ ଆସିଥିଲେ ମୁଣ୍ଡରେ ବୋଝେ ବାଳ ବାଙ୍ଗେରୀ ହୋଇ ଗୋଲ ଗାଲ ଝିଅଟିଏ। ଯିଏ ଦେଖୁଥିଲେ ଖୁସି ହେଉଥିଲେ- ବୋଉର ଗୋଡ଼ ପାଞ୍ଚ ହାତରେ ପଡୁଥିଲା- ତାଙ୍କର ଦୁଇଟି ପୁଅ, ଝିଅ ଅଳି, ପୁଅ ଦୁଇଟି ବିଦେଶରେ ଏ ଗାଁ ସହିତ ତାଙ୍କର ସମ୍ପର୍କ ନଥାଏ- ବିଭାଡୋଲା ହୋଇନାହାନ୍ତି। ବାକି ଝିଅଟି ଅଳି- ! ଠିକ୍ ମାଆ ପରି ତା'ର ଚାଲି ଚଳଣ ଧୀର ସ୍ଥିର ସବୁଥିରେ ଆଗଭର...। ତା'ରି ମୁଣ୍ଡରେ ସିନ୍ଦୁର ଲିଭିଲା... ବରଷ ଗୋଟେ ନ ପୁରୁଣୁ...। କେତେ ଭାବିଛିନ୍ତି ଜୋଇଁ ଘର କରିଥିଲି। କେତେ ଖୋଜିଥିଲି କ'ଣ ଏମିତି ହେବ ବୋଲି ? ଶାମ ନାହାକ, ଶାସ୍ତ୍ରୀ ଆପଣେ ଜାତକ ଦେଖି କେତେ ଯେ ତାରିଖ କରିଥିଲେ ତା'ର କ'ଣ କଳନା ଅଛି ? ପୁଣି କ'ଣ ନା ରାଜଯୋଟକ ପଡ଼ିଛି କି ରାଜଯୋଟକ ବରଷ ଗୋଟାଏ ନ ଯାଉଣଉ ହାତରୁ କାଚ ଗୋଡ଼ରୁ ମୁଦି ମୁଣ୍ଡ ସିନ୍ଦୁର ଲିଭାଇ ଅଳି ମୋ'ର ମୋ ଆଗରେ ଛିଡ଼ାହୋଇଛି-

ମହାପାତ୍ରେ ଘରେ ଅଛନ୍ତି କି ? କିଏ ଡାକିଲେଣି... କହି ଉଠଇ ଯାଇ ଦେଖନ୍ତି ଯଦୁ ଦାସେ। ଆସ ଆସ ଦାସେ ଏ ଅବେଳାରେ କେଉଁଆଡ଼େ ଗଡ଼ିପଡ଼ିଲ ହେ ?

ହଇ ହେ... ମହାପାତ୍ରେ ଏ ଗାଁରେ ତ ଦିନୁ ଦିନ ବଡ଼ ଅନିଆଚାର ବ୍ୟାପିଗଲା ଆଉ ରହିହେବ ନାହିଁ। ଏ କାଳକୁ ଯାହା ସବୁ ହଉଛି ନା ଆଉ କ'ଣ ସହି ହେବ ?

କହୁନ କ'ଣ ହେଲା ମୋର ତ ଘର ବୁଡ଼ି ପାଣି ଆଣୁଏ ମୁଁ ଆଉ କିଛି କହିବାକୁ ଯେପରି ବଳ ପାଉନି...।

ହଁ ନୁହେଁ ତ ଆଉ କ'ଣ ଏ ରାଧା ଚଢ଼କ ପଡ଼ିଲା ପରି ହେଲାନା ? ଏଡ଼େ ବଡ଼ ଅଫିସର ଜୋଇଁକୁ ମୂଳକରୁ ଆସି ସେ ଆମର ଏ ନିପଟ ମଫସଲରେ ଗୋଡ଼ ଦେଇଥିଲା ହେଲେ, ବଡ଼ ତାରିଫ ପିଲାଟାଏ ଏକା- ତମ କପାଳରେ ତ ନାହିଁ। ଆଉ ଭାବିଲେ କ'ଣ ହେବ ଗଲା ଧନତ ଚାଲିଗଲାଣି...।

ଯଦିଦାସଙ୍କର ଏପରି ଉପର ଠାଉରିଆ କଥାକୁ ନିଜକୁ ବଞ୍ଚେଇବାକୁ ଯାଇ ନିଧିମହାପାତ୍ରେ କହିଲେ ହଁ କ'ଣ କହୁଥିଲଟି ?

ହଁ... ଅସଲ କଥାତ ଭୁଲିଗଲିଣି...। ହଇହେ-କାଲି ଜାଗୁଳେଇଙ୍କ ପାଖରେ ଯେଉଁ ଚାରିମୁଣ୍ଡ ଛେଦ ପଡ଼ିଥାନ୍ତା-ଏଗାଁର ସେଇ ଯେଉଁ ଯୁବକ ସଂଘଦଳ ତାକୁ କରେଇ ନ ଦେବାକୁ ଏକଦମ ଆଣ୍ଟବାନ୍ଧି ବସିଛନ୍ତି ଏମିତି ଅଭିଆଣ କଥା କଲେ ସଂବଂଶେ ସମୂଳେ ଏଗାଁକୁ ସେ ଚାଟିଦେବ ନାହିଁ ? କ'ଣ କହୁଛନ୍ତି ନାଁ ଗାନ୍ଧିଜୀ କହିଛନ୍ତି ଅହିଂସା ପରମ ଧର୍ମ ମାଆତ ପ୍ରାଣୀ ସୃଷ୍ଟି କରିଛି- ଆଉ ତା ଆଗରେ ବଳି

ପଡ଼ିବ କ'ଣ ? ଏ କିମିତିକାର କଥା ? ନିଧିମହାପାତ୍ରେ ଗୁମ୍ ହୋଇ ବସି ଶୁଣୁଥିଲେ। କହିଲେ- ଗାଆଁ ମହାଜନମାନେ କ'ଣ କହୁଛନ୍ତି ?

କହିବେ ଆଉ କ'ଣ ଛେନା ନା ଗୁଡ଼ ? ସେମାନେ ବି କହୁଛନ୍ତି ଯାହା ବିଧି ତା କରାଯିବ ଏ ଟୋକାପଞ୍ଜା କହୁଛନ୍ତି ଆମେ ବିଧି ଫିଧି କରି ଜାଣୁନି- ଯଦି ବଳି ପକାଇବ ତେବେ ଆମ ମୁଣ୍ଡ ଆଗେ ବଳି ପଡ଼ି...। ମୁଁ ତ ଏ କଥାର ଖିଅ ଧରିପାରୁନାହିଁ ହଇହେ ଯିଏ ତ ସହରରେ ରହିଲେ- ସେ ତ ନିଇତି- ପ୍ରତି ମାଉଁସ ପଲାଉ ଖାଇଲେ ସେ ଜୀବ ହତିଆ କଲେ ନାହିଁ- ଆଉ ବରଷକେ ଥରେ ଦେବୀ ପାଖରେ କି ଚାରିମୁଣ୍ଡ ପଡ଼ିବ ଯେ ସେ ଜୀବ ହତ୍ୟା ହୋଇଯିବ ? ନିଧିମହାପାତ୍ରେ କହିଲେ- ହଉ ଦାସେ ତମେ ଯାଅ ମୁଁ ସେ ରମାକାନ୍ତ ହେରିକାଙ୍କୁ ଡକାଇ କହୁଛି- ତେବେ ସେମାନେ ଯଦି ନାହିଁ ନିଷ୍ଟାନାହିଁ କରନ୍ତି, ତେବେ ତ ମୁଁ ନାଚାର... ବା ଭଲ କଥା ତମେ କହୁଛ- ହଇହେ ସେଗୁଡ଼ାକ ଟୋକା ତାଙ୍କ କଥାରେ କ'ଣ ଆମେ ଚଳିବା ଆମ କଥାରେ ସିନା ସେମାନେ ଚଳିବେ... ? ଏ କାଳ ଓଲଟା ହେଲାଣି। ମୁଁ ଯାଏଁ। ଏ କଥା ନାରଣ ମଉସା ହେରିକାଙ୍କୁ ଜଣାଏ। ନିଧି ମହାପାତ୍ରେ ସ୍ୱସ୍ତିର ନିଃଶ୍ୱାସ ମାରି କହିଲେ ଓହୋ ମଣିଷ ବଞ୍ଚିଗଲା- ଏ ଦୁନିଆଁରେ କେତେ କ'ଣ ହୋଇଯାଉଛି ଏମାନେ କାହାରି ଖବର ରଖୁନାହାନ୍ତି। ଆଉ ଖାଲି ଏଇ ଛୋଟ ଗାଁଟିରେ ଦିନ ରାତି ଇୟା ତା' ସଙ୍ଗେ କଳି ଛିଦ୍ର ମକଦ୍ଦମା କରିପାରିଲେ ହେଲା। ଏ ଗାଁର କ'ଣ ଏଇଲେ ସହଜରେ ସଜାଡ଼ି ହୋଇଯିବ ?

କାଲି ନିଶ୍ଚୟ କଳି କଜିଆ ଲାଗିବ- ଶେଷକୁ ଫଉଜଦାରୀ ଯାଏ ଯିବ- କ'ଣ କରାଯାଇପାରିବ ? ସତରେ କାହିଁକି କେଜାଣି ଅଳି ବିଧବା ହେବାଦିନୁ ଏ ଦିଅଁ, ଦେବତା, ଜାତକ ପତ୍ର କାହାରି ଉପରେ ଆଉ ତାଙ୍କର ବିଶ୍ୱାସ ନାହିଁ ଛାଡ଼ ଏ ଫଉଜଦାରୀରୁ ଅନ୍ତତଃ ଗାଁଟାକୁ ରଖିବାକୁ ହେବ। ରଘୁରାଜପୁରରେ ନୂଆ କରି ସମାଜ ସଂସ୍କାର ସମିତି ଖୋଲାଯାଇଛି। ସେମାନେ ସମାଜରୁ ଏ ସବୁ ଅନ୍ଧବିଶ୍ୱାସ, କୁସଂସ୍କାର ଉଠାଇ ଦେବାପାଇଁ ପ୍ରାଣପଣେ ଚେଷ୍ଟା କରୁଛନ୍ତି। ସେ ଦିନ କ'ଣ କିଏ ଆସି କହୁଥିଲା ଏକଟଙ୍କା ଚାରିଅଣାରେ ବ୍ରତଘର, ପାଞ୍ଚଟଙ୍କାରେ ବିଭାଘର ସାରି ଯାହା ଖର୍ଚ୍ଚ କରିବାର କଥା ସେତକ ପଇସା ଗାଁ ପାଠଗାର ପୋଖରୀକୁ ପଙ୍କ ଉଜୁଳା ଇତ୍ୟାଦି କରୁଛନ୍ତି- ସେମାନେ ଏ ପୂଜା ପାର୍ବଣର ଯଥାବିଧି ପ୍ରଚଳନ କରାଇ ଏ ସବୁ ଆନୁସଙ୍ଗିକ ଉପସର୍ଗକୁ ବାଦ ଦେବାକୁ ସ୍ଥିର କରିଛନ୍ତି- ସେଇ ନରେଶ ମହାପାତ୍ରଙ୍କୁ ଡକେଇ ସେମାନଙ୍କ ହାତରେ କୁହାଇଲେ ଅବା ହୁଅନ୍ତା- ମତେତ ଏମାନେ ଗାଁ କନିଆଁ ଶିଙ୍ଗାଣିନାକି କରିପାଇଲେଣି...।

ପନ୍ଦର

ବୀଣା କ'ଣ ହୋଇଛି ତୁମର ? ତୁମେ ଏପରି ଦିଶୁଛ କାହିଁକି କାହିଁକି ? ଅଳ୍ପ ହସି କହିଲା ସୁରେଶ-

ଦେଖ ଛଅ ସାତ ମାସ ହେଲା ନାନୀଙ୍କ ପାଖରୁ ଆସିଲାଣି ଏ ଯାଏଁ କିଛି ତାଙ୍କ ଖବର ପାଇଲି ନାହିଁ। ମନଟା କାହିଁକି ମୋତେ ଭଲ ଲାଗୁନାହିଁ। ଛୋଟ ପୁଅ "ରାଜକୁମାର" ବଡ଼ ହୋଇ ଚାଲିବଣି କଚଡ଼ାକୁ କଚଡ଼ା ଖାଉଥିବ। ମୋ ଦେହଟା ବି ମୋତେ ଭଲ ଲାଗୁନାହିଁ-ତେବେ କ'ଣ ଭାଉଜଙ୍କ ପାଖକୁ ଯିବ ? ଚମକି ଉଠିଲା ବୀଣା- ନାଁ କାହିଁକି ବା ସେ ଭାଉଜଙ୍କ ପାଖକୁ ଯିବ ତାଙ୍କ ପାଖରେ ରହିଲି ଯେ ଏ ଛାଡ଼ି ଦେଇ ବସିଲେ। ଏଙ୍କ ପାଖେ ରହିଲି ଯେ ସେ ଛାଡ଼ି ଦେଇ ବସିଲେ- ! ଅପା କ'ଣ ଏତେ କରନ୍ତି ଖଣ୍ଡେ ଅଧେ ଚିଠି ଦେଲେ ହୁଅନ୍ତା ନାହିଁ ?

ଯେତେ ସେ ଅବୁଝା ମନକୁ ବୁଝାଇଲା ମନ କ'ଣ ବୁଝୁଛି ସେଇ ଦିନର ସେଇ ଡାହାଣୀ ଚିନ୍ତା ଆସି ମାଡ଼ି ବସୁଛି।

ସୁରେଶ ଦେଖିଲା ନିହାତି ବୀଣାକୁ ଡାକ୍ତର ନ ଦେଖାଇଲେ ହେବ ନାହିଁ। ବୀଣା ପହିଲି ହୋଇ ଅନ୍ତଃସତ୍ତ୍ୱା ହୋଇଛି ଏ ବେଳେତ କେତେ ହେପାଜତ ଦରକାର।

ବୀଣା ଉଠିଗଲା ସାଇରୁ ସବୁ ଆସିଛନ୍ତି। ସପ ଖଣ୍ଡିକ ପକାଇ ଦେଇ ବୀଣା ବସିଲା।

ସୁନ୍ଦର ଅପା ଆରମ୍ଭ କଲେ ବୋହୂ କ'ଣ ତମର ହୋଇଛି ଏଡ଼ିକି କାଇଲା ଦିଶୁଛି ? ଗାଁରୁ ଅଇଲାବେଳେତ ଅଳତା ଗୋଳାହୋଇ ବୋଳା ହୋଇଥିଲା ପରି ମୁହଁ ଦିଶୁଥିଲା।

ମାଳ ବୋଉ କହିଲେ- ! "ହୁଁ ତମେ ଯେଉଁ ଛୋପରୀ ନାଁ କ'ଣ ଆଉ ହୋଇଛି ତାହା ମାଈକିନା ଝିଅର ହେବା କଥା ଦେଖୁଛନ୍ତି କାଠ ନାଁ ପୋଛୁଛନ୍ତି

ଚନ୍ଦନ। କ'ଣ ଔଷଧପତ୍ର ଖାଉଛଟି କି? ଆମ ମାଳତ ଦିନରାତି ଔଷଧ ତେଣ୍ଟି ଲାଗିଥିଲା- କହିଲା କ'ଣ ନାଁ- ତାକୁ କେଉଁଠି ଡାକ୍ତରାଣୀ କହିଛି ମାଆ ସବଳ ହେଲେ ପିଲା ସବଳ ହେବ। ଜନମ ହୋଇ ରୋଗିଣା ହେବ ନାହିଁ ପ୍ରତି ହପତ୍ୟାରେ ଜୋଇଁ ଚିଠି ଦେବେ ଯେ, ତା ପାଖକୁ ତ ଯାହା ଲେଖି ଥିଲେ ମୋ ପାଖକୁ ଲେଖାଥିବ ବୋଉ ମାଳକୁ ଠିକ୍ ଟାଇମ୍‌ରେ ଔଷଧ ଦେବ ଅମୃତ ଚିଜ ଖାଇବାକୁ ଦେବ ସେ ଗୁହ-ମୁତ ସବୁ ପରୀକ୍ଷା କରେଇବ- ଇମିତି କେତେ ଯେ କ'ଣ? ସତକୁ ସତ ମାଳ ଆମର ଯେଉଁ ପିଲା ପାଇଥିଲା ନାଁ, ମୁଁ ଏମିତି ସହଜରେ ଗୋଟିଏ ଦେଖି ନାହିଁ।"

ହେଁ ହେଁ ଏ କାଳକୁ କଥା, ଏଡ଼େ ଡାକ୍ତର ବଇଦ ଆଉ ଆମ ଦିନେ ଆମେ କ'ଣ ପିଲା ଜନମ କରୁନଥିଲେ ସେଇଥିରେ ଧାନକୁଟା ପାଣିବୁହା ବାସି ଆଡ଼ତି ସବୁ ହେଉଥିଲା। ଆଜିକାଲି ତ ଅଳପ କଥାକୁ ବହୁତ ଚିନ୍ତା! ସୁନ୍ଦ ଅପା ହସି ହସି ଯୋଡ଼ିଲେ।

ବୀଣା କଥା ବଦଳାଇବାକୁ ଯାଇ କହିଲା ସୁନ୍ଦ ଅପା ତମ ନାତିକୁ ଆଣିଲ ନାହିଁ ଭଲ ପିଲାଟାଏ ଏକା। ହେଁ ହେଁ ବୋହୂ ତମେ ଏଠୁ କେବେ ଯାଉଛ କି? ତମେ ଅଛ ଯେ ଆମେ କେତେବେଳେ ଟିକିଏ ଟିକିଏ ବେଳ ଅବେଳରେ ପଳେଇ ଆସୁଥିଲୁ ତମେ ଗଲେ ଏପଡ଼ା ଖାଲି ଖାଁ ଖାଁ ଲାଗିବ। ଆଉ ଯେଉଁମାନେ ଅଛନ୍ତି ସେମାନେ ତ ଆମପରି ମୁଣ୍ଡ ନୁହଁନ୍ତି ସେମାନେ ବଡ଼ ଲୋକ, ତାଙ୍କର ଗାଡ଼ି କୁକୁର ନେଇ ତାଙ୍କର ଗପ ପଡ଼ିବ ଆମେ କୁଆଡ୍ଡୁ ସେଥିରେ ଯୋଡ଼ ପଡ଼ିବୁ?

ଘରୁ ଯାଆ ଚିଠି ଦେଇଛନ୍ତି- ସହର ଛାଡ଼ି ଆସ ନାହିଁ। ସହରରେ ସବୁ ସୁବିଧା ଅଛି ହାନି ଲାଭକୁ ଡାକ୍ତର ଡାକ୍ତରାଣୀ ମିଳିବେ। ମଫସଲରେ ଚାରିଆଡ଼କୁ ଚାହିଁଲେ କେହି ନାହାନ୍ତି। ବୀଣା ଲାଜେଇ ଲାଜେଇ ଏତକ କହିଲା- ଯାଆତ ପୁଣି ସେଇ ମଫସଲରେ ପୋଖତି ହେଉଛି ଆଉ ତମକୁ କିଆଁ ବାରଣ ପଡ଼ିଛି? ଅସଲ କିଏ ଏତେ ଜଞ୍ଜାଳ କରୁଛି?

ବୀଣା ଜିଭ କାମୁଡ଼ି କହିଲା- ନାଇ ନାଇ ସୁନ୍ଦ ଅପା ସେ କଥା ତୁଣ୍ଡରେ ଧର ନାହିଁ। ଅପା ସେ ଧରଣର ନୁହଁନ୍ତି ସେ ଏଙ୍କୁଇ ଡରି ସେପରି ଲେଖିଛନ୍ତି। ଏଙ୍କର ଯୁ ଜିଦ୍ ନାଁ...। ହଁଅମ୍- କେତେ ଏମିତି ଯାଆ ଦେଖିଛି- ଆଲୋ ଯେତେ ଭାଇ ସେତେ ଘର-ଯେତେ କନିଆଁ ସେତେ ବର। ଆଉ ଆଜି ଏମିତି ଖାଲି ଥିଲୁ ବୋଲି ସିନା ଏତେ ଆଦର ପଡ଼ିଥିଲା-କୋଳକୁ ଯେତେବେଳେ ଛୁଆଟିଏ ଆସିବ କେଉଁ ଭଗାରୀର ମନ ଡାକିବ?

ବୀଣା ଦେଖିଲା ଏମାନେ ଏଇପରି-ମିଛରେ କାମର ଆଳ ଦେଖାଇ ରୋଷେଇ

ଘରକୁ ଗଲା । ଚୁଲିଟା ଲଗେଇବାର ଯୋଗାଡ଼ରେ କେତେ ମିନିଟ୍ ରହି ପୁଣି ଆସିଲା ବେଳକୁ ଦୁଇ ପଡ଼ିଶା ଘର ବୁଢ଼ୀ ଯୋଡ଼ି ଦେଇଛନ୍ତି- ମଦନ ବାବୁ ସ୍ତ୍ରୀଙ୍କ ନାଁରେ ଗପ... । ତା'ର କେଉଁଠି କିଏ ଅଛି- ସେ କିମିତି ମଦନ ବାବୁଙ୍କୁ ଠକେଇ ତାରି ଘରେ ଯାଇ ପଶେ... ଥରେ କିଏ ପୁଣି ଆଖିରେ ଦେଖିଛି ମଦନବାବୁଙ୍କ ସ୍ତ୍ରୀ ଆଉ ସେଇ ଜଣଙ୍କ ଏକାଘରେ... ।

ବୀଣା ଲଜ୍ୟାରେ ଆଖି ମୁଦି ଦେଲା- ଏ କ'ଣ ଆମରି ଦେଶର ସ୍ତ୍ରୀମାନଙ୍କର ଏଇ ଗୋଟିଏ କଥା ଥାଏ- ତାଙ୍କରି ପରି ଝିଅଟିଏ ବା ବୋହୂଟିଏ- କାହା ସହିତ ପଦେ କଥା ହେଲେ ଏବଂ ରକ୍ତରେ କାହିଁକି ବିଜୁଳି ଚହଟୁଛି ? ଛି କ'ଣ କରିବିଟି- ଏମାନଙ୍କ ପାଖରୁ କିପରି ହେଲେ ଦୂରେଇ ରହନ୍ତି । କିନ୍ତୁ ଏ ନିଛାଟିଆ ପଡ଼ାରେ- ଏଇମାନଙ୍କ ଛଡ଼ା ବା ମୋର ହୋଇ କିଏ ଅଛି ?

ବୀଣା ଜିଦ୍ କରି ଗାଁକୁ ଆସିଛି- ବୀଣାର କ'ଣ ହୋଇଛି କେଜାଣି- ବସିଲା ଥାନରୁ ଉଠିପାରୁନି । ଦେହ ଝାଇଁ ଝାଇଁ ହୋଇଯାଉଛି- କାନ ମୂଳରୁ ନିଆଁ ବାହାରୁଛି- ଦେହଟା ସବୁବେଳେ ହିଙ୍ଗୁଳା ବର୍ଣ୍ଣ ଦିଶୁଛି । ନୀରଙ୍କୁ ତାର ଏସବୁ ଲକ୍ଷଣ ଭଲ ଦିଶୁନାହିଁ । ସେତ ପୁଣି ଦୁଇଟିର ମାଆ ହେଲେଣି- । ସାଇ ପଡ଼ିଶାରେ କେତେ ଜନମ ସେ ଦେଖିଛନ୍ତି । ବୀଣାକୁ ତୁହାଇ ତୁହାଇ ପଚାରନ୍ତି ବୀଣା କେବଳ ଭଲ ଲାଗୁନାହିଁ କହି ନୀରବ ରହେ ।

ଚମ୍ପି ପାଲୁଣୀଠୁ କାଟ ପାଣି-ଗୋବିନ୍ଦ ଅବଧାନଠୁ ତମ୍ବା ଡେଉଁରିଆ- ଆଉ କେଉଁ ବହିରୁ ପଢ଼ି କଳା ଅପରାଜିତା ଚେର ଏମିତି କେତେ କ'ଣ ନୀର କରିସାରିଲେଣି । ଶଙ୍କରେଶ୍ୱରଙ୍କ ପାଖରେ ପାଣି ଲାଗିଠୁ ଆରମ୍ଭ କରି ମନ୍ଦାରଖାଇଙ୍କ ପାଖରେ ମୁଢ଼ି- ନଡ଼ିଆ ଭୋଗ ଯାଜି ସାରିଲେଣି । ସୁରଙ୍କୁ କିଛି କହିବା ବୋଲିବା ଆଗରୁ ତାକୁ ଗାଡ଼ି ମଟରରେ ନଈ-ନାଳ ଡିଆଁଇ କାହିଁକି ଆଣୁଥିଲେ କେଜାଣି ?

ସକାଳୁ ଉଠିଲା ବେଳକୁ- ବୀଣା ଉଠି ନଥିବାର ଦେଖି ଚାଲ ଚାଲ ହେଇ ତା' ଘରକୁ ଗଲାବେଳକୁ ଚୁପଟି ହୋଇ ଶୋଇଛି- ଆଖିରୁ ଲୁହ ବୋହିଯାଉଛି ନୀର ନଥ କରି ପାଖରେ ବସି ପଡ଼ିଲେ । କହିଲେ- ବୀଣା ! ତୁ ଅଖଞ୍ଜ ମଣିଷ ଏମିତି ଦିନରାତି କାହିଁକି ଆଖିରୁ ଲୁହ ଗଡ଼ାଉଛୁ? ବୀଣା ହାତଟିକୁ ଧରି ପକାଇ କହିଲା ! ନାନୀ କେଉଁ ଜନ୍ମରେ କେତେ କଲେ ଯାଇ ତମ ଋଣ ସୁଝିବି ? ପେଟରୁ ଜନମ କଲା ମାଆ ବି ଏମିତି ହେବ ନାହିଁ । ଆଜି ସେମାନେ ଯାଇ କାହିଁ କେତେ ଦୂରରେ- ଡାକିଲେ ବି ଶୁଣିବେ ନାହିଁ । ଛି, ବୀଣା ଥାଉ- କିଏ କାହାର କରିବ ଲୋ ! ଏକା ସେଇ ହରି ଯାହା ଯାହାର କରିଦିଏ -ତୋର କିଛି ହେବ ନାହିଁ । ମୁଁ ଆଜି ସୁରଙ୍କୁ ଚିଠି

ଲେଖୁଛି- ଡାକ୍ତରାଣୀ ସାଙ୍ଗେ କଥାବାର୍ତ୍ତା କରି ଔଷଧ ପତ୍ର ଧରି ଚଞ୍ଚଳ ଆସିବାକୁ। ମଲ୍ଲୀ କଟକରେ ଅଛି- ତାକୁ ମଧ୍ୟ ଲେଖୁଛି ସେ ଆସିବ-ତମେ ଦୁଇଭଉଣୀ ବସ-ଉଠ କରି ଏଇ କେତେ ଦିନ କିମିତି କଟିଯାଉ ମୁଁ ସେ ପ୍ରଧାନ ଘର ବୋହୂକୁ ଡାକି ପଠାଇଛି- ତତେ ଟିକିଏ ଘସା ମୋଡ଼ା କରିଦେବ। ଲକ୍ଷ୍ମୀ ମାଆଟା ତ ବୁଢ଼ୀ ହେଲାଣି ସେ କୁଉଥିକୁ ପାରୁନାହିଁ।

ବୀଣା ବକ୍ ବକକ୍ କରି ଚାହିଁଥାଏ। ନାନୀ କ'ଣ ଗୁଡ଼େ କହିଯାଉଛନ୍ତି- ମୁଁ କ'ଣ ବଞ୍ଚିବି ଯେ ଏତେ ଆୟୋଜନ?

ତୋ ଦେହ କ'ଣ ଆଜି ବେଶୀ ଖରାପ ଲାଗୁଛି- ବୀଣା, ନାହିଁ ନାନୀ- ଆଜିତ ମୋତେ ଆଉ ଉଠି ହେଉନାହିଁ। ଏଇ ପାହାନ୍ତାରୁ ବି ଏମିତି ଗୋଟେ ଖରାପ ସ୍ୱପ୍ନ ଦେଖିଲି- ଭାବୁଛି ଆଉ ବୋଧେ ବଞ୍ଚିବି ନାହିଁ।

ଏମିତି କ'ଣ ପିଲାଙ୍କ ପରି ସବୁବେଳେ ଗୋଟେ କହୁଛୁ- ଟିକିଏ ଆକଟିଲା ପରି ନୀର କହିଲେ। ମୁଁ ସେ ସପନ ଫପନ ମୋଟେ ବିଶ୍ୱାସ କରେ ନାହିଁ।

ରାଜା ନିଦୁଆ ଆଖିରେ ବିଛଣାରୁ ଉଠି ଦଉଡ଼ି ଦଉଡ଼ି ଆସି ମୋ ଖୁଲୀ ଲୋ ବୋଲି କହି ବୀଣା ଉପରେ ନଦି ହୋଇପଡ଼ିଲା ବେଳକୁ ନୀର ଧରି ପକାଇଲେ...।

ସୁର ଦେଖୁଛି- ଭାଉଜ ଚିଠି ଲେଖିଛନ୍ତି ଏପଟ ସେପଟ ଓଲଟାଇବାକୁ ସାହସ ହେଉନାହିଁ। ପୁଣି ପଛ ପଟେ କାଳେ ଲେଖିଥିବେ ଆଉ କ'ଣ? ଆତଙ୍କରେ ପ୍ରାଣ ଶିହରି ଉଠୁଛି।

ଚମ୍ପକ ଯାଇଛି ତାର ସଉରଭଟିକ ରହିଯାଇଛି। ବୀଣା ଛିନ୍ନ ଭିନ୍ନ ତା'ର ଝଙ୍କାର... ସେ ଝଙ୍କାରରେ ପ୍ରାଣ କାନ୍ଦି ଉଠିଛି। ବୀଣା ବେସୁରା ରାଗିଣୀରେ ଗାଇ ଚାଲିଛି- ଦିଗହଜା ସ୍ୱର-ପ୍ରାଣେ କହିଯାଉଛି-ଏ ସ୍ୱରର ମୃତ୍ୟୁ ନାହିଁ ବିଲୟ ନାହିଁ।

ଆଜି ବୀଣାର ମଧ୍ୟ ପ୍ରାଣ ବିପନ୍ନ! ନହେଲେ ଯେଉଁ ଭାଉଜ ଦିନେ ହେଲେ ପଦେ ତ୍ରୁଟିକରି କହି ନଥିଲେ ଆଜି ଏପରି କାହିଁକି ଲେଖନ୍ତେ। ସୁର ତମରି ଲାଗି ବୀଣାର ଏପରି ଅବସ୍ଥା ଶୀଘ୍ର ଡାକ୍ତରଙ୍କ ସଙ୍ଗେ କଥାବାର୍ତ୍ତା କରି ଔଷଧ ଧରି ଆସ।

ବୀଣା ତ ଏତେଦିନ ଏଇ ପାଖେ ପାଖେ ରହିଲା ମତେ ତ କିଛି କହିନାହିଁ। ବିବାହର ପହିଲି ଜୀବନରେ ସେ ଯେଉଁ ଚପଳ ଖଳ ଖଳ ନାଦରେ ବହି ଯାଉଥିଲା, ସେହି ବୀଣା ଆଜି ପଥର ଜଡ଼ ଅହଲ୍ୟା ପରି ଭସ୍ମ ଉପରେ ବସି ତପସ୍ୟା କରେ। ଯେପରି ପ୍ରାଣ ଖୋଲି କଥା କହିବା ଆଗରୁ ତା ତଣ୍ଟି କିଏ ଚିପିଧରେ! ସେ ସେଇଠି ଅଟକି ଯାଏ। ତା'ର ହାବଭାବ ସବୁ ସେ ଯେପରି ଲୁଚାଇ ରଖିବାକୁ ମୋଠାରୁ ଚେଷ୍ଟା କରୁଥାଏ। ସେ କ'ଣ ତା' ପ୍ରତି ଯେତେ ଯେତେ ବ୍ୟବହାର ମୁଁ କରିଛି ତା

ଭୁଲିଯାଇପାରିଥିବ ? ତାକୁ ମୁଁ ଯେତିକି ଆପଣାର କରିବାକୁ ବସିଛି, ସେ ସେତିକି ଧରା ନଦେଇ ଘୁଞ୍ଚି ଘୁଞ୍ଚି ଯାଇଛି। ସବୁ ସମୟରେ ମନରେ କିପରି ଏକ ଅଜଣା ଆତଙ୍କ ତା'ର ବସା ବାନ୍ଧିଥାଏ। ମତେ ଯିବାକୁ ହେବ ଅଫିସରୁ ଛୁଟି ନେବାକୁ ହେବ... ଚମ୍ପକ ମୋତେ ଉନ୍ମାଦକରି ତୋଳିଥିଲା- ନିଆଁ ପାଖକୁ ପତଙ୍ଗ ଆସିଥିଲା ନିଆଁର ଝାସରେ ପୋଡ଼ି ନାରଖାର ହେଲା- ତେବେ ଚମ୍ପକ ପୋଡ଼ି ନାରଖାର ହେବା ଆଗରୁ ଦୂରକୁ ଘୁଞ୍ଚିଯାଇଥିଲା। ବୀଣା-ସ୍ୱାମୀ ହିସାବରେ ମୋଠାରେ ଦାବୀ କରିନି କିଛି ଦେଇଛି କେବଳ ଯାହା- ଫେରିପାଇବାର ଆଶ ରଖିନାହିଁ। ସତେ କ'ଣ ସେ ମତେ ଖୋଜୁଥିବ।

ବୀଣା ବୀଣା ଲୋ, କାହିଁକି କଥା କହୁନାହୁଁ ଲୋ। କ'ଣ ତୋର ହେଉଛି ମୁଁ ତ କିଛି ଜାଣିପାରୁନାହିଁ। କ'ଣ କରିବି ହେ ଭଗବାନ ! ଇଏ ତ କେତେବେଳେ ଅଖିଆ ଅପିଆ ନରଣ ଗଡ଼ ଯାଇଛନ୍ତି ଡାକ୍ତର ଡାକି ସୁରଙ୍କ ପାଖକୁ ସେ ଦିନୁ ଚିଠି ଦେଲିଣି- ବୀଣା ତ ଯାହା ବାଡ଼େଇ ପିଟି ହେଉଥିଲା- ଏବେ ସବୁ ବନ୍ଦ ମୂର୍ଚ୍ଛା ହୋଇଗଲା ପରି ଜଣାପଡୁଛି। ମା' ମନ୍ଦାରଖାଇଲୋ- କି ଯୋଗରେ ଏ ଘରକୁ ସେ ଆସିଥିଲା- ଦିନେ ସୁଖ ପାଇନାହିଁ। କ'ଣ କରିବି ବଞ୍ଚିକରି ରହିଲେ ସିନା ଯାହା ସୁଖ କି ଦୁଃଖ-ହେଉ ଆସିଲେଣି ବୋଧହୁଏ- ଦାଣ୍ଡଆଡ଼େ ପାଦ ଶବଦ ଶୁଣାଗଲାଣି। ନୀରଦାଙ୍କ ଆଖିରୁ ଧାର ଧାର ଲୁହ ଗଡ଼ିଯାଉଥାଏ-କୋଡ଼ର ପିଲାଟା ତଳେ ପଡ଼ି ରଡ଼ି କରୁଥାଏ।

ଘର ଭିତରେ ଅଦିନିଆ ବର୍ଷା ପବନ ଦଲକେ ପଶି ଆସିଲା ପରି ପଶି ଆସିଲେ ସୁର-ଭାଉଜ, କାନ୍ଦୁଛ କାହିଁକି ? ଏ କ'ଣ ସମସ୍ତେ ତୁନି ହୋଇଛ କାହିଁକି ? ବୀଣା-ବୀଣା କ'ଣ ଭାଉଜ ଶୋଇଛି ? ବ୍ୟସ୍ତ ହୋଇ ବୀଣା ପାଖକୁ ଯାଇ ତା'ର ଛୋଟ ହାତ ଖଣ୍ଡିକ ଉଠାଇ ଧରିଲେ।

ସୁର... କ'ଣ ତାର ହେଲା ଆମେ ତ କେହି ଜାଣିନୁ। ତମ ପାଖରୁ ଆସିଲା ଦିନଠାରୁ ସେ ଖାଲି କହୁଛି- ମୁଁ ବଞ୍ଚିବି ନାହିଁ। ଆଉ ବଞ୍ଚି କିଛି କରିପାରିବି ନାହିଁ।

ବୀଣା କଥା କହ, ମୁଁ କେତେବାଟ ଆସିଛି ତୁମରିଠାରୁ ପଦେ କଥା ଶୁଣିବି ବୋଲି ! କହ ଭଲା ପଦେ କଥା- ଭାଉଜ ବୀଣା ତ କଥା କହୁନାହିଁ, ଭାଇ କୁଆଡ଼େ ଗଲେ ମୁଁ ଯାଏ ଡାକ୍ତର ଡାକି ଆଣିବି।

ସୁର ଏମିତି କାହିଁକି ହେଉଛ ଭାଇ ପରା ଡାକ୍ତର ଡାକି ଯାଇଛନ୍ତି। ତମେ ବୀଣା ମୁଣ୍ଡରେ ପାଣିପଟି ଦେଉଥାଅ- ମୁଁ ମନ୍ଦାରଖାଇଙ୍କ ପାଦକୁ ଟିକେ ଧରି ଆସେ- କହି ନୀର ଠାକୁର ଘରକୁ ଯାଇ ଭୋ ଭୋ ପାଟିକରି କାନ୍ଦିଲେ। ହେ ରାଧାମାଧବ।

ଶାଶୁ ନାହାନ୍ତି ଘରକୁ ବୋହୂ କରି ଆଣିଥିଲି ମୁଇଁ ତା'ର ଶାଶୁ ମୁଇଁ ତା'ର ମାଆ– କ'ଣ କରିବି ? ହେ ପଥର ଦେବତା ଥରେ ଗୁହାରି ଶୁଣ।

ନରେଶ ବଡ଼ ପାଟି କରି ଘରକୁ ପଶି ଆସିଲେ। ଆସନ୍ତୁ ଆପଣ ! ତାକୁ ବଞ୍ଚାନ୍ତୁ। ଆପଣଙ୍କ ହାତରେ ତାକୁ ସମର୍ପି ଦେଇଛୁ।

ସୁର ଭାଇଙ୍କ ପାଟି ଶୁଣି କେବଳ ଭକୁଆଙ୍କ ପରି ଚାହିଁ ରହିଛି। ଅନ୍ୟଦିନ ହୋଇଥିଲେ କେଉଁଆଡ଼େ ଯାଇ ଛପି ଯାଆନ୍ତାଣି ସୁରର ଅସହାୟତା ଭାଇ ବୁଝିପାରି ନିଜର ଲୁହକୁ ଲୁଚାଇବାକୁ ଯାଇ ପଛପଟକୁ ବୁଲିପଡ଼ିଲେ।

ଦୁଇଟା ଇନ୍‌ଜେକ୍‌ସନ୍ ପରେ ବୀଣା ହଠାତ୍ ପାଟି କରି ଉଠିଲା। ତମେ ଟିକିଏ ଆସିଲ ନାହିଁ ମୋର ବା କି ଅପରାଧ ! ତମ ଆଖିରେ ମୁଁ ସବୁଦିନ ଦୂରେଇଗଲି। ଜୀବନରେ ସୁଖରେ ଥାଇ ଘର କର...। ବୋଉ ଲୋ ପାଣି-ପାଣି ଟିକେ ଦେ। ଓଃ ମରିଗଲି ନାଁ, ଆଉ ତାଙ୍କୁ ଏ ଜୀବନରେ ଦେଖିବି ନାହିଁ। ହେ ଭଗବାନ ! ବୀଣାର ମୁଣ୍ଡ ତକିଆ ଉପରେ ଏପାଖ ସେପାଖ ଗଡ଼ୁଛି ଫିଟି ପଡ଼ି ତଳେ ଲୋଟି ଯାଉଛି କେଶରାଶୀ ତା'ର ପ୍ରବଳ ଝଡ଼ର ବେଗ ସମ୍ଭାଳି ନପାରି ଥରି ଉଠିଛି ଧରିତ୍ରୀ।

ସୁରେଶ ମୁହଁ ପୋତି କାନ୍ଦୁଛି ବୀଣାର ହାତ ଧରି କାନ୍ଦୁଛି ନୀରବତାରେ ଜିଣିଗଲା ମୋତେ ବୀଣା ଜୀବନରେ କ'ଣ ଏମିତି ଅଭିମାନ କରନ୍ତି... ? ଦିନେ ତ ମୁହଁ ଖୋଲି କହିଲ ନାହିଁ କିଛି ଦିନକ ପାଇଁ ହେଲେ କ୍ଷମା ଦେଇଥାନ୍ତ ତମର ଏ ଅପରାଧୀ ସ୍ୱାମୀକୁ–ଜୀବନଟା ଯାକ ହେଲେ ଅଭିମାନ କରି ଦୂରେଇ ଦେଇଥାନ୍ତ ପାଖରୁ ଏମିତି ଫାଙ୍କି ଦେଇ ଚାଲିଗଲ କାହିଁକି ? ଭାଇର ଏ ବିକଳ କାନ୍ଦଣାରେ ନରେଶଙ୍କ ପରି ଧୈର୍ଯ୍ୟବାନ୍ ଲୋକର ଆଖିରୁ ବହୁଛି ଶ୍ରାବଣର ଧାର...। ନୀର ଯାଆ ହେଲେ ମଧ୍ୟ ଅନ୍ତର ଫଟାଇ ଉଠୁଛି କୋହ– କିଏ ତାକୁ ରୋଧିବ ?

ଭାଇ ହାତ ଧରି ଅନ୍ୟ ଘରକୁ ସୁରେଶ ଉଠାଇ ନେଇଛନ୍ତି... ?

ବହୁଦିନ ବିତିଗଲାଣି– ଅତୀତର କଙ୍କାଳ ଉପରେ ବର୍ତ୍ତମାନ ଠିଆ ହୋଇଛି... ହସୁଛି ହାତଠାରି ଡାକୁଛି ପଛକୁ ଫେରି ଚାହିଁ ନାହିଁ– ସେ ପାଉଁଶ ଗଦା ତା ଉପରେ ପାହାଚ ଗଢ଼ି ହେବ ନାହିଁ। ମତେ ଚାହଁ ମୁଇଁ ନିତ୍ୟ– ମୁଇଁ ଜାଗ୍ରତ ମଣିଷ ଭୁଲେ ସେଥିପାଇଁ ସେ ବଞ୍ଚେ ମନେ ରଖୁଥିଲେ ବଞ୍ଚନ୍ତା ନାହିଁ– କେଉଁଦିନୁ ଏ ସୃଷ୍ଟି ଲୋପ ପାଇ ଯାଆନ୍ତାଣି।

ରଘୁରାଜପୁର ଗାଆଁରେ ଧୀରେ ଧୀରେ ବିବାଦ ପଶିଲାଣି। ଚଲା ବାଟରେ କଣ୍ଟା ଛାଟି ହୋଇଯାଉଛି କେହି ଯେମିତି ନୂଆକୁ ଗ୍ରହଣ କରିବେ ନାହିଁ... ଗାଆଁରେ ବିଜୁଳିବତୀ ଜଳିଛି କେନାଲ ପାଣି ମାଡ଼ିଛି ଧାନଗୋଲା ଖୋଲା ହୋଇଛି ତଥାପି

ଲୋକଙ୍କ ମନରେ ଅଶାନ୍ତି ଅସନ୍ତୋଷର ଢ଼େଉ ଖେଳୁଛି। ନରେଶ ଅନେକ କାମ ଗାଁପାଇଁ କରାଇଛନ୍ତି ତଥାପି ତାଙ୍କର ମୁଣ୍ଡରେ ଯେପରି ସବୁ ଅଠାବୋଳି ହୋଇଯାଇଛି...। ମନ ଛାଡ଼ି ଛାଡ଼ି ଆସୁଛି ଏମାନେ ବୁଝିବେ ନାହିଁ-ବାଟ ଚଲାଇ ଦେବ ନାହିଁ। ସେଇ ପୁରୁଣା କଥାକୁ ଜାବୁଡ଼ି ଧରି ବସିଥିବେ।

ମଦନ ମିଶ୍ରେ ନିଧିପ୍ରଧାନେ ଉସୁକଉଛନ୍ତି ଆପଣ କରିଯାଆନ୍ତୁ ଲୋକଙ୍କ କଥାକୁ କାନାନ୍ତୁ ନାହିଁ- ଆମେ ଆପଣଙ୍କୁ ଆସନ୍ତା ଥର ଭୋଟ ପାଇଁ ଛିଡ଼ା କରାଇବୁ। ଆପଣ ଜିତିବେ ନିଶ୍ଚୟ ଜିତିବେ। ସେମିତି ପଛେ କୁକୁର ଭୁକି ହୋଇ ଆମର କ'ଣ କରିବେ...

ନରେଶ ଭାବୁଛନ୍ତି ସତକଥା ମୁଁ ତ ସେମାନଙ୍କ ପାଇଁ ଯେତେ କଲେ ସେମାନଙ୍କ ମନ ସନ୍ତୋଷ ନୁହଁ। ଡାକ୍ତରଖାନା ମାଇନର ସ୍କୁଲ ମାତୃମଙ୍ଗଳକେନ୍ଦ୍ର କ'ଣ ନ ହୋଇଛି ଏଇ ପାଞ୍ଚ ବର୍ଷରେ ଏଇ ଗାଁରେ- ତଥାପି ଯେତକ ଟାଉଟର ଅଛନ୍ତି ସମସ୍ତେ ଏକାଠି ମିଶିଯାଉଛନ୍ତି। ଏମିତି ଭାବିବାବେଳେ ନୀର ଆରପଟୁ ଘରୁ ଡାକିଲେ ନାଁ ଅଛମଁ? ହୁଁ-କ'ଣ କହୁଥିଲ ?

କ'ଣ ଆଉ କହିବି ? ନ ହେଲା ନାହିଁ ଆଉ ଭାଗ୍ୟରେ ନ ଥିଲା ଏୟା ବୋଲି ଭାଇ କ'ଣ ଏମିତି ରହି ରହି ବୁଢ଼ା ହେବ ? ତାଙ୍କୁ ଯମ ଯେଉଁ ମାଡ଼ ଦେଲା ତାକୁ କ'ଣ ସେ ଏଡ଼େ ଚଞ୍ଚଳ ଭୁଲିଯିବେ ? ସେ ଚଢ଼ୁ ତ କାଳ କାଳକୁ ରହିଲା।

ଦେଖୁଛ ତ ଚାକିରୀ ଛାଡ଼ି ଦିନରାତି ଘରେ ବସିଲେ ସେଥିରୁ ହେଲେ ଚାକିରୀଟା ଥିଲା ଯେ, କାମରେ ସବୁ ଭୁଲି ହୋଇଯାଉଥିଲା। ଏବେ କହି କହି ସେଇ ଯେଉଁ ନାଟକ ହେଉଛି ସେଇଠାରେ ଯାଇ ଘଡ଼ିଲା ଘଡ଼ିଏ ବସୁଛନ୍ତି। ହେଲେ ସେ ଗୋଳିଆ ପାଣିରେ ଗାର ପଡ଼ିଲା ପରି...। ତମେ ତ ଦିନରାତି ଇସ୍କୁଲ, ଡାକ୍ତରଖାନା, ରାସ୍ତା, ଘାଟ ହୋଇ ଧାଇଁଲ ଆଉ କନିଆ କିଏ ଦେଖିବ ?

ହଁ, ନୀର ସତ କଥା ଅନେକ ଦିନରୁ ଭାବୁଛି ସୁରକୁ ଆଉଥରେ ଏ ସଂସାର ଭିତରକୁ ଆଣିବାକୁ ହେବ। କିନ୍ତୁ ଆମ କୂଳରେ ତା ମନ ମୁତାବକ ଝିଅ ମିଳିବା ଟିକିଏ କଷ୍ଟ। ଆଉ କ'ଣ ଦ୍ୱିତୀୟ ବିଭା ହେବ ବୋଲି ନ ଦେଖି ନ ଚାହିଁ ପାଠଶାଠ ନ ପଢ଼ିଥିବା ଝିଅଟିଏ ଆଣି ତାକୁ ଛନ୍ଦି ଦେବ ?

ନାଁ ମ ମୁଁ କ'ଣ ତା କହୁଛି ହେଲେ ତ ପୁଣି ଦେଖିବାକୁ ହେବ ଏପରି ନାହିରେ ତେଲ ପକାଇ ଦେଇ ବସିଥିବ ? ବୀଣା ଏ ଦୁନିଆରୁ ଚାଲିଗଲା ଦିନୁଁ ନରେଶଙ୍କ ମନରେ ସରାଗ ସବୁ ମରି ଯାଇଛି ସତେ ଯେପରି ବୀଣାକୁ ଏ ଘରକୁ ଆଣିବା ଓ ବୀଣା ଏ ଘରୁ ଯିବା ସବୁଥିରେ ସେଇ ଏକା ଦୋଷୀ। ମନକୁ ଯେତେ ବୁଝାଇଲେ ମନ ବୁଝିନାହିଁ।

କିଏ ଜଣେ ଆସି ଦାଣ୍ଡଦୁଆରେ ଡକା ପକାଇଲା- ଥିଏଟର ପାଇଁ ଷ୍ଟେଜ୍ ହେବ- ସ୍କିନ୍ ଟଣା ହେବ ଇତ୍ୟାଦି। ଦିନଥିଲା- ଯାତ୍ରା ଦଳ ଗୋଟିଏ ଗାଁଆକୁ ଆସିଲେ ଗାଆଁରେ ସେଦିନ, ଦିନ ଥାଉ ଥାଉ ରନ୍ଧାବଢ଼ା ଖିଆପିଆ ସବୁ ଶେଷ। ଏ ଯୁଗ ସେ ଯୁଗଠାରୁ ଢେର୍ ଫରକ। ଏବେ ଥିଏଟର ହେବ- ଯେଉଁ ଚରିତ୍ରକୁ ସେଭଳି ପୋଷାକ ଦରକାର। ପୁଣି ଥିଏଟର କିଏ ଜଣେ ପ୍ରତିଷ୍ଠିତ ଲୋକ ଉଦ୍‌ଘାଟନ କରିବେ- ତା'ହେଲେ ଭାଷଣ, ଅଭିଭାଷଣ ସବୁ ହେବ। ଏସବୁ ନହେଲେ - ଥିଏଟର ଯେପରି ପୂର୍ଣ୍ଣାଙ୍ଗ ନୁହେଁ। ନରେଶ ଏବେ ଖୁସି ଯେ ସୁର ସହରର ଥିଏଟର ଦେଖି ଏଠି ବେଶ୍ ସୁନ୍ଦର ସେଇ ଢାଞ୍ଚାରେ ଥିଏଟର କରାଇବାର ବନ୍ଦୋବସ୍ତ କରିପାରୁଛି...। ତା'ର ଜୀବନର ଏଇ ଅସର ଦିନଗୁଡ଼ିକ କେଜାଣି ଅବା ଇମିତି କିଛି ଅବଲମ୍ବନ ନେଇ କଟିଯିବ। ନାଁ-ମତେ ପୁଣି ତା ମୁହଁରେ ହସ ଫେରାଇ ଆଣିବାକୁ ପଡ଼ିବ।

ଥିଏଟର ଦିନ ନିକଟ ହୋଇ ଆସୁଛି- ନରେଶ ପରାମର୍ଶରେ ଉତ୍ସବଟିର ମସ୍ତ ଆୟୋଜନ ହୋଇଛି। ପାଖ ଆଖ ଗାଁମାନଙ୍କର ବହୁତ ଲୋକଙ୍କୁ ଡକାଯାଇଛି। ମୁଖିଆ ମୁଖିଆମାନଙ୍କୁ ମଧ୍ୟ ଅଳ୍ପ ବହୁତେ ଚା'ଜଳଖିଆରେ ଆପ୍ୟାୟିତ କରିବାର ବ୍ୟବସ୍ଥା ହୋଇଛି।

ଥିଏଟର ଦିନ... ରାତି ନ ପାହୁଣୁ ସମସ୍ତେ ଲାଗିଛନ୍ତି ଯେ ଆସି ସନ୍ଧ୍ୟା ହେଲାଣି- ଠିକ୍ ସମୟରେ ଆରମ୍ଭ କରିବାକୁ ପଡ଼ିବ। ସୁରେଶ... ଏଇ ପିଲାଙ୍କ ମେଳରେ ଭୁଲିଯାଇଛି ସବୁ ଅସ୍ତବ୍ୟସ୍ତ ହୋଇ ଧାଇଁଛି-ଆରେ ଏଇଟା ଏଠି ହେଲା ନାହିଁ- ସେ ଭୀଷ୍ମଙ୍କ ପୋଷାକ ଭେସେଡ଼ା ହେଲା- ବ୍ରାହ୍ମଣର ଚିତାଟା ହେଲା ନାହିଁ- ଏମିତି ତା'ର ପାଟଇ ହାତ ଗୋଡ଼ ସବୁ ଚାଲିଛି।

ପ୍ରଥମ ଘଣ୍ଟା ବାଜିଲା...। ଦ୍ୱିତୀୟ ଘଣ୍ଟାରେ ପରଦା ଉଠିବ। ଯୁବକ ସଂଘ ତରଫରୁ ବହୁ ଖୋସାମତିରେ ସୁରେଶ ଠିଆ ହୋଇ ରିପୋର୍ଟ ପଢ଼ିବା ପାଇଁ ରାଜି ହୋଇଛି। ରିପୋର୍ଟରେ ବହୁ କଥା ସ୍ଥାନ ପାଇଛି। ସୁରେଶ ଗୋଟିକ ପରେ ଗୋଟିଏ ପଢ଼ି ଚାଲିଛି। ଆଗେ ସଭା ସମିତି କେଉଁଥିରେ ସେ ଯେଉଁ ମାଇକ୍‌ଯନ୍ତ୍ର ଖୋଜା ହେଉନଥିଲା- ଏବେ ଛିଙ୍କିଲେ ହସିଲେ ମାଇକ୍‌ଯନ୍ତ୍ର ନ ହେଲେ ଯେମିତି ପାଟି ଖୋଲୁନାହିଁ। ସର୍ବଶେଷରେ ସୁରେଶ ଆଗନ୍ତୁକ ଓ ବିଶିଷ୍ଟ ଅତିଥି ସମସ୍ତଙ୍କୁ ଧନ୍ୟବାଦ ଜଣାଇ ଷ୍ଟେଜ୍ ଉପରୁ ଓହ୍ଲାଇ ଆସିଲା।

ହଠାତ୍ ତା ଆଖି କେତେ ଲୋକ ହୋଇଛନ୍ତି ବୋଲି ଥରେ ଚାରିପଟେ ବୁଲି ଆସିଲା। ପ୍ରଥମ ଧାଡ଼ିରେ ଠିକ୍ ମଝା ମଝି ଦୁଇଟି ଗାଢ଼ କଳା ଆଖି ଯେମିତି ତାକୁଇ ଏକ ଲୟରେ ଚାହିଁ ରହିଥିଲା। କିଏ ଏ? ଶାନ୍ତ, ଶୁଭ୍ର ପରିଧେୟ ସରଳ ଚାହାଣି

ତା'ରି ମଝିରେ ଯେପରି ସ୍ୱଚ୍ଛ ଏକ ବରଫଖଣ୍ଡ ଏତ ଆମ ଗାଁର ନୁହଁ କିଏ ତେବେ ଏ ? ବହୁ ପ୍ରଶ୍ନ ମନରେ ଉବୁକି ଉଠୁଛି- ଏଇ ଛାଞ୍ଚରେ ଏଇ ଆଖିକୁ କେଉଁଠି ଯେପରି ଦେଖିଛି। କାହିଁ ମନେ ବି ପଡୁନାହିଁ। କେତେବେଳେ ଷ୍ଟେଜ୍‌ରୁ ଓହ୍ଲାଇ ଅଭିନେତାଙ୍କ ମଧ୍ୟରେ ନିଜକୁ ହଜାଇ ସାରିଲାଣି- ତା'ର ଖିଆଲ ନାହିଁ। ମନ ଯାଇ କାହିଁ କେଉଁଠି - ହାତ ପାଟି ଗୋଡ଼ ଏଇ ଥିଏଟର ଘରେ।

ଆସନ୍ତୁ ମଉସା ଏତେ ରାତିରେ ଆଉ କିପରି ଯିବେ? ଆଜି ରାତିକ ଆମ ଘରେ ବିଶ୍ରାମ ନେଇ ସକାଳୁ ଯିବେ। ନରେଶ ଅନୁରୋଧ କରୁଛନ୍ତି- ନନ୍ଦନିଧି ମହାପାତ୍ର ତୁଳସୀପୁରର ସରପଞ୍ଚ।

ଦେଖନ୍ତୁ- ମୋର ଆପଣଙ୍କ ଘରେ ରହିବାର ଆପତ୍ତି ନାହିଁ। ନୀର ତ ମୋର ଝିଆରୀ ଲେଖା ହେବ-ହେଲେ ମୋ ସହିତ ମୋ ଝିଅ ଆଉ ଗାଆଁର ଗ୍ରାମସେବିକା ଆସିଛନ୍ତି। ଏତେ ଗୁଡ଼ାଏ ଲୋକ ଯାଇ ରାତିଟାରେ କାହିଁକି ପୁଣି ହଇରାଣ କରାଇବୁ? ଜଣେ ହୋଇଥିଲେ ଅବା...।

ନାଁ ନାଁ ଆପଣ ସେମିତି କଥା କହନ୍ତୁ ନାହିଁ। ଜଣେ କ'ଣ ଦଶ ଜଣ କ'ଣ ଅତିଥି ସେବା କାହା ଭାଗ୍ୟରେ ମିଳୁଛି? ଆମ ଭାଗ୍ୟରେ ଥିଲା ଆଜି ଆମ ଏ ଗାଆଁରେ ଆପଣମାନଙ୍କ ପରି ଲୋକମାନଙ୍କ ପାଦ ପଡ଼ିଲା।

ନୀର-ଧଡ଼ପଡ଼ କରି ଭାତ ହାଣ୍ଡିଟାକୁ ଚୁଲିରେ ବସାଇ ଦେଲେ। ଡାଲି ଆସି ଫୁଟିଲାଣି- ପରିବା ଦି'ଖଣ୍ଡ ପକେଇ ଦେଇ ଡାଲମା କରି ଦେଇଛନ୍ତି- ଆଉ ଟିକିଏ ଖଟା, ସନ୍ତୁଳା କରିଦେଲେ କୁଣିଆ ତିନିଜଣ ଖାଇବେ। ରାତି ବହୁତ ହେଲାଣି ମୁଁ ହେଲେ ଆଗରୁ ଜାଣିଥିଲେ କ'ଣ ଭଲକରି ଦି'ଟା ରାନ୍ଧିଥାନ୍ତି।

ଲଖୀ ମାଆକୁ କହିଲେ, ସୁରଙ୍କ ଶୋଇବା ଘର ସଫା କରି ବିଛଣା କରିଦେଲେ ଝିଅ ଦୁଇଜଣ ଶୋଇବେ-ସୁର ଆଉ ମଉସା ଦାଣ୍ଡ ଘରେ ବିଛଣା କଲେ ଶୋଇବେ- ନୀର ଭାବି ଭାବି ଲାଗିଛନ୍ତି- ଏଣେ ଚାଉଳ ଧୋଉଛନ୍ତି। ଆହା! - ବୀଣା ଥାଆନ୍ତା କି ଗୋଡ଼ ତା'ର ପାଞ୍ଚହାତରେ ପଡୁଥାଆନ୍ତା- ଲୋଟଣା ପାରା ପରି ଅଣ୍ଟାରେ ଲୁଗା ଭିଡ଼ି କାମ କରିଯାଉଥାନ୍ତା। ମଲା ପୁଅର ଗଲା ରୋଟ- କଥା ସତ। କେତୁଟା ଦିନକୁ ଆସି କି ମାୟା ସତେ ଲଗାଇ ଦେଇଗଲା। କେଡ଼େ ଠିକଣା- କି ଚଞ୍ଚଳ ଯେମିତି ବିଜୁଳି।

ହେମାଙ୍ଗିନୀ ଗଡୁ ଗଡୁ ଘୁମାଇଁ ପଡ଼ିଛି। ଅଳି ଭାବୁଛି, କାହିଁକି ସେ ବାପାଙ୍କ ସାଙ୍ଗରେ ଆସିଲା। ଭଲା... ବାପାତ ସବୁବେଳେ ଚିଡୁଛନ୍ତି-ଘରଟାରେ ବସି କ'ଣ କରିବୁ? ଆ ଘେରେ ବୁଲି ଆସିବୁ। ହେଲେ ମୋର ତ ମୋଟେ ଏ ଗାଆଁକୁ ଆସିବାର

ନଥିଲା । କି ଅପରଚ୍ଛନିଆ ଏ ରୂପ- ଲଙ୍ଗଳା ହାତ ବେକ-ଅଲକ୍ଷଣା କପାଳ ନେଇ ମୁଁ କାହିଁକି ଭଲା ଏ ଘରେ ଗୋଡ଼ଦେଲି । ଏମାନେ କ'ଣ ଭାବୁଥିବେ ?

ନୀର ଦେଖିଲେ-ଝିଅଟି ଏକୁଟିଆ ବସିଛି- ଡାକିଲେ, ଅଳି ଆସ ଏ ପଟକୁ... । ଅଳି ଆସି ପାଖରେ ଛିଡ଼ା ହେଲା । ସରମରେ ସଢ଼ିଯାଉଛି ଯେପରି ।

- ବସୁନ ଅଳି- ତମ ବୋଉ ଆସିଲେ ନାହିଁ ?

- ନାଁ ସେ ଏସବୁ ଦେଖିବାକୁ ଇଚ୍ଛାକରେ ନାହିଁ ।

- ଆଉ ଝିଅଟି କ'ଣ କରେ ତମ ଗାଁରେ ?

- ସେ ପିଲାମାନଙ୍କର ଯତ୍ନ ନିଅନ୍ତି । ଗାଁର ଝିଅ ବୋହୂ ସମସ୍ତଙ୍କୁ ପାଠ ପଢ଼ାନ୍ତି-ସିଲେଇ, ହାତକାମ ଶିଖାନ୍ତି, ଏମିତି କେତେ କ'ଣ... ।

ଧୀରେ ଧୀରେ ପ୍ରତ୍ୟେକ କଥା ଯେପରି କେନ୍ଦେରାର କରୁଣ ଧ୍ୱନି- !

ମୁଁ ତମକୁ ବହୁତ ପିଲାଦିନେ ଦେଖିଥିଲି । ଏମେ ତମ ଚେହେରା କେତେ ବଦଳି ଗଲାଣି ।

ହଁ- ଯାହାର ହାତରେ କାଚ ମୁଣ୍ଡରେ ସିନ୍ଦୁର ନାହିଁ- ସେ ଆଉ ଏ ଚେହେରାରୁ କ'ଣ ପାଇବ ? ସତେ ନାନି ମୋ କପାଳ ବଡ଼ ଛୋଟ ।

ଛି, ଅଳି- ଏପରି କ'ଣ ଭାବନ୍ତି ! କପୋଳ-ଫପାଳ କିଛି ନୁହେଁ । ଏମିତି ଦୁର୍ଘଟଣା ସମସ୍ତଙ୍କ ଜୀବନରେ ଆସେ । ସବୁକୁ ଆମରି ପରି ମଣିଷ ସହିବ ନାହିଁ ତ- ଆଉ କିଏ ସହିବ ?

ହେଲେ ନାନି ଜୀବନଟା ଯାକ ପଡ଼ିଛି । ଆଜି ସିନା ବାପା ବୋଉ ଅଛନ୍ତି- କାଲି ସକାଳୁ ସେମାନେ ଆଖି ମିଜିଲେ କ'ଣ କରିବି ? ଦୁଃଖରେ ଭାଙ୍ଗିପଡ଼ି ଅଳି କହିଲା ।

ସୁରେଶ ଥିଏଟରକୁ ଫେରିଆସି ଖାଇବାକୁ ତରତର ହୋଇ ହାଣ୍ଡିଶାଳକୁ ପଶିଗଲା ବେଳକୁ ଭାଉଜ କାହା ସହିତ ଏତେ ରାତିରେ ବସି ଦୁଃଖ ସୁଖ ହେଉଛନ୍ତି । ସେ ବି ଲାଜରେ ମୁଣ୍ଡ ଉପରକୁ ହାତେ ଲମ୍ବର ଓଢ଼ଣା ଟାଣି ଆଣିଲା । ଆରେ, ଏଇ ଆଖି ତ ଥିଏଟରରେ ଦେଖି ଚମକି ପଡ଼ିଥିଲି । ଏମାନେ କିଏ ? କାହିଁକି ବା ଆସିଛନ୍ତି ? ବୋଧହୁଏ ରାତି ଅଧିକ ହେବାରୁ ଏଠାରେ ରହିଯାଇଛନ୍ତି ।

ଭାଉଜ ଅଳିକୁ ଶୁଣେଇ ଶୁଣେଇ ଡାକିଲେ- ସୁର ଆସ ଏଇଠି ତୁମକୁ ଖାଇବାକୁ ଦେବି । ଅଳି ଧୀରେ ଧୀରେ ଆର ଘରକୁ ଉଠିଗଲା ।

ତଣ୍ଟି ପର୍ଯ୍ୟନ୍ତ ଆସି କଥା ଅଟକି ଯାଉଥାଏ ପଚାରିବି ପଚାରିବି ହୋଇ ପଚାରି ପାରୁନଥାଏ । ଭାତ ଖିଆରେ ମଧ୍ୟ ମନ ନଥାଏ । ଭାଉଜ ଏକ ଧ୍ୟାନରେ ଚାହିଁଛନ୍ତି ।

- ସୁର ଥିଏଟର କିମିତି ହେଲା ? ମୁଁ ପ୍ରଥମରୁ ଅଳ୍ପ ଦେଖି ଚାଲିଆସିଲି- ରାଜ କାନ୍ତି କାନ୍ଦିଲେ।

-ହଁ, ବେଶ ଭଲ ହେଲା ବୋଲି ସମସ୍ତେ କୁହାକୁହି ହେଉଛନ୍ତି। ବହୁତ ଲୋକ ମଧ୍ୟ ହୋଇଥିଲେ। ମୋତେ ଆଉ କୋଉଠି ବେଳ ଥିଲା ଯେ ମୁଁ କିଏ ରହିଲା କିଏ ନ ରହିଲା ଦେଖିଥାନ୍ତି।

ନାଇଁମ ତମେ କ'ଣ କରିଥାନ୍ତ- ଛୁଆର ମାଆ କ'ଣ ସବୁ ଦେଖିପାରନ୍ତି ଯେ ମୁଁ ଏତେ ରାତିଯାଏ ବସି ଦେଖିଥାନ୍ତି।

- ଭାଉଜ, ଏମାନେ କିଏ ସବୁ ?

- ସୁର, ସେ ଗୋଟିଏ ହଜିଲା ଦିନର କାହାଣି- ଆଜି ଆମ ଆଗରେ ଅଧା ସତ ଅଧା ମିଛ ହୋଇ ଆସି ଛିଡ଼ାହୋଇଛି। ଆଉ ତାଙ୍କ ପରିଚୟ ନେଇ ତମର କ'ଣ ବା ଆଉ ଦରକାରରେ ଆସିବ ? ଯାହା ଅତୀତରେ ଯାଇଛି, ତାକୁ ବର୍ତ୍ତମାନରେ ଖୋଜି ହୋଇ କ'ଣ ଆଉ ହେବ ?

- ଭାଉଜ ପାଠ କହୁଛି- ଅତୀତ ସବୁ ଦିନ ଅତୀତ ହୋଇ ରହେ ନାହିଁ। ମଝିରେ ମଝିରେ ଆପେ ଆପେ ବର୍ତ୍ତମାନର ରୂପ ନେଇ ଆମ ଆଖିରେ ଧରାଦିଏ।

ହଁ ସୁର ନ କହି ରହି ହେଉନାହିଁ- ଯାହାକୁ ଦିନେ ଏ ଘରର କୁଳଲକ୍ଷ୍ମୀ କରି ଆଣିବି ବୋଲି ମନସ୍ଥ କରି ତମ ପଛେ ପଛେ ଗୋଡ଼େଇଥିଲି- ଆଜି ସେ- ତା'ର ସବୁ ହଜେଇ ଦେଇ ପଥର ଭିକାରୁଣୀ ! - ତା'ର ଦୁନିଆଁ ସରିଛି- ସେ ଏକୁଟିଆ- ଏ ସଂସାରର ଦୁରୂହ ପଥ ସତେ ସେ କ'ଣ ପାରି ହୋଇପାରିବ ? ଭାଉଜଙ୍କ ଆଖିରେ- ଆଖିଏ ଲୁହ-।

ତା ବଦଳି ଯେ ଆସିଥିଲା ସେ ବି କ'ଣ ରହିଲା ? ଛାଡ଼ ରାଧାମାଧବଙ୍କର ଯାହା ଇଚ୍ଛା। ତୁମେ ପେଟ ପୂରାଇ ଖାଇଦିଅ। ଦିନଯାକ କେତେ ପରିଶ୍ରମ କରିଛ।

ସୁରର ଭାତ ଗୁଣ୍ଡାରେ ହାତ ଅଟକି ଯାଇଛି- ବୀଣା- କେତୋଟି ଦିନ ବା ତାକୁ ମୋ ନିକଟରେ ପାଇଥିଲି- ଅଭିମାନର ପସରା ମୁଣ୍ଡାଇ ନିଜେ ଚାଲିଗଲା- ରଖି ଦେଇଗଲା ସେ ପସରାକୁ ମୁଣ୍ଡାଇ ଚାଲିବା ପାଇଁ ମତେ...। ତା'ରି ଯାଗାରେ ଏ ଝିଅଟି ଆସିଥାନ୍ତା-ବୈଧବ୍ୟରେ ମଧ୍ୟ କି ସୁନ୍ଦର କାନ୍ତି-ସୌମ୍ୟ-ଶାନ୍ତ ଚେହେରା ଆଖି ଦୁଇଟି ଚାହିଁ ରହିଛି। ଛାଡ଼ ଏକେ ପରସ୍ତ୍ରୀ-ବିଧବା ତା'ର ରୂପ ସମ୍ଭାର ଭୁଲୁଣ୍ଠିତ ହେବାକୁ ସୃଷ୍ଟି। ମୁଁ କାହିଁକି ତାକୁ ନେଇ ଭାବିବି ? ଭାଉଜ କହିଲେ- ଦେଖ ସୁର ସବୁବେଳେ ଏମିତି ହେଲେ ଏ ଦେହ କେତେଦିନ ରହିବ ? ମୁଁ କହୁଛି ଚାକିରୀ

କାହିଁକି ଛାଡ଼ିଦେବ, ନାହିଁ ନିଷ୍ଠାନାହିଁ କଲ ଏମିତି ହେଉଥିବ ଆମ ଆଖି ଆଗରେ ଆମେ କେମିତି ଧୈର୍ଯ୍ୟ ଧରି ରହିବୁ ଭଲା ?

ନାଁ ମ ଭାଉଜ, ଦିନସାରା ପରିଶ୍ରମ କରି କରି କ୍ଳାନ୍ତ ହୋଇପଡ଼ିଛି- ଖାଇବାକୁ ଇଚ୍ଛା ହେଉନାହିଁ। ମୁଁ ତମ ଘରେ ରାଜା ପାଖରେ ଶୋଇଛି- ଭାଇ ଖାଇ ସାରିଲେ ମତେ ଉଠାଇବ।

- ଖାଇ ବସିଲା ବେଳେ-

ଅଳି ! ତମେମାନେ କାଲି ସକାଳୁ ନ ଯାଇ ଉପରବେଳାକୁ ଗଲେ ହୁଅନ୍ତା ନାହିଁ ?

- ନାହିଁ ନାନି, ବୋଉ ବ୍ୟସ୍ତ ହେଉଥିବ। ମତେ ଦଣ୍ଡେ ଛାଡ଼ି ରହିପାରେ ନାହିଁ- ଆଉ ହେମ ଅପାର ମଧ୍ୟ ଛୁଟି ନାହିଁ- ଆମେ ଚାଲିଯିବୁ। ପୁଣି କେତେବେଳେ ଆସିବି ନାହିଁ କି ?

ଚମକି ପଡ଼ିଲେ ନୀର- ଏ କ'ଣ କହୁଛ ? ଆହା ! ଦୁବ ଅରୁଆଚାଉଳ ପକାଇ ସାତଦୀପ ବନ୍ଦାଇ ଯାହାକୁ ମୁଁ ଘରକୁ ଆଣିଥାନ୍ତି-ତା'ରି ଆଜି ଶିରୀ କିଏ ଛଡ଼ାଇନେଲା ? ଦଇବ ସତେ କେଡ଼େ ନିଷ୍ଠୁର !!

ଅଳି ପଚାରିଲା, ନାନି ! ସେ ଜଣକ ଯିଏ ଭାଉଜ ବୋଲି ଡାକି ପଶି ଆସିଲେ ସେ କିଏ-ତମ-ଦିଅର ?

ଏତେ ଦୁଃଖରେ ଅଳିର ଏପରି କଥା ଶୁଣି ହସ ମାଡ଼ିଥିଲା- ହଁ, ସେ ପରା ମୋ ଦିଅର- ମୋର ଗୋଟିଏ ତୋ'ରି ପରି ସୁନ୍ଦର ଛୋଟ ଯାଆ ଥିଲା-ସେ କେତେ ପାଠ ପଢ଼ିଥିଲା- ତୋ ହେମ ଅପା ପରି। କେତେ ସିଲେଇ ଜାଣିଥିଲା। ଆହା ଏତେ ସୁଖ ଦଇବ ସହିଲା ନାହିଁ। କାହିଁ ସେ ମୋର କେତେ ଦୂରରେ ରହିଲା।

ଅଳି ବୁଝିଲା- ନୀରଙ୍କର ଦୁଃଖ-ଦୁହେଁ ଦୁହିଁଙ୍କୁ ଭାତଥାଳିରୁ ମୁଣ୍ଡ ଟେକି ଚାହିଁଲେ।

ନିଶାପତି ଚନ୍ଦ୍ର କାହିଁ କେଉଁ ନଡ଼ିଆଗଛ ବଣରେ ଲୁଚିଲେଣି। ଗାଆଁ ଦାଣ୍ଡ ନୀରବ-ନିଥର। ଖରାଦିନିଆ ଆମ୍ବକ ପବନ- ରହି ରହି ଘର ଭିତରକୁ ପଶି ଆସୁଛି- ଦୁଇଟି ଅଶାନ୍ତ ପ୍ରାଣ ବ୍ୟଥାରେ ଛଟପଟ ହେଉଛି- କେହି ଜାଣନ୍ତି ନାହିଁ କାହାକୁ ଦୁହିଁଙ୍କ ରକ୍ତରେ ଜମାଟ ବାନ୍ଧିଥିବା ତୁଷାର ଖଣ୍ଡ ଯେପରି ତରଳି ଯାଉଛି। ମୌସୁମୀର ପ୍ରଥମ ପ୍ରଲେପରେ ଖସି ପଡୁଛି ସେଇ ବରଫର ଆବରଣ।

ସୁରେଶ କଡ଼ ଲେଉଟାଇଲେ। ଏତେ ପରିଶ୍ରମ ପରେ ମଧ୍ୟ ନିଦ ଆସୁନାହିଁ- ଆଶ୍ଚର୍ଯ୍ୟ ! ବୀଣା ବଞ୍ଚିଥିଲାବେଳେ ଖାଇସାରିଲା ପରେ- ମୁଁ ବିଛଣା ଧରି ଘୁଙ୍ଗୁଡ଼ି

ମାରେ ବୋଲି ସେ କେତେ ଅଭିମାନ କରେ। ସବୁଦିନ ଏମିତି କ'ଣ ଶୋଇପଡ଼ମ- ବୋଲି କହି ଆଖି ମୁହଁ ତମତମ କରି ସକାଳୁ କହେ ଆଉ ଆଜି ଯେତେ ଭାବିଲେ ମଧ୍ୟ ନିଦ ଆସୁନାହିଁ। ସେ ଝିଅଟି ସତରେ କେତେ ଯେ ଲାବଣ୍ୟ ତା' ଦେହରେ ଚାପିହୋଇ ରହିଛି।

କାହିଁକି ଏ ସମାଜ ତାକୁ ଆଜିଠାରୁ ଏମିତି ବ୍ରହ୍ମଚାରିଣୀ ହେବାକୁ ବାଧ୍ୟ କରୁଛି। ତା'ର ଅପରାଧ କ'ଣ? ସେ କାହିଁକି ଜୀବନଟାକୁ ବାଧ୍ୟ କରୁଛି। ତାର ଅପରାଧ କ'ଣ? ସେ କାହିଁକି ଜୀବନଟାକୁ ଏମିତି ତିଳ ତିଳ କରି ନିଃଶେଷ କରିଦେବ? ଏଇ ଆତ୍ମାରେ ଯେଉଁ ଭୋଗର ଲାଳସାକୁ ଅତ୍ୟାଚାରିତ କରି ଦମନ କରାଯାଉଛି- ସେ କ'ଣ ଏକ ଗୁରୁତର ପାପ ନୁହେଁ? ମଣିଷ ହୋଇ କ'ଣ ଜୈବିକ ବାସନା କିଛି ନଥିବ? ବାସନା ବିନାଶରେ ବିକାଶ ଅସମ୍ଭବ- ବରଂ ମରଣର ପଥ ପରିଷ୍କାର। ଆଜି ଯଦି ସେ ବିବାହ କରିନଥାନ୍ତା-ତେବେ ସତରେ ତା ସ୍ୱାସ୍ଥ୍ୟ-ସୌନ୍ଦର୍ଯ୍ୟର ମୂଲ୍ୟ କଳନା କରାଯାଇପାରୁନଥାନ୍ତା। ଆଉ ଏତେ ଏକ ଦୁର୍ଘଟଣା-! ଦିନକ ପାଇଁ ହେଉ ପଛେ ଯାହାକୁ ବିବାହ କରିଛି-ତା'ରି ଲାଗି ଏ କୃଚ୍ଛ୍ର ସାଧନା କରି କରି ଏ କ'ଣ ସତୀ ଆସନରେ ବସିବ? ଏମିତି ଅଡୁଆ ତଡୁଆ ଭାବନାଠାରୁ ମନକୁ ଯେତେ ଦୂରେଇ ଆଣିବାକୁ ଚେଷ୍ଟା କରୁଥିଲା- ମନ ସେଇଠି ଆପେ ଆପେ ଛନ୍ଦି ହୋଇଯାଉଥିଲେ।

ତା' ଶୋଇବା ଘରେ ଦିନେ ଏମିତି ବୀଣା ଖାଇ ବିଛଣାରେ ଶୋଇ ଶୋଇ ଲୁହ ଢାଳିଥିବ- ଆଉ ଆଜି ଏହି ଅପରିଚିତା- ସେ କ'ଣ ଶାନ୍ତିରେ ନିଦ୍ରା ଯାଇପାରିଥିବ? ଏମିତି ଭାବୁ ଭାବୁ କେତେବେଳେ ଯେ ସେ ବାହାରକୁ ଉଠି ଆସିଛି ଜାଣେ ନାହିଁ। ଆଗ ଦେଇ ଗୋଟିଏ ଧଳା ପଦାର୍ଥ ଧୀରେ ଧୀରେ ପଛପଟକୁ ଘୁଞ୍ଚିଯାଉଛି। ଭୟରେ ଆତଙ୍କରେ ପ୍ରାଣ ଶିହରି ଉଠିଲା। ଏତେ ରାତିରେ ଆମ ଘରେ ଏ ପୁଣି କିଏ?

ଖୁବ୍ ଚାପା ଗଳାରେ ସୁରେଶ ଡାକିଲା... କିଏ?

- କିଛି ଉତ୍ତର ନାହିଁ- କେବଳ ଛାଇଟି ବାରିପଟକୁ ପଳାଇଯାଉଛି।

- ପୁଣି ଥରେ ପଛରୁ ଯାଇ କହିଲା- କିଏ?

- ଖୁବ୍ ଧୀର- ଅଥଚ ଦୃଢ଼ ସ୍ୱରରେ ଏକ ନାରୀ କଣ୍ଠ କହିଲା ମୁଁ।

"ମୁଁ କିଏ...?" କାହିଁକି ଏତେ ରାତିରେ ପଦାକୁ ବାହାରିଥିଲା- ଦେହର ତାତି ଦ୍ୱିଗୁଣିତ ହୋଇ ଉଠିଲା!! ଦୁହିଁଙ୍କର ଛାତି ଭୟରେ ଥରୁଛି। ଏ କ'ଣ ହେଲା? ଆକସ୍ମିକ ଏମିତି ଅନ୍ଧାର ରାତିରେ ଦୁହେଁ ଦୁହିଁଙ୍କୁ ଭେଟିଲେ ବା କାହିଁକି?

ଅଳି ବାଟ ଭାଙ୍ଗି ଚାଲିଗଲା-କେବଳ କହିଲା- ଅତି ଧୀର ନମ୍ର ସ୍ୱରରେ "ମୁଁ ବିଧବା- ଏ ଜନମରେ ନୁହେଁ।"

ସୁରେଶ ବୁଝିଲା ନାହିଁ କିଛି- ସେ ବା ନିଜେ କାହିଁକି ବାହାରକୁ ଆସିଥିଲା- ଅପରିଚିତା ବିଧବାଟି ମଧ୍ୟ ଏତେ ରାତିରେ କ'ଣ କରୁଥିଲା- ମୁଁ ବା ତା ପଛରେ ଏତେବାଟ ଆସିଲି କାହିଁକି ? ଏମିତି ଭାବପ୍ରବଣ ହୋଇ କିଏ କ'ଣ ବଞ୍ଚିପାରିଲାଣି ? ଛି, ଭାଇ ଭାଉଜ ଯଦି କୌଣସି ମତେ ଏ ଖବର ପାଆନ୍ତି- କ'ଣ ଭାବିବେ ସେମାନେ ମନରେ- ପୁଣି ସେ ଝିଅଟି-ଓହୋ ! କି ସାହସ ତା'ର ଜାଣିଲାପରି କହି ଦେଇଗଲା- ମୁଁ ବିଧବା- ମତେ ଛୁଅଁ ନାହିଁ- ତମେ ଜଳି ପୋଡ଼ି ଛାରଖାର ହୋଇଯିବ। ତା'ର ବାପା ଓ ଅନ୍ୟ ଗୋଟିଏ ସ୍ତ୍ରୀଲୋକ ତା ସହିତ ଅଛନ୍ତି- କିଏ ଯଦି ଏକଥା ପ୍ରକାଶ କରିଦେବ ? ତେବେ ଏ ସମାଜରେ ଆଉ କେଉଁ ସାହସରେ ମୁଁ ମୁହଁ ଦେଖାଇବି ? ବାପାଙ୍କର ଯେଉଁ ସୁନାମ- ତାକୁ ମୁଁ କେଉଁ ଗୁଣରେ ଆଉ ସରି... ! ଝିଅଟି ଆଖିରେ ଯାଦୁ ଲଗେଇଦେଇ ଯାଇଛି- ସତେ ଏପର୍ଯ୍ୟନ୍ତ ତା ଛାଡ଼ି ଯେପରି ମୋ ଆଗରେ ଠିଆ ହୋଇ ରହିଛି। ପାହାନ୍ତିଆ ନିଦୁଆ ପବନରେ ଅବଶ ଆଖିପତା ଦୁଇଟି ମୁଦି ହୋଇ ଆସୁଛି- ସପନରେ ଭାସି ଯାଉଛି- ସେଇ ଦିନର ଅବଜ୍ଞାରେ ଫୋପାଡ଼ି ଦେଇଥିବା ସେଇ ଫଟୋଖଣ୍ଡିକ ଜୀବନ୍ତ ହୋଇ ହସିଉଠୁଛି- ଯେଉଁ ଫୁଲକୁ ଅବଜ୍ଞାରେ ଦଳି ଦେଇଥିଲା-ତା'ରି ସୌରଭରେ ପୁଣି ପଥ ହଜାଇ ଧାଇଁଛି କାହିଁକି ? ମଉଳା ଫୁଲର ମହକ ନଥାଏ- ଥାଏ ମୃତ୍ୟୁର ଆବାହନ-। ସପନ ଲହଡ଼ି ଭାଙ୍ଗି ଭାଙ୍ଗି କୂଳରେ ପିଟି ହୋଇ ଫେରିଯାଉଛି।

- ହେମ ଅପା !

- ହେମ ଅପାମ ଉଠମ ମତେ କିମିତି ଭୟ ଲାଗୁଛି। ଅଳି ଥରୁଛି- ଘର ଦୁଆରବନ୍ଧ-ପାଖରେ ହେମ ଅଚେତ-ନିଦ୍ରାରେ ଅଭିଭୂତ।

ଅଳି ଉଠିଯାଇଥିଲା ବାହାରକୁ- ଯେଉଁ ଦିନଠାରୁ ହାତରୁ ଶଙ୍ଖା ମୁଣ୍ଡରୁ ସିନ୍ଦୁର ଲିଭାଇ ସେ ଦାଣ୍ଡରେ ଠିଆ ହୋଇଛି ସେ ଦିନଠାରୁ ତା'ର ଡରଭୟ କେଉଁଥିକୁ ନଥିଲା- ଏ ଜୀବନ ପ୍ରତି ମମତା କମି କମି ଆସୁଥିଲା- ଆଖିରେ ମାଡ଼ିଯାଇଥିଲା ପରଳ କାହିଁକି ସେ ପରଳ ଆଜି ଘୁଞ୍ଚିଗଲା ? କାହାପାଇଁ ପୁଣି ସେ ଉନ୍ମାଦିନୀଙ୍କ ପରି ଧାଇଁଗଲା ଅର୍ଗଳ ଖୋଲି ? ଆଉ କ'ଣ ଏ ଜୀବନରେ ସେ କାହାର ମଧୁର ମୂର୍ଚ୍ଛନା ଶୁଣି ଧରି ଉଠିବ ? ସେ କ'ଣ ଆଉ କାହାଠାରୁ ଲାଞ୍ଛିତ ଅପମାନିତ ହେବ ? ନାରୀ ଜୀବନର ଯେଉଁ ଟିକକ ସୁଖ ସେ ତା'ଠାରୁ ବହୁ ଦୂରରେ...।

ସେ କିଏ ସେ... ? ସେ ବା କାହିଁକି ଏତେ ରାତିରେ ଉଠିଥିଲେ- ? ଝାଡ଼ା କି

ପରିସ୍ରା କରି ନିଶ୍ଚୟ। ତେବେ ମୋ ପଛେ ପଛେ ଏତେ ବାଟ ଆସିଲେ କାହିଁକି? ସେ ବିପତ୍ନୀକ ମୁଁ ବିଧବା ତେବେ କ'ଣ ନିଦ ହୋଇନଥିଲା ? ସ୍ତ୍ରୀର ସ୍ମୃତିରେ କେତେ ରାତି ଏମିତି ଉଜାଗର କଟୁଥିବ। ଆହା ! କି ଦୟନୀୟ ସେ ଚେହେରା-। ଆଜି ଖାଇ ବସିଥାନ୍ତି କ'ଣ ଯେ, ଭାବି ଭାବି ଭାତଗୁଣ୍ଡା ହାତ ଅଧାବାଟରୁ ପୁଣି ଥାଳିକୁ ଫେରି ଆସୁଥାଏ। ଏମିତି ଅଭାବନୀୟ ପରିସ୍ଥିତିରେ ପୁରୁଷପୁଅ କେତେଦିନ ବଞ୍ଚିବ। ମୁଁ ଅଲକ୍ଷଣୀ ଜାଣୁ ଜାଣୁ ଏ ଗାଆଁକୁ କାହିଁକି ଆସିଲି ? ବାପାଙ୍କୁ ହେଲେ ଲଗେଇଥିଲେ ଯେତେ ରାତି ହେଉ ପଛକେ ଚାଲିଯାଇଥାନ୍ତି।

ଅଳିର ଭାବନା-କାହିଁ କେଉଁ ବିଲମାଳ ପାଟ ଡେଇଁ ଡେଇଁ ଚାଲିଯାଉଛି- ଶୋଇବ ବୋଲି ଯେତେ ଚେଷ୍ଟା କଲେ ମଧ୍ୟ ନିଦ ଆସୁନାହିଁ। ରାତି ପାହିଲେ ସେ ଏଠାରୁ କେମିତି ଯିବ ସେଇକଥା ଭାବୁଥାଏ। ଯିବା ଆଗରୁ ଥରୁଟିଏ ତାଙ୍କୁ ଦେଖିନେବାର ଲୋଭ ମଧ୍ୟ ମନରୁ ଯାଇନଥାଏ। ହେ ଭଗବାନ୍! ମୋତେ ଏଥିରୁ ବଞ୍ଚାଅ।

ପଶ୍ଚିମପଟେ ଫକୁଆ ତାରା ଦେଖାଦେଲାଣି- ଆଉ ଅଳ୍ପ ସମୟରେ ସିନ୍ଦୁରା ଫାଟିଯିବ... ଆମେ ଏଠାରୁ ଚାଲିଯିବୁ। ହେ ଅଜଣା ବନ୍ଧୁ! ଦିନେ ତମର ହାତ ଧରି ତମରି ସଂସାର କରିବାର କଳ୍ପନାରେ ଭାସିଯାଇ ବାଟବଣା ହୋଇପଡ଼ିଥିଲି। ଆଜି ଆଗରେ ବାଟ ଅଛି କିନ୍ତୁ ଚାଲିବାର ପଥରୋଧ କରାଯାଇଛି। ସମାଜ କହୁଛି-ପାପ ଅନ୍ୟାୟ। ଜନ୍ମଦାତା କହୁଛନ୍ତି- ଅଘଟଣ। ମନ କିନ୍ତୁ ମାନୁନାହିଁ। ମନ ଖୋଜୁଛି ଆଶ୍ରୟ- କିଏ ଦେବ ବା ସେ ଆଶ୍ରୟ ବିନା ବିଚାରରେ ବିନା ଦ୍ୱନ୍ଦ୍ୱରେ...।

ଆଜି ଏବେ ବହୁତ ଭାବିପାରେ। ଏବେ ତାର ଭାବନା ସମସ୍ତ ଜଞ୍ଜାଳଠାରୁ ବଳିପଡ଼ିଛି। ସେମାନେ ଚାଲିଯାଇଛନ୍ତି। ଭାଉଜଙ୍କର ସକାଳୁ ଯେମିତି କେଉଁଥିରେ ମନ ଲାଗୁନାହିଁ। କ'ଣ ଅମୂଲ୍ୟ ପଦାର୍ଥଟିଏ ଯେପରି ହଜିଗଲା ହଜିଗଲା- ଆଉ ଖୋଜିଲେ ମିଳିବ ନାହିଁ।

ନିଦ ମୋର ଭାଙ୍ଗିଥିଲେ ମଧ୍ୟ କାହିଁକି କେଜାଣି ବିଛଣାରୁ ଉଠିବାକୁ ମନ ହେଉନାହିଁ। ସେ କାହିଁକି ଏଠାକୁ ଆସିଥିଲା- ଅଜଣା ଗହୀରରେ ସିଆର କାଟି ଚାଲିଗଲା- ବୁଣି ଦେଇଗଲା ସୋରିଷ। କାଲି ତାର ଯିବା ରାସ୍ତାରେ ଧୀରେ ଧୀରେ ସୋରିଷଫୁଲର ସମ୍ଭାର ସୂଚେଇଦେବ- ଏଇ ଧାରେ ଧାରେ ସେ ଯାଇଛି। ବୀଣାକୁ ମୃତ୍ୟୁ ଦରବାରରେ ଆଜି ବାହାର କରିବାର ପ୍ରବଳ ବାସନା ମନରେ ଜାଗି ଉଠୁଛି। ସେ ଥିଲେ ଛୁଆଟି ଠୁକ୍ ଠୁକ୍ ଚାଲନ୍ତାଣି- ଦରୋଟି ଦରୋଟି କଥା କହନ୍ତାଣି- ହୁଏ ତ

ବୀଣାପରି ସୁନ୍ଦର ହୋଇଥାନ୍ତା- ନାଲି ଓଠ ଦୁଇଫାଳ ମେଲାଇ ହେଉଥାନ୍ତା କ'ଣ କହିବ ବୋଲି କିନ୍ତୁ କହିନପାରି ଯୋଡ଼ି ହୋଇଯାଉଥାନ୍ତା।

- ସୁର କ'ଣ ଉଠିବ ନାହିଁ କି ?

- କିଏ ଭାଉଜ କି ? ହଁ ଉଠିବି- ଦେହ ହାତ ଦରଜ ଲାଗିଛି। ଆଜି ତ ଆଉ କିଛି କାମ ନାହିଁ... ଭାବୁଛି, କିଏ ଗୋଟାଏ କରିବି- ଯେଉଁଥିରେ ସମୟ କଟିଯିବ- ଏମିତି ଖାଲିରେ ବସିଲେ ମୋଟେ ଭଲ ଲାଗୁନାହିଁ।

- ଦେଖ ସୁର- ମତେ ବି ଆଜି ସକାଳୁ କାହିଁକି କେଜାଣି ବଡ଼ ଖରାପ ଲାଗୁଛି। ଏମିତି ଏକୁଟିଆ କେତେଦିନ ଏ ଘର ସମ୍ଭାଳିବି- କି ଯେ ମାୟା ଲଗେଇ ଦେଇଗଲା- ତାକୁ ଭୁଲିପାରୁନି ମୁଁ...। ସୁର ଗୋଟିଏ କଥା କହିବି।

ଜାଣେ ତମେ ପୁଣି ସେଇକଥା ଉଠାଇବ- ଥରେ ତ ଭଗବାନ ହାତ ପାଆନ୍ତାରେ ଦେଇ ଛଡ଼ାଇନେଲେ- ଆଉ ଥରେ ପୁଣି ସେ କଥା ଭାବିବି କାହିଁକି ? ମତେ କ୍ଷମାକର ଭାଉଜ...।

- ଜାଣେ ତମେ ଯାହା ପାଇଥିଲ ତା ଅଳପ ଲୋକଙ୍କୁ ମିଳେ ତେବେ ସେ ପାଇବାରେ ବା କ'ଣ ଅଛି କହିଲ- ? କ'ଣ ଧରି ଜୀବନଟା ଯା ତମର କଟିବ ? ମୁଁ ଯଦି ଆଜି ଭାଉଜ ନହୋଇ ମା' ହୋଇଥାନ୍ତି, ତେବେ କ'ଣ ତୁମକୁ ଏତେ କଥା ପଚାରନ୍ତି ? ଯାହା ସେ ଥୋଇ ଦେଇ ଯାଇଛି- ତା' ମୋ ଜୀବନର ଚଳାବାଟ ପାଇଁ ଯଥେଷ୍ଟ ପାଥେୟ ହୋଇପାରିବ।

- ମତେ ଆଉ ସେ କଥା କହନାହିଁ ଏକେତ ମୁଁ ମୂର୍ଖ ଲୋକ। ତମେ ଚିନ୍ତା କର- ଯେତେବେଳେ ହଁ ଭରିବ ସେତେବେଳେ ଯାଇ ଯୋଉ କଥା।

ସକାଳ ସୂର୍ଯ୍ୟ ଚାଳ ମଥାନକୁ ଉଠି ଉଠି ଯାଉଛନ୍ତି- ଉଠିଲି ସତରେ କେତେବେଳ ହୋଇଗଲାଣି- ଖୋଜିଲା ଖୋଜିଲା ଆଖିରେ ଘର ଚାରିପଟ ଖୋଜିଗଲି। କେହି କେଉଁଆଡ଼େ ନାହାନ୍ତି।

XXX

କେତେଦିନପରେ ଭାଇ କ'ଣ ଗୋଟାଏ କାମରେ ପଠାଇଲେ ତୁଳସୀପୁର- ମନରେ ଦୁନିଆଁର ଅଶେଷ ଚିନ୍ତା ନେଇ ତୁଳସୀପୁରରେ ପହଞ୍ଚିଲି। ନନ୍ଦନିଧି ମହାପାତ୍ରେ ଭାଗବତଘରର ଗୋଟିଏ ବଖରା ଠିକ୍ କରିଦେଲେ ମୁଁ ଦି'ଦିନ ରହିବା କଥା।

ସେଇ ଅବସରରେ ହେମାଙ୍ଗିନୀଙ୍କ ସହିତ ପରିଚୟ ଚମତ୍କାର ବ୍ୟବହାର। ନ ହେଲେ ଏଡ଼େ ବଡ଼ ଗାଆଁରେ ଏକୁଟିଆ ମାଇପଟେ ଚଳିପାରନ୍ତା- ହେମାଙ୍ଗିନୀ ବେଶ୍

ଆମୋଦ ପ୍ରିୟ- ମତେ ଦେଖିବା ମାତ୍ରେ ଚିହ୍ନି ପକାଇଲା- ତା'ର କଥା ପେଡ଼ି ମୋରି ପାଖରେ ମେଲାଇ ଦେଲା- ଗାଁର କେତେ ଆଡ଼ର କେତେ କଥା ଭିତରେ ଅଳି କଥା ମଧ୍ୟ କହିଲା।

- ଦେଖନ୍ତୁ ଆମର ସମାଜରେ ଏ ଯେଉଁ କଡ଼ା ନିୟମ- ଝିଅମାନଙ୍କ ପ୍ରତି ଲାଗୁ ହେଉଛି- ତା' କ'ଣ ଏମିତି ଆମେ ସହିଯାଉଥିବୁ ?

- ଏବେ ତ ଆଇନ୍ ହେଲାଣି ନ ସହି ପାରିବ ତ ଛାଡ଼ପତ୍ର ଦିଅ।

- ସେଗୁଡ଼ାକ ଆପଣ ଯାହା କହନ୍ତୁ- ଏକେବାର ଅବାସ୍ତବ ଆଚ୍ଛା କହନ୍ତୁ ଦେଖି ଜଣେ ପୁରୁଷର ସ୍ତ୍ରୀ ମରିଗଲା- ସେ ତ ସାଙ୍ଗେ ସାଙ୍ଗେ ବିବାହ କରୁଛି- କିନ୍ତୁ ଜଣେ ଯୁବତୀର ସ୍ୱାମୀ ମରିଗଲେ ସେ ବିବାହ କରିବାଟା କାହିଁକି ପାପ ହେବ ? ଆଉ ତାକୁ ସମାଜ ଆପେ ଆପେ ଗ୍ରହଣ ନ କରିବ କାହିଁକି ? ଯେ ସେ ପଥରେ ଗଲା ତାକୁ ବା ଏତେ ନିନ୍ଦା, କୁତ୍ସା, ଅପମାନ ଦେବ କାହିଁକି ?

- ହଁ ହେମାଙ୍ଗିନୀ ଦେବୀ! ଆପଣ ଯାହା କହୁଛନ୍ତି ଏ ସବୁର ଆମୂଳ ପରିବର୍ତ୍ତନ ହେବା ନିହାତି ଆବଶ୍ୟକ କିନ୍ତୁ ହେବ କିପରି ? ଯେଉଁମାନେ ସମାଜପତି ବୋଲି ଧ୍ୱଜା ଉଡ଼ାଇଛନ୍ତି ଯଦି ସେଇମାନେ ତାଙ୍କରିଠାରୁ ଆରମ୍ଭ କରନ୍ତେ ତେବେ ଏ କଥା ସମାଜରେ ସୁରୁଖୁରୁରେ ଚାଲୁ ହୋଇପାରନ୍ତା। ଜଣେ ଅଥେ ଅଣ୍ଟା ଭିଡ଼ି ନ ବାହାରିଲେ ତା କ'ଣ ହେବ ?

ଦେଖନ୍ତୁ, ଏଇ ଗାଁର ଅଳି- ହେଲା ଏବେ କିଛିଦିନ ଗୃହ ସଂସାର କରି ବିଧବା ହେଲା ଏୟା ବୋଲି କ'ଣ ତାର କାୟା ଅଶୁଦ୍ଧ ହୋଇଗଲା ? ସେ ଚିରଦିନ ପାଇଁ ଏ ସମାଜରେ ସମସ୍ତଙ୍କ ନିକଟରେ ଏଇ ଭାବରେ ଦେଖାଦେବ ? ତା'ମନରେ ଯେଉଁ କ୍ଷୋଭ ଅଶାନ୍ତି-ଅତୃପ୍ତ ବାସନା ଚପି ରହିଲା ତାହା ଦିନେ ନା ଦିନେ ଆତ୍ମପ୍ରକାଶ କରିବ...। ସେ ଆତ୍ମପ୍ରକାଶ ଏପରି ଭୟଙ୍କର ହେବ ଯେ ତାକୁ ରୋଧିବାକୁ ସେତେବେଳେ କେହି ସକ୍ଷମ ହେବେ ନାହିଁ।

କାହିଁକି ? ତାଙ୍କ ବାପା ତ ସବୁ କଥାରେ ଆଗଭର। ସେ କାହିଁକି ପ୍ରଥମେ ତାଙ୍କଠାରୁ ଏଇକଥା ଆରମ୍ଭ ନ କରୁଛନ୍ତି ? ଯଦିଓ ଆମ ବ୍ରାହ୍ମଣ କରଣରେ ଏ କଥା ଚଳିନାହିଁ ତଥାପି ଏହାକୁ ଆମକୁ ଚଳାଇ ନେବାକୁ ହେବ।

- ଠିକ୍ କହିଛନ୍ତି ଆପଣ- ମୁଁ ମଧ୍ୟ ଭାବୁଛି ମାଉସୀଙ୍କୁ ଏଇ କଥା କହି ପ୍ରବର୍ତ୍ତାଇବି। କ'ଣ ହୋଇଛି ବା ସେ ଝିଅଟିର- କେତେ କଥା ତ ହୋଇଯାଉଛି- କେଉଁଥିରେ ବା ଛନ୍ଦ ପଡୁନାହିଁ। ଆଉ ଏ କଥାଟା ନ ହେବ କାହିଁକି ?

ଆପଣ ଠିକ୍ କହିଛନ୍ତି ହେମାଙ୍ଗିନୀ ଦେବୀ। ଯେଉଁଠି ଏଇ ମଣିଷ ଭାବିଲାଣି

ଏ ପୃଥିବୀ ଛାଡ଼ି ଚନ୍ଦ୍ରଲୋକରେ ବା ମଙ୍ଗଳଗ୍ରହରେ ବସବାସ କରିବ ସେଠାରେ ଏଇ ଦେଶର ଲୋକ ଏଇ ଅନ୍ଧବିଶ୍ୱାସ କୁସଂସ୍କାର ପଛରେ ଆଉ କେତେଦିନ ଧାଇଁଥିବ ?

ଏମିତି ଖୁବ୍ କଥାବାର୍ତ୍ତା ଚାଲିଥିବାବେଳେ ଗାଆଁର ନିଧି ମଳିକ-ଯଦୁ ଦାସେ ପ୍ରଭୃତି ଆସି ମିଳିଗଲେ। ହେମାଙ୍ଗିନୀ ଏମାନଙ୍କୁ ଭୟ ନକଲେ ମଧ୍ୟ ଆଡ଼େଇ ହୋଇ ରହେ। କେତେବେଳେ କେଉଁ କଥା- ସୁରେଶ ମଧ୍ୟ ଯୁବକ-ମିଛରେ ହେଲେ କିଛି ଗୋଟେ ଯୋଡ଼ିଦେବେ। ଅତି ସହଜରେ ଏମାନେ ସଜ ମାଛରେ ପୋକ ପକାଇଦେବେ।

ହେମାଙ୍ଗିନୀ ତା' ଘରକୁ ଉଠିଗଲା।

କେତେକ କଥାବାର୍ତ୍ତା ପରେ ସୁରେଶ ସମସ୍ତଙ୍କ ଠାରୁ ବିଦାୟ ନେଇ ଫେରିଲା।

ରାସ୍ତା ସାରା ଭାବି ଚାଲିଛି- ଏଇ ହେମାଙ୍ଗିନୀ କି ସୁନ୍ଦର ତାର କଥାବାର୍ତ୍ତା। କେତେ କଥା କହିପାରୁଛି- ହଠାତ୍ ଭାବନାର ମଝିରେ ଆସି ଦେଖାଦେଲା ଅଳି...। ନାଁଟି ଯେମିତି ମଧୁର ଆଖି ଦିଓଟି ସେମିତି ସୁନ୍ଦର-ସୁଠାମ ଶରୀର-ଯୌବନର ଉଜାଣି ସୁଅ ବହି ଚାଲିଛି। କାହାର ହାତ ଗଲା- ତା'ର ଏଡ଼ି ସୁନ୍ଦର ଶରୀରରୁ ସମସ୍ତ ଆଭରଣ ଉତାରି ନେଇ ତାକୁ ଏପରି କୁତ୍ସିତବେଶରେ ଛାଡ଼ିଦେବାକୁ। ସେ ଯଦି ହାତରେ କାଚ ମୁଣ୍ଡରେ ସିନ୍ଦୁର ପିନ୍ଧି ବାହାରି ଆସନ୍ତା କେଡ଼େ ଲୋଭନୀୟ ହୁଅନ୍ତା ତା'ର ରୂପରାଶି। ସହରରେ କେତେ ଚାକଚକ୍ୟ ମଝିରେ ସ୍ତ୍ରୀ ଲୋକଙ୍କୁ ଦେଖିଛି- କି ସୁନ୍ଦର ସେମାନଙ୍କର ଠାଣି-ଚାହାଣୀ-କେତେ ଭଙ୍ଗୀ ଜଣା- କଥା କହିବାର ହସିବାର ନମସ୍କାର କରିବାର ବିଭିନ୍ନ ଭଙ୍ଗୀମାରେ ସେମାନେ ନିଜକୁ କେଡ଼େ ମନୋରମ ରୂପରେ ବହିଃ ପ୍ରକାଶ କରାଇଥାନ୍ତି। କିନ୍ତୁ ଏହି ସରଳ ଅନାଡ଼ମ୍ବର ବେଶରେ ସେମାନେ କ'ଣ ଏତେ ରୁଚିକର ଦିଶନ୍ତେ। ଅଳିର ଚିନ୍ତାରେ ବୀଣା ଦିନକୁ ଦିନ ପଛେଇ ଯାଉଛି। ବିସ୍ମରଣର ସେପାରିରେ ସତେ ଯାଇ ସେ ପହଞ୍ଚିସାରିଲାଣି। ଏମିତି ଭାବି ଭାବି ଗାଁ ମୁଣ୍ଡରେ କେତେବେଳେ ପହଞ୍ଚିଲାଣି ତାର ଖିଆଲ ନାହିଁ। ବଡ଼ ପୋଖରୀ ହାତଠାରି ତାକୁ ସଚେତନ କରିଦେଲା।

ଭାଉଜ ହସ ହସ ମୁହଁରେ କହିଲେ " କାଲି ସଞ୍ଜରୁ ଚାହିଁଛି ଆସିବ ବୋଲି।"

"-ଆସି ଥାଆନ୍ତି ଯେ ସବୁ କାମ ଛିଣ୍ଡିଲା ନାହିଁ। ଭାଇ ଘରେ ନାହାନ୍ତି କି ?"

'- ହଁ ଥିବେ ଚାଲ ଗୋଡ଼ ହାତ ଧୋଇ ବିଶ୍ରାମ କରିବ।"

ସୁରେଶ ତା ଘରକୁ ପଶିଯାଇଥିବାବେଳେ ଦେଖିଲା ଖଣ୍ଡେ ଚିଠି...। ଚାକିରି ଛାଡ଼ି ମଫସଲରେ ରହିଲା ଦିନୁ ସଚରାଚର ତା ନିକଟକୁ କମ୍ ଚିଠି ଆସେ।

ଖୁବ୍ ପରିଚିତ ହସ୍ତାକ୍ଷର- କିଏ ପୁଣି ଏପରି ଚିଠି ଦେଇଥିବ ମନ ଗହୀରର ଅନ୍ଧାରିତଳ ଆଲୋକ ରାଶିରେ ଉଜ୍ଜ୍ୱଳି ଉଠିଲା। ତେବେ ସେ ବଞ୍ଚିଛି ! ପୁଣି କାହିଁକି ?

ସେ ଯାଇଛି- କେଡ଼େ ଅବିବେକୀ ମୁଁ - ଦିନେ ତାକୁ ନେଇ ଖେଳିଥିଲି- ସଂସାର ସୁଖ ସବୁ ଭୁଲିଥିଲି- ଭୁଲିଥିଲି ମୋ ଛୋଟ ଦୁନିଆର ସୀମିତ ସୀମା ରେଖାକୁ- କିନ୍ତୁ ହଠାତ୍ ଛାଟିପିଟି ହୋଇ ଚାଲିଆସିଥିଲି। ସେଇ ଲଜ୍ଜାରେ ତାକୁ ଆଉ ମୁହଁ ଦେଖାଇନାହିଁ। ମୋ ସ୍ମୃତିପଟରୁ ସେ ନିଶ୍ଚିହ୍ନ ହୋଇଯାଇଛି। ଲିଭିଗଲାଣି- ତା'ର ହସ୍ତରେଖା ମଲା ମଣିଷର ଅଦରକାରୀ ଶେତା ହାତ ପରି-ତା'ର ସ୍ମୃତି ଏବେ ବେଳେବେଳେ ମନକୁ ଦୋହଲାଇ ଦିଏ।

କେଉଁ ଉଦ୍ଦେଶ୍ୟରେ ସେ ପୁଣି ଚିଠି ଲେଖିଛି। ତେବେ କ'ଣ ବିପଦରେ ପଡ଼ି ଆତୁର ହୋଇ ଡାକ ପକାଇଛି- ନାଁ ଅତି ସଂପଦରେ ଥାଇ-ଅପମାନ ଦେବା ଉଦ୍ଦେଶ୍ୟରେ ଏ ଚିଠି। ଦେହ ଥରୁଛି- ପ୍ରାଣ କାନ୍ଦି ଉଠୁଛି- ଚିଠି ଖୋଲିବାକୁ ହାତ ଯାଉନାହିଁ।

■

ଷୋହଳ

ହେମାଙ୍ଗିନୀ ମନରେ ଡିଆଁ ମାରୁଛି ଅପୂର୍ବ ଆନନ୍ଦ। ସଫଳତାର ଚରମ ସେ ଛୁଇଁ ଛୁଇଁ ଯାଉଛି। ଏ ଗାଆଁକୁ ଆସିବା ବେଳେ ସେ କେବଳ ସଞ୍ଚୟ କରିଥିଲା ଅପମାନ- କୁତ୍ସିତ-ଅଶ୍ଳିଳ ସମାଲୋଚନା ଏବେ ତା'ର ପୁଞ୍ଜି-ସ୍ନେହ-ଆଦର-ଅଭିନନ୍ଦନ ଶେଷରେ ଗାଆଁରେ ସେ ଯେଉଁ ଅଦ୍‌ଭୁତ ଏକ ସାମାଜିକ ପରିବର୍ତ୍ତନ ଆଣିବାକୁ ଚାହୁଁଛି, ତାକୁ ଯଦି ଭଗବାନ ସଫଳ କରନ୍ତି- ତେବେ ତା'ର ଉଦ୍ଦେଶ୍ୟ ସିଦ୍ଧି ହେବ। ଏତେ ଦିନରାତି ଗାଁକୁ ଗାଁ ବିଲ-ପାଟ ଡେଇଁବାର ମୂଲ୍ୟ ରହିବ

ଶୀଘ୍ର ନିଜର ନିତ୍ୟକର୍ମ ସାରି ଦଉଡ଼ିଲା ଅଳିଙ୍କ ଘରକୁ। ଅଳି ପଡ଼ିଶାଘରକୁ ବୁଲିଯାଇଥିଲା।

- ଖୁବ୍ ସୁବିଧା ହେଲା- ଅଳି ନାହିଁ। ମାଉସୀ ରନ୍ଧାଘରେ ଖୁଡ୍ ଖାଡ୍ କରି ରାନ୍ଧିବାରେ ବ୍ୟସ୍ତ। ମଉସା ପାନଛେଚାଟି ଧରି ଠୁକ୍‌ଠୁକ୍ କରି ଆଉ ପିଣ୍ଡାରେ ପାନ ଛେଚୁଛନ୍ତି।

ହେମାଙ୍ଗିନୀ ହାଣ୍ଡିଶାଳ ଏରୁଣ୍ଡିବନ୍ଧ ପାଖରେ ଯାଇ ବସି ପଡ଼ିଲା।

ମାଉସୀ କହିଲେ- କିଲୋ ଝିଅ ! ଏ ଅବେଳାରେ କୁଆଡ଼େ ଅଇଲୁମ ?

ଅଳିକୁ ତ ଖୁଡ଼ୀ କ'ଣ ଗୋଟିଏ ଶିଖିବ ବୋଲି ଡକାଇଛି ଯେ ସେ ଯାଇଛି। ଶାମକୁ କହ ତାକୁ ଡାକିଦେବ।

- ନାହିଁ ମାଉସୀ- ମୁଁ ତ ତୁମ ପାଖକୁ ଆସିଛି। କହ- ତମେ ଯଦି ଅଳିପରି ମତେ ଭଲପାଉଥିବ ତେବେ ଗୋଟିଏ କଥା କହିଲେ ରଖିବ କି ?

ଝିଅ କି କଥା ଆଗ କହୁନୁ- ଯେ ଖାଲି ଗୌରଚନ୍ଦ୍ରିକା...।

ମାଉସୀ, ଅଳିକୁ ଆମେ କାଚ ଶାଢ଼ି ପିନ୍ଧିବାକୁ ଦେବା ସେ ଯଦି ନ ପିନ୍ଧିବ ତେବେ ମୁଁ ଏଇଠି ଏ କାଚଶାଢ଼ୀସବୁ କାଢ଼ି ରଖି ଛେଦା ପିନ୍ଧିବି।

ହଇଲୋ ଝିଅ ଏ କଥା କ'ଣ କହୁଛୁ ? ଏ କେମିତି ଆମ ଘରେ ହେବ ଲୋ ! ଆଉ ଗାଆଁବାଲା ଆମକୁ ରଖେଇ ଦେବେଟି ? ନିଆଁ ପାଣି ବାସନ୍ଦ କରିଦେବେ। ଆମେ ଯଦି ଏ କଥା କରିବା କିଏ କାହିଁକି ଆମକୁ ମାନିବେ ?

ନ ହେଲା ନାହିଁ-ଗାଆଁଟା ଯାକ ଏକପଟେ ହେବେ କିଏ ଆମକୁ ଦେଉଛନ୍ତି ନା ନେଉଛନ୍ତି ? ଆମର ଆମେ ଆଣୁଛେ-ଚଳୁଛେ-ଆଉ ନିଆଁ ପାଣି କ'ଣ କହୁଛ ମ ମାଉସୀ ? ସମସ୍ତେ ସୁଖର ସାଥି- ଅଳିର ଦୁଃଖ କିଏ ନେବକି ? ସାରା ଜୀବନ ଅଳି କେମିତି କଟାଇବ। ତାକୁ ଯଦି କାଚ ସିନ୍ଦୁର ପିନ୍ଧେଇ ଆଉଥରେ ବିବାହ ଦେଇ ଦିଅନ୍ତେ କେମିତି ହୁଅନ୍ତା।

ଆମ କୂଳରେ ଏମିତି ଝିଅ ପାଇଁ ପାତ୍ର କୁଆଡୁ ମିଳିବେ ? ଶେଷକୁ ଅଜାତିରେ ଗଲେ ସିନା-

ତମେ ଆଗ ବିବାହ ଦେଇ ନିଜ ଝିଅର ସୁଖ ଦେଖିବ ନାଁ ଗାଆଁ ଭାଇଙ୍କୁ ଚାହିଁ ଦିନରାତି ଲୁହ ଗଡ଼ାଉଥିବ। ସେ କଥା ଠିକ୍ କର ତା ପରେ ପାତ୍ର ଅପାତ୍ର କଥା ଭାବିବ।

"- ତୁ ଯାହା କହୁଛୁ ବୁଝୁଛି ଯେ ଅଳି କ'ଣ ମଙ୍ଗିବ ? ଅଳି ସେହିଦିନଠାରୁ ଏକ ଚିନ୍ତା-ଏକ ଧ୍ୟାନରେ ଗୋଟାଏ ମନମରା ହୋଇ ଚଳୁଛି। ସେ ତା ବାପା ଏ କଥାକୁ ରାଜିହେଲେ ମୁଁ ବା କି ଛାର। ତୁ ଜାଣିଛୁଟି ଝିଅ-ଏ ଗାଆଁରେ ସେ ଜଣେ ମୁଖିଆ ଲୋକ- ତେଣୁ ସେ ଏମିତି ଗୋଟାଏ କାମରେ ହାତଦେଲେ କେତେ ଅପମାନ ସହିବାକୁ ହେବ ?"

"-ସବୁକୁ ମୁଁ ଏକାଠି ଭାବିଛି ମାଉସୀ-ଅପମାନ, ନିନ୍ଦା ଅସୁବିଧା ସବୁ ସହିହେବ କିନ୍ତୁ ଯୁବାଝିଅ ଅଳି ଜୀବନଟାଯାକ ବୈଧବ୍ୟ କଷ୍ଟ ଭୋଗିବ- ଏତିକି ସହି ହେବ ନାହିଁ। ସେଇଥିପାଇଁ ମୁଁ ନେହୁରା ହେଉଛି ମାଉସୀ ତମ ଗାଆଁରେ ମୁଁ ଆଜି ଅଛି କାଲି ନଥିବି କିନ୍ତୁ ଅଳି ମୋର ଜନମ କଲା ଭଉଣୀଠାରୁ ଅଧିକ କ'ଣ ବା ସେ କରିବ ? ହଁ ପୁଅଟିଏ କି ଝିଅଟିଏ ଥାଆନ୍ତା ତାକୁ ନେଇ ଅବା ସମୟ କାଟନ୍ତା...। କୁଆଡୁ କିଛି ନାହିଁ ଏମିତି ଏ ଘରକୁ ସେ ଘର ହୋଇ ଏଡ଼େ ଯୋଗ୍ୟ ଝିଅ କିମିତି କାଳ କାଟିବ ? କାଲି ସକାଳୁ ତମ ବୋହୂମାନେ ଆସିବେ ସେମାନେ ତ ଓଳିତଳେ ଅଳିକୁ ବାସ ଦେବେଟି ? ତମେମାନେ ବା ଆଉ କେତେ ଦିନ... ?"

ନନ୍ଦନିଧି ମହାପାତ୍ରେ ଏଇ କଥାକୁ କାନେଇଁ ଶୁଣୁଥିଲେ। ଯକ୍ଷ୍ମା ରୋଗୀର ସନ୍ନିପାତ ବେଳେ ଦେହରେ ରକ୍ତ ସଞ୍ଚାଳନ ହଠାତ୍ ହେଲେ ଯେମିତି ଦେହଟା ତାତିଯାଏ-ଠିକ୍ ସେହିପରି ମନ ଭିତର ତାଙ୍କର ତାତି ଉଠିଲା। କିଏ ତାଙ୍କ ଉପରେ

ମୁଠାଏ ଜଳନ୍ତା ନିଆଁ ଆଣି କୁଢ଼ାଇ ଦେଉଛି ଯେପରି- ସନ୍ନିପାତ ରୋଗୀର ଅବସନ୍ନ ଭାବ କଟିଯାଉଛି- କାହିଁକି...? କ'ଣ ଶୁଣି ଦେହ-ମନ ତାଙ୍କର ଏପରି ଉଲୁସି ଉଠିଲା...? ତେବେ ସେ ଆଜିଯାଏ କାହିଁକି ଏପରି ସ୍ଥିର ହୋଇଯାଇଥିଲେ। ପାଣି ଉପର ଦଳ ମାଡ଼ିଛି-ପାଣିର ରଙ୍ଗ ଲୁଚାଇ ରଖିଥିଲା। ସେଇ ପାଣି ଆଜି ସ୍ୱଚ୍ଛ-ପରିଷ୍କାର ରୂପେ ତାଙ୍କ ଆଗେ ଢଳ ଢଳ ହେଉଛି।

ସେ ଚାଲ ଚାଲ ହୋଇ ରୋଷ ଘରପଟ ଭିତର ଖନ୍ଦାକୁ ଗଲେ। ହେମାଙ୍ଗିନୀ ଲାଜ ଲାଜ ହୋଇ ମୁଣ୍ଡରୁ ଖସିପଡ଼ିଥିବା ରଙ୍ଗ ଲୁଗାଟା ଟାଣିଦେଲା।

ମଉସା- ମାଉସୀଙ୍କୁ ଉଦ୍ଦେଶ୍ୟ କରି ପଚାରିଲେ ହେମ କ'ଣ କହୁଥିଲା କି?

ଅଳି ବୋଉ ସ୍ୱାମୀଙ୍କ ମୁହଁକୁ ଚାହିଁଛନ୍ତି। ଏବେ ବହୁଦିନ ଅଳି ବାପା ଘରକୁ ଆସି ସ୍ତ୍ରୀଙ୍କୁ କିଛି ପଚାରନ୍ତି ନାହିଁ- ଯେମିତି କେଉଁଥିରେ ତାଙ୍କର ଆଗ୍ରହ ନଥାଏ। ଅଳି ବୋଉ ମଧ୍ୟ ବରାବର ନାନା କାମର ବାହାନା କରିଥାଆନ୍ତି ଓ ମନକୁ ଭୁଲାଇବା ପାଇଁ କେତେବେଳେ ଗାଁ କଥା ଏଣୁ ତେଣୁ ଟିକିଏ ବୁଝି ମନେ ମନେ ଗୁଣି ହେଉଥାନ୍ତି। ଆଜି ସେ ଏମିତି ଭିତର ଖନ୍ଦାକୁ ଆସି ରୋଷଘରେ ଠିଆହୋଇ ସାମ୍ନା ସାମ୍ନି କ'ଣ ପଚାରୁଛନ୍ତି ଦେଖି ତାଙ୍କୁ ଟିକିଏ ମାଡ଼ିପଡ଼ିଲା ପରି ଲାଗିଲା। ହେଲେ ମଧ୍ୟ ତାଙ୍କ ଅଜାଣତରେ ଭାବିଲେ- ଆହା! ଝିଅଟି ପାଇଁ ଏକା ମୁଁ କୋହରି ହେଉନାହିଁ- ବାପର ଅନ୍ତର ବି ମନ୍ଥି ହୋଇଯାଉଛି। ଯେତେହେଲେ ବାପ ତ!

ବଡ଼ ଅଭିମାନିଆଁ ସ୍ୱରରେ କହିଲେ- ବୁଝିଲ-ହେମ ଗୋଟେ କଥା କହୁଛି- କିଏ ଶୁଣିବ ଯଦି- ଅପବାଦରେ ଗାଆଁଦାଣ୍ଡରେ ଚାଲିହେବନାହିଁ। ହଁ- ମୁଁ ଟିକିଏ ଶୁଣେ? ମୁଁ ତ ଆଉ ଗାଆଁର ଭାଇ ଭଗାରି ନୁହେଁ?

ହେମ ବଳିପଡ଼ି ଠିକ୍ ବେଳେ ଭାବି କହିଲା- ମାଉସୀ! ଆମର ସାକ୍ଷାତ ଲକ୍ଷ୍ମୀଠାକୁରାଣୀ ପରି ଝିଅ ଅଳି- ତାକୁ ଆମେ ଯେପରି ରଖିଛେ- ସେଥିରେ ଛାତି କରତି ହୋଇଯାଉଛି। ଆଜିକାଲି ତ ସବୁ ହେଲାଣି। ଆଉ ଆମେ ଏତେ ଡରି ଥରି ବାଳୁତ ପିଲାଟାକୁ କାହିଁକି ଜୀବନଟା ସାରା ଘାଣ୍ଟି ଚକଟି ମାରିବା? ତାକୁ କାଚ, ଶାଢ଼ୀ ପିନ୍ଧାଇ ଆଉ ଥରେ ପୁନର୍ବିବାହ ଦେଲେ କ'ଣ ହୁଅନ୍ତା ନାହିଁ?

-ଏସବୁ ଝିଅ ଶୁଦ୍ର ଘରେ ଚଳିଛି। ଆମ କୂଳରେ କ'ଣ ଚଳିଲାଣି। ମତେ ଏ ଗାଆଁରେ ବାରଗଣ୍ଡା ଦି'କଡ଼ାର କରିଦେବେ। ତୁତ ମାଆ ଜାଣୁ କେତେ ପ୍ରକାରର ଦୁର୍ମତି-ଖଳ ଲୋକଙ୍କର ଏ ଗାଆଁରେ କେତେ ଖେଳ...।

- ମୁଁ ମଉସା ସବୁ ଜାଣିଛି ଓ ବୁଝୁଛି-ଏକଦମ ଗୋଟେ ନୂଆ କଥା କଲାବେଳକୁ କେତେ ବିପଦ ଏଡ଼େଇ ଯିବାକୁ ହେବ। ହେଲେ ପଛେ ଆମକୁ ନିନ୍ଦା କରିବେ-ଛି

ଛାକର କରିବେ- କିନ୍ତୁ ଅଳି ପିଠିରେ କିଏ ପଡ଼ିବେ କି ? ତା ଦୁଃଖ କିଏ ନେବେ କି ? କହିଲା ବେଳକୁ ସମସ୍ତେ-କଲାବେଳକୁ କେହି ନାହାନ୍ତି। ଏଡ଼େ ବକଟେନାକୁ ପିଲା। ତା'ର ଜୀବନଟା ଯାକ ପଡ଼ିଛି- ନାଇଁ ନାଇଁ- କାଲି ଜାଣ ଅଜାଣରେ ଗୋଡ଼ ଖସିଯିବ... ? କିଏ ତାକୁ ମନା କରିବ ? ସେତେବେଳେ ଆଜି ଯେତିକି ତାଳିମାରି ଏମାନେ ନାଚିବେ- ତା'ଠାରୁ ଶହେ ଗୁଣ ଅଧିକ ଆନନ୍ଦରେ ତାଳି ମାରିବେ... ? ଅଳିକୁ ଏମିତି ପଦେ ପଦେ ହିନିମାନୀ କରି ଦେଖିବାକୁ କ'ଣ ତମ ମନ ଡାକୁଛି ମଉସା ?

- ତୁ ଝିଅ ଯାହା କହୁଛି ସବୁ ବେଦର ଗାର ପରି ସତ ନିରାଟ ସତ-କିନ୍ତୁ ମାଆ ଆମକୂଳରେ କ'ଣ ପାତ୍ର ମିଳିବେ ? କିଏ ବିଧବା ଝିଅକୁ ବିଭାହ ହେବାକୁ ରାଜି ହେବ ? ମୋର ସିନା ଝିଅ ଯେ ମୋ ଛାତି ଫାଟି ଫାଳ ଫାଳ ହୋଇଯାଉଛି। ଆଉ କାହା ପୁଅପାଇଁ କିଏ କାହିଁକି ଥରେ ଯିଏ ବିଧବା-ଅଲକ୍ଷଣୀ ବୋଲି ପରିଚିତ ହୋଇଛି ତାକୁ କୂଳବଧୂ କରି ଗ୍ରହଣ କରିନେବ ?

- ସେ କଥା ତମେ ଚିନ୍ତା କର ନାହିଁ ମଉସା, ମୁଁ ଅଳି ପାଇଁ ଯୋଗ୍ୟ ପାତ୍ର ଠିକଣା କରିଦେବି କିନ୍ତୁ ପ୍ରଥମେ ଏହା କରିବ ବୋଲି ସିନା ସ୍ଥିର କଲେ।

- ଆଛା ଝିଅ, ମୁଁ ଏକଥା ଗାଁ ମହାଜନଙ୍କ ମେଳାରେ ଟିକିଏ ପକାଏ...।

ସେ ଦିନ ସଂଜ ରତ ରତ ହେଉଥାଏ। ଅଳି ତୁଳସୀ ମୂଳେ ତେଲଚୁଡ଼ା ବଳିତା ସାତୋଟି ଥୋଇ ଦେଇ ମୁଣ୍ଡିଆ ମାରିଲା। କ'ଣ ଯେପରି ଗୁଣୁଗୁଣୁ ହୋଇ କହି ଯିବାରେ ଲାଗିଲା- ତା ମନର ଅତଳ ତଳେ ଯେଉଁ ଛପିଲା କୋହ ଚାପି ହୋଇ ରହିଥିଲା ତାକୁଇ ସମ୍ଭାଳି ନପାରି ଯେପରି କହିଯାଉଛି, ଦୁନିଆର ସମସ୍ତେ ଜାଣୁଛନ୍ତି କିନ୍ତୁ କେହି କାନ ଡେରି ଶୁଣିବାକୁ ଯେପରି ଚାହାନ୍ତି ନାହିଁ।

ଦାଣ୍ଡପିଣ୍ଡାରୁ ବେଶ୍ ପାଟିତୁଣ୍ଡ ଶୁଣାଯାଉଛି। ଗହଳିଆ ଗହଳିଆ ପାଟି ଯଦୁ ଦାସେ, ନାରଣ ମଉସା- କ'ଣ ବଡ଼ ପାଟିରେ କହିଯାଉଛନ୍ତି- ସଞ୍ଜ ଦିଆହେଲା ବେଳଠାରୁ ବୋଉ ଠାକୁର ଘରେ ପଶି ମୁଣ୍ଡିଆ ମାରି ଲାଗିଛି ଯେ ଏ ପର୍ଯ୍ୟନ୍ତ ଉଠିନାହିଁ। ଅଳିଯାଇ କବାଟ ଫାଙ୍କରେ କାନ ଡେରି ଶୁଣିଲା।

ବାପା କହୁଛନ୍ତି- ମୋ ବିଚାରକୁ ଯାହା ଆସିଲା ମୁଁ ତାହା ଭାବୁଛି ଏବଂ ଆପଣମାନଙ୍କୁ ପଚାରୁଛି।

ନାରଣ ମଉସା କହୁଛନ୍ତି- ହେଁ- ହେ ତମେ ଅତି ଜାଣିବାର ହୋଇଯାଇଛ- ଏ ଯେଉଁ ଭୋଅଟ ଫୋଅଟରେ ଠିଆ ହୋଇ ଇନ୍ଦ୍ର ଚନ୍ଦ୍ର ମାନୁନାହିଁ। ହଇହେ ଏ କି ଅନିଆୟ କଥା ତୁଣ୍ଡରେ ଧରୁଛ। ରାଣ୍ଡ ଝିଅଟେ- କାଚ ସିନ୍ଦୁର ଲଗାଇ ପୁଣି କ'ଣ ନାଁ ଅହିୟରାଣୀ ହେବ ?

ଅଳିର ଛାତି ଦାଉଁକିନା ହେଲା- କି ରୁଢ଼, ରାକ୍ଷସଙ୍କ ପରି ଏଡ଼େ ବଡ଼ କଥାଟାଏ ନାରଣ ମଉସା କହୁଛନ୍ତି, ତେବେ କ'ଣ ମୋ'ରି କଥା ପଡ଼ିଛି ନାଁ- ଆଉ କାହା ଘରର ଅଭାଗିନୀ କଥା ପଡ଼ିଛି...।

ଅଳିର ପାଦତଳୁ ଧରିତ୍ରୀ ମାତା ଯେପରି ତଳକୁ ତଳକୁ ଘୁଞ୍ଚିଯାଉଛି। ମୁଣ୍ଡ ବୁଲାଇ ଦେଉଛି- ଦେହ ଥରୁଛି...।

ଯଦି ଦାସେ କହୁଛନ୍ତି- ହେ- ବଡ଼ ଲୋକଙ୍କୁ ଉତ୍ତର ନାହିଁ, ସ୍ୱର୍ଗକୁ ନିଶୁଣୀ ନାହିଁ। ଏଇ ଅନିଆଚାର କଥାଗୁଡ଼ାକ କହୁଛ ? ଆଉ କେଉଁ ଶାସନ ହୋଇଥିଲେ ଏଇଥିରେ ତୁମକୁ ଦି'କଡ଼ାର କରିଦିଅନ୍ତେଣି। ଏତ ଆମ ଗାଁ...।

ବୁଢ଼ା ହରି ମହାପାତ୍ରେ ବାଡ଼ିକୁ ଦୁଇଥର ବାଡ଼େଇ କହିଲେ ହଁ ଏମିତି- ଗୋଟେ ଟୋକୀ ଆଣି ବୋହୂ ଭୁଆସୁଣୀମାନଙ୍କୁ ଦାଣ୍ଡକୁ କାଢ଼ିଲ ଯେ ନିଜ ଫଳ ନିଜେ ଭୋଗିଲ। ତମେତ ତମ ନିଜ ଇଚ୍ଛା ଅନୁସାରେ ଯାଉଛ- ଆଉ ଆମକୁ କାହିଁକି ଏତେ ପଚରାଉଚରା ଲାଗିଛି- ଏତେ ତାରିଫ୍ ଜ୍ୱାଇଁତ କରିଥିଲ ସେ କପାଳକୁ ସହିଲା ନାହିଁ- ଆଉ ଯେଉଁଠିକୁ ଯିବ...।

ବାପା କାହିଁକି ଭୂତ ଲାଗିଲା ପରି ଏ ଅସମ୍ଭବ ଚିନ୍ତା ମୁଣ୍ଡରେ ପୂରାଇ ଏଗୁଡ଼ାଙ୍କୁ ପଚାରି ଲାଗିଛନ୍ତି-ଶରଣ ପଶିଲା ପରି ହେଉଛନ୍ତି- କ'ଣ ବା ଯାଉଛି ବାପାଙ୍କର- ଗୋଟେ ପେଟ ସେ ପୋଷି ପାରନ୍ତେ ନାହିଁ ଯେ ଏତେ କଥା ଲଗେଇଛନ୍ତି- ନିଜେ ଏଡ଼େ ଛୋଟ ହୋଇ ତାଙ୍କ କଥା ସହିଯାଉଛନ୍ତି। ମନ ଡାକୁଛି-ବାହାରିପଡ଼ି କହନ୍ତି କି-ଆଜ୍ଞା ଆପଣମାନେ ସ୍ଥିର ହୁଅନ୍ତୁ- ମୁଁ ପୁନର୍ବିବାହ କରିବାକୁ ଚାହେଁ ନାହିଁ। ଜିଭ ଲେଉଟୁ ନାହିଁ- ଗୋଡ଼ ଉଠୁନାହିଁ- ହେ ଭଗବାନ୍! ମତେ ବୁଦ୍ଧି ଦିଅ-ସାହସ ଦିଅ- ମୋପରି ଅଭାଗିନୀ ପାଇଁ ବାପା ସତରେ କେତେ ଲାଞ୍ଛିତ ହେଉଛନ୍ତି ? ମୋ ପାଇଁ କ'ଣ ପୋଖରୀରେ ପାଣି ନାହିଁକି ଗଛରେ ଡାଳ ନାହିଁ ?

ପୁଣି ନାରଣ ମଉସା ତେଜି ଉଠି କହିଲେ ହଁ-ହଁ- ଯଦି କରିଯିବ ତେବେ କରିଯାଅ। ଆମେ କିନ୍ତୁ ତମ ଦୁଆରେ ପତର ପକାଇବୁ ନାହିଁ। ଯଦୁ ଦାସେ କହିଲେ- ଏକଥା ହେବ ଯଦି ଆଜିଠାରୁ ତମପାଇଁ କେହି ହାଣ୍ଡି ପକାଇବେ ନାହିଁ। ମଡ଼ା- ମୃତ୍ତିକିଆ କେଉଁଥିରେ ଆଉ ଆମକୁ ଲୋଡ଼ିବ ନାହିଁ।

ବାପା କହିଲେ-ଆପଣମାନେ ଏପରି ତାତି ଯାଉଛନ୍ତି କାହିଁକି ? ଅଳି କ'ଣ ଏକା ମୋ'ରି ଝିଅ-ଆପଣମାନଙ୍କର ନୁହେଁ ? ଟିକିଏ ତଳେଇ କରି ଦେଖନ୍ତୁ...।

ହଁ-ହଁ-ରଖ ସେ ନାହୁଲି କଥା ଗୁଡ଼ା- ଆମର ବି ଝିଅ ବୋହୂ ରାଣ୍ଡ ହୋଇ ରହୁଥିଲେ-ରହିଛନ୍ତି। ଆଉ ଏମିତି କିଏ ହମହମ ହେଉଥିଲେ- ତମରି ପାଖରୁ ସବୁ

ଭିଆଣ। ଉଠ ହେ ଦାସେ ଯିବା ଚାଲ-ସେ ତ ଗାଆଁର ମୁଖିଆ, ତାଙ୍କ ମନ ଯାହା ହେବ କରିବେ। ନ ହେଲାବେଳକୁ ଚଷା, ବାଉରୀ ଭୋଇଙ୍କୁ ଧରି ସେ କରିନେବେନି କି ?

କହି ଜଣ ଜଣ ହୋଇ ଚାଲିଗଲେ। ଅଳି ବାପା ବସିଛନ୍ତି ଯେମିତି ଗଦାଏ ପଥର...। ଅଳି ଆଖିରୁ କବାଟ ଏପଟୁ ବୋହି ଯାଉଛି ଲୁହର ଝର...। ବାପା ଘର ଭିତରକୁ ଉଠିବାର ଶବ୍ଦ ବାରି ଅଳି ବାହାରି ଆସିବ ବୋଲି ବସିଛି- ବାପା ଡାକିଲେ ଅଳି ! ମାଆମୋର ଶୁଣିଲୁ- ଦାଣ୍ଡଘରେ ଠିଆ ହୋଇଛି ଅଳି- ବାପ ଝିଅଙ୍କ ଆଖିରୁ ବୋହୁଛି ଶ୍ରାବଣର ବନ୍ୟା- ସେ ବନ୍ୟା ଧୋଇନେଇ ଯିବ ସବୁ, ଦୁନିଆଁର ଯେତେକ ଅବାଞ୍ଛିତ କ୍ଳିଷ୍ଟତା-ସବୁ ହେବ ସ୍ୱଚ୍ଛ-ପବିତ୍ର...।

ଅଳି ମୁହଁ ସମ୍ଭାଳି କହିଲା- ବାପା ! ମୁଁ ପିଲା ନୁହେଁ- କାହିଁକି ତମେ ପୁଣିଥରେ ଏହି ଅସମ୍ଭବ କଥା ଚିନ୍ତା କରୁଛ ? ମୋ ଭାଗ୍ୟରେ ଆଉ କିଏ ସୁଖ ଲେଖିଛି ଯେ ମୁଁ ସୁଖ ପାଇବି ?

ତୁନିହୁଅ ଅଳି- ଏମିତି ପାଗଲାଣୀଙ୍କ ପରି ମତେ କଥା କହନା- ତୁ ଅଳପେ ବହୁତେ ପାଠ ପଢ଼ି ଏ ଦୁନିଆଁର ହାଲଚାଲ ଜାଣିଛୁ। ତତେ ମୁଁ ସମସ୍ତଙ୍କୁ ପଛକରି ଯୋଗ୍ୟ କରାଇଛି। କିନ୍ତୁ ତୋର ତୋ ପେଟ ପୋଷିବା ପାଇଁ ଚିନ୍ତା ନାହିଁ ଆଜି ନୂଆ ହୋଇ କାଚ କାଢ଼ିଛୁ-କାଲି ଯେତେବେଳେ ଏଇ ଯେଉଁମାନେ ବଡ଼ ବଡ଼ କଥା କହି ଦେଇଗଲେ-ତାଙ୍କରି ପୁଅମାନେ ତୋ ଚାରିପଟେ କୁଆ ଶାଗୁଣାଙ୍କ ପରି ଝାମ୍ପ ମାରିବାକୁ ଉଡ଼ି ଚାଲିଯିବେ, ମୁଁ ସହିପାରିବିଟି କି ? ତୁ ଯାଆ ମା- ମୁଁ ବାପ-ଜନ୍ମ କରିଛି-ମତେ ଯାହା ସୁନ୍ଦର ଦିଶିବ-ତତେ ତାହା ନିଶ୍ଚୟ ଭଲ ଲାଗିବ, ତୋ ଶିକ୍ଷା ତତେ ଏତକ ବତାଇଛି। ମୁଁ ଡରେନି ଜାତି ଭାଇ-ମୁଁ ଚାହୁଁନି ଗାଆଁର ମୁଖିଆ ହେବାକୁ, ମୋ ସଂସାର ଆଗ- ପଛ ଯାଇ ଅନ୍ୟର ଚିନ୍ତା।

ଅଳି ଲୁହ ପୋଛି ପୋଛି ଘର ଭିତରକୁ ଗଲା। ତକିଆରେ ମୁହଁ ମାଡ଼ି- କେଉଁଦିନର ଛପିଲା କୋହ ସବୁକୁ ଉଜାଡ଼ି ଦେଇ କାନ୍ଦିବାରେ ଲାଗିଲା।

ସକାଳୁ ହେମାଙ୍ଗିନୀ ଧୀରେ ଧୀରେ ଆସିଲା। ପୋଖରୀ ହୁଡ଼ା ଦେଇ ତାକୁ ଆସିବାକୁ ହୁଏ-ସେଠି ମାଇପି ସଭାରୁ ଟିକିଏ ଟିକିଏ ଆଭାସ ପାଇସାରିଛି। ଅଳିର ଅତି ଆପଣାର ଖୁଡ଼ି, ଦେଠେଇ, ନାନୀ ସମସ୍ତେ ଟୁପ୍ ଟାପ୍- ମୁହଁ ମୋଡ଼ାମୋଡ଼ି ହେଉଛନ୍ତି। ତା ଭିତରୁ ଜଣେ ବାହାରି କହିଲା- ନାହିଁ ମ କ'ଣ ତମେ ଗୁରାକ ଜାଣିଛ...? ଝିଏତ ଦିନରାତି ଦାଣ୍ଡନାହିଁ-ହାଟ ନାହିଁ ବୁଲିଲେ-କ'ଣ ଖଞ୍ଜା ଅଖଞ୍ଜା ହେବଣି ଯେ ଆଉଥରେ ଦୁତୀୟ କରିଦେବାକୁ ମନ !

ବଡ଼ ଦେଠେଇ-ଦାମ ମହାପାତ୍ରଙ୍କ ସ୍ତ୍ରୀ-ବାହାରି ପଡ଼ି କହିଲେ- ଟୁପୁସୀ ମୁହଁ ଏକ୍‌ସେସ୍ ଅଛି। ମଉନମୁହୀକି କମ୍ କରିପାରିଲକି? ବୋପା ସାଙ୍ଗରେ ସାତ ଗାଁ ଡେଇଁଯିବ ଥେଟର ଦେଖି-ରାତି ରାତି କୁଆଡ଼େ ରହି ଆସିବ- ମାଇକିନିଆଁ ଝିଅ- ଯେତେ ଧୋଇହେଲେ କ'ଣ ଦିହରୁ ଲିଭିବ? ମରଦ ପୁଅ କଥା ଭିନେ...।

ମାଳତୀ ନାନୀ କହିଲେ-ହଁ-ସେଇଆ ନୁହେଁ କ'ଣ? ରାଣ୍ଡ ହେଲା ଦିନୁ କେଉଁଦିନ ଭଲା ଦେଖିଛ-ଟିକିଏ ଆଖିରୁ ଲୁହ ଗଡ଼ାଇଛି-ନାଁ ପଦେ ବାହୁନି କାନ୍ଦିଛି? ସାୟା, ବିଲାଉଜ୍, ଧୋବ ଫର ଫର ଧୋତି ପିନ୍ଧି ବାହାରି ପଡ଼ିବେ ଆମର ଯେମିତି ସାତ-ହଜାରିଙ୍କ ମାଇପ! କୁଉ ଲାଟ ସାଇବାଣୀର ଏମିତି ଦରପ ହେନି...।

ପାର୍ବତୀ ନାନୀ ଉବ-ଡବୀ-ତ ପାଟିରେ ବାଡ଼ ବତା ନାହିଁ। ସେ ଇନ୍ଦ୍ରଚନ୍ଦ୍ର ମାନିବା ବାଲା ନୁହେଁ-ଗରାଟାକୁ ଦରମଜା ଥୋଇଦେଇ ଠିଆ ହୋଇପଡ଼ିଲା। ମଲାରେ ତା'ର ସେ ଘଇତା କଲା କି ପୁଅ ଜନମ କଲା ଆମମାନଙ୍କର କ'ଣ ଯାଏ ଲୋ? କିଏ ତା ଆଖିରୁ ଭଲା ଦିନେ ଆହା ପଦକରି ଲୁହ ଦୁଇଟୋପା ପୋଛିଛ? ଆଉ ଚରଚା ଦେଖ-ମଲାମାଛିକି ମ' କହିବ ନାହିଁ- ବିହି ତା'କପାଳରେ ଏମିତି ବିଲି ବିଲା ଲେଖିଥିଲା ବୋଲି ସିନା ଏଙ୍କ ଆଖିରେ ତା'ର ଧୋବ ଲୁଗା ବିଲାଉଜ ଦେଖାଗଲା। ମରୁନ ଲୋ! ତମରି ଭଳିଆ ଗାଁ ଦାଣ୍ଡରେ ପୋଖରୀ ହୁଡ଼ାରେ ଦେହରୁ ମୁଣ୍ଡରୁ ଫାଳେ ଫାଳେ ଦେଖାଇ ଚାଲିବାଟା ବେଶି ଶୋଭାକର!- ଯେତକ ଅବେଇଛ କଥା ଏଙ୍କରି ଠେଇଁ-ହଇହେ! ତମେ ତା ମା' ସମାନ ଦେଠେଇ-ଝିଅତ ପୁଣି ନିଜେ ଜନମ କରିଛ- ଦେଖିବାନି କି?

ହେମାଙ୍ଗିନୀ ଏଇତକ ଗଛ ଆଢୁଆଳରେ ରହି ଶୁଣି ଭାବୁଛି - ଠିକ୍ କଥା ମଉସା କାଲି ଡାକି ବୋଧହୁଏ ପଚାରିଛନ୍ତି- ତେଣୁ ଗାଆଁରେ କଥାଟା ଭିନ୍ନ ରୂପ ନେଇ ପ୍ରଘଟ ହୋଇଛି। ହେଉ- ସେଥିରୁ କାହାକୁ କ'ଣ ମିଳିବ? ମଉସାଙ୍କୁ ଦମ୍ଭ ଦେବାକୁ ହେବ। ଯଦି ମଉସା ରାଜି ହୁଅନ୍ତି- ତେବେ ଯାହାଙ୍କୁ ସେ ମନେ ମନେ ସ୍ଥିର କରିଛି- ତାଙ୍କୁ ନିଜେ ଯାଇ ପଚାରିବି।

ହେମାଙ୍ଗିନୀଙ୍କୁ ଦେଖି ଲୁହଧୁଆ ଆଖିରେ ଅଳି ଧାଇଁ ଆସିଲା।

ହେମ ଅପା- ଯାହାତ ଯିବାର ଯାଇଥିଲା- ପୁଣି ଅଢୁଆ ସୂତାରୁ ଖିଅ ବାହାର କଲାପରି ଏକଥା ଲଗାଇଲ କାହିଁକି? କାହାକୁ ମୁଁ ମୁହଁ ଦେଖାଇବି?

ତୁନି ହୁଅ ଅଳି- ଏସବୁ କି ଆଜେ ବାଜେ କଥା ଗପୁଛ? କାହାକୁ ତମେ ମୁହଁ ଦେଖାଉଥିଲ-ଆଉ କାହାକୁ ନ ଦେଖାଉଛ କହିଲ ଭଲା? ତମକୁ ସ୍ଥିର ହେବାକୁ

ପଡ଼ିବ- ଧୈର୍ଯ୍ୟ ଧରିବାକୁ ପଡ଼ିବ। ବୋଉ ବାପା ଥରେ ତମ ହାତ ଛନ୍ଦି ଦେଇଥିଲେ- ସେତେବେଳେ ଲାଜ ମାଡୁନଥିଲା- ଆଉ ଆଜି କାହିଁକି ଲାଜ ମାଡ଼ିବ? ମଉସା କାହାନ୍ତି?

ହେମାଙ୍ଗିନୀ ଦାଣ୍ଡ ଖଞ୍ଜାରେ ପଶିଲା। ଦେଖ ମଉସା-ତମେ ଆଜିଠାରୁ ଅଳିକୁ ଏଣୁତେଣୁ କହି ବିଗାଡ଼ି ଦିଅନି। ମୁଁ ସବୁ ଶୁଣିଆସିଛି- ଆଉ ଠିକ୍ ଜାଣିଥିଲି-ସେମାନେ ଏ କଥାକୁ ମୋଟେ ପସନ୍ଦ କରିବେ ନାହିଁ- ଓଲଟି ଝିଅଟା ନାଁରେ ବାର ଅପବାଦ ଦେବେ। ସେଇଆ ମଧ୍ୟ ହୋଇଛି। ଏବେ କୁହ କ'ଣ କରିବା?

ହେମ-ତୋ ମାଉସୀକୁ ଡାକ। ଅଳିକୁ ସୁଖୀ କରିବାକୁ ଯାଇ ଗାଁ ଭାଇଙ୍କୁ ଛାଡ଼ିଦେବାକୁ ହେବ। କି ଗାଁ ଛାଡ଼ି ଚାଲିଯିବାକୁ ହେବ- ଏତ ଜୀବନ ମରଣ ସମସ୍ୟା- ଏଣୁ ଏଡ଼େ ତରତରରେ ଗ୍ରହଣ କଲେ ଚଳିବ ନାହିଁ।

- ତା ମୁଁ ବୁଝୁଛି ମଉସା-ସେଦିନ ଥିଲା- ଯେଉଁଦିନ ଧରମାର ବାପା ଭାବୁଥିଲା- ବାରଶ ବଢ଼େଇରେ ଦାୟ- ପୁଅର ଦାୟ ନାହିଁ। କିନ୍ତୁ ଆଜି କ'ଣ ସେଇ ଯୁଗ ଅଛି? ମଣିଷ ଆକାଶରେ ଗ୍ରହ-ଉପଗ୍ରହ ଉଡ଼ାଇଲେଣି-କୃତ୍ରିମ ବର୍ଷା ବର୍ଷେଇ ଦେଇପାରିଲେଣି- ଆଉ ଏଇ ଗାଁ ଜାତି ଭାଇ କରି ତମେ ବସିଥିବ? ଆଜି ଏମାନେ ଏମିତି ହେଉଛନ୍ତି- ମୋ ଛୋଟ ମାଇପି ବୁଦ୍ଧିରେ କହୁଛି- ଦେଖି ଗାଁ କୋଠକୁ କିଛି ଦେଇ ଦେଲ- କେତେ ସେମାନେ ଆଉ ବକ ବକ ହେବେ?

ଠିକ୍ କହିଛୁ ହେମ- ସେମାନେ ସ୍ୱାର୍ଥର ସାଥି- ସେମାନଙ୍କର କ'ଣ ମଣିଷପଣିଆ ବିଚାର ବୁଦ୍ଧି କିଛି ଅଛି? ସେ ଯାହାହେଉ- ମୋର ବା ଆଉ କେତେଦିନ? ଅଳି ମୋର ହସି ଖୁସି ରହିଲେ ହେଲା- ମୋ ମୁର୍ଦ୍ଦାରଟାକୁ ନ ଉଠେଇବେ ନାହିଁ- ଯୁବସଂଘର ଚଷା ବାଉରୀ ପିଲା ଅଛନ୍ତି-ସେମାନେ ନିଶ୍ଚୟ ନେବେ। ଅଳି ବାହାଘରକୁ ନ ଆସିବେ ନାହିଁ-ଯେଉଁମାନେ ଚାରିଦିନରେ ଦିନେ ନ ଖାଉଛନ୍ତି ସେଇମାନଙ୍କୁ ହେଲେ ବକତେ ଭଲ ଖାଇବାକୁ ଦେଲେ ଧର୍ମ ହେବ। ତୁ କହିଲୁ ମା'- କାହାକୁ ମନରେ ସ୍ଥିର କରିଛୁ?

ମୁଁ ଭାବିଛି - ସେଇ ଯେଉଁ ରଘୁରାଜପୁରର ସୁରେଶ ମହାପାତ୍ର ତାଙ୍କୁଇ! ବି.ଏ. ପାଶ୍ କରିଛନ୍ତି- ଖାନ୍‌ଦାନି ଘର- ବିପତ୍ନୀକ-କ'ଣ ଅଛି ସେଥିରେ?

ଅଳି ବୋଉ-ବାପା-ହେମାଙ୍ଗିନୀର ମୁହଁକୁ ବଲବଲ କରି ଚାହିଁଛନ୍ତି- ହୁଁ-ଯେ ବାହୁଅ ଦିନୁ ପକେଇ ଶେଷକୁ ମନା କରିଦେଲା ସେ ପୁଣି ଏତେ ଅଡୁଆରେ ପଡ଼ି ବିଧବା ଅଳିକୁ ବିବାହ କରିବ?

-ହେମ! ତୁ ଏବେ ଏଙ୍କୁଇ ମନେ ଭାବିଥିଲୁ? ତୁ ମା' ଜାଣିଛୁ ସେ ପରା

ପ୍ରଥମେ ଅଳି ସଙ୍ଗେ ପଡ଼ିଥିଲା-ସେ ସେତେବେଳେ ମନା କରିଥିଲା- ଆଉ ଏତେବେଳେ କ'ଣ ରାଜି ହେବ?

- ତମେ ମଉସା- ସେ କଥା ଗୁଡ଼ା ଭାବନାହିଁ। ତମେ ପକାଅ-ମୁଁ ସେଣିକି ଯିବି-କଥାବାର୍ତ୍ତା କରିବି।

ଝିଅ-ସେମାନେ କାଳେ ଅପମାନ ଦେବେ?

ବେଶ୍- ସବୁ ମାନ ଅପମାନ ମୋ'ରି ମୁଣ୍ଡରେ ଯାଉ ମତେ ଶଗଡ଼ ମଣିଷ ଠିକ୍ କରିଦିଅ ମୁଁ ଯାଇ କଥାବାର୍ତ୍ତା କରି ଆସିବି।

- ମାଆ ଜାଗୁଳେଇ ଯଦି ସତରେ ଭାବିବ ତେବେ ସିନା ମୋ ଝିଅର ଫାଟିଗଲା ଭାଗ୍ୟ ପୁଣି ଯୋଡ଼ି ହେବ- କହି ମାଉସୀ ତଳେ ଢ଼ୁ କିନା ମୁଣ୍ଡ ପିଟିଲେ।

-ମଙ୍ଗଳମୟ ହରି! ତୁମରି ଇଚ୍ଛା ପୂର୍ଣ୍ଣ ହେଉ- କହି ମଉସା ଅନାଗତ ଭବିଷ୍ୟତକୁ ପ୍ରଣାମ ଜଣାଇଲେ...।

ହେମାଙ୍ଗିନୀକୁ ଦେଖି ନୀର ପ୍ରଥମେ ଆଶ୍ଚର୍ଯ୍ୟ ହୋଇଗଲେ। ସେଦିନ ଅଳ୍ପ ସମୟ ପାଇଁ ହେମାଙ୍ଗିନୀଙ୍କ ସହିତ ଦେଖା ହୋଇଥିଲା।

ଆଦର କରି ଘରକୁ ନେଇ ଜଳଖିଆ ବାଢ଼ିଦେଲେ କହିଲେ- ଏମିତି ଅବେଳରେ ଏକା ଏକା କୁଆଡ଼େ ଆସିଲ ମ?

- ଏମିତି ଟିକିଏ ଗାଁକୁ ଗାଁ ତ ବୁଲିବା ଆମ କାମ-

-ହଁ-ଭଲ କଲ ଆସିଲ- ଆଉ ତୁଳସୀପୁର ଖବର କ'ଣ? ଅଳି ଭଲ ଅଛିଟି?

-ହଁ-ଭଲ ରହିବ ନାହିଁ ଆଉ କ'ଣ? ଯାହାର କପାଳ ଫାଟିଛି ତା'ର ଗୋଟାଏ ସୁଖ ଦୁଃଖ କ'ଣ?

-ସତରେ- ଏଇଠି ମନେ ହୁଏ- ଭଗବାନ୍ ବଡ଼ ଅବିବେକୀ- କି ଭଳିଆ ଝିଅକୁ ସେ ଏ ଦୁଃଖ ଦେଲେ।

- ହଁ ମ ଭାଉଜ- ଆଜିକାଲି ଏ କଥାକୁ ଆମରିପରି କେତେଜଣ ଅନ୍ଧ ଏତେ ଜୋର୍‌ରେ ଗ୍ରହଣ କରୁଛନ୍ତି ନାଁ? ନ ହେଲେ ଅନ୍ୟ ଦେଶରେ କ'ଣ ଏତେ କୁସଂସ୍କାରକୁ ଜାବୁଡ଼ି ଧରୁଛନ୍ତି? ବୁଢ଼ୀ ହୋଇଛି ନାଁ- ଦିଇ ଚାରିଟା ପିଲା ହୋଇଛନ୍ତି- କେତେ ଦିନ ବା ଶାଶୁ ଘରକୁ ଯାଇଛି?

-ସତରେ ଝିଅ- ମଉସା ମାଉସୀଙ୍କୁ କହି ଅଳିର ବିବାହ ଦେଲେ ହୁଅନ୍ତା। ସୁରଙ୍କ ଭାଇ କହୁଥିଲେ କେଉଁ ବନମାଳୀପୁର ବୋଲି ଗୋଟିଏ ଗାଆଁ ଯେ ସେଠାରେ ଏମିତି ଗୋଟାଏ କଥା ହେଲା- ଗାଁ ବାଲା ଅଡ଼ି ବସିଲେ- ଜାତିଭାଇ ଆସିଲେ ନାହିଁ- ହେଲେ ଝିଅଟି ତ ସୁଖରେ ରହିଲା...।

ହେମାଙ୍ଗିନୀ କଥାରେ ମୋଡ଼ ମୋଡ଼ି ଦେଇ ଭାବିଲା, ମୋ କଥା ଫଳିଯିବ କି ହେଲେ ?

କହିଲେ... ହଁ ମ ଭାଉଜ... ମୁଁ ବି ଅନେକ ଦିନରୁ ସେଇଆ ଭାବୁଛି ଯଦି ତାଙ୍କ ଝିଅ ସୁଖରେ ରହିବ-ତା'ପାଇଁ ସେମାନେ ଗାଁ ଗଣ୍ଡା-ଜାତି ଭାଇ ଛାଡ଼ିଦେବାକୁ ପ୍ରସ୍ତୁତ କିନ୍ତୁ ପାତ୍ର କାହାନ୍ତି ? ଯାହାର ମନ ସେମିତି ଉଦାର ହୋଇଥିବ...।

ଟିକିଏ ଚୁପ୍ ରହି ହେମାଙ୍ଗିନୀ ପୁଣି କହିଲା... ଆମ ସୁର ବାବୁଙ୍କୁ କଲେ କେମିତି ହୁଅନ୍ତା ?

ନୀର ଚମକି ପଡ଼ିଲେ...। ଏଁ- କି କଥା ଶୁଣିଲେ- ସୁରଙ୍କର କ'ଣ ବା ହୋଇଯାଇଛି ଯେ ଏମିତି ଗୋଟାଏ ବିଧବା ଅଲକ୍ଷଣୀକୁ ଘରକୁ ଆଣିବେ ?

ମନ କଥା ମନରେ ରଖି ନୀର କହିଲେ-ଏସବୁ କଥା ଘରର ମୁରବିଙ୍କ ଉପରେ ନିର୍ଭର କରେ। ଆମମାନଙ୍କ ପରି ମାଇପିମାନେ କ'ଣ ବିଚାର କରିବେ ? ସୁରଙ୍କର ତ ତାକୁଇ ଅନେକ ଦିନ ତଲୁ ପଡ଼ିଥିଲା ଯେ-ସେ ପାଠ ପଢ଼ିନାହିଁ ବୋଲି ନାହି କରି ଦେଇଥିଲେ- ଏବେ ପୁଣି ଅଧିକା ଦୁନିଆଁରୁ ବାହାର ଗୋଟାଏ କଥା କହିବାକୁ ହେବ।

ଥରେ ସୁରବାବୁଙ୍କୁ ଓ ଭାଇଙ୍କୁ ପଚାରିଲେ ହୁଅନ୍ତାନିକି ? ସୁରବାବୁଙ୍କର ତ ତମେ ମୁରବି- ଆଉ ଭାଇ ତ ଏତେ ସମାଜ ସଂସ୍କାର କରୁଛନ୍ତି- ପରପାଖେ ଆଦର୍ଶ-ନୀତି କଥା କହୁଛନ୍ତି-ନିଜ ଘରେ ଦେଖନ୍ତୁ ଆଗକରି ଅନ୍ୟମାନଙ୍କ ପାଇଁ ବାଟ ଫିଟାନ୍ତୁ। ଏମିତି କଥାବାର୍ତ୍ତା ମଝିରେ ସୁରେଶ ଆସି ପହଞ୍ଚିଲେ। ଆରେ- ହେମାଙ୍ଗିନୀ ଦେବୀ- ଆପଣ ଇଆଡ଼େ କିପରି ?

ପାଟିରେ ପାଟିଏ ଚୁଡ଼ା ଚକଟା ପୁରାଇ ହେମାଙ୍ଗିନୀ କହିଲା- ଯେପରି ସୁବିଧା ହେଲା ସେପରି...।

ଭାଉଜ କି ଗୋଟେ କାମପାଇଁ ଉଠିଗଲେ।

ସୁରବାବୁ! ମୁଁ ଗୋଟିଏ ଜରୁରୀ କାମରେ ଆପଣଙ୍କ ପାଖକୁ ଆସିଛି। କେତେବେଳେ ଆପଣଙ୍କ ସଙ୍ଗେ ଦୁଇପଦ କଥା ହୁଅନ୍ତି।

ଏବେ ଆସୁନାହାନ୍ତି- କଥା ଦୁଇପଦ ହେବପାଇଁ ସମୟ କ'ଣ ଲୋଡ଼ା।

ଭାଉଜ ଭାବୁଛନ୍ତି ସୁର ଯେଉଁ ଖିଆଲି ପିଲା- ଗୋଟିଏ ଖିଆଲରେ ତାକୁ ନାହିଁ କରିଥିଲେ- କ'ଣ ଯଦି ଗୋଟାଏ ମନରେ ଉଠିବ ତେବେ ଖାଲ ପଡୁ ଢିପ ପଡୁ ସେଇଠି ପୁଣି ହଁ କରିଦେବେ। ମତେ ତ ଗାଆଁରେ ବାଟ ଚଲେଇ ଦେବେ ନାହିଁ। ମୋ ପିଲାମାନଙ୍କର ପୁଣି ଭବିଷ୍ୟତ ଅଛି। ତାଙ୍କ ଭାଇ ଯେଉଁଠି କହିବେ-ସେ

ସେଠି ହଁ କରିଦେବେ-ଏବେ ମୁଁ ଅଡୁଆରେ ପଡ଼ିଲି । ବିଧବାଟେ- କିପରି ମାଛ ଶୁଖୁଆ ଖାଇ କାଚ ସିନ୍ଦୁର ପିନ୍ଧି ଇଷ୍ଟ ଦେବତାଙ୍କୁ ପାଣି ଦେବ? ହଁ ମ- ସୁର କୁଉ ଅବା ରାଜି ହେଉଛନ୍ତି? ଏ ଯେଉଁ ଗ୍ରାମ ସେବିକା- ସେ ବଡ଼ କଥା କହି ଚତୁରୀ ଯେକୌଣସି ମତେ ସୁରଙ୍କୁ ମଙ୍ଗେଇ ଦେବ । କେଜାଣି- ନରମାୟା ନାରାୟଣଙ୍କୁ ଅଗୋଚର । ସୁର ଯେଉଁ ଯାଇଥିଲେ-ଆଉ କ'ଣ ହଁ ଭରି ଦେଇ ଆସିଛନ୍ତି କି?... ନୀର କେତେ କ'ଣ ଏମିତି ଅଡୁଆ ତଡୁଆ ଭାବନାରେ ଭାସି ଭାସି ଯାଉଛନ୍ତି... ।

ହେମାଙ୍ଗିନୀ-ସୁର ବେଶ୍ କଥାବାର୍ତ୍ତା ଜୋଡ଼ି ଦେଇଛନ୍ତି । ସେ ତ ଗ୍ରାମ ସେବିକା ତା'ର ଏତେ ଲାଜ ସମ୍ଭ୍ରମ କରିବା କଥା ନୁହେଁ ।

-ସୁର ବାବୁ ସବୁ ସଂସ୍କାର ଏ ମନରେ ଥାଏ । ଯେପରି ଭାଗବତ କହୁଛି- ମନର ମୂଳେ ଏ ଜଗତ-ତେଣୁ ଏସବୁ କଥା ଛାଡ଼ି ଆମେ ପ୍ରକୃତରେ ଦେଖିଲେ ଜାରିବା- ନିଜେ କେତେ ସଂସ୍କାରମୂଳକ କାର୍ଯ୍ୟ ଜୀବନ ଭରି କରି ଯାଇଛେ ।

ହଁ-ତା ତ ଠିକ୍- କିନ୍ତୁ ସେଇପରି କାମ କରିବା ପାଇଁ ସୁଯୋଗ ମିଳିବା କଠିଣ... ।

କାହିଁକି? ଆମପରି ଅନ୍ଧବିଶ୍ୱାସ କୁସଂସ୍କାର ପୁରି ରହିଥିବା ସମାଜରେ ସୁଯୋଗର ଅଭାବ ହେବ? ଆପଣମାନଙ୍କ ପରି ଉତ୍ସାହୀ ଶିକ୍ଷିତ ଯୁବକମାନେ ଯଦି ଏଥିରେ ଆଗଭର ନହେବେ ତେବେ ଆଉ ହେବ କିଏ?

ହୁଁ- ତା ତ ସତକଥା କିନ୍ତୁ କହିବା ଅପେକ୍ଷା କରିବା ବଡ଼ କଷ୍ଟ । କିଏ ଏତେ ଅଡୁଆକୁ ଯାଉଛି? ଚକ ସୁରୁଖୁରୁରେ ଗଡୁଛି-ଗଡୁଥାଉ ।

-କିନ୍ତୁ ସୁରେଶ ବାବୁ-ଏମିତି ଯଦି ଆମେ ଭାବିବା-ତେବେ ବହୁଦିନ ପଛରେ ପଡ଼ି ରହିବା- ଆମେ କ'ଣ ରୁଷିଆ-ଆମେରିକା ସହିତ ଦୌଡ଼ରେ ପାରିବା?

ଭାଉଜ ଡାକିଲେ- ସୁର-କ'ଣ ଗପ ସରିବ ନାହିଁ କି? ନୂଆ ମଣିଷ ଦେଖି ଭୋଳ ହୋଇଯାଉଛ- ନୁହେଁ? ଖାଇବ ଆସ ।

ହେମାଙ୍ଗିନୀର କଥା ସରିଲା ନାହିଁ । ସୁରବାବୁଙ୍କ ଘରେ ବସି ହେମାଙ୍ଗିନୀ ଚାରିପଟକୁ ଲକ୍ଷ୍ୟ କଲା- ବେଶ୍ ଆଧୁନିକ ଛାପ କାନ୍ଥରେ ଗୋଟାଏ ବଡ଼ ଦର୍ପଣ- ତିନି ଚାରିଖଣ୍ଡ ସୁନ୍ଦର କ୍ୟାଲେଣ୍ଡର-ଗୋଟେ ପଟେ ଗାନ୍ଧିଜୀଙ୍କ ଅର୍ଦ୍ଧାକୃତି ଖଣ୍ଡେ ଫଟୋ- ଅନ୍ୟ ଗୋଟେ ପଟେ ସୁରବାବୁ ଓ ତାଙ୍କ ପତ୍ନୀ ।

କି ସୁନ୍ଦର ଲାଜୁଆ ଚେହେରା- ଆଖି ଦୁଇଟି ଲାଜରେ ଯେପରି ବନ୍ଦ ହୋଇଯିବ । ଖଣ୍ଡାଧାର ପରି ନାକ । ମନେ ମନେ ଭାବିଲା- ହଁ- ଅଳି ଏବେ ରୂପରେ ଗୁଣରେ କୁ ଅସାରକି?

ଭାଉଜ ଆସି ଡାକିଲେ।

ସୁରବାବୁ ଖାଇସାରି ମୁହଁ ପୋଛୁ ପୋଛୁ ଆସି ପଚାରିଲେ-ଗୌରଚନ୍ଦ୍ରିକା ତ ବହୁତ ହେଲା- ଏପର୍ଯ୍ୟନ୍ତ ଆପଣଙ୍କ ଆଗମନର କାରଣ ଜାଣିଲି ନାହିଁ।

-ଜାଣିବେନି କି? ତରତର କାହିଁକି? କେତେଦିନ ଆଉ ଏମିତି ରହିବେ ଆପଣ? ଭାଉଜ ଏକୁଟିଆ ଲୋକ- ତାଙ୍କ ପିଲାଙ୍କ ଖବର ବୁଝିବେ ନାଁ ଆପଣଙ୍କ ଖବର ବୁଝିବେ?

-ହେମାଙ୍ଗିନୀ ଦେବୀ! କ'ଣ ବା ଆଉ କହିବି? ହେଲେ ପୋଡ଼ିଗଲା ତିଅଣରେ ସୁଆଦ ନଥାଏ।

ଠିକ୍-କିନ୍ତୁ ଏମିତି କେତେ ତିଅଣ ପୋଡୁଛି-ପୁଣି ନୂଆ ମସଲା ଦେଇ ତାକୁ ସୁଆଦିଆ କରିଦେଲେ ତ ହାତ ଚାଟି ଖାଇବାକୁ ମନ ହେବ। ଆପଣ କହନ୍ତୁ-ମୁଁ ଖୁବ୍ ଭଲ ଗୋଟିଏ ଯାଗାର ପାତ୍ରୀ କଥା କହିବି।

-ଆପଣ ଏହି ଗ୍ରାମ ସେବା ମଧ୍ୟରେ ପ୍ରଜାପତି ଘଟସୂତ୍ର ଅଫିସର ହୋଇଗଲେଣି କି?

ସବୁ କରିବାକୁ ହେବ। ସମାଜରେ ଯାହା କିଛି ପରିବର୍ତ୍ତନ ବା ନୂତନ କଥା ଚାଲୁ କରିବାକୁ ହେବ ତାକୁ କିଏ କରିବ? ଆମେମାନେଇ କରିବୁ। ଧରନ୍ତୁ-ମୁଁ ଯଦି ଏଇଲେ ଆପଣଙ୍କୁ ଜଣେ ବିଧବା ବିବାହ ପ୍ରସ୍ତାବ ଦିଏ-ତେବେ ପ୍ରଜାପତି ଘଟସୂତ୍ର ଅଫିସରଙ୍କ କର୍ତ୍ତବ୍ୟ କରିବା ସଂଙ୍ଗେ ସଙ୍ଗେ ଗ୍ରାମ ସଂସ୍କାରମୂଳକ କାମ କଲି ନାହିଁ କି?

ସୁରେଶ ଆଶ୍ଚର୍ଯ୍ୟ ହୋଇ ଚାହିଁଲା ହେମାଙ୍ଗିନୀକୁ କୁଉଠୁପାଣି ଆସି କୁଉଠି ପଡ଼ିଲାଣି- ଏ କ'ଣ - ହେମାଙ୍ଗିନୀ ଏମିତି ଏକ ଅଜବ ପ୍ରସ୍ତାବ ଆଗରେ ଆଣି ବାଢୁଛି? ସେ ପୁଣି କିଏ? ଭାଇ ଭାଉଜ ବା ଏ ପ୍ରସ୍ତାବରେ ମୁଣ୍ଡ ପୁରାଇବେ କାହିଁକି?

କ'ଣ ଭାବିଲେ ସୁରେଶ ବାବୁ। ଭାବନ୍ତୁ ନାହିଁ-ଆପଣଙ୍କୁ ମହରଗରୁ ନେଇ କାନ୍ତାରରେ ପକାଇଲି ବୋଲି। ଏଥିରେ ଆପଣଙ୍କର ଉଦାରତା ଯେତିକି ରହିବ-ଆପଣଙ୍କ ପରିବାରର ମହତ୍ୱ ସେତିକି ରହିବ। ଆପଣ ଭାବନ୍ତୁ ଦେଖି ଆପଣଙ୍କର ସ୍ତ୍ରୀ ମରିଛନ୍ତି- ଆପଣଙ୍କୁ କୌଣସି ଝିଅ ଗ୍ରହଣ କରିବାକୁ ଅରାଜି ହେବ ନାହିଁ। ତେବେ ଯାହାର ସ୍ୱାମୀ ମରିଥିବ- ସେପରି ଝିଅକୁ ଗ୍ରହଣ ନ କରିବେ କାହିଁକି?

ଏତେ ବୁଲାଇ କହନ୍ତୁ ନାହିଁ ହେଲା ଏବେ ମୁଁ ଜଣେ ସମାଜ ସଂସ୍କାରକର ଧ୍ୱଜାଧାରୀ ନେତା ହୋଇ ଆପଣଙ୍କ ପ୍ରସ୍ତାବ ଗ୍ରହଣ କରିନେବି। ସେ କିଏତ ପୁଣି ଜାଣିବା ଆବଶ୍ୟକ।

ନିଶ୍ଚୟ-ଆପଣ ଜାଣି ରାଜି ହେଲେ ଯାଇ ଯେଉଁ କଥା। ଝିଅଟି ସହିତ ଆପଣ ବହୁ ପୂର୍ବରୁ ବହୁ ଭାବରେ ପରିଚିତ। ହେଲେ ଏଥର ନୂତନ ଏକ ପରିଚିତ ନେଇ ସେ ଆସିବ। ତୁଳସୀପୁରର ନନ୍ଦନିଧି ମହାପାତ୍ରଙ୍କର ବିଧବା କନ୍ୟା ଅଳକା।

ସୁରେଶ ମନରେ ଅଜଣା ଆନନ୍ଦର ସଙ୍କେତ ଯାହାକୁ ଦିନେ ସେ ଅବଜ୍ଞାରେ ପେଲି ଦେଇଥିଲା ଦୂରକୁ- ଭାଉଜ ଯାହାକୁ ଦିନେ ଏ ଘରକୁ ଆଣି ସୁନାର ସଂସାର ପରିକଳ୍ପନା କରୁଥିଲେ- ସେଇ ଅଳକା-ଅନ୍ଧାରରେ ଯାହାର ଛାଇ ପଛରେ ସେ ଧାଇଁ ଯାଇଥିଲା-ଦେଖା ଦେଇ ଯିଏ ଧରା ଦେଇନଥିଲା-ରକ୍ତରେ ବିଜୁଳିର ଚମକ ଛୁଟାଇ କହିଥିଲା- "ମୁଁ ବିଧବା ଏ ଜନମରେ ନୁହେଁ"। ତେବେ ଏ ଜନମରେ ଏହା ଶୁଣିବା ସମ୍ଭବ ହେଲା କିପରି ? ସେ ନିଶ୍ଚୟ- ମୋ'ର। ନହେଲେ ବିଧାତା ଆଜିକୁ ତିନିବର୍ଷ ହେଲା ବାରବାର ଏମିତି ଅଘଟଣ ସୃଷ୍ଟି କରି ଦୁହିଁଙ୍କୁ ଏକାପଥରେ ଚାଲିବାକୁ ଇଙ୍ଗିତ ଦିଅନ୍ତେ କାହିଁକି ?

ସୁରକୁ ଏକୁଟିଆ ଚିନ୍ତା କରିବାକୁ ଛାଡ଼ିଦେଇ ହେମାଙ୍ଗିନୀ ଭାଉଜଙ୍କ ଡାକରେ ଖାଇବାକୁ ଗଲା। ସୁରଠାରୁ ହଁ ବା ନାହିଁ-ଶୁଣିବାକୁ ମନ ତାର ଉତ୍କଣ୍ଠାରେ ଉଚ୍ଛନ୍ନ ହୋଇଉଠୁଥିଲା। ଅଳି ବା ତା'ର କିଏ ? ଆଜି ଏ ଗାଁରେ ଅଛି-କାଲି ଅନ୍ୟ କେଉଁ ଗାଁକୁ ବଦଳି ହୋଇଯିବ। ଅଳି ପାଖରେ ଏତେ ମାୟା ଲାଗିବାର କ'ଣ ବା ଦରକାର ଥିଲା ? ଅନେକବାର ଏକୁଟିଆ ପାଇଲେ ଅଳି ତାକୁ କେତେ କଥା ପଚାରେ- ତା' ନିଜ ଜୀବନର ଖଣ୍ଡିତ ଇତିହାସରୁ ସେ ଅଳିକୁ କହିନାହିଁ କିଛି- କେବଳ କହିଛି ମତେ ତମ ଭଉଣୀ ବୋଲି ଭାବ- ମୋ ଜୀବନ କାହାଣୀ ଶୁଣି କ'ଣ ବା ଅଧିକାର ହେବ ତମର ? ଆଜି ସେଇ ଦୁଃଖିନୀ ଅଳିପାଇଁ ସେ ସାତକୋଶ ରାସ୍ତା ଅମୁହାଁ ମୁହାଁ ମାଡ଼ି ଆସିଛି। ଆହା ! ମୋ ପାଇଁ ଯଦି ଏମିତି କିଏ ଥାଆନ୍ତା-ତେବେ ତ ମୁଁ ପୁଣି ମୁଣ୍ଡରେ ସିନ୍ଦୁର-ହାତରେ ପାଣିକାଚ ପିନ୍ଧି ସଂସାର କରନ୍ତି ? ଏତେ ଗାଁକୁ ଗାଁ ଖରାରେ ବୁଲି ମୁଁ ବାର କି ଜନସେବା-ଦେଶସେବା କରୁଛି ? ସେଥିରେ କ'ଣ ବା ଆନନ୍ଦ ମିଳୁଛି ? ପଛରେ କଥା-ଆଗରେ କଥା ଶୁଣି ଶୁଣି ଦେହ ମନ କାଲୁଆ ହୋଇଗଲାଣି। ଏମିତି ଭାବନାର ମଝିରେ ଖାଲି ହାତ ଯେ ସେ ଖାଇ ଲାଗିଛି- ଏକଥା ତା'ର ଖିଆଲ ନାହିଁ। ଭାଉଜ କହିଲେ- ଝିଅ ଏମିତି କ'ଣ ଭାବି ଲାଗିଛ ? ଭାତ ତ ସରିଲାଣି- ତରକାରୀ ଖାଉ ନାହିଁ କାହିଁକି ?

-ହେମାଙ୍ଗିନୀ ଚମକିଲା ପରି ହୋଇ କହିଲା- ଏଁ- କ'ଣ କହିଲ ଭାଉଜ ! ମୁଁ ସେଇ ଦୁଃଖିନୀ ଅଳି କଥା ଭାବୁଥିଲି ପରା !...

-ସୁରଙ୍କ ସହିତ କଥାବାର୍ତ୍ତା ହେଲେ- ତାଙ୍କୁ ପଚାରିଲେ ନାହିଁ କାହିଁକି ?

- ହଁ- କହିଛି କେବଳ- ତମେମାନେ ନ କହିଲା ଯାଏଁ ସେ କ'ଣ କିଛି କହିବେ ?

- ସୁର ତ କେବେ ଅବାଧ ହୋଇ କିଛି କରିନାହାନ୍ତି- ତାଙ୍କ ଭାଇ ଯାହା କହିବେ-ସେ ତା' କରିବେ।

-ଭାଉଜ। ମୁଁ କହିଦେଇ ଯାଉଛି। ଆହୁରି ଅନ୍ୟ ଏକ ଗାଁରେ ମୋର ଟିକିଏ କାମ ଅଛି। ତମେ ଭାଇଙ୍କ ସହିତ କଥାବାର୍ତ୍ତା କରି ମତେ ଜଣାଇବ।

ଖାଇସାରିଲା ପରେ ସୁର ମସଲାଟିଏ ପାଟିକି ପକାଇ ଲମ୍ବ ହୋଇ ଖଟରେ ଗଡ଼ି ଗଡ଼ି ଭାବୁଛି- କେଉଁ ଗଲା ଦିନର ସବୁଜିମା ଭିତରେ ଯାହାକୁ ଖୋଜିବାକୁ ଯାଇ ସେ ଅଣନିଶ୍ୱାସୀ ହୋଇ ଧାଇଁଥିଲା। ସେମାନେ ଆଜି ଯାଇ କାହିଁ କେଉଁ ଦୂର ବନରେ ଶୁଖି ମଉଳି ଗଲେଣି। ରାତ୍ରିର ଘନ ଅନ୍ଧାର ଭିତରେ ସେମାନଙ୍କ ଆତ୍ମକାହାଣୀ ଛପି ରହିଲାଣି। ଚମ୍ପକ... ନାରୀ ଜୀବନର ଗୋପନ କାହାଣୀ ମୋ ଆଗରେ ବାଢ଼ି ଦେଇଥିଲା। ପୂଜାର ନୈବେଦ୍ୟ କରି ନିବେଦନ ତା'ର ଅକାରଣରେ ପ୍ରତ୍ୟାଖ୍ୟାନ କରିଛି ମୁଁ-ପାରିନି ସେ ଦୁଃସହ ବେଦନାକୁ ସହ୍ୟକରି ଦୂରକୁ ବହୁ ଦୂରକୁ ଅପସରି ଯାଇଛି। ବହୁଦିନ ତଳେ ତା'ର ଚେତନା ଆସିଛି- ବୀଣାର ମୃତ୍ୟୁ ଖବରରେ ବ୍ୟଥିତ ହୋଇ ଦୁଇଧାଡ଼ି ଜଣାଇଛି। ସତେ କ'ଣ ସମବେଦନା ଜଣାଇବା ତା'ର ନିହିତ ଉଦ୍ଦେଶ୍ୟ ଥିଲା ? ବୋଧହୁଏ ନୁହେଁ। ଭୁଲା ଅତୀତକୁ ମନେ ପକାଇବାର ପ୍ରଚ୍ଛନ୍ନ ଆହ୍ୱାନ ତା' ମଧ୍ୟରେ ଥିଲା। ନାରୀ ମନର କରୁଣା ବିଳାପ ମଧ୍ୟରେ ସେ ଜଣାଇଛି- ଏକ ଦୟନୀୟ ପ୍ରାର୍ଥନା ଇସ୍ ଏବେ ବି ଚମ୍ପକ ଡାକୁଇ ଚାହେଁ। ତା'ରି ପରଶ ପାଇବା ପାଇଁ ସେ ସାଧନା କରୁଛି। ସେ ସାଧନାରେ ତେବେ କାମନା ରୂପ ସାଜିଛି କାହିଁକି ?

ଯେଉଁ ବଣର ମାଳତୀର ମହକରେ ମୁଁ ବାଟ ହଜାଇ ଅରଣ୍ୟ ମଧ୍ୟକୁ ଧାଇଁ ଯାଇଥିଲି- ସେ ମାଳତୀ ଆଜି ଶୁଖି ଝଡ଼ି ପଡ଼ିଥିଲେ ମଧ୍ୟ ସୌରଭ ହରାଇନାହିଁ। ସେ ପୁଣି ଚାହୁଁଛି-ଦେବତାର ଶିରରେ ଚଢ଼ିବ। ଆଶା ଅପ୍ରତିହତ ତେବେ ଚମ୍ପକ ଦୂରକୁ ଘୁଞ୍ଚିଯାଇ-ମୋରି ପାଇଁ ତିଳତିଳ ହୋଇ ନିଃଶେଷ ହୋଇଯିବାକୁ ସିଦ୍ଧାନ୍ତ ନେଇଥିଲା। ଏପରି ଉଦାରତା କେବଳ ନାରୀଠାରେ ହିଁ ସମ୍ଭବ। ଈଶ୍ୱରଙ୍କ ସୃଷ୍ଟିରେ ମୁଁ ପୁରୁଷ ଯାହାକୁ ଭୂଲୁଣ୍ଠିତ କରିବାକୁ ମୁଁ ଏତେ ଟିକିଏ କୁଣ୍ଠିତ ହୋଇନଥିଲି ତାକୁ ଆଜି ବରଣ କରିନେବାରେ ଏତେ ଦ୍ୱିଧା କାହିଁକି ? ପୁଣି ଅଳକା-ଯାହାର ଅଦେଖା ଶରୀର ଦିନେ ମୋତେ ଶଙ୍କାଗ୍ରସ୍ତ କରି ତୋଳିଥିଲା ଆଜି ସେ ପୂଜାଥାଳି ଧରି ଲୋତକପୂର୍ଣ୍ଣ ଚକ୍ଷୁରେ ଜଣାଇଛି ଆହ୍ୱାନ ମୋତେ ଉଦ୍ଧାର କର ହେ ଦେବତା ଏ ପଙ୍କିଳ ସମାଜ ମଧ୍ୟରେ

ମୋର ନାହିଁ କିଛି ଅବଲମ୍ବନ-ଆଶ୍ରୟ। କିଏ...? କିଏ ଏବେ ମୋର ହେବ? ଚମ୍ପକ ସ୍ୱାବଲମ୍ବୀନଶୀଳା- କିନ୍ତୁ ଅଳକା ନିରାଶ୍ରୟା-ବିଧବା। କିନ୍ତୁ ଚମ୍ପକ ଯେଉଁ ପ୍ରେମଲାଗି ନିଜର ସମାଧି ମଧ୍ୟରେ ନିଜେ ଲୁଚି ରହିଛି- ତାକୁ କ'ଣ ଏ ଜୀବନ ପର୍ଯ୍ୟାୟ ମଧ୍ୟରେ ଅବହେଳା କରାଯାଇପାରେ?

ହେମାଙ୍ଗିନୀ ଫେରିଯାଇଛି- ହୃଦୟରେ ଆଶାର ବନ୍ଧ ବାନ୍ଧି- ସେ ଜାଣେ ପୁରୁଷର ଦୁର୍ବଳତା-ସୁରେଶ ସମାଜକୁ ଓ ଭାଇ ଭାଉଜଙ୍କୁ ଭୟ କରିପାରେ- ଭୟ କରିବା ସ୍ୱାଭାବିକ ତଥାକୁ ତାକୁ ପ୍ରବର୍ତ୍ତାଇବାକୁ ହେବ।

ହେମ ଅପାର ବାଟ ଚାହିଁ ବସିଛି ଅଳକା-ମନରେ ଉଦ୍‌ବେଗ ଆନନ୍ଦ ଆଶଙ୍କା ହିନ୍ଦୁ ନାରୀର ସଂସ୍କାରତ ତଣ୍ଟି ଚିପି ଧରିଛି- ତୁ ବିଧବା-ଫେରେ ସମାଜରେ ଆଉ ପତ୍ନୀ ହେବାର ଅଧିକାର ନାହିଁ। ତୁ ଇହକାଳ ଓ ପରକାଳର ଦେବତାରୂପେ ଜଣଙ୍କୁ ବରଣ କରିଥିଲୁ-ତା'ର ଅତୃପ୍ତ ଆତ୍ମା ତତେ କ୍ଷମା ଦେବ ନାହିଁ- ତୁ ଏ ବାଟବରଣ କରିବୁ ନାହିଁ। ଦିନରେ ସପନରେ ବିଲିବିଲେଇଲା ପରି ଅଳକା ଚମକି ଉଠି ଆଗକୁ ପଛକୁ ଚାହୁଁଛି। କିଏ ଏପରି କଥା ମତେ କହୁଛି? ନିଜ ଶିକ୍ଷାର ସଂସ୍କାର କହୁଛି- ଏ ଦୁନିଆଁ ଜଟିଳ- ଯେତେ ତପସ୍ୱିନୀର ବେଶ ନେଇତୁ ତପସ୍ୟା କଲେ ମଧ୍ୟ ଏ ଦୁନିଆଁ ତତେ ହାତ ତାଳି ଦେବ। ତୁ ପାରିବୁ ନାହିଁ। ଜୀବନର ଲମ୍ବା ପଥର ଆରମ୍ଭରେ ତୁ ଗୋଡ଼ ଦେଇଛୁ ମାତ୍ର- ଏଇପଥ ଅତିକ୍ରମି ଯିବା ପର୍ଯ୍ୟନ୍ତ ଯେଉଁ ବାଧାବିଘ୍ନର ସମ୍ମୁଖୀନ ହେବାକୁ ହେବ- ତାହାର ସମ୍ମୁଖୀନ ହେବା ଅତି କଷ୍ଟଦାୟକ ହେବ। ଯେଉଁ ସଂସାର ତୁ କରିଥିଲୁ ସେଥିରେ ସଂସାରର ଛାପ ନ ମରିବା ଆଗରୁ ତାହା ଭାଙ୍ଗି ରୁଜି ଯାଇଛି- ତେଣୁ ତତେ ଏଇ ସୀମାରେଖା ମଧ୍ୟରେ ଗୋଟାଏ କିଛି ଛାପ ମାରିବାକୁ ହେବ।

ଅଳକା ଗାଧୁଆ କୁଣ୍ଡ ଭିତରେ ଲୁଗା କାନିକି ବୁଡ଼ାଇ ଧରି ଭାବୁଛି- ଯାହାର ହାତଧରି ସୁଖର ସଂସାର କରିବ ବୋଲି ସବୁଜ ସପନ ଦେଖୁଥିଲା ସେ ଆଜି ମତେ ଫାଙ୍କିଦେଇ କାହିଁ କେତେ ଦୂରରେ-ତେବେ ସଂସାରରେ କଣ ତାଙ୍କରି କ୍ଷଣିକ ସମ୍ପୃକ୍ତି ଟିକକ ସମ୍ବଳ କରି ମୁଁ ପଡ଼ିରହିଥିବି? ହଁ- ଏମିତି ତ କେତେ ଶହ ଶହ ଯୁବତୀ ମୋ'ରି ପରି ସମାଜରେ ଅବହେଳିତ ଲାଞ୍ଛିତ ହୋଇ ସଢୁଛନ୍ତି। କ'ଣ କରିବି? ନିଜର କର୍ମକୁ ତ ପୁଣି ଆଦରି ନେବି।

ନୀର କହୁଛନ୍ତି- ନରେଶଙ୍କୁ-ସୁର କ'ଣ ତମ କଥାରୁ ବାହାର ହେବେ?

ଦେଖ ନୀର-ବହୁଦିନ ତଳେ କହିଥିଲି- ମୁଁ ତାକୁ କୌଣସି କଥାରେ କଷ୍ଟ ଦେବାକୁ ଚାହେଁ ନାହିଁ। ସେ ଯଦି ବର୍ତ୍ତମାନ ମଧ୍ୟ କହେ ଯେ- ଯେଉଁ ଖ୍ରୀଷ୍ଟାନ୍ ସ୍ତ୍ରୀ ଲୋକଟିକୁ ସେ ଭଲପାଉଥିଲା ତାକୁଇ ବିବାହ କରି ରହିବ- ତେବେ ମଧ୍ୟ ମୁଁ ମନା

କରିବି ନାହିଁ। ଆଉ ଏ ତ ଆମ କୂଳ-ଥଳର ଝିଅ। ସୁର ଯଦି ଜୀବନରେ ସତରେ ବିଧବା ଅଳକାକୁ ବିବାହ କଲେ ସୁଖରେ ରହିବ ବୋଲି ଭାବୁଥାଏ ତେବେ ମୁଁ ମୋଟେ ଅରାଜି ହୋଇପାରିବିନି ନୀର...।

ତା'ଠିକ୍- କିନ୍ତୁ ତମେ ଏ ଗାଆଁରେ-ସମାଜରେ ତିଷ୍ଠି ରହିବଟି ? ତାଙ୍କର ସିନା ଝିଅ- ଦେଲାନାରୀ ହେଲାପାରି ସେ ବି ଆଉ କେତେଦିନ ? କିନ୍ତୁ ଆମର ତ କାହିଁ କାଣିଚାଏ ଜୀବନ ସରିନାହିଁ-ତମର ପୁଅ ଝିଅଙ୍କ ପାଇଁ ସବୁ ଥୁଆହେବ-ବୁଝି ପାରୁଛତ ?

- ନୀର ମୋତେ ଆଉ ଏତେ ଅଧିକ କିଛି କହ ନାହିଁ। ଜାଣେ- ଏ କାର୍ଯ୍ୟପାଇଁ ମତେ ସମାଜରେ ବହୁ ଲାଞ୍ଛନା ଭୋଗିବାକୁ ପଡ଼ିବ। ଏମିତି ମଧ୍ୟ ହେବ- କିଛିଦିନ ସମାଜର ବାହାରେ ରହିବାକୁ ପଡ଼ିପାରେ ତଥାପି ମୁଁ ସୁରର ସୁଖ ଦେଖିବାକୁ ଚାହେଁ। ନୀର ବିନା ବିଚାରରେ ତମେ ଯେପରି ବୀଣାକୁ ଘରକୁ ନେଇ ଆସିଥିଲ-ଆଉ ସେମିତି...

ବିନା ବିଚାରରେ ତୁମକୁ ହୁଏତ ବିଧବା ଅଳକା କିମ୍ବା ବିଜାତି ଚମ୍ପକକୁ ଗ୍ରହଣ କରିନେବାକୁ ହେବ...।

ତୁମର ଯେଉଁଥିରେ ସୁଖ ମୋର ସେଇଥିରେ ସ୍ୱର୍ଗ କିନ୍ତୁ ଗାଁ ଭାଇ ଜାତିଭାଇଙ୍କ ମୁହଁକୁ ଚାହିଁପାରିବା ତ ?

-ନହେଲା ନାହିଁ ଆମକୁ କେହି ପଚାରିବେ ନାହିଁ ତଥାପି ଆମେ ସୁରର ଇଛାକୁ ଗ୍ରହଣ କରିନେବା। ତୁମେ ଯେତେ ଶୀଘ୍ର ପାରୁଛ ସୁରର ମତାମତ ଆଣ।

■

ସତର

ଅଳକାର ପୁନର୍ବିବାହ ପ୍ରସ୍ତାବରେ ଗାଁ ସାରା ତାତି ରହିଛନ୍ତି। ପୂର୍ବରୁ ନନ୍ଦନିଧି ଦାସ ମହାପାତ୍ରଙ୍କୁ ଯେପରି ସବୁକଥାରେ ମୁଖିଆ ମାନି- ଗାଁ ମହାଜନମାନେ ପଚାରି-ଉଚାରି ସବୁ କାର୍ଯ୍ୟ କରୁଥିଲେ-ଏବେ ଆଉ ତା' ନାହିଁ। କିପରି କରଛଡ଼ା ଭାବ- ସେ ଯାହାହେଉ ଅଳକା ହସିବ-ତାର ସଂସାର ହସିବ-ବାପାମାଆ ହିସାବରେ ଉଜୁଡି ଯିବେ, ସେମାନେ ଯାଆନ୍ତୁ ପଛକେ- ସେଥିପାଇଁ ଭୃକ୍ଷେପ ନାହିଁ।

ଅଳିବୋଉ ଆଉ ପୋଖରୀ ତୁଠକୁ ଯାଆନ୍ତି ନାହିଁ। ଗାଁ ମାଇପେ କାଉ କାଉ ଖାଇ ପକାନ୍ତି। ତାଙ୍କୁ ଛି-ଛାକର ନାକଡ଼ିଆଁ କଥା କେତେବା ସେ ଝିଅ ଜନମ କରିଛନ୍ତି ବୋଲି ସହିବେ। ଯେତେହେଲେ ମଣିଷ ଶରୀରତ-ଏଇ ହାଡ଼-ଏଇ ରକ୍ତ ମାଂସରେ ଯେତେବେଳେ ଚିଆଁ ମାଡ଼ିଲାପରି କଥାଗୁଡ଼ାକ ଆସି ଲାଛି ହୋଇଯାଏ-ମୁହଁ ଆପେ ଆପେ ମେଲା ହୋଇଯାଏ।

ଅଳିକୁ ସାଙ୍ଗସାଥି ସମସ୍ତେ ଥଟ୍ଟା ପରିହାସ କରନ୍ତି-ଅଳକା ସବୁ ଶୁଣିଯାଏ-ନିର୍ବିକାର-ନିର୍ଲିପ୍ତ ସେ ହୋଇଯାଇଛି-ଏବେବି ସେ ଭାବେ ଦଉଡ଼ିଯିବ-ବାପା ବୋଉଙ୍କ ଗୋଡ଼ତଳେ ମୁଣ୍ଡପିଟି କାନ୍ଦିବ? କାହିଁକି ସେମାନେ ଏପରି ଗୋଟାଏ କଥା ଠିକ୍ କରୁଛନ୍ତି! କି ଦୁର୍ନାମ-କି ଅପମାନ ସହୁଛନ୍ତି? ତାର ବାପର କେତେ ବଡ଼ ନାମ-ଗାଁ ଗୋଟାକ ଯାକର ସମସ୍ତେ ଚାହିଁ ବସିଥାନ୍ତି ତା ବାପା ତୁଣ୍ଡରୁ କଥା ବାହାରୁ ବାହାରୁ ତାକୁ ମହାପ୍ରସାଦ ଭଳି ମୁଣ୍ଡରେ ବୋଳି ନିଅନ୍ତି। କିନ୍ତୁ ଆଜି ଏ କ'ଣ ହେଲା- ତା'ରି ଲାଗି ଆଜି ତାର ବାପ ସବୁ ଖ୍ୟାତି ସମ୍ମାନ ହରେଇ ବସିଛନ୍ତି। ସେ ବଞ୍ଚି ଥାଉ ଥାଉ ତା ବାପାଙ୍କୁ ଏପରି ଦେଖିବାକୁ ଚାହିଁ ନଥିଲା। ଏଠାରୁ ଦୂରେଇ ଯିବାକୁ ହେବ। କ'ଣ ସେ କରିବ? ନିଜର ମୂଲ୍ୟ ବା କ'ଣ? ଗୋଟିଏ ମାଇକିନା ଝିଅର ସୁଖ ଶାନ୍ତି ଲାଗି ତାଙ୍କୁ ପରିବାରରେ ଏ ଯେଉଁ ଅବସ୍ଥା ଆସିଲାଣି ଆଉ କ'ଣ ତା ସୁଧାରି ହେବ?

xxx

ନରେଶ ସୁରେଶର କଥାକୁ ଅପେକ୍ଷା କରି ବସିଛନ୍ତି। ସୁରେଶ କହିଛି ଭାଉଜ ମୁଁ ଭାବିକରି କହିବି ? କ'ଣ ସେ ବା ଭାବିବ ? ଭାଇ ଭାଉଜ-ସମାଜ ଗୋଷ୍ଠୀ ନେଇ ସେ ବଞ୍ଚିଛି-ତା' ଜୀବନରେ ଯେଉଁ ଝଡ଼ର ସଙ୍କେତ ବୀଣା ଦେଇଯାଇଛି- ସେ ଝଡ଼ତ ଜୀବନସାରା ବହିବ ? ଭାଉଜ ଭାଇଙ୍କର ମୁଁ ସୁଖୀ ହେବାର ଯେଉଁ କଳ୍ପନାର ତାର ଅଳିକ ମାତ୍ର...।

ଚମ୍ପକ... ତାକୁ କ'ଣ ମୁଁ ଗ୍ରହଣ କରିପାରନ୍ତି ନାହିଁ ? ସେ ବିଜାତୀୟ ହେଲେ ମଧ-ଯାହାକୁ ନେଇ ମୁଁ ଦିନେ ଅମରାବତୀର ସ୍ୱପ୍ନ ରଚିଥିଲି- ସେ ଆଜି କାହିଁକି ମୋ ନିକଟରେ ଏପରି ଧୂଳି ଧୂସରିତ ହୋଇ ତଳେ ଲୋଟୁଥିବ। ମୋ ମନର ମଣିଷ ଦିନେ ତାକୁ ଚାହିଁଥିଲା-ତାକୁ ସମାଜକୁ ଆଣିବାକୁ ହେବ। ବିଚାରି ଚମ୍ପକ ଆଜିଯାଏ କାହା ପ୍ରତୀକ୍ଷାରେ ଚାହିଁ ରହିଛି-ଯେଉଁ ସୁକୋମଳ-ଶିଶୁ ସନ୍ତାନଟି ତା'ର ଅବୈଧ ଭାବରେ ଏ ଦୁନିଆଁର କେଉଁ ଏକ ଅନ୍ଧାରି କଣରେ ଘୁରି ବୁଲୁଛି- ସେ କାହାର- କାହାର ସେ ? ମନ ଭିତରୁ ପିତୃତ୍ୱ ଗର୍ଜନ କରିଉଠୁଛି...।

ବୀଣା ତା'ର ନିଜର ସତ୍ତା ନେଇ ନିଜେ ହଜିଯାଇଛି... କିନ୍ତୁ ଚମ୍ପକ ନିଜେ ହଜିବା ସାଥିରେ ହଜେଇ ଦେଇଡ଼ି ତା'ର ସଉରଭ ଚାରିପଟର ପବନରେ ପୂରି ରହିଛି- ତା' ପ୍ରାଣର ଆତୁର ବାଣୀ ଏବେ ବି କାନେ କାନେ କହିଯାଉଛି- "ପ୍ରିୟତମ- ପୁରୁଷର ଦୁର୍ବଳ ମୁହୂର୍ତ୍ତରେ ତୁମକୁ ଅତି ନିକଟରେ ପାଇ ନିଜକୁ ଭାଗ୍ୟବତୀ ମନେ କରୁଛି-ତମ ସନ୍ତାନକୁ ଭବିଷ୍ୟତରେ ହତାଦର କରିବ ନାହିଁ।" ଥରେ ହେଲେ ଦେଖନ୍ତି- ମୋ'ରି ରକ୍ତ ଯାହା ଦେହରେ ଖେଳୁଛି- ସେଇ ଚମର ଖେଳନାଟି କିପରି ? ନିଷ୍ପାପ ଚମ୍ପକ- କି ଉଦାର ସତେ ସେ। ନାରୀ ହୋଇ ଦିନେ ଦାବି କରିନି- ଅବୈଧ ଭାବେ ସନ୍ତାନର ଜନନୀ ହୋଇ ନିଜକୁ କଳଙ୍କିତ ବୋଲି ଭାବିନି, ଦୁନିଅ ଆଗରେ ନାଲିଶ କରିନି, ପୁରୁଷ ବିରୁଦ୍ଧରେ ଅଭିଯୋଗ ବାଢ଼ିନି- ଦେଇଛି-ଦେବାରେ ହିଁ ତା'ର ଆନନ୍ଦ- ପାଇବାର ଆଶା ରଖିନି- ସେ କେବେ ! ଭାଉଜଙ୍କୁ କହିବାକୁ ହେବ- ଭାଇଙ୍କୁ କ୍ଷମା ମାଗି ନେବାକୁ ହେବ, ଚମ୍ପକ ଏ ଘରକୁ ଆସିବ।

ଚମ୍ପକ-ଯାହାକୁ ମୁଁ ଖେଳନା କଣ୍ଢେଇ ଭାବି- ଅଦରକାରୀ ଭାବି ଫିଙ୍ଗି ଦେଇଛି, ତାକୁ ଗୋଟେଇ ଆଣି ପେଡ଼ିରେ ସାଇତି ଦେବାକୁ ହେବ !

xxx

ସୁର ! କୁହ ତମେ ତମର ମତ ? ଭାଇଙ୍କର ତୁମ କଥାରେ ଅରାଜି ନାହିଁ- କେବଳ ତମେ ରାଜି ହେଲେ ହେଲା !

ଭାଉଜ! ମୁଁ ତ ଏପର୍ଯ୍ୟନ୍ତ କିଛି ଭାବି ନାହିଁ। ଯଦି ବିବାହ କଥା ଉଠୁଛି ତେବେ ମତେ ଆଗ କ୍ଷମା କରିବ କୁହ ତେବେ କହିବି-ମୋ ମାଗୁଣି ରଖିବ କହ- ତେବେ କହିବି!

ସୁର! ମୁଁ ଜାଣେ ତମେ କହିବ- ବିଧବା ବିବାହ କରିବ ନାହିଁ... ନା ଭାଉଜ! ଅଧମର ସେ ସଉଭାଗ୍ୟ ନାହିଁ. ତମେ ଭାଉଜ ଭଲ କରି ଭାବି ଦେଖ ସତରେ ତମ ମନ କ'ଣ ଡାକୁଛି-ଗୋଟିଏ ବିଧବାକୁ ଘରକୁ ଆଣିବାପାଇଁ... ?

ଚମକି ପଡ଼ି ନୀର କହିଲେ ଏଁ ତମେ କ'ଣ ଏପରି କଥା କହୁଛ ? ଆମେ ଭାବିଛୁ ତମର ମନ ଅଛି ତେଣୁ ସିନା ଆମେ ଏକଥା କହୁଥିଲୁ- ତମେ ଯାହା ଭଲ ଭାବିବ ଆମେ ତାହା କରିବୁ?

ଦେଖ ସୁର! ମୋ'ର ଗୋଟିଏ ନିବେଦନ ଅଛି- ଏବେ ତୁମେ ଆଉ ପିଲାନୁହଁ- ବୀଣା ଥିଲେ ପୁଅ ପାଞ୍ଚ ବରଷର ହୁଅନ୍ତାଣି! ଏଦିନ ଏ ମନ କ'ଣ ସବୁଦିନେ ରହିବ ? ବୟସ ବଢ଼ିଯାଉଛି-ବୀଣା ଗଲାଦିନରୁ ଭାଇ ତମର ସବୁବେଳେ ଘାଣ୍ଟି ଚକଟି ହେଉଛନ୍ତି...! ଅଳି ବା ପିଲା ନୁହେଁ। ଗାଁ ଭାଇଙ୍କ ଭିତରେ ଏ ଗୋଟେ ଅଘଟଣ-ଘଟଣାର ହେବାକୁ ଯାଉଛି- ତା ବାପା ତମ ଭାଇ ଦୁହେଁ କେହି କାହାକୁ ଊଣା ନହେଲେବି ଜାଣିଶୁଣି ଏକଥା କରିବାକୁ ଯାଉଛନ୍ତି-

କିନ୍ତୁ ଅଳି- ତାକୁ ମୁଁ ଏବେ ଦେଖିନାହିଁ-ହେଲେ ତା'ର ସରଳ ନିରିମାଖି ମୁହଁଟି ମୋର ମନେ ପଡ଼ିଯାଉଛି-ତୁମକୁ ପାଇଲେ ସେ ଯେପରି ସୁଖୀ ହୁଅନ୍ତା-ତମର ବି କିଛି କେଉଁଥିରେ ଊଣା ହୁଅନ୍ତା ନାହିଁ!

ତଳକୁ ମୁଣ୍ଡ ପୋତି ସୁର ଭାବୁଛନ୍ତି- ସବୁ ଅଛିଣ୍ଡା-ଗୁଡ଼ିଆ ତୁଡ଼ିଆ ହୋଇଯାଉଛି ତାଙ୍କ ଆଗରେ ଯେତେ ସେ ତାହାକୁ ରାଗରେ ପକାଇବାକୁ ଚାହୁଁଛନ୍ତି- କେହି ଯେପରି ତାଙ୍କ ବୋଲ ମାନିବାକୁ ଚାହୁଁନାହାନ୍ତି। କ'ଣ ଏବେ ଭାଉଜଙ୍କୁ କହିବେ- ଯେଉଁଠି ଥରେ ଅଳିକୁ ବିବାହ କରିବାକୁ ମନା କରିଦେଇ ଭାଉଜଙ୍କ ମନରେ ଦାରୁଣ ଆଘାତ ଦେଇଛନ୍ତି-ପୁଣି ବୀଣା ପ୍ରତି ବ୍ୟବହାର ଭାଇ-ଭାଉଜଙ୍କ ମନରେ ଅଶାନ୍ତି ଭରି ଦେଇଛି, ବର୍ତ୍ତମାନ ପୁନରାୟ ଅଳକାକୁ ଗ୍ରହଣ କରିବାରେ ଅନିଚ୍ଛା ପ୍ରକାଶ-ଚମ୍ପକ ବିଜାତୀୟ- ବିଧର୍ମୀୟ ସନ୍ତାନର ମାଆ ତାକୁ ଘରକୁ ଆଣିବାର କଳ୍ପନା ସବୁ ମିଶି ଯେଉଁ ଦ୍ୱନ୍ଦ ସୃଷ୍ଟି କରିବେ-ତା'ର ପ୍ରବଳ ବେଗରେ ମୋ'ର ଏ ଦେଶ ଦୁନିଆଁରୁ ଭାସିଯିବା ହିଁ ସାର ହେବ। ହଁ ତାହାହିଁ ହେଉ- କେହି ମୋର ନ ହୁଅନ୍ତୁ ମୁଁ କାହାରି ନ ହୁଏ...!

ଭାଉଜ ଅନ୍ୟ କାର୍ଯ୍ୟରେ ବ୍ୟସ୍ତ... ରାତି ବଢ଼ି ଚାଲିଛି- ତା' ଗତି ପଥରେ ସେ ଛାଇ ଦେଇ ଯାଉଛି- ସେ ଅନ୍ଧାରରେ ମୁହଁକୁ ମୁହଁ ଦିଶୁନି-ଅଣ୍ଡାଳି ହୋଇ

ଚାଲିଛନ୍ତି ଏ ଦୁନିଆର ମଣିଷ-କେତେବେଳେ ଯେ ଝୁଣ୍ଟି ପଡ଼ିବ ତା'ର କେଉଁ ଠିକଣା ଅଛି...।

ସୁରେଶ ଚିଠି ଲେଖିଛି ଗୋଟିଏ ବିଧବା ଅଳକା ପାଖକୁ ଅନ୍ୟଟି-ଦେବୀ ପ୍ରତିମ ଭାଉଜଙ୍କ ନିକଟକୁ-

ଅପରିଚିତା ଭଉଣୀ ଅଳକା, ଦୂରକୁ ତୁମକୁ ଜାଣିବାର ସୁଯୋଗ ଜୀବନରେ ବହୁବାର ଆସିଛି- ତୁମ ଜୀବନର ଅକୁହା କାହାଣୀ ଯେପରି ଅସର ମୋ ଜୀବନରେ ଅଦିନିଆ ମେଘ ସେଇପରି ବର୍ଷକ ! ତୁମକୁ ଜୀବନରେ ପାଇବାର ସୌଭାଗ୍ୟ ବହୁବାର ଆସିଥିଲେ ମଧ-ମୋ ପରି ଦୁର୍ଭାଗା-ଅଭାଜନ ତାହା ପାଇବାର ଯୋଗ୍ୟତା ପାଇପାରିନାହିଁ, ଗ୍ରହଣ କରି ସାଇତି ରଖିବା ପରିବର୍ତ୍ତେ ଧୂଳି-ଧୂସରିତ କରି ତଳେ ଗଡ଼ାଇ ଦେବାର ସମ୍ଭାବନା ଅଧିକ। ଜୀବନସାରା ତମରି ଛାଇ ପଛରେ ହିଁ ଧାଇଁବା ମୋ'ର କପାଳ ଲିଖନ। ମେଞ୍ଚା ମେଞ୍ଚା କଳା ଅନ୍ଧାର ଭିତରେ ଯେଉଁଦିନ କହିଥିଲ- "ଏ ଜନମରେ ନୁହେଁ" ତାହାହିଁ ଫଳିଲା- ଭାବିବେନି କେତେ କେଉଁ ଅଜଣା ମୁହୂର୍ତ୍ତରେ ବି ତୁମକୁ ମୁଁ ଘୃଣା କରିନି-ଯାଉଛି-ବହୁ ଦୂରକୁ- ଏ ଜୀବନପଥରେ ଯଦି ଭଗବାନଙ୍କର ଇଚ୍ଛା ଥିବ- ତେବେ ଆଗାମୀ ଦିନରେ ଆଉ ଏ ମେଘ ନଥିବ- ଥିବ ସ୍ୱଚ୍ଛ, ପବିତ୍ର ଝଲମଲ କିରଣ ଯେଉଁଥିରେ ମଣିଷ ମଣିଷକୁ ଚିହ୍ନିପାରୁଥିବ- ଥାଅ ଭଉଣୀ-ହେମାଙ୍ଗିନୀ ଦେବୀଙ୍କୁ ବୁଝାଇ କହିବ ବୋଲି ଆଶା।

ରାତି ପାହିଛି- ସକାଳର ଝଲମଲ କଅଁଳ ଆଲୁଅରେ ଚାରିଆଡ଼ ତୋଫା ଦେଖାଗଲାଣି। ନରେଶ ତରବର ହୋଇ ପାଣି ଲୋଟାଟି ଧରି ପୋଖରୀ ହୁଡ଼ାକୁ ବାହାରୁଛନ୍ତି-ନୀର ପଛରୁ ଡାକିଲେ-ଶୁଣୁଛ ?

ଛଳ-ଛଳ ଆଖି- ଥରିଲା ଥରିଲା ଶବଦରେ ଆରଘରୁ ବାହାରି ଆସିଲା ଏକ ଦରଜୀ ସ୍ୱର...।

କ'ଣ... ?

-ସୁର କାହାନ୍ତି ? ତାଙ୍କର ଘର ଖାଲି ପଡ଼ିଛି...।

- ଏଁ ଏତେ ସକାଳୁ କୁଆଡ଼େ ଗଲା ? କାଲି ରାତିରେ ତୁମକୁ କିଛି କହିନାହିଁ-

- ନାଁ ତ ?

- ଦେଖେ ବାହାରକୁ ଯାଇଥିବ-

- ମତେ କିନ୍ତୁ କାହିଁ ଲାଗୁଛି ସେ ଏ ଗାଁରେ ନାହାନ୍ତି...।

ନରେଶ ବିଚଳିତ ହୋଇ ବାହାରକୁ ଚାଲିଗଲେ।

ନୀର ରାଜାକୁ ସୁରେଶଙ୍କ ପାଖରେ ସକାଳୁ ଛାଡ଼ିଦେଇ ଘରର ବାସି କାମ

ସାରନ୍ତି- ଆଜି ଯାଇ ଦେଖନ୍ତି ତ ଘରମୁକୁଳା- ଖଟ ଖାଲି ପଡ଼ିଛି- ଲୁଗାପଟା ଅଳିଆ ମେଳିଆ ହୋଇ ପଡ଼ିଛି- ଯେମିତି ସେ ଘରେ କାହାର ଖଣ୍ଡ ପଟେ ଯୁଦ୍ଧ ଲାଗିଯାଇଛି। ମାଇପି ମନରେ ପ୍ରଥମେ ଭାବିନେଲେ, ଆଉ କ'ଣ ରାତିରେ ଚୋର ପଶି ଏପରି କରିଛନ୍ତି ? ଯଦିବା ଚୋର ପଶିଲେ ତେବେ ସୁରେଶ ଘରେ କାହିଁକି ? ସେମାନେ ତ ଧୀରେ ସୁସ୍ଥେ ଆମ ଉପରେ ଆକ୍ରମଣ ଚଳାଇ ପାରିଥାନ୍ତେ।

ନାଁ ଚୋର ନୁହଁନ୍ତି କେଭେ-"ଲଖୀ ମାଆଲୋ ଦେଖିଛୁ ସାନ ସାଆନ୍ତେ କୁଆଡ଼େ ଗଲେ"- ନୀର ବାଇଆଣୀ ପରି ଏଘରକୁ ସେ ଘର ହେଉଥାନ୍ତି- ସତେ ଯେପରି ଆତୁର ବିକଳରେ କ'ଣ ଖୋଜୁଛନ୍ତି- କାହାରି କଥାକୁ ଅପେକ୍ଷା ନାହିଁ- ଭୃକ୍ଷେପ ନାହିଁ ବହୁଦିନର ସଞ୍ଚିଲା ଧନ କିଏ ସତେ ତାଙ୍କର ନେଇଗଲା ? କେତେ ଦୁଃଖ କଷ୍ଟ ସହି ସତେ ସେ ସୁରଙ୍କୁ ମଣିଷ ନ କରିଛନ୍ତି କିଏ ହେଲେ ଦିନେ କହନ୍ତି ନାହିଁ ଭାଉଜ ବୋଲି- ଗାଁ ଦୁନିଆଁ ସଭିଏଁ କହନ୍ତି ପୂରୁବ ଜନମର ମାଆ ତାର ସିଏ...। ଆଜି କ'ଣ ନେଇ ସେ ଗର୍ବ କରିବେ- ଗୋଟେ ବୋଲି ଦିଅର ତା ମନ ଜାଣିଲେ ନାହିଁ- ତା କଥା ବୁଝିଲେ ନାହିଁ- ସେଥିପାଇଁ ସିନା ଆଜି ସେ ନ କହି ନବୋଲି ଏପରି ସବୁ ମମତା ଛିଣ୍ଡେଇ ଚାଲିଗଲା। ତାଙ୍କରି ଭାଇ ଯେତେବେଳେ ଶୁଣିବେ- ସୁର ଘର ଛାଡ଼ି ଚାଲିଯାଇଛି କ'ଣ କହି ତାଙ୍କୁ ବୁଝାଇବି-ଯେତେହେଲେ ଏକା ନାହିଁ ଦିଖଣ୍ଡ ହୋଇଛି- ମୁଁ ତ ପରଘରୁ ଆସିଛି- ମତେ କ'ଣ ବିଶ୍ୱାସ କରିବେ...।

କ'ଣ ପାଇଁ ଏପରି ଚାଲିଗଲ ସୁର- ଯାହାତ କହିଥାନ୍ତ ସବୁ ସହିଥାନ୍ତି- ତମେ ଆଗ "ରାଜା" ପଛ- କେତେ ପଛ ତା' କ'ଣ ତମେ ଜାଣିନ... ?

ନୀରଙ୍କ ଆଖିରୁ ଛୁଟୁଛି-ଅମାନିଆ ଧାର- ସେ ମାନିବାକୁ ଚାହୁଁନି କିଛି- ଫୁଲି ଫୁଲି କାନ୍ଦୁଛନ୍ତି ନୀର-ଜନମଯାକର ତପସ୍ୟା ଭାଙ୍ଗିଯାଇଛି-ଯେଉଁ ଗର୍ବ ପଇଁ ସେ ସମସ୍ତଙ୍କଠାରୁ ଅଲଗା ବାରି ହୋଇଯାଉଥିଲେ-ଆଜି ସେ ଧୂଳିରେ ମିଶିଛି ପାଉଁଶ ହୋଇଯାଇଛି-

ନରେଶ ବାହାରୁ ଫେରିଆସି କହିଲେ- ନାଁ ସେ ଗାଁରେ ନାହିଁ- ଭାବିଥିଲି- ସାଙ୍ଗସାଥି ମେଳରେ ଅବା କେଉଁଠି ବସିଥିବ- କିନ୍ତୁ ସେ ନାହିଁ... ଦେଖେ ତା ଘର ?

ତକିଆ ତଳୁ ଯତ୍ନରେ ଦୁଇଖଣ୍ଡ ଚିଠି, ଗୋଟିଏ ହେମାଙ୍ଗିନୀ ଦେବୀର ତୁଳସୀପୁର ଠିକଣାରେ ଅନ୍ୟଟି ଭାଉଜଙ୍କ ପାଖକୁ। ନୀରଙ୍କ ଚିଠିଟି ଖୋଲି ଦେଖିଲେ। ଭାଉଜ ! ଏ ଜୀବନରେ ଯେତେ ଯେତେ ଦୁଃଖ କଷ୍ଟ ଦେଇଛି ନିଜର ସ୍ନେହମୟୀ ମାତୃ ହୃଦୟରେ ସବୁ ପାଶୋରି ଦେବ- ତୁମରି ସୁର-ଆଜି ପାଗଳ ହୋଇ ଦେଶ ଦୁନିଆଁ ଛାଡ଼ି ଚାଲିଯାଉଛି- କାହିଁକି ଜାଣ ? ସମାଜରେ ପରିବର୍ତ୍ତନ ହେବ- ନୂଆ

ନୂଆ କଥା ହେବ- ଭାଇ ତାଙ୍କ ସମ୍ମାନ ଜଗିବାକୁ ଯାଇ ସବୁ କରିବେ- କିନ୍ତୁ ମେପରି ଅଭାଗାକୁ ନେଇ କାହିଁକି ସେ ସବୁ ଅପବାଦକୁ ମୁଣ୍ଡ ପୋତି ଦେବେ- ବୀଣା ଯେଉଁ ଅଭିମାନରେ ଏ ଦୁନିଆରୁ ଯାଇଛି- ଆଜି ଆଉ ଗୋଟିଏ ଲକ୍ଷ୍ମୀ ପ୍ରତିମା ଆଣି କାହିଁକି ପୁଣି ହନ୍ତସନ୍ତ କରି ମାରିବ। ଯିବା ଦିନ ସତ ଲୁଚାଇ ରଖିପାରୁନାହିଁ। ଭାଉଜ! ପଦଧୂଳି ମୁଣ୍ଡରେ ମାରି କ୍ଷମା ମାଗିନେବାର ସୁଯୋଗ ନାହିଁ... ଯେଉଁ ଚମ୍ପକକୁ ଆଗରେ ପାଇ ବୀଣା ଓ ମୋର ଭରା ଦୁନିଆଁକୁ ଚାହିଁ ନଥିଲି- ଆଜି ସେଇ ନିରୀମାଖି ଚମ୍ପକର ଛାଡ଼ି ମୋ ପଛେ ପଛେ ଘୁରି ବୁଲୁଛି। ସେ ଆଜି ସମାଜ ଛାଡ଼ି- ଦୁନିଆ ଛାଡ଼ି ମୋରି ସନ୍ତାନ ଲାଗି କେଉଁଠି ନା କେଉଁଠି ଚାକିରି କରି ଜୀବନ ବିତାଉଛି। ଏପରି ଅବସ୍ଥାରେ କ'ଣ ଭାଉଜ ଆଉ ଥରେ ଅଳିକୁ ଆଣି ମୁଁ ସୁଖରେ ସଂସାର କରିପାରିବି? ଜାଣେ ଅଳି ମୋତେ ବହୁଦିନରୁ ମନେ ମନେ ଚାହିଁଥିବ। ଯଦି କେବେ ତାକୁ ଦେଖିବ ବୁଝାଇ କହିବ- ହେମାଙ୍ଗିନୀ ଲେଖିଥିବା ଚିଠିଟି ତାଆରି। ତାକୁ ଦେଇ ପଠାଇବ। ତମର ଏ ଅଧମ ସନ୍ତାନ ଶେଷଥର ପାଇଁ କ୍ଷମା ମାଗିଯାଉଛି। ରାଜାକୁ ମୋ'ର ଅନ୍ତରର ସ୍ନେହ ଆଶୀର୍ବାଦ...।

ନରେଶ ଆଖିରୁ ଗଡ଼ିପଡୁଛି ବର କୋଳିଆ ଟୋପା- କ'ଣ କଲା ପାଗଲା? ମତେ କହିଥିଲେ ମୁଁ କ'ଣ ସେଇ ଚମ୍ପକକୁ ଘରକୁ ଆଣିନଥାନ୍ତି। ଯେଉଁଥିରେ ସେ ସୁଖୀ- ମୁଁ ସେଇଥିରେ ସୁଖୀ ଏତିକି କ'ଣ-ଆଜି ଯାଏଁ ଜାଣିପାରିଲୁ ନାହିଁ? ନ ହେଲା ବା ଏ ଦେଶ ଭାଇକୁ ଛାଡ଼ି ଯାଇଥାନ୍ତେ... କ'ଣ ହୋଇଥାନ୍ତା- ଯେଉଁଠି ରହିଲେ କ'ଣ ଆମେ ମାଗି ଖାଇଥାନ୍ତେ...???

■

ଝଡ଼ର ବେଗ ଥମି ଥମି ଆସୁଛି- ନନ୍ଦନିଧି ଦାସ ମହାପାତ୍ରେ ଅଳି ପାଇଁ ବହୁ ଯାଗାରେ ପାତ୍ର ଯୋଗାଡ଼ରେ ଅଛନ୍ତି...।

ହେମାଙ୍ଗିନୀ ମାଇପି ବୁଦ୍ଧିରେ ଯାହା ଭାବିଥିଲା ତା'ତ ଫଳିଲା ନାହିଁ। ସୁରବାବୁ ସତରେ କେତେ ବଡ଼ ବଡ଼ କଥା କହିଲେ- ନିଜକଥା ପଡ଼ିଲାରୁ ସମାଜ-ଗାଁ ଗଣ୍ଡା ସବୁ ଛାଡ଼ି ଚାଲିଗଲେ ? ନହେଲା ନାହିଁ- ନାହିଁ କରି ଦେଇଥିଲେ କ'ଣ କିଏ ଜବରଦସ୍ତ ତାଙ୍କୁ ସହିତ ଛନ୍ଦି ଦେଉଥିଲା ? ନାଁ ଅଳି ସେମିତି ଝିଅ ହୋଇଥିଲା ? ଛାଡ଼ ଗତସ୍ୟ ଶୋଚନା ନାସ୍ତି- କେଉଁ କାମରେ ମନ ଲାଗୁନାହିଁ- ସୁରବାବୁଙ୍କର ସେଇ ସୁପୁରୁଷର ଚେହେରାଟି ଆଖି ଆଗରେ ଭାସି ଯାଉଛି। ହେମାଙ୍ଗିନୀ-ଆଗର ଆକାଶକୁ ଚାହିଁ ଭାବି ଲାଗିଚି- ସେ ଆସିଲା ଦିନରୁ କେତେ କ'ଣ ଘଟିଗଲାଣି ସତେ ? ଲେଖି ରଖୁଥିଲେ କେତେ ହୁଅନ୍ତାଣି- ସେଦିନ ଅଳି ଚିଠି ଖଣ୍ଡ ପଢ଼ି କେତେ କାନ୍ଦିଲା- ସତରେ ଗୋଟାଏ ଲୋକ ଥର ଥର କରି ତାକୁ କେତେ ଥର ଦଗା ଦେଲା...? ହିନିମାନୀ ଝିଅ ଜନମ ପାଇଁ ଅଳି କେଡ଼େ ନାରଖାରରେ ଜୀବନ ବିତାଉଛି...? ଏବେ ସେ ବଦଳି ଗଲାଣି- ନାହିଁ ନିଷ୍ଠା ନାହିଁ କଲାଣି- ଆଉ ମୁଁ କଦାପି ବିବାହ କରିବି ନାହିଁ ମତେ ପାଠ ପଢ଼ାଅ ମୁଁ ହେମ ଅପାଙ୍କ ପରି- କି ନହେଲେ ସୁରଭି ଅପାଙ୍କ ପରି ଚାକିରୀ କରିବି-ରହିବି। ହେମ ଅପାତ କେଡ଼େ ସୁନ୍ଦର କେତେ ସ୍ୱାଧୀନ ଭାବରେ ରହିଛି- କାହିଁକି ମୋ ଲାଗି ତମେ ଗାଆଁରେ ଏତେ ନାକ କାନ ଛିଞ୍ଚାଡ଼ା ସହିବ ? ଗାଁ ସାରା ଏତେ କଥା କହିବେ- ନାଁ- ମୁଁ ନିଧାର୍ଯ୍ୟ ପାଠ ପଢ଼ି ଚାକିରି କରିବି - ବାପା ବୋଉଙ୍କୁ ମୋ ଚିନ୍ତା ଲାଗିବ ନାହିଁ। ଭାଇ ଭାଉଜଙ୍କର ମନ ଡାକିଲେ ମତେ ଆଦର ଯତ୍ନ କରିବେ-ନହେଲେ ଏବେ କୁଉ ଭାସିଯାଉଛି। ଯାହା ଜୀବନରେ ସୂତାଖିଅ ପରି ଏତେ ଟିକିଏ ସୁଖ ନାହିଁ- ସେ ପୁଣି କାହିଁକି ଆଦର ଯତ୍ନ ଖୋଜିବ ?

XXX

ଅତୀତର ଦିଗହଜା ମଳୟ ପରି ପରଶ ଲଗାଇ ବୋଲି ଦେଇ ଯାଉଛି। ଚେତାଇ ଦେଉଛି-ଚଳନ୍ତା ମଣିଷ ତୁଇ ମତେ ଭୁଲିଗଲୁ- ମତେ ନେଇ ଖେଳୁଥିଲୁ- ଆନନ୍ଦ କରୁଥିଲୁ-ହସୁଥିଲୁ-ହସାଉଥିଲୁ ଆଜି ଏମିତି ଗୋଡ଼ରେ ଆଡ଼େଇ ଦେଉଛୁ କାହିଁକି ? ଫେରି ଚାହାଁ ଭଲା ଥରେ। ଅତୀତ ବିଳପି ଉଠୁଛି-ସୁରେଶ ଆଗକୁ ପାଦ ବଢ଼ାଉଛି... ଚଳନ୍ତି ସୁଅ ଭିତରୁ ଚମ୍ପକକୁ ଛାଣି ଆଣିବ-ତୋଳି ନେବ ଦୁଇହାତରେ ଆଞ୍ଜୁଳି ଭରି ଢାଳିଦେବ ତା'ରି ଶିରରେ ସ୍ନେହ-ସରାଗରେ ଝଳି...। ଫିକା ଗୋଲାପୀ ଗାଲରୁ ପୋଛି ଦେବ ଅଭିମାନର ଲୁହ...।

କେତେ ଠିକଣା ବୁଝି ବୁଝି ଆସି ସେ ଏଇ ଅନ୍ଧାରି ମୂଲକରେ ପହଞ୍ଚିଲାଣି- ନିଘଞ୍ଚ ଅରଣ୍ୟ-ପାହାଡ଼ ପରେ ପାହାଡ଼ ଅଣଓସାରିଆ ଗଡ଼ାଣି-ଉଠାଣି ପଥ-ପାହାଡ଼ର ଧାରେ ଧାରେ ମଣିଷ ଚଲାବାଟ ଚମ୍ପକ! ସୁକୁମାରୀତନୁର ତନିମା ନେଇ ତୁମେ ଏ ଅରଣ୍ୟରେ କାହିଁକି ? ମୋର ଅଲିଅଳ-ରାଜକନ୍ୟା କାହିଁ ? କେଉଁଠି ତାକୁ ପଣନ୍ତ ତଳେ ଲୁଚାଇ ରଖିଛ...? ନା ତାକୁ ତା ବାପା ଉପରେ ଅଭିମାନ ପସରା ଲଦି ସବୁଦିନ ପାଇଁ...? ଛି ଏପରି ଦୁର୍ଭାବନା କାହିଁକି ମୁଣ୍ଡରେ ଖେଳୁଛି...? ସତେ କ'ଣ ଚମ୍ପକ କୁମାରୀ ଜୀବନ ନେଇ ଆଜିଯାଏ ଅଛି ? କୀଟଦଷ୍ଟ ହେଲେ ମଧ୍ୟ ଚମ୍ପକର ସୁରଭିତ ଅଛି...? ପାହାଡ଼ ତଳେ ମଣିଷ ଛାଇ ଭାବନା ସହିତ ଲମ୍ବି ଲମ୍ବି ଯାଉଛି। କେତେକ କହିଲେ- ସେଇ କନ୍ଧ ପଲ୍ଲୀରେ ଜଣେ ବାବୁ ତାଙ୍କ ସଙ୍ଗେ ଜଣେ ତିରିଲା ଅନେକ ଦିନୁ ରହିଛନ୍ତି। ସେମାନଙ୍କ ପାଇଁ କେଉଁଠୁ ଦୁଧଆଣି ବାଣ୍ଟନ୍ତି-ଔଷଧ ଆଣି ବାଣ୍ଟନ୍ତି-ଏମିତି କେତେ କ'ଣ କରନ୍ତି।

ତେବେ କ'ଣ ସେଇ ମୋ'ର ଚମ୍ପକ ? ତେବେ ବାବୁଜଣକ କିଏ ? ତା'ର ତ କେହି ନଥିଲେ-। ସେ ତେବେ କ'ଣ ସଂସାର ତରୀ ବାହି ନେବାକୁ ଜଣେ ନାବିକ ଦରକାର କରିଛି...। ତାର ନାବ ବୁଡ଼ିଗଲା ବେଳେ ମତେ ନ ଖୋଜିଲା କାହିଁକି ? ହେ ଭଗବାନ- ଆଜି ଯାହାର ସୁବାସ ମତେ ଅମୁହାଁ ମୁହାଁ ମଡ଼େଇ ଆଣିଛି- ସେ କ'ଣ ମିଥ୍ୟା-ମରିଚିକା...?

ଦୂରରୁ ଦେଖାଯାଉଛି ନୂଆଣିଆ ଚାଳଘରର ମଥାନ- ଗାଁ ବାହାରେ ଅଲଗା ଗୋଟିଏ ଛୋଟ ଘର। ଘର ଭିତରୁ ଗୋଟିଏ ଶିଶୁ କନ୍ୟାର ରଘୁପତି ରାଘବ-ରାଜାରାମ ଲଳିତ ମଧୁର ଭଜନର ସ୍ୱର ଭାସି ଆସୁଛି- ପାହାଡ଼ ଦେହରେ ପିଟିହୋଇ ବନାନୀକୁ ତୋଳିଛି ମୁଖର କରି-ପଶୁର ପ୍ରାଣରେ ସତେ ଯେପରି ଆଣି ଅପୂର୍ବ ଏକ ଚେତନା- ଆମେ ମଣିଷ ହେବୁ-ପଶୁର ପଶୁତ୍ୱକୁ ଛାଡ଼ିଦେବୁ। ପାହାଡ଼ର ପ୍ରତିଟି ଶିଳା ସନ୍ଧିରୁ ଉଠୁଛି ଗୁରୁଗମ୍ଭୀର ପ୍ରତିଧ୍ୱନି ରାମ-ରାମ।

xxx

ଧୀରେ ଧୀରେ କାହାର ମୃଦୁ କରାଘାତ- ଏତେବେଳେ କିଏ ? ପଥିକ କିଏ ପାନ୍ଥଶାଳା ଭାବି ଆଶ୍ରୟ ଆଶାରେ ଆସିପାରିଥାଏ...।

... କିଏ ... ? ?

ଇୟେତ ନିଶ୍ଚୟ ଚମ୍ପକ। ଚମ୍ପକର କଣ୍ଠସ୍ୱର-ଦଦରା ବୀଣାର ସ୍ୱର ଭଳି ଦରଦଭରା ସ୍ୱରର ଲହରୀ-ପାଟିରୁ କଥା ବାହାରୁନାହିଁ।

ଆଗରେ ଛିଡ଼ା ହୋଇଛନ୍ତି- ଜଣେ ତରୁଣୀ ନୁହେଁ- ପ୍ରୌଢ଼ା ମଧ୍ୟ ନୁହେଁ ସୁଶ୍ରୀ ନାରୀ... ଶୁଭ୍ର ଶାନ୍ତ ପରିଧେୟା।

କିଏ... ? ସୁ... ? ?

ଚିହ୍ନୁନ ଚମ୍ପକ ! ଅତୀତ ମରିଛି- ତା ସହିତ ସୁରେଶ ମରିଛି- ତମେ... ? ଦେବତା ମୋ'ର ସଞ୍ଜସକାଳର ପ୍ରାଣର ଆରାଧ୍ୟ ଦେବତା- କାହିଁକି ପୁଣି ? ଏ ପଙ୍କିଳ ପଥରେ... ? ପୁଣି କାହିଁକି ଦେବତାର ଆସନ କଳଙ୍କିତ ହେବ- ରାହୁର ଛାୟାରେ ?

ଚମ୍ପକ ! ତୁନି ହୁଅ- ଭୁଲ ବୁଝନି- ମୁଁ ତୁମର-ତୁମେ ମୋର ଚିରକାଳର ସେଇ "ପ୍ରିୟତମା" ହୋଇ ରହିଛ...।

ଚମ୍ପକ କାନ୍ଦୁଛି... ? କାହିଁକି ? ଆଜି ଏ ପବିତ୍ର ଦିନରେ ଭଗୀରଥ ଗଙ୍ଗାକୁ ଆଣିଲା ପରି-ମୁଁ ଆସିଛି ତୁମକୁ ସମାଜକୁ ଟାଣିନେବି- ତମେ ମୋର ଚମ୍ପକ ସବୁଦିନ ପାଇଁ ହେବ-ଆଉ ଠକିବି ନାହିଁ-ବିଶ୍ୱାସ କର। ଜାଣେ ନାରୀ ତମେ...।

ନାଁ-ନାଁ ପ୍ରିୟତମ ଆଉ ତୁଣ୍ଡରେ ଧରନି ସେ କଥା ମୁଁ ବର୍ତ୍ତମାନ ଅନ୍ୟଜଣଙ୍କର...।

ଚମ୍ପକ ! ତେବେ... ? ?

ପ୍ରିୟତମା ତମେ ମୋର ଚିରଦିନର ଆରାଧ୍ୟ ଦେବତା ମୁଁ ନୀର କାହୁଁ ଜାଣିବି- ଏବେ ବି ତମେ ଏଇ ବଣରେ ଝରି ପଡ଼ିଥିବା ମଉଳା ମାଳତୀ ଫୁଲକୁ ସାଉଁଟି ନେବାକୁ ଧାଇଁ ଆସିବ ବୋଲି ? ତୁମରି କନ୍ୟା ଆଜିବି ମତେ ମାଆବୋଲି ଡାକେ- ତାଙ୍କୁ ଡାକେ ସାନବାପା ବୋଲି- ତାର ବଡ଼ବାପା ବିଦେଶରେ ଅଛନ୍ତି- ସେ ବଡ଼ ହେଲେ ତାଙ୍କ ପାଖକୁ ଯିବ ବୋଲି ମୁଁ ତାକୁ କହେ...। ମତେ ଅନ୍ୟଥା ବୁଝନି...।

ଜାଣେ ଚମ୍ପକ ତମେ ସର୍ବଦା ନିଷ୍ପାପ କଳିକା- ତମେ ମିଥ୍ୟାଚାରିଣ ନୁହଁ- ମତେ କ୍ଷମାଦିଅ... ଯେଉଁ ଅଧମ ତୁମକୁ ଆଜି ଅନ୍ୟାୟଭାବେ ସମାଜରୁ ତଡ଼ି ଏ ନିର୍ଜନ ଦ୍ୱୀପରେ ନିର୍ବାସନ ଦେଇଛି- ସତେ କ'ଣ ତାକୁ ଜୀବନରେ କ୍ଷମା ଦେବ ?

ରେଖା... ଧାଇଁ ଧାଇଁ ଆସୁଛି- ଚମ୍ପକ ଫିକା ଫିକା ନୀଳା ଶାଢ଼ୀ ପିନ୍ଧିଲେ

ତାଙ୍କୁ ଖୁବ୍ ମାନେ... ରେଖା ପିନ୍ଧିଚି ଠିକ୍ ସେଇ ରଙ୍ଗର ଫ୍ରକ୍- ମୁଣ୍ଡରେ ବୋଝେ କଳା କେଶ। ନାକଟି ଚମ୍ପକ ପରି ମୁହଁଟି ଠିକ୍ ମୋ'ରି ପରି...।

ଏ ମୋରି... ମୋରି ସମ୍ପତ୍ତି... ଚମ୍ପକ ଏଇତକ ହାତଟେକି ଦାନ ଦିଅ। ଜୀବନରେ କେବେ ଆଉ ଦାବି ଜଣାଇବି ନାହିଁ। ମୋ ରେଖାକୁ ନେଇ ମୁଁ ରହିବି- ଆରପାରି ବଣରେ- ଚାରିପଟେ ଘେରିଥିବ ପାହାଡ଼ର ପାଚେରୀ ତୁମ ମୋ ଭିତରେ ସୃଷ୍ଟି କରିବ ଜାଗତିକ ବ୍ୟବଧାନ- ତମରି ଧ୍ୱନିର ପ୍ରତିଧ୍ୱନି ଯେଉଁଠି ରହି ରହି ଗୁମୁରି ଉଠୁଥିବ...

ଚମ୍ପକ କାନ୍ଦୁଛି...

କାନ୍ଦୁଛି ସୁରେଶ...

ରେଖା ଚାହିଁଛି।

ଦିଗ୍‌ବଳୟ ସେପାରିରୁ ବୁଡ଼ିଲା ସୂର୍ଯ୍ୟଙ୍କ ରକ୍ତ ଆଭା ରହି ରହି ବିଞ୍ଚି ଦେଉଛି ମୁଠା ମୁଠା ନାଲି ଫଗୁ- ଜୟ ହେଉ ଯାତ୍ରା ତୁମର...।

ସୁରେଶ ରେଖାର କୋମଳ ହାତ ପାପୁଲି ଦୁଇଟି ଧରି ଦୁଇ ଆଖିରେ ତା'ର ମାଡ଼ି ଧରିଛି...।

■

BLACK EAGLE BOOKS

www.blackeaglebooks.org
info@blackeaglebooks.org

Black Eagle Books, an independent publisher, was founded as a nonprofit organization in April, 2019. It is our mission to connect and engage the Indian diaspora and the world at large with the best of works of world literature published on a collaborative platform, with special emphasis on foregrounding Contemporary Classics and New Writing.